Alejandra en primavera

Vai, Jorge
    Alejandra en primavera. - 1a ed. - Olivos : el autor, 2014.
    E-Book.

    ISBN 978-987-33-5862-3

    1. Narrativa Argentina. 2. Novela Histórica. I. Título
    CDD A863

*A todas aquellas personas que
sufrieron la desaparición forzada
de sus seres amados...*

Prefacio

"¿Qué soy? ¿Quién soy? Ya no lo se. Soy mi fantasma tal vez. Pero mi fantasma se resiste…"

Diario de Alejandra García

En la noche del 20 de agosto de 1968 y hacia la madrugada del 21, medio millón de soldados y cerca de tres mil tanques de cinco países del Pacto de Varsovia, la Unión Soviética, Bulgaria, Polonia, Alemania Democrática y Hungría, atravesaron las fronteras de un pequeño e indefenso país, llamado Checoslovaquia. El objetivo de la invasión era concluir con la serie de reformas iniciadas en ese país, conocidas como la "Primavera de Praga", por el secretario del Partido Comunista, Alexander Dubček, tendientes a liberar las fuerzas productivas y distender el régimen político prosoviético de ese entonces, levantando la censura férrea que imperaba en los medios de comunicación y permitiendo la formación de asociaciones y clubes políticos críticos a la alineación con la URSS.

Lo que sobrevino luego, fue la persecución de aquellos que estuvieron más comprometidos con el proceso reformista. El servicio de la Policía Política del Estado de Checoslovaquia, Stb, fue paulatinamente controlada por los elementos más ortodoxos y la severa vigilancia de la agencia soviética KGB. La emigración en masa fue inevitable y huyeron del país, alrededor de 70.000 personas. Quienes no lo lograron, debieron padecer la cárcel, la tortura o la desaparición forzada. Mientras tanto, Dubček, discutía con la URSS los términos de la transición hacia una *"normalización"* de la situación de su país. No obstante, poco pudo hacer el secretario del Partido Comunista ante la intransigencia soviética y lentamente la "Primavera" fue apagándose hasta retornar el statu quo anterior.

La otra superpotencia, los Estados Unidos de América y su presidente, Lyndon Johnson, acordaron con el Secretario General del Comité Central del Partido Comunista de la Unión Soviética, Leonid Brézhnev la no intervención en asuntos que eran de incumbencia del bloque oriental, dejando a la débil

Checoslovaquia a su suerte. Por otro lado, los Estados Unidos se hallaban enfrascados en el sudeste asiático, en la Guerra de Vietnam, ocupando ingentes recursos en ella. En ocasión de la invasión, apenas elevaron, como la mayoría de los países de Occidente, una débil protesta ante la barbarie del atropello de los tanques del Ejército Rojo por las calles de Praga y el resto del país.

En 1968, en Argentina, regía los destinos del país, un general con claras tendencias fascistas, Juan Carlos Onganía. Ejercía la presidencia desde 1966, cuando se levantó contra el endeble gobierno constitucional de Arturo Umberto Illia. Era apodado, "La Morsa", por sus prominentes bigotes y desde el inicio de su dictadura, mostró con claridad su adhesión incondicional al bloque occidental, especialmente a los Estados Unidos. A un mes de asumir el cargo de presidente, reprimió con violencia a estudiantes y docentes de la Universidad de Buenos Aires, en la llamada *"Noche de los bastones largos"*, destruyendo años de investigación científica en el país y causando una devastadora *"fuga de cerebros"*. Obreros, sindicalistas y artistas disidentes, fueron perseguidos durante los años del *"Onganiato"*. Incluso llegó a existir un grupo de parapoliciales llamado MANO, por sus siglas, Movimiento Argentino Nacionalista Organizado, que se encargaba de "convencer" por la fuerza a opositores o a presuntos marxistas, contando con el beneplácito de los Estados Unidos y que gozaron de una inusual impunidad, amparados por el Estado. A su vez, se fueron conformando grupos de "resistencia", que se tradujeron en los primeros movimientos subversivos, alentados en algunos casos desde el exterior, por el ex presidente Juan Domingo Perón. Eran jóvenes que provenían del catolicismo y de las clases medias y altas disconformes con la política nacional llevada adelante por la dictadura.

Fue en este escenario nacional e internacional, que vivió sus jóvenes años, la protagonista de esta historia, Alejandra Marianela García, quien si bien, no tenía un decisivo partidismo hacia la izquierda o hacia la derecha, se vio envuelta en una maraña de sucesos que hicieron que su destino diera un vuelco definitivo e irreversible, en ese año conflictivo de 1968.

6

La historia se divide en cuatro partes. En la primera de ellas, podrá apreciarse el desenvolvimiento de Alejandra en Buenos Aires, su trabajo como fotógrafa de un prestigioso periódico porteño, sus relaciones de amigos y su vida espiritual, jaqueada por la dictadura de Onganía. En la segunda, ya comisionada a cubrir la *"Primavera de Praga"*, se apreciará y ratificará su alma juvenil y casi temeraria, tanto antes, como durante la invasión de los tanques y la empatía que desarrolla con el pueblo checo. La tercera parte se desenvuelve en el Berlín Oriental de la época de la Guerra Fría, un Berlín que no creía en sentimentalismos, pero que creía en el orden socialista como modo de vida, impuesto por los soviéticos, desde el final de la Segunda Guerra Mundial. En la cuarta parte, veremos aparecer a su sobrina, Noelia García, ya en el presente, quien a modo quijotesco, luchará contra molinos de viento que le harán, por el contrario, seguir adelante en su búsqueda de Alejandra.

Alejandra es el personaje principal de este relato. Al menos, *"en apariencia"*. Porque Alejandra de pronto *"desaparecerá"* y no dejará rastros visibles. Será quizás en ese momento, en que Alejandra ya no será más Alejandra, una ficción literaria, sino, el símbolo de aquello que es en sí, un *crimen de lesa humanidad*. No hay Estado, pasado, presente o futuro, que pueda justificar con la debida lógica, *"la desaparición forzada de personas"*, su encarcelación o privación grave de su libertad, la tortura física o psicológica, excepto que invoque la tristemente célebre *"Razón de Estado"*, a través de la cual, dicho Estado apele a cualquier medio a su alcance, legal o ilegal, moral o inmoral para preservar su supervivencia e invoque este derecho de preservación, por sobre los derechos de las personas.

Alejandra es esa metáfora que la supera a ella misma. Es un canto a la esperanza de encontrar y ser encontrado. De buscar y ser hallado. Es esa metáfora de identidades perdidas o arrebatadas, que pugnan por ser restituidas. Pero en definitiva, ¿qué es una identidad? *Prima facie*, puede ser un nombre y apellido. ¿Y un nombre y apellido qué puntualizan? A una persona. Lo que hace que esa persona sea esa persona y no otra. Las dictaduras y sistemas autoritarios y brutales, siempre han empleado la agresión directa a los cuerpos y la conversión de nombres a números asentados en libros y estadísticas burocráticas. Pero esas dictaduras, no siempre han llegado a cumplir su cometido. Han doblegado cuerpos, es verdad, pues el cuerpo humano es frágil, pero no siempre han doblegado almas. Es aquí en donde Alejandra es más que Alejandra. Irá más allá de su cuerpo, para recuperar su alma.

Alejandra García... ésta es su historia.

Jorge Vai, mayo de 2014.

Introducción

Alejandra en primavera

Introducción o el sueño de Noelia.

Buscar sin saber dónde. Buscar sin saber qué. Buscar sin saber a quién. Buscar sin saber cuándo. Quizás así comienzan los sueños. Noelia dormía. Pero estaba inquieta. Dormía, pero estaba como esperando a alguien. En ese sueño sin fin. Como habitualmente se nos aparecen los sueños. Aparecen y desaparecen animales, objetos, formas sin formas y personas. Personas con rostro o sin él. El sueño de Noelia era un océano de personas, que más que personas eran como maniquíes que se movían de acá para allá. Abrían cajones de escritorios. Cerraban biblioratos. Abrían ficheros. Cerraban legajos. Miraban fotografías en blanco y negro. Cada tanto, alguno de esos maniquíes se detenía a observarla. Como si supiera que ella no pertenecía a ese sueño. Como si ese sueño fuera el sueño de otra persona. Quizás un maniquí o no. Luego regresaban a sus menesteres burocráticos. Abrir, cerrar, archivar, desarchivar, volver a archivar.

Noelia intentaba hablar pero no salían palabras de sus labios. Sólo silencio. Pero era un silencio muy extraño. Un silencio que anhelaba dejar de ser silencio y convertirse en voces. Y una voz en especial la atormentaba. Porque la desconocía. La voz a ella y ella a la voz. No sabía de dónde provenía esa voz que se detenía a mitad de un camino bifurcado, de dos vías, como borgiano. Noelia se desesperaba por descifrar el sueño dentro del sueño, que quizás no era su sueño.

Hasta que uno de esos peculiares maniquíes vivientes se dio vuelta. Y era una mujer. Notablemente muy parecida a ella. Era una mujer joven, de no más de treinta años. Vio los labios de esa mujer. Se movían. Le estaban hablando. Pero sólo reinaba el más profundo silencio entre ella y esa mujer. Como de la nada, surgió un escenario, pero a oscuras. Parecía el escenario de un teatro. De pronto los reflectores se encendieron. Arriba del escenario varios maniquíes. Parecían muy atareados, portando carpetas y legajos de cartón de variados colores, aunque ellos mismos fueran de color indefinido. En el medio del escenario una especie de altar de sacrificio, perfectamente iluminado. La joven se subía a él y se recostaba. Los

10

maniquíes la ignoraron en principio. Luego, uno de ellos la ató de pies y manos. En esos momentos la joven mujer miró hacia donde se encontraba Noelia.

Continuaba emanando palabras que ella no alcanzaba a escuchar. Hasta podía ver las letras que partían de su boca y que intentaban agruparse para ser inteligibles en palabras escritas en el aire, como humo de cigarrillo. Las ataduras de la joven mujer cedieron con facilidad y se incorporó. Los maniquíes se sorprendieron, pero nada hicieron para detenerla. O nada pudieron hacer para colocarla nuevamente en el altar de sacrificio. Se dirigió hacia Noelia. Noelia retrocedió unos pasos, hasta que sintió que a sus espaldas había una especie de barrera, quizás una barrera de peaje o algo así. La barrera cedió y se partió por la presión del cuerpo de ella. La mujer notablemente parecida a Noelia por fin la alcanzó.

En medio del escenario, se detuvo un tren inglés, un Vickers eléctrico, como esos de los años de otros años. De color marrón y techos plateados. Noelia pudo sentir el aroma a madera crujiente que emitía. La mujer parecida a ella, la tomó de la mano y la hizo subir. El tren partió. Pero el tren también se esfumó y dio paso a un bello café. Parecía Viena, pero Noelia sabía que no era Viena. Las sillas eran redondas, como en hemiciclo. De brazos torneados. Predominaba el color rosado en todo el café. Unas como farolas pendían del techo, tornando el sitio más agradable aún. Un tipo junto a la mesa de ellas miraba absorto a la nada. O parecía que miraba hacia la nada. El tipo estaba borracho de ajenjo, una fuerte bebida de color verdoso y apenas podía percibir a una mujer fantasmágorica, desnuda, que se hallaba sentada sobre su mesa. Parecía que le hablaba, pero solamente se oían sonidos guturales.

De pronto, el café se fue disipando hasta reducirse a la mesa de ellas dos. Ni el ebrio verdoso había sobrevivido. Una de las farolas permanecía prendida sobre sus cabezas. Ambas se encendieron un cigarrillo y se miraron largamente. Ambas se sonrieron largamente. Por entre el humo azul de sus cigarrillos miraban los ojos de la otra. Y la mesa del café en el que estaban ambas, desapareció por unos instantes y reapareció en el medio de un puente empedrado. Imágenes de santos señalando paraísos y ciudades de Dios las rodeaban. Parecía de tarde, casi noche. Ambas se acercaron al potril del puente. Un río viejo, tan viejo de transportar agua, tanta agua, hacia algún sitio. Ambas se sentían fascinadas por ese viejo río.

La mesa del café permanecía en el medio del puente empedrado. Y súbitamente, algo como un vehículo, pero que carecía de llantas, pues contaba con una especie de cadena sin fin en lugar de ellas, arrasó a la mesa, aplastándola sin más. La joven mujer asió a Noelia de una de sus muñecas y empezaron a correr. Pero cuanto más corrían, menos avanzaban y más maniquíes las iban rodeando. Tal fue el número de maniquíes que por fin, quedaron inmóviles. Uno de ellos, se abrió paso entre los demás y se llevó a la joven mujer. Noelia quiso retenerla pero le fue imposible. Los maniquíes se retiraron. Noelia se sentó sobre los adoquines del puente y miraba la mesa estrujada. Cerró los ojos. Los abrió y se halló sentada en el suelo, junto a una escalera mecánica, que causaba un ruido mecánico, como de vieja máquina sin ganas de trabajar.

La joven mujer se paró ante ella. Luego se sentó. Los maniquíes venían en tropel hacia ellas. La joven mujer acercó su boca al oído de Noelia. Los maniquíes parecieron enloquecer, como no deseando que la mujer hablara. Pero la mujer le susurró a Noelia… "Buscame en el desván…". Y Noelia despertó con el rostro sudado y agitada, muy agitada.

- ¿Mi amor qué te pasa? – preguntó Juan Martín, su marido.
- Nada. Sólo fue un sueño. Nada más. Bueno. Eso creo… - respondió Noelia

Primera parte

Alejandra

Capítulo 1
"Alejandra"

Una tarde de marzo, de 1964. Alejandra esperaba en esa oficina, que hacía las veces de hall de entrada a la de Juan Carlos Pacheco, jefe de redacción de *"La Prensa"* de Buenos Aires, desde hacía más de dos horas. Hojeaba *"Radiolandia"* ya algo nerviosa y fastidiada. La arrojó contra el portarrevistas y se dirigió al tipo que mecanografiaba en un sobrio escritorio bajo la mirada del cuadro del fundador del diario, José C. Paz. Repleto de sellos de todos los tamaños, el escritorio rebosaba de papeles de variados colores y de carpetas llenas o semivacías. Un ventanal daba a la Avenida de Mayo, con un cortinado de borlas que llamaron la atención de Alejandra por la belleza que hacían en su conjunto. Las paredes estaban recubiertas de madera lustrada, de color cedro. Helechos por doquier. *"Madera y plantas, bien inglés"* – pensaba Alejandra mientras se elevaba su mal humor.

- Oiga, ¿piensa tenerme hasta la noche el señor Pacheco? No tengo todo el día – dijo Alejandra con claros signos de molestia.
- Ya le dije señorita, el señor Pacheco es un hombre muy ocupado. Va a tener que armarse de paciencia, discúlpeme. Tome asiento por favor. Ni bien se desocupe, le avisaré – dijo el tipo del escritorio.

Llegó al hall u oficina, una mujer de atrevidas minifaldas de color turquesa. Miró al tipo del escritorio y éste asintió con la cabeza. Abrió la puerta de la oficina y entró sin más. Alejandra vio la movida y se indignó. Se paró y se encaminó hacia la puerta de Pacheco. El tipo del escritorio casi no la vio y cuando lo hizo ya era tarde. *"¡Señorita, aguarde, no entre!"* – llegó a decir. Alejandra ya había franqueado la puerta. Halló a Pacheco y a la de la minifalda turquesa besándose furiosamente. Pacheco quedó como alelado. Detrás de Alejandra entró el tipo del escritorio.

- ¿Qué hace esta mocosa acá? – preguntó Pacheco muy ofuscado.

- Le ruego mil perdones señor Pacheco. Logró colarse luego de que la señorita Carmen entrara.
- ¿Y vos quién sos? – interrogó Pacheco a Alejandra.
- La que hace más de dos horas está hojeando Radiolandia, TV Guía y más revistas pelotudas como ésas, esperando que usted termine con sus *"cositas"* y mirando como su lacayo se hace el boludo. Me envió Teodoro Puertas a verlo…

Dejando de abrazar a Carmen, Pacheco se dirigió a su empleado: *"Enrique, dejanos a solas con esta joven"*. Algo le susurró al oído a su amiga y ésta se retiro junto a su subordinado. Pacheco movió su boca nervioso, sin pronunciar palabra. Observaba de cerca a Alejandra. Una chica de unos veintitantos. Cabellos lacios castaños. Flequillo rígido a lo Cleopatra. Ojos azules profundos. Menuda y con cierto aire liberal. Llevaba un morral calzado en el hombro izquierdo, multicolor. Una blusa rosada, salpicada con pintitas blancas. Vestía un saco de pana bordó, minifalda negra y botas de caña alta al tono. Cinturón de cuero ancho. Un pañuelo de gasa blanca rodeaba su delicado cuello. Estaba apenas maquillada. Algo de sombra bastaba.

Alejandra sacó de su morral un paquete de cigarrillos. Se lo iba a encender, cuando Pacheco se adelantó y le ofreció fuego. Alejandra agradeció con una mueca. Pacheco continuaba observándola. Y por fin habló…

- Así que venís de parte de Teodoro…
- No se si verlo de esa manera. Teodoro es mi padrino señor Pacheco. Tengo entendido que fue su antecesor en su cargo – dijo Alejandra.
- Sí. Es verdad. Él se jubiló hace dos años y me tocó reemplazarlo. Alguna vez me dijo que tenía una ahijada muy lúcida y muy buena en lo suyo. ¿Sos buena en lo tuyo?
- A usted le llegó mi carpeta con mis datos y mis trabajos fotográficos. Usted dirá…
- Y digo que son muy buenos. Finos en cuanto a la búsqueda de estampar la realidad en el preciso momento. Lástima que seas tan intempestiva y hasta maleducada.

- Es un mundo de hombres. Quien no es así, la pisan, como a una hormiga.
- Y muy bonita… – agregó Pacheco.
- ¿Puedo tutearlo?
- Adelante.
- Sos un lancero Pacheco. Vine por el puesto de reportera gráfica. No para recibir piropos.
- Estás muy a la defensiva Alejandra – dijo Pacheco, mientras hojeaba la carpeta de ella. Pero bueno, no importa. Antes de que llegaras, ya tenía resuelto tu caso. Y el resultado es que te doy la bienvenida al periódico. Pero te aclaro algo…
- ¿Qué?
- Que no te la vas a llevar de arriba. A veces podría enviarte a lugares complicados y…
- Nada señor Pacheco. Vine por eso. Es mi vocación.
- Qué bien. Entonces empezás el lunes. Debo dejarte ahora. Andá a "Personal" para llenar los formularios de rigor y manaña andá a medicina laboral y etc., etc. Buen día.
- Hasta el lunes.

Alejandra Marianela García. De veintitantos. Fotógrafa devenida en reportera gráfica. Al pie del cañón. Ya no vivía con sus padres, Juan y Amelia. Compartía un pequeño departamento con una amiga del secundario, Leticia Giraldez. Noviaba o eso creía ella, con Daniel Omar Pavone. Su padrino, Teodoro Puertas, de unos 67 años, amigo de la familia García, sabía que Alejandra llegaría a hacer un excelente trabajo en ese periódico centenario. Tenía dos hermanos, Lorena Ivana, dos años menor que ella y Eduardo Nicolás, el benjamín de la tribu. Ya en "La Prensa", lograría alquilar su departamento de la calle Juramento, frente a las Barrancas de Belgrano, no muy lejos de sus padres.

Una infancia corriente, con un colegio de monjas mediante, "Nuestra Señora de la Misericordia". Establecimiento al que frecuentemente debían acudir sus padres Juan o Amelia para salvarla de la expulsión por las actitudes de la revoltosa alumna de uniforme azul y gris. Uniforme que espasmódicamente le daba prurito y tendía a quitárselo, mientras fumaba un pucho en los sanitarios del colegio. Una niña volátil, que le gustaban las letras, odiaba la matemática y tenía una sorprendente tendencia a querer abrir animales para analizarlos y bucear en su interior, por lo que las clases de biología eran un deleite para ella. La rayuela era una asignatura a la que no había asistido y en su lugar se había entregado a la lectura de clásicos y modernos sin distinción de banderías, aunque posteriormente, cercano el final del nivel medio, en plena época de la Revolución Libertadora, se dedicó a Marx, a Bakunin, a Adam Smith, Spencer o a Montesquieu, sin darle asco ninguno de ellos. Una rara amalgama o búsqueda de alguna síntesis superadora que había anidado en su acelerada mente.

Una sed insaciable la embargaba desde pequeña. Un rumbo indudable hacia la verdad, con la idea de libertad siempre en su espíritu, gracias a Juan, su padre, con el que divagó horas, días o meses, en ese patio con la pérgola de la parra de uva chinche de testigo. Entre ambos habían convulsionado el mundo y lo habían enderezado numerosas veces, a través de un mar de palabras que habían dado vida a dioses griegos que enamoraron mortales, romanos que dieron leyes, germanos que deshicieron todo lo anterior y tipos de hábitos que volvieron a reconstruirlo, renacentistas que amaron el cuerpo, dieciochescos que declararon libertades, decimonónicos que se plantearon el absoluto o contemporáneos que dieron por tierra la idea de progreso infinito, luego de exterminar a cincuenta millones de humanos durante la Segunda Guerra Mundial. Esas conversaciones con su padre, marcaron a Alejandra para siempre...

Tres años después del irreverente primer encuentro con Pacheco, a fines de mayo de 1967, es enviada a obtener material gráfico sobre el conflicto árabe – israelí ya que estaba en ciernes una guerra que desembocaría en la *"Guerra de los Seis Días"*, entre ambos pueblos. Ya en Medio Oriente, Alejandra y su compañero de ruta, Ricardo Amaya, quedaron bajo fuego cruzado a orillas del río Jordán, en la noche del viernes 9 de junio, mientras aviones de combate israelíes, Mirage III bombardeaban a los tanques sirios que intentaban cruzarlo. Un oficial sirio de tanques, los capturó. A Amaya le disparó un tiro a la nuca. A Alejandra, el tipo se la reservó para más tarde, pero logró huir hacia las líneas israelíes. El material obtenido llevaba el inconfundible aroma a sangre humana.

A su regreso a Buenos Aires, fue recibida en el periódico casi como una heroína. Era la mañana del lunes 19 de junio de 1967. Luego de dos días de permanecer en su departamento de la calle Juramento encerrada, a solas, sin recibir llamados telefónicos, sin aceptar ver a su novio, Daniel y sin siquiera levantar las cortinas de los amplios ventanales que daban a la Barrancas, decidió dirigirse al periódico a ver a Pacheco. Subió las escaleras de mármol. Cada persona que la reconocía, le daba palmaditas en la espalda y la felicitaban. Como quien sube la cuesta de una pirámide imaginaria, había llegado por fin a lo más alto de la misma y el escritorio de Pacheco oficiaría de piedra de sacrificios.

- Ah caramba… nuestra fotógrafa estrella. ¡Te felicito mocosa! La hiciste bien. Si hasta Pipo Mancera quiere entrevistarte en su programa – dijo Pacheco exultante.
- Mirá qué bien. Voy a formar parte de su circo de fenómenos – contestó Alejandra.
- No empieces… - dijo Pacheco, ya cambiando el semblante.
- ¿Y qué me va a preguntar? ¿Me va a preguntar cuántos tipos partidos al medio vi o si Amaya cayó junto a mí luego del tiro a la nuca o por qué no, si sentí correr la adrenalina por mis venas al saber que me violarían en cualquier momento?
- Dejate de joder pendeja. Sos una heroína y punto. Tu carrera en el diario dio un vuelco total. Dos de los directores me llamaron para felicitarme por vos. Y vos no te vas a hacer la histérica que se sonroja por ver un poco de sangre. Cuando llegaste acá, ¿no querías retratar la realidad dijiste? Bueno. Se te dio el gusto.
- Pero qué reverendo hijo de puta que resultaste ser Juan Carlos. No te notificaste que mataron a sangre fría a mi compañero, que su cuerpo fue enterrado en algún sitio de Medio Oriente, que nunca lo van a recuperar y que su familia jamás podrá llevarle ni un clavel de mierda a su tumba porque no habrá tumba. Ni te importa, ¿verdad?...
- Lo que importa es que volviste sana y salva – agregó Pacheco.
- Salva. Puede ser. Sana, no se…

- Bueno. A otra cosa. La semana entrante se te hará un ágape en la sala de conferencias y será mejor que vayas con buena cara.
- ¿Algo más Juan Carlos? – preguntó irónica Alejandra.
- No. Nada más. Ya leí tu informe y vi las imágenes. Son impresionantes. Hablan por sí mismas. Haremos un suplemento especial con ellas, algo como *"La guerra de los seis días, sin velos"* o algo así... Respecto a Amaya, ya le enviamos las condolencias a la familia.
- Todo se reduce a un suplemento especial. OK. Como digas.
- Mirá. Lo mejor será que te tomes unos días. Todo esto te ha alterado. Puedo comprenderlo. Pero para la semana que viene, te me venís con todo. Andate y descansá. La reunión terminó.

Alejandra se levantó con notorias evidencias de desazón. Cerró la puerta de Pacheco. Sabía que debía actuar según lo hablado con él. De alguna manera, Pacheco representaba para ella a la "Realpolitik". Maquiavelo en versión siglo XX "cambalache". En la antesala se prendió un pucho. Se calzó la bufanda tejida colorinche y se fue. Ya afuera del diario, fue hasta *La Puerto Rico* por un capuccino para que levantara su ánimo. Llamó a su madre. Se invitó sola a cenar. Su madre comprendió que lo necesitaba. A su padre le iba a gustar tener a la mesa a su hija primogénita una vez más y orgullo familiar.

Pidió un coñac en el bar, en lugar del café a la italiana. Un tipo, de unos treinta y pico, riguroso traje y aspecto de supernumerario de ministerio o secretaría, la vio sola, bebiendo su trago. También vio que se iba a encender otro pucho. Se adelantó y le ofreció lumbre.

- ¿Me permitís *"ojitos azules"*? – dijo el tipo de aspecto supernumerario.
- Gracias – agregó Alejandra.
- ¿Cómo te llamás?
- *"Ojitos azules"* – respondió Alejandra.
- Nombre raro... ¿Me siento y me lo decís?
- Te sentás y llamo a la cana. No es un buen día para mí. ¿Para vos sí? Me alegro. Y ahora dejame solita con mis ojitos azules y no pasés por pelotudo...

El tipo de aspecto supernumerario se alejó de ella como de la peste negra medieval. Y ciertamente no había sido un buen día. De esos días que se mastica amargura y el amargo no se va aunque la boca se enjuague una y otra vez. Amelia y Juan le darían nuevas fuerzas a la noche, en una mesa en la que sólo faltaría Lorena, pues había viajado a México a estudiar a la UNAM. En la cena, Alejandra los contemplaba. Eduardo, su hermano menor, siempre con una sonrisa a pleno, feliz. Sus padres, que hablaban sobre la situación del país y cuánto extrañaban los tiempos de Illia. Y ella, callada. ¿Qué podía decirles a estos seres que amaba y la amaban? ¿Que había visto el infierno y tuvo el extraño privilegio de fotografiarlo y volver? Era recomendable no transmitir tanta desconsuelo en una cena familiar. El pollo al horno de Amelia no había logrado diluir el sabor amargo de su boca. Viéndolos, veía la simpleza de lo cotidiano. Como si la brutalidad humana que emanaba de los cuatro rincones del planeta, pasara de largo por la puerta de su familia. Como si en la puerta hubiera sangre de cordero y el ángel de la muerte *"los salteara"* como lo hizo con los hijos de Israel del Antiguo Testamento. Era bueno para Alejandra reencontrarse con lo cotidiano. Quizás reestablecería su precario equilibrio…

Un mes después, en julio de 1967, estallaría el incidente del buque soviético *"Mitshurinsk"*, en el puerto de Buenos Aires. Alejandra sería enviada para obtener el reporte gráfico.

Capítulo 2
"La cita de Pacheco"

La mañana era inusualmente cálida en Buenos Aires, la del jueves 23 de mayo de 1968. Como todas las mañanas, Juan Carlos Pacheco bebía un café cortado en su despacho del último piso de *"La Prensa"*, traído especialmente desde el *"Tortoni"*, a escasas cuadras de allí por Isidro, un mozo con casi treinta años de servicio. Mientras, llenaba las palabras cruzadas, que tanto le demandaban a esa hora. Su paraíso de definiciones que escondía el juego, se vio interrumpido por un llamado telefónico. *"Señor Pacheco, lo llaman del Ministerio del Interior"* – dijo Lucía Valverde, su secretaria. *"Pasame la llamada Lucía"* – respondió Pacheco. *"Está en línea dos, se la paso"*.

- Hola, buenos días, habla Pacheco.
- Buenos días señor Pacheco, mi nombre es Todaro, Roberto Todaro, soy "empleado" de la Secretaría de Informaciones – respondió la voz al otro lado del teléfono.
- Mucho gusto Sr. Todaro – dijo Pacheco.
- Igualmente... Mire Sr. Pacheco, lo llamo de la Secretaría para citarlo para mañana a las ocho y media de la mañana.
- ¿Es una invitación?
- No. Es una cita obligatoria digamos.
- ¿Puede indicarme los motivos de esa *"cita obligatoria"*?
- No. Está fuera de mi rango. En cuanto llegue a la Secretaría, se le indicará con quién debe hablar – agregó Todaro. Ese "quién" le señalará los motivos. ¿Alguna otra pregunta?
- Esto es muy irregular señor.
- No lo creo. Lo esperamos mañana señor Pacheco. Buenos días... - dijo Todaro colgando el teléfono.
- Buenos di... andá a la puta que te parió – dijo Pacheco sintiendo que Todaro había concluido la conversación antes.

Pacheco estaba contrariado. ¿Por qué la Secretaría se había fijado en él? ¿En el jefe de redacción de unos de los periódicos más importantes del país y de América Latina? Algo muy extraño, - razonaba Pacheco.

A la mañana siguiente se presentó en la Secretaría unos minutos antes de la *"cita obligatoria"*. Fue recibido en la mesa de entradas por una empleada teñida de rubio, con voz suave y pausada y con un retrato del presidente Onganía sobre su cabeza. Se apoyó en el frío mármol del mostrador y se presentó ofreciendo su libreta de enrolamiento. La empleada teñida de rubio, quien llevaba una especie de uniforme que constaba de camisa enteramente blanca y pollera azul Francia, tomó el documento de Pacheco. *"Ah si señor Pacheco, un segundo, me fijaré en la agenda general"* – dijo la empleada, de nombre Gladys, según el bordado del bolsillo superior de la camisa de mentas. *"Tiene cita con el mayor José María Bermúdez, oficina 642, piso 6°. Aguarde que le coloco la credencial de visitante"* – dicho esto procedió y Pacheco pudo emprender el camino hacia el funcionario que lo aguardaba.

Cada tanto Pacheco se daba una vuelta por la Secretaría. Cada tanto era *"citado"* por alguna nota fuera de lugar del periódico. Y cada tanto debía ir a poner cara de póker y aceptar las reprimendas del milico de turno. Nada de qué preocuparse. Al menos, hasta esa mañana de miércoles. Una vez arribado al sexto piso, caminó hacia la oficina en cuestión. En la puerta de la oficina, rezaba *"Dirección de asuntos políticos"*. A Bermúdez lo había visto un par de veces en ágapes en la embajada norteamericana y una vez en el Edificio Libertador. Una vez franqueada la puerta, se encontró en una antesala y con una secretaria escribiendo a máquina, mientras bebía un té. La secretaria apenas levantó la vista. Lo miró de soslayo. Pacheco tenía buen porte. Su traje gris a rayas, lo hacía civil, bien civil, en una época de militares, bien verdes, verde oliva. La secretaria por fin levantó la cabeza abiertamente y le dijo a Pacheco que esperara, pues el mayor Bermúdez estaba atendiendo un asunto. Que lo recibiría a la brevedad. Pacheco asintió simulando buena predisposición. *"La madre que lo parió..."* – pensó. Tomó asiento en uno de los mullidos sillones de la antesala. Los cuadros del general Onganía y del general Eduardo Argentino Señorans, titular de la SIDE del Onganiato, lo observaban con curiosidad. La cosa iba para largo. Ya Pacheco había previsto una *"amansadora"*. Una hora y diez minutos después, la secretaria de Bermúdez, se dignó dirigirse a Pacheco y le comunicó que podía pasar, lo que Pacheco efectuó con premura y fastidio apenas disimulado.

El despacho de Bermúdez era austero, contrariamente a lo que Pacheco había conjeturado en sus infinitas elucubraciones en la antesala. El crucifijo irremediable, los retratos repetidos y alguna foto en cuarteles recónditos, cursando algo. La bandera nacional al costado de la ventana. Cortinas blancas con bordados que la adornaban. Un escudito de su antigua unidad, *"Grupo de Artillería 101"*. El escritorio casi vacío, salvo por el lapicero y la banderita muy argentina con el sol de guerra y una carpeta de color rojo… Bermúdez era un tipo de complexión atlética. De esos que cargan pocas palabras en su morral y van al grano y descargan palos sin asco. Vestido de civil, llevaba una pequeña insignia en la solapa. Le indicó con cortesía, mediante una seña que tomara asiento, al tiempo que lo saludaba con la mano. Pacheco se sentó. Ya estaba preparado para lo que fuera.

- Señor Pacheco, buenos días – dijo Bermúdez ofreciéndole la mano.
- Buenos días, mayor – contestó parcamente Pacheco.
- ¿Un cigarrillo?
- No, gracias.
- Supongo que no sabe por qué lo invitamos, ¿verdad?
- Supone bien…
- Bueno. Mire… tenemos informes contundentes sobre dos empleados suyos, que al gobierno le preocupan. Usted sabe que estamos empeñados en una guerra contra el enemigo rojo apátrida. Lamentablemente, estos dos empleados se han infiltrado en su periódico, de noble origen y buenas ideas, como siempre lo demostró, incluso en la oscura década de la tiranía peronista.
- ¿A quiénes se refiere, mayor? – preguntó Pacheco.
- Uno es un pinche de cuarta, de la sección *"economía"*, Loeb, Edgardo Javier…
- Ah sí… Loeb. ¿Qué hay con él?
- Es rojo…
- No me consta. Pero, ¿qué de malo habría en ello? En el periódico se comporta muy correctamente.
- No me entiende. Loeb es un elemento subversivo que usa al diario para tapar su filiación comunista. De todos modos, está

siendo severamente vigilado. Un par de veces lo hemos *"apretado"* por la calle. Pero el tipo es más duro de lo que usted cree.

- ¿Y el otro empleado?
- "Empleada"… Es su reportera gráfica estrella, la que cubrió la *Guerra de los Seis Días* el año pasado…
- ¿García?
- Sí, García. No está afiliada a ningún partido esta joven. Pero la mayoría de sus amistades son zurdos. O peor aún, gente que se ha ido del país a hablar mal en el extranjero de nuestro Patria. Y ella comulga con esas ideas.
- No puedo creer eso de Alejandra…
- Caramba, veo que siente real afecto por esta chica. Bien, eso es irrelevante. Lo relevante es que tanto García como el judío Loeb, son rojos. El general Señorans ha sido muy específico al respecto. No permitir la proliferación de rojos es una prioridad número uno. Para eso está la Secretaría.
- Aún no me dijo para qué me citó Bermúdez…
- Para usted, "Mayor" Bermúdez. Lo cité para que me entregue las cabezas de García y de Loeb.
- No comprendo – replicó Pacheco.
- Ahora lo va a comprender… Tenemos entendido que *"La Prensa"* enviará gente a Praga a cubrir la *"Primavera"*.
- Sí, así es.
- Bueno. Mande a García y a Loeb.
- A García, el directorio está barajando enviarla. Es una excelente reportera gráfica. Pero a Loeb…
- La cosa es así. Tarde o temprano, los rusos se van a cansar de esta payasada checoslovaca y los van a hacer mierda con los tanques como en Hungría. Nosotros nos vamos a contactar con nuestros amigos de la embajada de Estados Unidos para que García vaya a entrevistarse con un funcionario de ahí. Y usted será el encargado de comunicárselo. Es imperioso que ella acuda. Le pedirán que "colabore" con ellos con este asunto de Praga y de esta forma quedará "pegada" y sucia. Como si trabajara para ellos. Que de hecho lo hará.
- No lo hará.
- Lo hará, porque usted la va a *"convencer"* de ello.
- No. De ninguna manera. Me niego a hacerle eso a Alejandra.

- Usted tiene demasiados *"secretos"* Pacheco. Nosotros sabemos y documentamos cada uno de ellos. Sí lo hará. ¿O desea que saquemos a la luz su vida privada? ¿Que revelemos hasta la dirección del departamento que le alquila a una de sus queridas? No creo que a su esposa le agrade conocer su faz oculta Pacheco. ¿Aspira a formar parte del directorio del diario? No creo que al directorio le caiga bien que el jefe de redacción ande revolcándose de cama en cama por todo Buenos Aires, como un Casanova de cuarta... ¿o sí?
- Son unos hijos de...
- ¡Cuidado!... mida sus palabras *"Don Juan"*... Concluyo: nosotros vamos a armar *"la cama"*, enviando varios télex a otra de nuestras dependencias. Sabemos que algunas comunicaciones están pinchadas por servicios de inteligencia foráneos. Pero este informe nos interesa que sea interceptado. El informe será éste...

Pacheco recibió un papel de manos de Bermúdez, con aspecto de carta. Lo miró con desconfianza y lo leyó...

Asunto: GARCÍA, Alejandra Marianela

- LC. N° 09.258.963
- Edad: 28 años
- Domicilio Av. Juramento 1560 – Piso 15° Depto. "B"
- Capital Federal
- Legajo SIDE: 23.088/68-C
- S / Actividades con organismos gubernamentales extranjeros.

Se deja constancia de que el capitán de Infantería, Antonio Fernández Salazar comisionado en esta oficina (Leg. 77.545), ha obtenido los datos fehacientes, luego de un proceso de seguimiento de la ciudadana de mentas y ha concluido que la misma trabaja para la Agencia Central de Inteligencia de los Estados Unidos de América (CIA en idioma inglés), recibiendo los honorarios correspondientes.

El capitán Salazar, por otro lado, tras su meticulosa investigación sobre las actividades secretas de García, ha interpretado que el empleo en el periódico "La Prensa", con sede en Buenos Aires, es sólo una estrategia de distracción y blanqueo del proceder verdadero de la misma. Con lo que se adjunta recibos de sueldo emitidos por el Gobierno Federal de los Estados Unidos de América a nombre de García, Alejandra Marianela, no revelando el origen de los mismos.

García, Alejandra M., permanecerá en observación, atento a todo lo anterior y en la eventualidad de una hipotética condición de doble agente de cualquier organismo de inteligencia no nacional, amigo o enemigo de los intereses de la República Argentina.

Sin otro particular, saludo muy atentamente.

Roberto Luis Andrada, *Teniente coronel*,
Director de Asuntos Extranjeros
Subsecretaría de Inteligencia Exterior.-

1/adjunto

- ¿Se imagina Pacheco? Cuando llegue a Checoslovaquia los rojos ya estarán advertidos de esta "agente" encubierta.
- ¿Y Loeb?
- Nos encargaremos de apretarlo por acá, para que acepte acompañar a su mocosa de mierda. Y que allá quede a la buena de Dios. Cuando todo se desmadre en Praga, los cazarán y les harán la boleta. O los picanearán o no se, ni me importa.
- ¿Por qué tanta estratagema? ¿Por qué no pegarle un tiro en la nuca a los dos y punto final?
- No Pacheco. Su mocosa se está haciendo muy conocida luego de lo la *Guerra de los Seis Días*. Si hasta la entrevistó Pipo Mancera y todo el mundo la vio. No queremos quedar como sanguinarios ante la opinión pública y menos aún ante nuestros amigos norteamericanos. Además, si Loeb y García van a Checoslovaquia y los masacran allá, al gobierno argentino no le habrá costado un centavo. Lo más irónico de

todo esto, es que dos zurditos de mierda serán eliminados por tipos de su misma ideología. ¿Va entendiendo ahora Pacheco?

- ¿Y su novio? ¿Su familia? ¿Usted cree que permanecerán en silencio así nada más?
- Loeb, no tiene familia ni novia conocida. García, sí. Pero eso ya está contemplado. Usted sabe que el canciller y el Ministerio en pleno, está comprometido con la causa del presidente. Ergo, todo pedido de explicaciones, que debe ser mediado a través de Relaciones Exteriores, será cajoneado. Además, nuestro país no tiene prácticamente contacto diplomático con Checoslovaquia y menos con la URSS después del incidente de los bultos del puerto. ¿Adónde irían a protestar?
- Esto es una canallada…
- No. Es un plan para eliminar a los indeseables. Sólo que esta vez, a estos dos indeseables los liquidarán lejos y sin salpicarnos de mierda a nosotros.
- Voy a retirarme mayor – dijo Pacheco notoriamente contrariado.
- Puede retirarse… pero, no lo olvide. Nos pondremos en comunicación con usted, para darle la orden de remitir a García a la embajada norteamericana. Considérese colaborador nuestro a partir de ahora. Buenos días… - dijo Bermúdez con sorna.
- Buenos días.

Pacheco salió bufando del despacho de Bermúdez. No podía concebir que hubiera tanto hijo de puta dando vuelta. Y Pacheco había conocido a unos cuantos en su vida y en su carrera periodística. Pero esto rebalsaba sus recuerdos y su tolerancia. Se sentó en uno de los bancos de la Plaza de Mayo. Un chiquilín de no más de seis o siete años se detuvo ante el banco. Una pelota de goma, con sus típicas líneas amarillas y marrones se hallaba debajo del banco. Pacheco la tomó y se la devolvió. El chiquito se retiró riendo. *"Qué lástima que crecemos y nos volvemos todos una manga de hijos de puta, yo incluido…"* – razonó Pacheco.

Eran casi las once de la mañana. El centro ardía de gente. Seguramente habría cientos de llamados y reclamos esperándolo en su escritorio. Pero él estaba ahí, en ese banco de la Plaza de Mayo, mirando palomas y niños, tipos trajeados y señoritas agraciadas que andaban de acá para allá. Pero en realidad estaba luchando en su interior. Luchando por una decisión urgente que llamaba a su puerta. Una decisión que condenaría a su "mocosa" y a Loeb. Por Loeb no se preocupaba en exceso. Ni siquiera le caía muy bien. Pero Alejandra era su debilidad. Y esa joven debilidad se desvanecería para siempre, si él aceptaba el apriete de la SIDE. Miró a la Catedral como implorando una respuesta del Altísimo. Se sonrió. No era muy creyente. No lo sería ese puto día. Ese día en el que bajaría el pulgar, así sin más.

Pacheco se levantó del banco de plaza. Se sentía cansado. Cansado y asqueado. Cansado y con remordimientos por la vida de mierda que había llevado hasta ese momento. Cansado por un futuro en el que debería llevar la culpa como la roca de Sísifo. Finalmente llegó a *"La Prensa"*. Subió a su oficina. Le advirtió a su secretaria que no aceptara llamados, salvo del Ministerio del Interior. Se hizo servir un café, un vaso con agua y dos aspirinas. Y cerró los ojos por un minuto. Y en ese cerrar de ojos, se le apareció el rostro de Alejandra. Como un fantasma que lo acompañaría por el resto de sus días...

Capítulo 3
"A Praga… ida"

Buenos Aires, martes 25 de junio de 1968.
Diario *"La Prensa"*. Despacho de Juan Carlos Pacheco.

Pacheco había mandado llamar a Alejandra. Alejandra estaba por retirarse a su casa ese día. Iría a beber algo por ahí, con Daniel. Pacheco no sabía cómo tomaría la noticia. Se hallaba sumido en un profundo dilema: no deseaba enviar a Alejandra a Praga. Pero lo habían presionado desde arriba y desde la SIDE.

La oficina de Pacheco se ubicaba en el último piso. Ella, en cambio tenía su cuchitril en el primer subsuelo. No muy distante de las máquinas rotativas, que a veces la sacaban de quicio, lo cual no era una hazaña, sino un hábito. Tapada de recortes de noticias propias, lejanas, nuevas o vetustas, con polvo incluido y pinchadas en carteleras de corcho. Su escritorio era un asco, impresentable e irritante. A ella no le perturbaba su caos. *"Es mi mugre y mi caos. Ellos y yo nos llevamos tan bien, que casi vamos de la manito como noviecitos…"* – solía repetir a sus compañeros que la criticaban. Su *"Lexikon 80"*, a la que aporreaba con sus dos dedos, pues Alejandra no sabía escribir con los diez, de color marrón plateado, soportaba sus furias, cuando una nota no salía bien. O salía más o menos. Lo cual era más frecuente. Varias carpetas recalcitrantes disimulaban la panera. En ella cualquier papel de poca monta o un documento de altísima relevancia se codeaban palmo a palmo. La panera era como una caja de Pandora. Sobre esa caja de Pandora, un cadete, le había dejado el recado de Pacheco, para que ascendiera a la estratósfera del poder dentro del diario y fuera a hablar con él acerca de cierto asunto excepcional. A un costado del escritorio y algo tambaleante, un retrato de Daniel, manchado de café o de algo similar al café. Cada tanto lo miraba y lo tocaba, como sintiéndolo más cerca, que de tan cerca, estaría junto a ella o dentro de ella. En realidad, estaba adentro de su alma. Con o sin mancha de café.

Mientras subía las coquetas escaleras de mármol de Carrara, adornada de orfebrería de otros tiempos, Alejandra cavilaba. *"Saigón o Praga", "Congo o México"… "Da igual, de algo hay que morir y que se vayan a la puta que los parió"* – decía entre dientes. En el camino hacia el despacho del jefe máximo o casi máximo o casi jefe, se topó con Luis Alberto Paredes. Paredes era el encargado de noticias sociales, pero no de la *"baja"* sociedad, sino de la otra. Acostumbrado a fiestas, ágapes, presentaciones de libros que sólo los leerían los amigos de sus autores, tan antiperonistas como quienes los escribieron, sándwiches, saladitos y derivados y con suerte algún Dom Pérignon caído del cielo, como un maná, pero con sabrosas burbujas. Paredes hacía honor a su apellido. En su persona rebotaban de manera infructuosa, todos los insultos y puteadas por más que fuera un perfecto prototipo de alcahuete. En verdad rebotaban precisamente por ser un alcahuete y caradura. Para Paredes no había *"compañeros"*, sino, *"escalones"* a los cuales pisar para ascender, como quien salta en una cama elástica y así, algún día, ocupar el rivadaviano sillón de Pacheco. Paredes bajaba de las alturas y casi colisionó con Alejandra...

- Hola Ale, ¿cómo estás querida? – dijo con falsa amabilidad Paredes.
- No soy tu querida y ando para el orto – respondió Alejandra.
- Siempre tan graciosa – disimuló desoírla Paredes.
- Graciosos son los monos. Si me querés llamar mona, hubieras sido más directo.
- Bueno Alejandrita, que termines bien el día...

"Alejandrita no me llama ni mi viejo, pelotudo", - se alejó mascullando Alejandra. Alejandra por fin, ante las puertas de la oficina de Pacheco. Tocó y éste lanzó un lacónico, *"adelante..."*.

- Alejandra... quería hablar con vos – empezó diciendo Pacheco.
- Para eso estoy acá Juan Carlos, contame – respondió con un tono seco Alejandra.
- Mirá Ale, el directorio del diario, de manera "unánime", me indicó que te eligiera para enviarte a cubrir la gráfica de la Primavera de Praga...
- Ah... Praga... bueno, podría ser peor.
- Tus antecedentes pesaron y mucho, ¿sabés?...

- ¿Sabés qué se Pacheco? Que dos negros en celo y enfundados en túnicas o sábanas, casi me violaron en dos oportunidades en Medio Oriente y como postre, me gatillaron otras dos veces a la cabeza, pero no les salió el tiro, no se si porque Alá ese día estaba de mi parte o porque ese día les había meado la pistola o Jehová o vaya a saber quién o qué fuerza celestial ¿y ahora me venís con esta mierda de mis antecedentes, para pasarme la cremita y que me la crea? ¿Pero vos me tomás por boluda o qué?...
- No Ale, nada que ver… - contestó algo turbado Pacheco.
- Entonces mandá a un tipo…
- Va a ir Loeb con vos…
- ¿Loeb?... pero qué considerado que sos Pacheco. Loeb se ocupa de economía que yo sepa, pero bueno… gracias de todos modos.
- Por nada. Y ya la conversación ha derivado en algo desagradable. Estoy ocupado y no puedo seguir atendiéndote.
- ¿Y vos decías quererme? – preguntó Alejandra.
- Sí… te quiero. Es verdad. Y además yo no quería mandarte a Praga, pero bueno…
- Pero "bueno", te quiero y hasta si cuadra, me echaría un polvo con vos, pero andá y arriesgá el culo vos… ¿de eso se trata, no?
- Todo este diálogo es innecesario Alejandra…
- ¿Pero por qué no te vas a reputa madre que te parió, Juan Carlos. Okey, iré, al fin y al cabo para eso se me paga, dejémoslo así mejor.
- Casi lo olvidaba chiquita…
- No vuelvas a llamarme "chiquita" por favor.
- Está bien Ale, está bien, casi olvidaba que hay algo más que debés saber y hacer…
- ¿Algo más? No lo puedo creer… ¿Y qué es?
- Antes de partir a Praga, tenés que ir a la embajada de los Estados Unidos.
- ¿Cómo?... ¿Y por qué?
- Porque han llamado al diario, como al resto de los diarios que han enviado o piensan enviar corresponsales a Checoslovaquia, desde el Ministerio del Interior. Desean que cooperemos con ellos.

- ¿Pero por qué no se van a la mierda? No pienso acceder a un pedido como ése…
- Lo vas a hacer Alejandra. No te lo pido yo, como Juan Carlos Pacheco, tu amigo, te lo estoy ordenando como tu jefe…
- ¿Y a quién se supone que debo ver ahí?
- En la embajada, a Helen Melendez, jefa de operaciones de la CIA en Buenos Aires Tomá, ésta es su tarjeta. Te abrirá las puertas… - agregó Pacheco.
- Esto me parece una mierda Juan Carlos y vos te prestás a todo este manoseo – dijo Alejandra ya con claros signos de fastidio.
- ¡No entendés nada Alejandra! Ellos le pidieron al gobierno y el secretario del Interior se comunicó con los principales diarios para cumplimentar el pedido ¡y punto!
- Lo que veo con claridad es toda la mugre que cada uno esconde bajo la alfombra. ¿Qué pasa si me niego?
- Deberías considerarte despedida y con la efectiva posibilidad de no conseguir nunca más trabajo en lo tuyo y en lo tuyo sos la mejor. Sería una pena truncar una carrera así.
- Lo que es una pena es tanta obsecuencia – replicó Alejandra.
- Somos *"amigos"* de ellos. No tengo por qué explicarte geopolítica. Andá mañana a primera hora y punto final.
- Geopolítica decís… Mirá vos. Se nota que no tuviste que sortear cuerpos lacerados jamás en tu vida Juan Carlos.
- No me vengas con sensiblerías Alejandra. No va con tu personalidad… - dijo Pacheco notoriamente contrariado.
- Vos, no me conocés un carajo entonces. Y no es sensiblería.

Alejandra continuaba sin comprender las directivas acatadas ciegamente. *"¿A nadie le importa nada de nadie en este mundo, la madre que los parió?"* – murmuraba nerviosa…

- Pasame un faso Juan Carlos. Me voy. Haré lo que me pedís. Ya ves, bajo la cabeza. Espero estés contento.
- Me parece muy bien... – agregó Pacheco.

Alejandra se levantó lentamente de su asiento. Se encendió el cigarrillo. Pacheco la observaba. La observaba y la deseaba. Pero la deseaba más allá de lo físico, si bien Alejandra era muy atractiva. Un remolino de sentimientos de los más diversos calibres, inundaba el corazón de Pacheco cada vez que dialogaba con ella. Como si su vida se detuviera por un instante, como si su vida se suspendiera entre paréntesis y no deseara que esos paréntesis desaparecieran. Un oasis. A veces la veía como a un oasis. Sin embargo, Pacheco por momentos se horrorizaba, pues ella podría ser su hija, dada la diferencia de edad. Por otro lado, a Pacheco le evocaba a él en sus inicios en el periodismo, esos inicios en los que se creía capaz de cambiar el mundo o el típico pecado de juventud. Durante el primer peronismo, se convenció de que era un cruzado por la libertad y hasta le dolían menos los cachiporrazos de los muchachos de la *"Alianza Libertadora"* de Guillermo Patricio Kelly. Con el tiempo, como el devenir de un río torrentoso, se fue aquietando, hasta convertirse en un viejo y pesado río, con sus pronunciados meandros, con sus paisajes bucólicos de sauces llorones a sus orillas. La impetuosa personalidad de Alejandra lo despertaba a bofetadas, incluso sus desplantes. Incluso alguna que otra violenta discusión como ésta. Pero no podía dejar de amarla. Aunque en silencio. Aunque a veces no tan en silencio. Y no podía dejar de idealizarla. Al fin y al cabo Alejandra, si bien amaba lo que hacía, era una mujer joven con ideales, pero que se los patearon en el culo el año anterior en los Altos del Golán. Y había bajado a la tierra a tortazos. Y eso, Pacheco no lo había percibido aún…

Alejandra dio media vuelta y abandonó el despacho de Pacheco, no sin antes escuchar a sus espaldas, *"Se te va a pagar un plus por zona peligrosa"*… - *"Metetelo en el culo"* – murmuró ella. Alejandra, por otro lado, no se sentía muy bien de ánimo y no era a causa de su trabajo. En el transcurso del día anterior, le había llegado una carta amenazadora anónima, diciendo textualmente que se fuera del país, *"por zurda hija de puta, infiltrada en un periódico de terratenientes"*. Que lo hiciera por el bien de ella y por el bien de su familia.

Alejandra no se lo había comunicado ni a sus padres y hermanos, ni a su novio, Daniel. Era mejor así. En realidad siempre había sido así. Mientras, masticaba la idea de pedirle a Pacheco que le extendiera una carta de recomendación destinada a algún diario o revista europeo, luego de su regreso de Praga y así evitar Buenos Aires. En esos momentos, se encontró nuevamente con Paredes en las escalinatas.

- ¿Volvés de botonear algo a *"alguien"* Paredes? La verdad, es que parecés más bien un tipo de los servicios de *"la Morsa"*, que un periodista de *"La Prensa"*…
- Mirá pendeja de mierda (perdiendo su habitual compostura) – dijo ya ofuscado Paredes – Dejate de joder conmigo. Todos en el diario rumorean que sos *"rara"*. De la Resistencia Peronista o *"roja"* o algo así…
- ¿Peronista? ¿No ves que sos un boludo Paredes? ¿Roja? Roja es mi sangre, cuando me corto el dedo picando cebollas para cocinarme, pelotudo.
- Si no fueras mujer… - agregó Paredes en tono intimidatorio.
- Justamente, te salvás porque "soy" mujer, salame…

A las 19 horas, había tomado servicio Raúl Quintana, el vigilador nocturno. Correntino y chamamecero, como Dios manda y muy buen amigo de Alejandra. Raúl había alcanzado a escuchar las voces crispadas y acto seguido, intervino.

- Señorita García, ¿sucede algo? – preguntó Quintana.
- No, nada de importancia Raúl, nada. Ya casi me voy. Gracias igualmente… ¡Ah! Y avisale a tu señora que un día de estos iremos con Daniel a esa peña de Berazategui que me contaste en donde se canta lindo y se chupa mejor.
- Se lo diré Alejandra. Será un placer para nosotros ir con ustedes.

Se despidieron. Paredes se había esfumado ni bien apareció Quintana como era de esperarse. Otro día concluía o un viejo día abría un nuevo abanico de posibilidades. Alejandra no tenía intenciones de regresar a su casa aún. Tampoco podía contar con su novio a esa hora, pues ya estaba en su puesto de conserje hasta las siete de la mañana. Se decidió por *"La Giralda"* y un chocolate con churros, al tiempo de intentar ordenar el remolino de ideas que giraban atolondrados en su cabeza, como un viento del infierno del Dante. Los azulejos blancos o casi blancos del conocido café, le brindaban una inusual paz cada vez que caminaba con los cables pelados o la obligaban a caminar por cornisas imaginarias o reales. Pidió el chocolate con churros. Le sonrió al mozo sin muchas ganas y le dio las gracias. Miraba la tableta de chocolate negro y la taza de leche espumosa. Parecía recién ordeñada. Pero era sólo una apariencia. Como tantas otras apariencias. Un tipo desde otra mesa cercana, la miraba hacía rato sin que ella lo percibiera. Hasta que lo pescó. El tipo se armó de su mejor rostro de latino cautivador. Tendría unos treinta y cinco o más años, cabellos cortos y traje gris, cara enjuta pasada de sueño o porque comía salteado y un peculiar bigotito *"caminito de hormiga"* muy demodé. Alejandra bajó la cabeza e introdujo el chocolate en la taza de leche espumosa como recién ordeñada. Lo último que necesitaba esa noche, era un boludo actuando de *"Romeo"*, con un bigotito *"caminito de hormiga"* a lo Santiago Gómez Cou.

Se encendió un pucho. Recordó a Daniel, *"no fumes más"* – siempre le espetaba una filípica que ella, muy serenamente prometía obedecer… algún día desde luego. Un recuerdo trae a otro recuerdo, como niños tomados de la mano, como una cadena ilimitada de eslabones y el íntimo sentimiento de Alejandra era que Daniel fuera ese eslabón postrero y lo imaginaba siendo casi simultáneamente su origen, cual alfa y omega, como si ya nada más hubiera que recordar más allá de él. Sin embargo Alejandra había estado de novia con alguien antes de Daniel. El muchacho en cuestión, un estudiante de filosofía que terminó viajando a Cuba, en un viaje sin retorno. Tiempo después, a través de una amiga mutua, se enteró que Horacio, tal era su nombre, fue acribillado a balazos en Nicaragua por la Guardia Nacional, por *"gringo"* y probable marxista. Los "probables" siempre son peligrosos en la América Latina de compañías fruteras…

Capítulo 4
"La embajada"

Miércoles 26 de junio.

Alejandra se presentó a las 9:30 de la mañana en la sede norteamericana, con el objeto de entrevistarse con Helen Meléndez. Dos infantes de marina, la chequearon de modo eficiente y cordial en la entrada. Le solicitaron sus documentos y uno de ellos, la acompañó hasta la antesala de la oficina de Meléndez, que se encontraba distante de la calle. Estuvo ahí por espacio de alrededor de unos cuarenta y cinco minutos. Alejandra dispuso del tiempo suficiente como para observar a las personas que entraban y venían al despacho. La secretaria, de nombre Melissa O´Brien, cada tanto se sonreía, acorde al protocolo y le decía que la Dra. Meléndez la atendería en cualquier momento, que no se preocupara. A lo que Alejandra no dudaba en responderle con una sonrisa de oreja a oreja.

- O´Brien, como el torturador de "1984" – dijo Alejandra con voz poco audible para la secretaria.
- Excuse me? (¿disculpe?)
- Nada, sólo era una libre asociación de ideas…

La secretaria de apellido novelesco, volvió a su impertérrita actitud y continuó escribiendo a máquina, prestándole poca atención a su presencia. Alejandra sacó su libretita. Pero luego la guardó. La emplearía en su momento, se dijo. Un discreto retrato del presidente Lyndon Johnson, dominaba la antesala, con su sempiterna sonrisa, que le brindaba un manto de olvido a lo sucedido a su antecesor en Dallas. La muy texana y enigmática Dallas, tan texana como su actual presidente, la que se había quitado de encima al *"Gran Hombre"*. La antesala estaba decorada con puritana pulcritud y un inevitable minimalismo. Cómodos sillones, de cuero negro y hasta una maceta cúbica que alojaba a una especie de arbolito rústico, de hojas tristes y sin flores. Las paredes estaban revestidas de madera. Un par de módulos de biblioteca con exhibidores de propaganda en folletos, platitos de organizaciones gubernamentales y bibliografía sobre la historia del país del norte. Otros dos cuadros remataban los detalles artísticos. Un óleo del presidente Andrew Jackson atribuido a Thomas Sully y otro que describía la carga de bayoneta de

Chamberlain en *"Little Round Top"*, episodio sobresaliente de la guerra civil. De pronto, sonó el teléfono interno de la secretaria. La secretaria asintió, mientras comenzó a mirar a Alejandra. Colgó el aparato telefónico…

- Miss García, la Dra. Meléndez la recibirá en este momento, la acompaño a su salón – dijo la secretaria de apellido O'Brien, como el torturador de "1984".
- La sigo.
- Por aquí por favor.

La secretaria abrió la puerta que se encontraba a sus espaldas. Como una especie de "Ábrete Sésamo", ingresaron a un breve pasillo alfombrado de color verde oscuro, con más cuadros alegóricos del país conquistador. Otra puerta. La secretaria volvió a ejecutar la misma acción. *"Le pagarán un plus por abrir puertas"* – pensaba Alejandra. Entraron a la amplia oficina de Meléndez. Ésta, leía unos papeles o por lo menos simulaba que los leía.

- Dr. Meléndez, Miss García, from the newspaper "La Prensa" (Dra. Meléndez, la señorita García del periódico "La Prensa") – dijo la secretaria.
- Thank you, Melissa. Stop any phone call for about twenty minutes please – respondió Meléndez. (Gracias, Melissa. No me pases llamadas por aproximadamente unos veinte minutos, por favor)
- Of course Dr., anything else? (Desde ya Dra., ¿algo más?) – preguntó la secretaria.
- No thank you my dear. You can return to your work… Ah! Please… Bring us, two cups of coffee. (No, gracias mi querida. Puedes retornar a tus labores… ¡Ah! Por favor, tráenos dos tazas de café).
- Immediately Dr. (Inmediatamente, Dra.)

Acto seguido, la secretaria desapareció de escena. Pero, un par de minutos después, reapareció con las dos tazas de café.

- I supposed you would drink a cup of coffee with me, Miss Garcia (Supuse que bebería una taza de café conmigo) – dijo Meléndez.
- Entiendo perfectamente lo que me dice Dra., pero preferiría hablar en castellano – replicó Alejandra.
- Oh, certainly (Ciertamente)… perdón Miss García.

Ambas tomaron asiento. La Dra. Meléndez era una mujer relativamente alta. Contextura media. De unos cuarenta y tantos. Cabellos negros, lacios y cortos. Rostro agraciado, de tez blanca rosácea, ojos claros entre lila y azul. Llevaba un sweter bordó y una sobria camisa blanca, acompañada de una pollera escocesa al tono, botas necesariamente negras. Usaba gafas. *"Ha de haber tenido entre 35 y 40, cuando mataron a su presidente Kennedy"*, - razonaba Alejandra. Lo trajo a su memoria pues un retrato de él, colgaba disimulado en una de las paredes, junto al hogar de leños. Tras las presentaciones de rigor comenzaron a dialogar…

- Buen tipo JFK, aunque lo de Bahía de Cochinos… en fin… - disparó Alejandra.
- ¿Sabe sobre política americana?
- No demasiado – respondió Alejandra. Pero el año pasado en Medio Oriente, pude ver con pasmosa claridad, que ustedes son el principal soporte de Israel en la región. Lástima que muera tanta gente inocente…
- Muere gente inocente a cada minuto, Miss García.
- Pero no todos a causa de los misiles fabricados por ustedes o las balas de sus M-16, como en May Lai…[1]
- Lo de May Lai, es un hecho muy triste y embarazoso, Miss García. No obstante, deduzco que deberíamos concentrarnos en la consigna, por la cual usted se halla hoy acá hablando conmigo.
- Muy bien.

---

[1] May Lai: *fue una masacre de civiles vietnamitas a manos del Ejército de los Estados Unidos de América, el día 16 de marzo de 1968. Quemaron la aldea, violaron mujeres y niñas y el responsable, el teniente William Calley, sólo recibió una condena de arresto domiciliario de tres años. Es considerado un "crimen de guerra".*

- En principio… ¿Es usted comunista? – preguntó a quemarropa Meléndez para ver su reacción inmediata.
- No. Soy de familia de radicales.
- Ah… ya. Conocemos al partido llamado UCR. Es un partido de centro, centro derecha.
- Si usted lo dice… - contestó con tono irónico Alejandra.
- Bien – dijo Meléndez, acomodándose las gafas. – La Secretaría del interior de este país, nos dio una copia de su prontuario. Consta en el mismo, que tiene tres *"entradas"*: una al Departamento Central de Policía, una en el Precinto 33° de Belgrano y otra en el 35° de Núñez. Al Departamento Central, ingresó por disturbios en la vía pública, al agredir a fuerzas federales en una protesta del gremio de los gráficos y, las correspondientes a los precintos o seccionales, por haber sido descubierta fumando marihuana en el lugar llamado de las Barrancas de Belgrano y en la esquina de la Compañía Atma, sita en Comodoro Rivadavia y Blandengues… ¿Todo esto que he leído es verdad o es una conspiración de las autoridades federales en su contra?
- Sí. Es verdad. Y no, no es una *"cama"* de la yuta. Y no se dice "precinto", sino, comisaría…
- Disculpe, no le entiendo el lenguaje – respondió la Dra. Meléndez.
- Que no es una conspiración de la Policía Federal.
- Comprendo ahora.
- ¿Qué comprende Dra.? ¿Que reclamé por mis derechos y que me fumo un porro cada tanto?... ya se que me tienen bien *"fichada"* esos tipos.
- Comprendo que usted tiene derechos civiles, pero que también infringió leyes federales. De todos modos, no estoy acá para juzgarla. Por el contrario, queremos pedirle ciertos *"favores"*, pues sabemos que partirá a Checoslovaquia en breve.
- ¿Y si me negara? – preguntó Alejandra.
- Si se negara… sus "problemitas" con las fuerzas federales podrían "agravarse". No se da una idea de cuánto "cooperaron" con nosotros…
- Me lo imagino – respondió Alejandra socarronamente.

- Nos vamos entendiendo. Si, por el contrario, usted "colaborara", esas fuerzas federales, podrían hacer que su prontuario se *"limpiara"* mágicamente, volviendo a fojas cero, tan inmaculado como la Virgen María de los católicos.
- ¿Ésa sería mi paga? ¿Las treinta monedas de plata? ¿A quién deberé traicionar?
- El sarcasmo la va a llevar por mal camino Miss García. Sabemos que, aunque se declara "radical", son evidentes sus tendencias de izquierda.
- Viendo lo que ustedes hacen en Indochina, ser comunista sería casi una consecuencia necesaria…
- Atención Miss García, ya habla como una comunista verdadera y consumada.
- No lo soy.
- Pues habla como tal. Nosotros, en los Estados Unidos, tenemos jóvenes "liberales", así los llamamos. Critican al sistema. Lo desprecian. Algunos, incluso se dirigen a países remotos o exóticos "huyendo" de él. ¿Y sabe qué Miss García? Viven con él. Viven de él. Muchos de ellos, universitarios becados por el sistema que escupen. Como mordiendo la mano de quien les da la comida. Al gobierno le causan gracia estas paradojas o mejor aún, contradicciones. Como niños con berrinche hacia sus padres. En realidad, son eso y nada más.

Alejandra escuchaba impávida la alocución de Meléndez, sin saber bien qué hacer. O escupirla a la cara o jalarla de los cabellos e incrustarle el rostro contra su escritorio o hacerle un repaso de más de cien años de prepotencia norteamericana en el continente y luego en todo el mundo. Prefirió guardar silencio momentáneo.

- Al grano, ¿va a ayudarnos o no? – preguntó Meléndez, ya sin maquillaje verbal.

Alejandra extrajo de su bolsillo derecho, su paquete de cigarrillos. Cuando se disponía a encenderlo, la Dra. Meléndez se le adelantó y le dio lumbre. *"Gracias"* – dijo secamente Alejandra.

- ¿Qué es "ayudar" o "cooperar" para usted Dra.? – contestó preguntando Alejandra.
- Cooperar entre otras cosas, es contactarse con Leslie Swaine, uno de nuestros hombres en Praga y brindarle un informe completo sobre los grupos antiestalinistas Kan y K-231, quiénes son, qué quieren a corto, mediano y largo plazo. Si tienen tendencias claras en favor de Occidente o bien, difusas, etc.
- ¿Qué más?
- Cooperar es, fotografiar instalaciones militares de la URSS en Checoslovaquia, en el caso de que existieran desde luego y entregar los documentos a Swaine.
- Está pidiendo demasiado.
- No. No lo creo – agregó Meléndez.
- ¿A todos lo reporteros gráficos que viajan a Praga le solicitan lo mismo?
- En este caso, se lo solicitamos a usted Miss García…
- ¿Y qué sucedería si los "servicios" de ese país o el KGB me detuvieran?
- Sería muy infortunado para usted. Este diálogo nunca se llevó a cabo. No lo olvide.
- ¿Y por qué no usan a su gente?
- Como dicen ustedes los argentinos, porque están "quemados". Ya los conocen a todos o casi todos. Además, su jefe, Pacheco, me dijo telefónicamente que usted aceptaría este pedido, sencillo ciertamente.

Alejandra apagó el pucho en el cenicero de vidrio, dentado y circular, que tenía dibujado en el fondo, el símbolo de la *"Agencia"*. Alejandra no lo apagó, prácticamente lo aplastó con rabia poco disimulable.

- ¿Me lo obsequia? – preguntó Alejandra.
- ¿Qué cosa Miss García?
- El cenicero…
- Si, por supuesto, gentileza del Gobierno Federal de los Estados Unidos.
- Qué gentiles… - dijo entre dientes Alejandra. - ¿Puedo responderle mañana?

- No más allá de mañana. Swaine debe saber quién se contactará con él, allá.

Alejandra saludó a Meléndez, estrechando su mano, fría y distante. Había odiado cada minuto de su visita *"obligada"* a la embajada, pero aún más se odiaba a sí, por ceder lo inalienable o lo que se supone debe ser inalienable y ella sabía el nombre de "eso", pero no deseaba pronunciarlo, ni con sus labios, ni en su mente. *"Pacheco y la puta que te parió"* – se repetía para sí. Pero tampoco lo decía con un exceso de convicciones. Sus convicciones se habían quedado en el despacho de Meléndez, como atrincheradas y malhumoradas, porque ella no supo rescatarlas a tiempo y las vendió por nada o casi nada. Sus *"treinta monedas de plata"*.

Alejandra, ya fuera de la legación de las barras y las estrellas, caminaba esa mañana gris de mayo por el parque lindante a la misma. Una pareja de enamorados hacía caso omiso al plomizo clima de Buenos Aires y se dedicaba a prodigarse besos, en uno de los bancos de madera. Viéndolos, en ese momento recordó a Daniel. Ya habría llegado a su casa, luego de su trabajo en el telo toda la noche. Como si lo viera, Alejandra, sonrió. Tan distraída estaba, que no notó que el hombre de la pareja de los arrumacos, la fotografió al ingresar y al salir de la embajada. Algo, como telaraña, se iba tejiendo alrededor de ella. Y ella aún lo ignoraba por completo. Llegando a Avenida Sarmiento, frente al Zoológico Municipal, la sorprendió el semáforo en rojo. Los autos habían detenido su marcha. Iba a cruzar la avenida, pero en un rapto de furia, muy típico de ella, arrojó el cenicero con el logotipo de la CIA a la senda peatonal, haciéndolo añicos contra el asfalto. Uno de los automovilistas, que observaba la escena, alcanzó a decir a viva voz, *"¡Que alguien llame a un vigilante, esa mujer está loca!"*. Y el *"vigilante"*, curiosamente, apareció. Casi en puntitas de pie, casi oculto por un macetero gigante y blanco de la plaza, rebosante de helechos…

- Buenos días señorita. ¿Puedo ayudarla en algo? – dijo el policía con voz pausada y serena.

Alejandra estaba parada en el cordón. Mirando hacia la nada o la nada mirándola. No podría precisarse. Parecía mirar el triste depósito de animales. Aunque sólo parecía. Tornó su cabeza en dirección a la voz que le había formulado la pregunta. El vigilante tenía aspecto de vigilante o mejor, de policía de tránsito, con sus infaltables mangas blancas. Era delgado aún. *"Joven y novato"*, - pensó Alejandra. Blandía unas tiras, como de cabo o cabo primero. Llevaba bigotes. De esa clase de bigotes que habían sido cultivados por largos meses, pues el vigilante en cuestión, presentaba rasgos lampiños. Se sonrió o al menos esbozó una tenue sonrisa y dijo:

- ¿Se siente bien señorita? ¿No desea que llame a la Asistencia Pública?
- No. Gracias – respondió Alejandra.
- ¿Me permite su documento?
- Alejandra accedió y le entregó al suboficial su libreta cívica.
- García, Alejandra. 28 años de edad. Soltera. Vive en Belgrano. Es trabajadora del diario "La Prensa". Todo parece estar en orden.
- Pero no lo está…
- ¿A qué se refiere señorita García?
- Dígame (leyendo la identificación del policía) Ramírez.
- Cabo Sebastián Ramírez – agregó presto el suboficial.
- Cabo Ramírez, ¿usted siempre cumple las órdenes que le imparten?
- Siempre.
- Es parte de su trabajo, ¿verdad?
- Sí.
- ¿Y nunca se preguntó si lo que le ordenan sus superiores está bien o está mal?
- No se cuestionan las órdenes señorita. Es lo que llamamos *"obediencia debida"*.
- ¿Jamás?
- En realidad se puede, pero las consecuencias son casi forzosas acorde a las normativas.
- Qué sencillo es todo cuando se pertenece a una fuerza así… ¿Usted se siente seguro dentro de la fuerza, no?
- Es un trabajo que a veces implica serios riesgos, como se sabe.

- No me refería a eso Ramírez. Me refería a que ese uniforme, además de identificarlo como la fuerza del Estado, lo identifica con un grupo, como una familia.
- Claro sí, la familia policial.
- Claro. Como una secta…
- Bueno, visto así. No se. Es un poco fuerte decir eso. Yo soy bastante amplio. Otro agente ya la hubiera detenido por averiguación de antecedentes y desacato a la autoridad.
- ¿Y cuando se desacatan contra los civiles?
- ¿Usted no será una de esas revoltosas que están con el peronismo?
- No Ramírez. No soy peronista. Pero sí soy revoltosa.
- Esta vez tuvo suerte señorita García. Incluso la vi arrojar ese objeto de vidrio a los autos. Pero no la llevaré a la 23°.
- Era un cenicero…
- ¿Cómo?
- Que arrojé un puto cenicero y no fue contra los autos.
- Usted no se encuentra bien señorita.
- No. No me encuentro bien. Pero la Asistencia Pública no remediará mis males. Me voy a mi casa. Prometo no matar a nadie ni poner bombas por ahí.
- Le sugiero que no haga bromas sobre esos temas. Que tenga un buen día señorita… - remató el cabo Ramírez, haciéndole la venia.

Capítulo 5
"Un café, Daniel y una cocina…"

Alejandra se dirigió a Plaza Italia. Se encendió un pucho. Un viento frío comenzaba a soplar y le volaba los cabellos. No obstante, con los cabellos al viento y tan arremolinados como sus pensamientos, Alejandra mantenía su belleza intacta. Extrañamente, eso era lo que menos le importaba en esos momentos. Llegó a un bar de Gurruchaga y Av. Santa Fe. Le preguntó a uno de los mozos si podía usar el teléfono y éste le informó que el *"morocho"* estaba en el mostrador, junto a la caja. Alejandra, resuelta, se encaminó hacia ahí…

- ¿Me permite? – señalando el teléfono.
- Sí, cómo no señorita – respondió solícito el cajero.

Alejandra estimaba que Daniel estaría durmiendo. Lo llamó igual. Lo necesitaba más que nunca. En la primera llamada no obtuvo respuesta alguna. Mientras, pudo observar rápidamente a la concurrencia. Una pareja hablaba por demás. Con gestos y ademanes. Parecían enojados. Pero era sólo una impresión apresurada. Un tipo muy afectado, comía un sándwich de pebete inextricable, mientras hojeaba unas carpetas azules. Una mujer bebía café y bebía un libro, con la misma fruición. Un gordo de corbata extraña, absorbía las noticias de un periódico. Alejandra vio la primera plana. Era "La Prensa". Alejandra levantó sus cejas. Volvió a sus menesteres telefónicos. A la tercera llamada, Daniel contestó.

- Hola Dani… ¿dormías? Soy yo – dijo Alejandra.
- Hola mi amor, sí, me recosté hace un ratito, pero no importa. ¿Pasa algo? – respondió Daniel.
- Quiero verte Dani. ¿Puedo pasar por tu departamento?
- Sí, sí, claro que podés pasar, pero me preocupás.
- No te preocupes. Ya te contaré todo.
- Bueno. Voy a preparar café antes de que llegues. ¿Dónde estás?
- En Plaza Italia. Voy para allá.
- Te espero…

Daniel Omar Pavone, merece un párrafo aparte. Pareja de Alejandra. Treinta años. Trabajaba como conserje en un hotel alojamiento, de 19 á 7 de la mañana, mientras se costeaba los estudios del profesorado de Educación Física, el cual cursaba los días sábados y tres tardes de la semana hábil. Eran novios desde hacía dos años. La había conocido a Alejandra en una pequeña fiesta de uno de sus primos. Esa misma noche, sabría que Alejandra sería el amor de su vida, más allá de cualquier contingencia. Daniel, había nacido en Belgrano, en 1942. De familia de clase media, tenía dos hermanos, Juan Manuel y Elsa. Daniel no había cubierto las expectativas de sus padres y había abandonado la carrera de abogacía. En realidad, no era la primera carrera que había dejado. Había probado, como era menester, con la de contador público, pero a las pocas materias, pegó un portazo y se fue, arrojando el manual de Samuelson por la ventana del aula de Economía I. A Daniel, le importaban un comino los mandatos divinos representados por sus padres. Y esto, no era un detalle menor para Alejandra, naturalmente contestataria. Le fascinaba que Daniel hubiera recorrido medio país a dedo, entre ráfagas de viento frío, ráfagas de viento infernal o ráfagas de viento de personas, que casi lo envían a otro mundo o le tendían la mano. Pero, así como las cosas, alguna vez comienzan, alguna vez concluyen. Y un buen día, Daniel decidió dejar de trotar por el mundo y un amigo le consiguió ese puesto de conserje en ese hotel de la calle Juramento, en el mismo Belgrano. Belgrano, que en aquellos días, era un barrio señorial, de casas de tejas, tan coloniales como un aljibe, casonas y caserones, de la *"Casa del Ángel"*, de duelos fantasmales y esgrimas ya olvidadas.

El hecho mismo de que existiera una *"amueblada"* en el barrio, tal y como se llamaba en esas épocas a esa clase de *"establecimiento de encuentro para parejas"*, era bastante intolerable para la mojigatería vernácula. A Daniel no lo saludaba nadie a la salida de su turno, que rondaba las siete de la mañana. Ni el diariero, don Oscar, un viejito de unos setenta y pico largos, más largos que cortos, que se había cansado de cornear a su mujer, en esos interminables, para él, cincuenta años de casado que sumaban o restaban, según cómo sea mirado, pero que ostentaba a modo de pabellón ficcional, una moral irreprochable ante sus vecinos belgranenses. O el lechero, Justo José – como Urquiza solía decir – y hasta arriesgaba temerario cierto parentesco con el malogrado caudillo entrerriano, quien le daba vuelta la cara si la ocasión lo ameritaba.

A Daniel, sin embargo, le tenían sin el menor cuidado esos desplantes de mierda. Sabía dónde estaba y con quién trataba. Gracias a otro amigo, Renzo, de esos que nunca faltan, había logrado alquilar el departamentucho en cuestión. No le había resultado difícil a Renzo ubicar a su amigo. En el mismo departamento que ocupaba Daniel, un tipo había matado de tres tiros a su mujer, a quien halló con otro, a quien también despachó, aunque intentando huir en calzoncillos y camiseta por la ventana. Luego, de una viga y antes de la llegada de la Federal, se ahorcó con una soga que generalmente era usada para polea en lo alto del techo de la edificación de la galería. Desde entonces, nadie osaba alquilar la pieza o departamento. Se decía que había aún, alguna que otra mancha de sangre de los infortunados amantes y que el fantasma del ahorcado clamaba justicia en una de esas noches extrañas de silencio absoluto.

De hecho, Daniel, alquiló la problemática y misteriosa propiedad, que no pasaba de ser una habitación con baño propio y una cocina incorporada a garrafa. Su pesado sueño, le evitaba distinguir cualquier resto de sangre añeja o ruido peculiar provocado por espectros o por vivos muy vivos, pues su pesado sueño, hacía las veces de plumaje de pato y su coraza frente al agua. Demasiados amantes atendía en sus ocho horas de trabajo, como para asombrarle o impresionarle uno que otro amante más o menos.

Alejandra logró tomar un colectivo. A causa de la hora iban atestados. Quizá mejor que tomarlo, se coló en uno de ellos. Aún se sentía contrariada. Las personas tenían caras desabridas. Ensimismadas en laberintos armados por ellos o por otros. O por ambos. Tan encerrados en esos laberintos como ella. Con tan escasas ventanillas de salida que casi se diría como topos y no hormigas de ciudad, que buscaban sin cesar el diario alimento. Y el diario alimento tal vez no era el sueldo, tal vez era un susurro de luz que se colaba por alguna rendija.

Después de media hora de viaje, llegó a Belgrano. Daniel vivía en Crámer y Juramento, en una casa chorizo que alquilaba departamentos independientes. En la entrada, un jardincito semibandonado, con su inequívoco gomero, un par de malvones y algún geranio que perdió el rumbo. Una puerta metálica, pintada de verde claro, con raros arabescos en su parte superior. Estaba abierta, como invitando a entrar. Y Alejandra la empujó y entró.

Daniel había preparado el café, tal y como había prometido. Pasaron a la cocinita. El mechero estaba encendido. Hacía frío y era una manera de darle batalla. Ella aceptó gustosa el café que Daniel le acercó, humeante y aromático, con suaves volutas de vapor que embriagaban. En más de una oportunidad, Daniel intentó indagar el motivo principal de su visita, pero Alejandra fue esquiva y él no insistió.

Alejandra revolvía la taza de café. Apoyó su cara sobre sus manos. Lo miraba a Daniel, a quien tenía al otro lado de la mesa. Una simple mesa de fórmica, de patas de hierro, pintadas de negro, algo descascaradas. Fórmica que evocaba a quién sabe qué madera, que jamás fue. Una fórmica testigo de largos diálogos entre ambos, entre mates, entre alguna cerveza risueña. Interminables diálogos, como la Ilíada. Una fórmica que alguna vio cómo se llenaba de palabras, un papel blanco y se transformaba en una torpe, pero muy sentimental poesía de él, para ella.

- No se qué va a suceder con mi vida, Dani. Pero se bien que te amo. No podría pensar en un hombre mejor que vos. Estás cuando más te necesito. Los demás me ven fuerte por fuera y vos me ves tal cual soy. Tan vulnerable como cualquiera. Una guerrera sin coraza. La coraza, en todo caso, me la facilitás vos… - dijo Alejandra con la voz entrecortada.
- Mi amor… yo… - Daniel trató de decir algo, pero Alejandra se estiró hasta su rostro y le colocó la punta de su dedo índice en los labios.
- ¿Me querés?
- Hasta la última gota de mi alma – respondió Daniel.
- Quisiera envejecer junto a vos Daniel. Quisiera tener una vida normal. Como todo el mundo. ¿Y por qué no? ¿No tengo derecho acaso? Quisiera saber qué es eso de llevar un hijo en el vientre. Tu hijo… mi hijo. Cuántos "quisieras",

¿no? ¿Serán demasiados "quisieras"? No lo se… - dijo Alejandra casi aturdiéndose con tanta palabra.

Alejandra tragó saliva y miró hacia la ventana que daba al patio común. Un canario resistente al frío cantaba solitario, como una voz alzada sobre la paz de un pueblito de provincia, como alterando esa continuidad y coloreando el incipiente invierno en ciernes.

Alejandra se levantó de su silla. Se dirigió a Daniel. Le sonrió. Se paró junto a él. Finalmente se sentó sobre los muslos de Daniel. Lo besó apasionadamente. Daniel, le devolvió cada beso, cada caricia, cada lengua sobre lengua. Alejandra de pronto se detuvo. Lo miró una vez más. Sin mediar palabra, lo tomó de la mano y lo llevó a la habitación. Esa tarde, hicieron el amor varias veces. Por esa vez y por todas las veces que lo habían deseado y por todas las veces que no lo harían. Sus cuerpos se habían deseado. Sus almas se habían deseado. Y no había barreras bajas ese día. No las había. No tenía por qué haberlas. Por un instante, con la duración de una tarde, fueron los seres humanos más felices del mundo. Por un instante, de paz y sosiego, en medio de tanta tormenta y desaguisado. Aunque sea sólo por ese instante con aroma a tarde y a canela.

La noche en la que Daniel conoció a Alejandra, su vida dio un vuelco. Como una revolución interior, con Nicolás Copérnico liderándola, aunque con el bello rostro de Alejandra. Algo le dijo que esa pequeña mujercita, de fuerte carácter, sería el amor que lo marcaría de modo indeleble. Y Daniel, no se equivocó. Alejandra lo cautivaba. Con cada gesto, con cada palabra, con cada razonamiento, con cada movimiento de sus labios, que hablaban o besaban o proferían alguna que otra puteada. A Daniel, le era indiferente. Él se había enamorado por fin. Y lo sabía. Y Alejandra también.

La tarde, ya convertida en noche, transcurría muy aprisa. Sus cuerpos, aún entrelazados, se negaban al avance de las agujas y que prosiguieran su derrotero infalible. Como un metrónomo al que anhelaban detener. Era el día franco de Daniel y pese a no haber dormido siquiera, fue hasta la cocinita a garrafa y decidió preparar algo para cenar y agradarla. Esos ínfimos detalles, hacía las delicias de Alejandra, que no era ciega precisamente. Sabía perfectamente que ese lugar no era un edén, pero era su refugio en el mundo. Y Daniel la impregnaba de seguridad, al menos por un rato.

Daniel improvisó unos fideos que Alejandra, no obstante no tener mucho apetito, aceptó de buen grado. Daniel permanecía callado. Como aguardando el instante en el que ella le contara lo que debía ser contado. Y eso, que había que contar, Alejandra lo contó. Daniel, algo aturdido y estupefacto, por la sordidez del asunto, sólo atinó a abrazarla. A abrazarla fuertemente. Y ella se dejó abrazar. Y sintió el infinito amor de él, conjugado en ese abrazo. Largo y cálido. Como sus besos. Como su mirada. Y aunque algo aturdido y estupefacto, Daniel alcanzó a pronunciar dulcemente dos palabras. Sólo dos simples palabras… *"No vayas"*.

Pasadas las diez de la noche, Alejandra regresó a su departamento frente a las Barrancas de Belgrano. Nadie había en la calle. Sólo ella, que bajaba por la calle Juramento. A un jeep militar que patrullaba le llamó la atención. Clavó los frenos. Le dieron la voz de alto. Ella levantó las manos. Le gritaron *"contra la pared"*. Le pidieron sus documentos, mientras la cacheaban o más exactamente, mientras la manoseaban. Ella no dijo nada. Sólo quería llegar a su destino. Vieron que era de *"La Prensa"*. Los tipos al comprobar esto no avanzaron más. Uno de ellos, que parecía el oficial, le dijo:

- ¿No sabe que no son horas para que ande caminando lo más tranquila?
- No. Pensé que no era cosa seria – contestó Alejandra.
- Pero lo es ciudadana. Hay grupos subversivos en todos lados y a toda hora. No vaya a ser que la confundamos y termine mal. Ahora retírese…

Alejandra se alejó de ellos como de la peste medieval. A veinte metros estaba el hall de entrada de su edificio. El ascensor no funcionaba. A subir por escalera hasta el décimo quinto piso. Abrió la puerta de su departamento. Había aroma a encierro. La recibieron unos helechos, que ella quería mucho, pese a descuidarlos a causa de sus ocupaciones. El silencio la cubría, como la cubría la noche. Encendió una luz, algo mortecina del living. Se quitó el abrigo. Se quitó las botas. Se quitó la pollera. Se dirigió a su habitación. Se sentó en el borde de la cama. Apoyó sus codos sobre sus piernas y su rostro sobre sus manos. Su rostro no revelaba tristeza o alegría. Sólo era un dibujo sin dibujar. Como una hoja canson en blanco que nunca sería usada...

Capítulo 6
"La llamada"

Lunes 1° de julio de 1968, de madrugada.

Alejandra no había conciliado el sueño hasta muy entrada la madrugada. Aparecían imágenes y desaparecían. Como ensueños fantasmagóricos. Daniel había cenado con ella esa noche y luego se había retirado a eso de las once. Su gato, *"Pepe"*, atigrado, con panza blanca y ojos color miel, la miraban al pie de la cama. Sabía que Alejandra estaba inquieta. Subió sigilosamente hasta la altura de su rostro. Se quedaron ambos mirándose. Ella lo tomó delicadamente y lo posó nuevamente a los pies de la cama. Permaneció sentada por un rato, con las manos apoyadas en sus piernas. Sus pies se enfriaban. Subiría algo la calefacción, pensó. Y a eso de las cuatro y cuarto, sonó el teléfono… *"Hola"* – dijo Alejandra. Nadie contestó, aunque alcanzó a escuchar algo como una radio. El teléfono sonó nuevamente…

- ¡Hola!... ¿quién habla? – preguntó Alejandra.
- Prestá atención a lo que te vamos a decir mocosa de mierda. Sabemos que sos una zurdita puta y drogona marihuanera. No tenés nada que hacer en Buenos Aires. Así que te las vas a tomar. Y calladita la boca… ¿Entendiste la puta que te parió? – dijo una voz ronca del otro lado.
- ¿Quién es? Hablá cobarde, maricón…
- ¿Todavía tenés ganas joder y hacerte la guapa?... si te vemos por la calle, te vamos a recagar a palos. Y si vemos al putito de tu hermano, lo vamos a coger, para que tome nota el afeminado ése. También sabemos adónde viven tus viejos, Amelia y Juan. ¿No querrás quedar guacha tan pronto, no? A tu hermanita, la antropóloga *"torta"*, decile que se quede en México. Que si vuelve, la vamos a hacer mujer de verdad… ¿Ahora sí comprendiste estúpida?
- Hijo de puta… - atinó a decir Alejandra.
- Bajá la cabecita y obedecé. Sino, ya sabés…
- Mirá pelotu… ¡Hola! ¡Hola! – dijo casi gritando Alejandra, pero ya le habían le habían cortado.

Alejandra quedó temblando. No sabía bien si de miedo o de furia. O ambos sentimientos a la vez. Impotencia. En su país la maltrataban peor que en el extranjero. Ella intuía quiénes eran los autores de esta brutalidad. Alejandra respiró profundamente. Se sentía cansada, agobiada. Sentía que las puertas se iban cerrando. Y esas puertas eran de salida. Sentía que esas puertas de salida, eran como una meta inalcanzable, como un muro que saltaba sin poder llegar a tocar cumbre.

Definitivamente el gobierno de Juan Carlos Onganía no deseaba la presencia de Alejandra en la Argentina. Llamó a su gato. Éste subió a la cama y se dejó acariciar. Alejandra miraba a la pared de su dormitorio en el que estaba colgada una reproducción de *"Las Meninas"* de Velázquez, mientras acariciaba a *"Pepe"*. En realidad, no acariciaba a Pepe. No sabía con exactitud qué hacía. Tenía la mirada perdida en un horizonte lejano, tan lejano como se pueda imaginar, que ni ella podía concebir, dado el laberinto de horizontes que se desplegaban en su mente y se difundían como tinta china en agua.

Dejó a Pepe a un lado. Se encendió un pucho. Se sentó en el borde de la cama. Comenzó a mirar a *"Las Meninas"*. Ella, como Velázquez, estaba atrapada en su obra. O en su existencia. O en su presente. Trataba de comprender en qué situación se hallaba. Demasiadas preguntas acudían a borbotones y chocaban entre sí y contra las paredes de su alma.

Decidió llamar por teléfono a su mejor amiga, Nancy Villanueva. Por primera vez Alejandra se sentía aterrorizada. No la intimidaron los sucesos de Medio Oriente. Pero esto, era diferente. Se habían metido con su familia. Sabían de ellos. Sabían cómo pegarle para que doliera. Y dolió. Marcó el número de Nancy. Eran alrededor de las tres de la mañana…

- Hola Nanu, soy yo, Alejandra…
- Hola. ¿Qué pasa Ale? ¿Qué hora es? – preguntó del otro Nancy.
- Las tres y cuarto, amiga. Lo que pasa, es que me llamaron para amenazarme Nanu – contestó Alejandra.

- Tres y cuarto... ¿Qué? ¿Cuándo? – volvió a preguntar Nancy, ya más espabilada.
- Hace un rato. Saben todo sobre mí y mi familia. Me dijeron cosas horribles que les harían y me "sugirieron" que me vaya del país.
- ¡Ay no Ale! ¿Y vos...? ¿Qué pensás hacer? ¡Llamá a la policía!
- Son la policía...
- ¿Cómo que son la policía? ¿Estás segura?
- Sí. Lo estoy. Hace un par de días me tiraron una carta anónima por debajo de la puerta. Decía cosas parecidas.
- Pero eso no prueba nada Alejandra.
- Me parece que no entendés Nanu. Estoy *"marcada"*. Ya nada puedo hacer. Estos tipos saben lo que hacen. Seguro que tienen el teléfono *"chupado"*.
- ¿Chupado? ¿Qué es eso?
- Intervenido boluda... Mirá, mejor no te meto en problemas. Corto ahora. Gracias por escucharme.
- Pero esperá Ale. ¿Cómo puedo ayudarte?
- Cortando la llamada. Si querés en la semana hablamos. Disculpá la hora. Chau.

Alejandra se levantó. Se preparó un café. Pensaba tomar unas pastillas para dormir. Pero no. Prefirió mantenerse sobria para pensar mejor. Lo llamó Daniel quien estaba de guardia en el hotel alojamiento. Le preguntó si podía ir hasta ahí. Daniel le contestó que no habría problemas. Pero antes, quiso saber sobre qué trataba la emergencia. Alejandra prefirió no responderle por teléfono. Que ni bien consiguiera un taxi iría de inmediato. Se vistió con rapidez., su polera blanca, su gamulan de corderito muy abrigado, pantalones jeans, calzó sus botas, se peinó un poco, se colocó su gorrito tejido por su madre y bajó con premura a la planta baja que daba a la Avenida Juramento. Sin embargo, un Valiant III, de color negro, estaba estacionado en la puerta del edificio. Dos tipos fumaban adentro del mismo. Uno de ellos, que oficiaba de acompañante del que estaba al volante, pucho en los labios, se bajó del auto. La calle estaba solitaria, tan solitaria como podía preverse a esas horas de la noche.

- ¡Che borrega! ¿Adónde vas? – dijo el tipo.
- ¡Dejame en paz hijo de puta! – contestó Alejandra.
- Ah mirá… resultó brava la zurdita de mierda – dijo el tipo del pucho en los labios, dirigiéndose al que estaba en el auto.

Alejandra comenzó a correr en dirección a Avenida Cabildo. Todo cerrado. Incluso bares y kioscos. Ningún lugar en donde guarecerse de los del Valiant III. Los tipos arrancaron en persecución de Alejandra por Juramento. De pronto, como de la nada, surgió una camioneta militar por la calle transversal *"O'Higgins"*. Los tres ocupantes de la misma se bajaron e interceptaron a Alejandra. El que tenía algo como dos estrellitas plateadas en los hombros del uniforme, les dio la orden a los otros para que sujetaran a Alejandra por los brazos.

- Soy el teniente primero Cánovas. ¿Por qué corría? – inquirió el militar.
- ¿Por qué no le dice a este par de bestias que me suelten? Me están lastimando – dijo Alejandra muy ofuscada.
- Mucho cuidado señorita con sus palabras. Mídase… le vuelvo a preguntar, ¿por qué corría? Si no contesta de inmediato, tendremos que llevarla al Regimiento 1 *"Patricios"*, para ser identificada e interrogada.
- Me llamo Alejandra García, soy reportera de *"La Prensa"*. Corría porque había dos tipos en un Valiant que me seguían. Acá tiene mi cédula y mi credencial del diario.

El teniente primero Cánovas tomó los documentos y fue hasta la camioneta. Habló por radio. Pidió informes de la *"sospechosa"*. Un minuto después apareció el Valiant III. Paró justo detrás de la camioneta del ejército. Los dos tipos se bajaron. Cánovas se encaminó hacia ellos. Los tipos *"chapearon"*. Cánovas hizo la venia y hablaron un par de minutos que parecieron eternidades. Alejandra los observaba. Eran desconocidos entre ellos, pero "algo" parecía unirlos. Como un espíritu de cuerpo ininteligible para una civil como ella. *"Pero qué manga de hijos de puta"* – pensó Alejandra y sonrió. *"¿De qué te reís pendeja de mierda? Ya vamos a hablar con vos boludita…"* – dijo uno de los del auto negro.

El que dijo aquello, se aproximó a Alejandra, quien continuaba inmovilizada por los dos subordinados de Cánovas. Sorpresivamente le propinó un fuerte golpe en la boca del estómago. Alejandra cayó al suelo, casi sin sentido por el dolor y por no poder respirar varios segundos. *"Maricón de mierda, le pegás a una mujer indefensa"* – alcanzó a decirle a su agresor, luego de recobrar su aliento al cabo de más o menos un minuto. El tipo miró a Cánovas y dijo, *"pero mírela a esta gallinita, todavía quiere cantar la muy turra"*. Acto seguido le aplicó una patada a la cara que la arrojó contra la pared. La mugre de la suela del zapato del tipo quedó estampada en una de las mejillas de Alejandra.

- Señor, no apruebo esto – dijo Cánovas.
- No importa lo que apruebes o no apruebes milico. Acá mandamos nosotros. Y ahora tomás a esos dos payasos que tenés bajo tu comando y te rajás. ¿Comprendido?
- Comprendido mi teniente coronel… - respondió Cánovas en alusión a la *"chapa"* que se le había exhibido minutos antes.

Cánovas miró a Alejandra. Sintió lástima y Alejandra sintió esa lástima que venía de Cánovas. Fueron dos o tres segundos ambiguos. La camioneta partió con celeridad. Alejandra aún estaba algo aturdida por el golpe recibido y aún yacía en el suelo. El "teniente coronel" se puso en cuclillas junto a ella y dijo, *"escuchá bien lo que te voy a decir, pelotuda. Ahora te volvés a tu casita, te encerrás y te dejás de bocinar boludeces. Y eso sí, andá haciendo los bártulos para irte. Por qué no a México con la tortillera de tu hermana"*. Alejandra tentó mirar al tipo. Sólo pudo ver unos bigotes enormes. *"¡No me mirés, infeliz! A nosotros nos importa tres carajos que hayas salido por televisión. Se te acabaron los quince minutos de fama y no te diste cuenta. Bueno, hora de emigrar…"* – remató el tipo. Se levantó y se subió al auto negro. *"Mucho cuidado con lo que decís, a quién se lo decís y lo que hacés borrega…"* – dijo el tipo mientras reía con el otro y arrancaban el Valiant III.

Alejandra regresó magullada y herida a su departamento. Pero más herida tenía su alma. Llamó a Daniel para que no se inquietara. Le explicó como pudo que sólo habían sido unas como irrefrenables ganas de verlo. Nada más. Que estaba todo bien. Daniel creyó en la versión de ella. No tenía por que no hacerlo. Sonaba distendida por teléfono. Lo que ignoraba Daniel, era que Alejandra había ingerido dos Valium para poder serenarse y hablar con él.

Llenó su bañera con agua caliente. Se sumergió en esas aguas que manaban un fino vapor y un agradable aroma a aceites esenciales de lavanda, para sacarse ese olor a prepotencia que le habían impreso sus atacantes. No sólo en sus mejillas. Sabía que ese baño de inmersión sólo le aliviaría el cuerpo. Pero al menos olvidaría por un rato que vivía bajo una dictadura que se decía amiga de la mayor democracia de Occidente. Paradojas que comenzaba a entender en carne propia. *"Literalmente"*.

Pasaron unos días y las llamadas volvieron. Al Valiant III no lo volvió a ver, en su lugar distinguió a un Chevrolet Impala del mismo color, con otro bigotudo como conductor. Quizás eran sus nervios. O quizás era el ejército. O quizás la SIDE. En cualquier caso, sabía que no le quedaba mucho tiempo en Buenos Aires…

Diario de Alejandra M. García:

"¿Qué soy? ¿Quién soy? Ya no lo se. Soy mi fantasma tal vez. Pero mi fantasma se resiste. Y yo no me resisto, al menos no ahora, en este mismo instante, en este ahora, en donde nada es claro, hundida en claroscuros tan difusos como una bruma de tiempo y espacio. Mi tiempo es impreciso. Mi espacio es reducido. Sólo se que ya no se quién soy y hasta eso me suele bastar en este presente de grises ambiguos…"

"Creo que ya no tengo fuerzas para seguir siendo un ser humano. Quizás ellos ganaron. En realidad no se si soy un ser humano. Tal vez creo que lo soy y sólo es un engaño que me regalo, a modo de consuelo. Tal vez no se qué soy. Tal vez soy lo que ellos quieren que sea. Algo. Y sin embargo me resisto. Y no se por qué".

Miércoles 10 de julio de 1968.-

Capítulo 7
"Una noche fría"

Buenos Aires, sábado 13 de julio de 1968.

En el departamento de Silvina Suñé y Ricardo Elías, amigos de Alejandra. Nada había dicho sobre los sucesos que sobrevinieron después de la llamada y el apriete. No quería involucrar ni a Daniel ni a su familia ni a sus amigos. Alejandra tenía entereza, pero no sabía cuánta. Y ésta siempre estaría a su lado.

- No quiero que vayas a Praga... - dice Daniel.
- Ya te dije que debo ir... es mi trabajo. Vos sabías con quién salías – respondió Alejandra.
- ¿Por qué nos querés privar de vos?
- Daniel... es sólo por unos días o quizás semanas y luego vuelvo – dijo Alejandra, mientras se encendía un pucho.
- No. Es peligroso. Todo el mundo dice que eso de la "Primavera" no puede durar. Que va a terminar en un baño de sangre.
- ¡Y si es así, alguien tiene que documentarlo!
- ¿Pero por qué vos?
- ¡Porque el diario así lo dispuso!
- ¿No te das una idea del mundo en el que vivimos? En abril mataron a Luther King, hace un mes a Robert Kennedy. Hubo protestas en París multitudinarias en mayo...
- Sí... ¿Y?
- No. No te la das. Ni imaginás qué puede llegar a pasarte en el extranjero. Estuviste a punto de morir en Medio Oriente y...
- Bueno ¡Basta Daniel!... ya tomé la decisión. Y punto.

Esa noche, Alejandra y Daniel, se encontraban de visita en el departamento de unos amigos que habían regresado de México, con noticias poco halagüeñas, ya que el gobierno del presidente Gustavo Díaz Ordaz había incrementado la represión sobre la población civil, en abierta rebeldía a su administración, lacaya del país del norte.

- Dany… ¿No ves que hay un movimiento mundial de protestas? En Checoslovaquia, en México, en Francia… - dijo Alejandra.
- ¿Y aquí? ¿Por qué no aquí? – respondió Daniel.
- Ya va a llegar. La dictadura de Onganía tiene los días contados…
- Bueno, no importa Onganía. Sólo me importa que nada te suceda. No vayas por favor.
- No quiero discutir el tema Daniel. Además el "movimiento" y la SIDE me tienen fichada. Qué digo… refichada.
- ¡Pero si no sos bolche!
- Si la "Morsa" y sus secuaces dicen que sos bolche o peronista, lo sos.

Silvina y Ricardo regresaron con unos tragos. Silvina se dirigió a Alejandra.

- ¿Sabías que tu hermana Lorena, está participando de las marchas contra el gobierno de Ordaz? Lo hace con la UNAM – dijo Silvina.
- No. No lo sabía. Pero conociéndola, la imagino en las marchas, por otro lado, Ordaz es un reverendo hijo de puta… – agregó Alejandra.
- Sí… pero Ordaz está furioso contra los estudiantes. Ya envió tanques al Zócalo, en forma *"preventiva"* – dijo Ricardo.
- ¿En *"prevención"* de qué? ¿De que el pueblo se exprese libremente? ¿Ves lo que te decía?
- Ale… Ale… Ale… El PRI gobierna desde hace cincuenta años… Se las saben todas y encima Ordaz es un chupamedias más de Estados Unidos y no un chupa cualquiera. Si hasta dicen que fue agente de la CIA o lo es actualmente, no estoy segura… - remató Silvina.
- Justamente por esto, se que adonde voy, Estados Unidos se va a lavar bien las manos, como Pilatos. Se muy bien lo que me espera. Estados Unidos no va a intervenir en el patio trasero de ellos, los rojos, - dijo Alejandra.
- Ale… - interrumpe Silvina -, adonde vas es coto de caza de la Unión Soviética. ¿Qué pretendés? ¿Que los mismos que matan ancianos, mujeres y niños en Vietnam, vayan a salvar

a los checoslovacos? Los mismos que rocían de "agente naranja" y napalm a poblados enteros de "Charlies" [2] según ellos... me extraña.

- No. Desde luego que no creo eso y tampoco en nada más... En nada Silvina. En nada. Demasiada mierda he visto. Demasiada miseria humana. En el Sinaí tomé lecciones aceleradas el año pasado. No hay héroes en ningún lado, sólo personas que tratan de llegar vivos hacia el final del día....
- ¿Aflojamos un poco? – preguntó Ricardo.
- Dale - dijo Daniel.

En el departamento de Silvina y Ricardo comenzaban a sonar los Rolling Stones. Los recuerdos del año anterior, los de la *Guerra de los Seis Días en los Altos del Golán*, no la dejaban en paz. Dos veces intentaron violarla. Una vez le dispararon a la cabeza y se salvó de milagro, porque se trabó la pistola y el recuerdo de su compañero Amaya y su cráneo ensangrentado... Fotografiar cuerpos destrozados de uno y otro bando. Fotografiar padres mientras protegían con su cuerpo a sus pequeños de los bombardeos de los "Mirage III", como si protegiéndolos con su cuerpo, pudieran protegerlos de *"eso"* que caía desde el cielo. Y Alejandra los vio deshechos. En trozos. Como animales en el matadero. No los protegieron. Y no los protegieron porque no pudieron. *"Mala cosa la guerra, una mierda"* – siempre había razonado Alejandra. Pero desde el manual de historia de la facultad, a tener que pisar restos humanos reales y humeantes para esquivar balaceras o tropezar y caer encima de un cuerpo hinchado de días, que hedía, había un trecho. Un trecho, que nadie debería atravesar. Era su primera vez. Ese año anterior, prometió acostumbrarse al horror. Sin embargo, Alejandra seguía con el alma revuelta. No podía engañarse. Podía engañar a otros. Pero no a ella. Alejandra intentaba sonreír, mientras bebía su Martini. Viéndolos a sus amigos y a Daniel, hasta parecía un mundo menos hostil, con menos dolor, con menos agonías. Pero ella sabía que esto era sólo una reunión de amigos y que no debía arruinarles la noche.

---

[2] "Charlies": *se denominaban así a los efectivos y guerrilleros de Vietnam del Norte (comunista) o "viet – cong" que luchaban contra las FFAA de los Estados Unidos. En alfabeto aeronáutico, "Víctor" – "Charlie".*

Estaba como absorta en su viaje al país del *"socialismo con rostro humano"*, como lo llamaba el secretario general del Partido Comunista de Checoslovaquia, Alexander Dubček. Su jefe de redacción, Pacheco, le había instruído, que ni bien llegara a Praga, se contactara con los dos grupos de disidentes al Kremlin, tal y como le había dicho Meléndez. Que no temiera, le había dicho Pacheco. Iría acompañada por su ayudante de campo, Edgardo Isaías Loeb, el estudiante de economía, el fichado por la SIDE de Onganía. Fichado, también al igual que ella, por MANO, *"el movimiento"* de parapoliciales fascistas que asolaba al país de la *"Revolución Argentina"*, uniformados que se quitaban sus uniformes y de modo cobarde aporreaban a disidentes o les colocaban un artefacto explosivo *"de advertencia"*. ¿Fichado por alguien más? Tal vez. Fichado por judío y por probable comunista. A Loeb, le vendría bien alejarse de la Argentina un tiempo. Ella ya había probado las mieses en forma de golpes y patadas…

Alejandra fue al balcón. Era una noche fría. Pero no le importaba. Se encendió un pucho. Se apoyó en la baranda con los codos. Aún nadie reparaba en su ausencia. Y ella meditaba… Meditaba si las ausencias podían repararse. Pese a sus jóvenes 28 años, Alejandra estaba movilizada. Había visto a la muerte caminar afablemente por el desierto del Sinaí. Le había visto la cara. Una cara sin forma. De un color incoloro. De gestos casi pétreos. No vestía de negro como la muerte de Bergman. Vestía arpillera. Lo que de daba un aspecto aún más bizarro.

- ¿Te pasa algo? – preguntó Daniel.
- No, nada… ¿Qué va a pasar?... que te voy a extrañar mucho, mucho – contestó Alejandra.
- Y yo a vos y los sabés bien…
- Sí, lo se…
- ¿Venís? Estamos por cenar. Los chicos prepararon pizza.
- Ahora voy… quisiera estar un momentito a solas…
- Sí, por supuesto mi amor – respondió Daniel.

Y Daniel la miró con una ternura difícilmente descriptible en palabras. Alejandra lo fascinaba. Como un encantador y su cobra a su encantador. Veía en Alejandra a un ser sensible, que no terminaba de acomodarse a tanta crueldad perdida en calles, desiertos o selvas. Tanto cruel que caminaba muy tranquilo con su consciencia y dormía muy tranquilo, en compañía de su esposa, amante o concubina con o sin hijos, con o sin perro. A los que seguramente amaba.

Alejandra habitualmente no sentía vértigo. Pero esa noche, algo inusual le sucedía. Se encendió otro pucho acompañada por los Stones, como música de fondo. Pero los escuchaba como en un murmullo. Su vista perdida, mientras el humo azul a su vez, se perdía sin remedio y con rapidez a causa del viento. A lo lejos, veía luces que se encendían. Otras, que se apagaban. Casi como una metáfora de vidas que llegan y vidas que se van. Como un equilibrio de algún ignoto juego de idas y vueltas.

Alejandra disfrutaba de ese viento frío. Disfrutaba de su breve soledad en el balcón y del viento que servía de marco perfecto para tanto pensamiento y sentimiento cruzados. A Pacheco no le creía un carajo. Pacheco no quería enviarla a Checoslovaquia. Es verdad. Pero el directorio del diario lo conminó a hacerlo y la SIDE, también. Era su mejor reportera gráfica, la más jugada, la que eludía cercos y bombas de conflictos pero sabía que allá, en medio de la nada o a mitad de camino entre la nada y el infierno, no estaría para arroparla. *"Mala cosa la guerra, una mierda"* – se repetía casi como una letanía. *"Pero allá en Praga no hay guerra"* – se decía a modo de consuelo. *"No habrá cuerpos diseminados como en Palestina"* – agregaba de forma peregrina. Alejandra se preguntaba si ésta noche, tan especial noche, noche de amigos y noche de su amado sería su última noche. No porque pensara en la muerte, sino porque pensaba en esos momentos en los que se desea que no avance el tiempo, que nada más valga la pena que ése momento. De pronto reapareció Daniel. Se detuvo en la puerta ventana del balcón. La vio a Alejandra. Se encaminó hacia ella. Como tantas otras veces lo había hecho. Pero esta vez, Alejandra al verlo, le sonrió y dijo: *"No digas nada, sólo cubrime con tu cuerpo, siento frío ahora, un poco"*. Daniel hizo lo que ella le pidió. Sin preguntar. Cuando Alejandra le hablaba de esa forma, Daniel sabía que ella intentaba ordenar su cabeza. Daniel respetaba esos instantes profundamente de ella y de nadie más. No eran frecuentes. No era frecuente que ella lo manifestara de esa manera. Pero lo hacía. Muy de tanto en tanto. Ella volvió a sonreír. Pese a la angustia que le generaba el viaje. Y sonrió porque lo sentía a Daniel a su lado. Quería que ese momento fuera eterno. Pero no lo era. Y corría el tiempo o se deslizaba por entre sus manos, como agua de la canilla, demasiado vertiginosamente, demasiado apurado. Como escapando de ella. Y ella lo sabía.

- Voy a hacer algo en Praga, de lo que podría arrepentirme – le dijo Alejandra a Daniel.
- No comprendo. ¿Hay algo que no se? – preguntó Daniel.
- Sí. Pero no voy a decírtelo ahora mi amor, es así – agregó Alejandra.
- Me inquietás. Sumás más preocupaciones a mi vida. Sabés que te amo Alejandra.
- Lo se. Pero quiero que sepas, que yo no soy una mierda que se vende por dos mangos. Si algo me pasara allá y te vinieran con ese cuento, no lo creas…
- Pero cómo voy a creer en ese disparate. Jamás. Pero por favor, decime qué sucede…
- No puedo. Será mejor para vos que no lo sepas.

Dicho esto, Alejandra tomó el brazo derecho de Daniel y simuló que era su bufanda. Que la protegería del frío. Como de un frío inminente, como de un peligro que helaría su vida. Y el tibio brazo de Daniel, alcanzaría para disipar ese frío. Como una magia salida de alguna galera de algún mago trasnochado y ebrio. Y ella ciertamente quería embriagarse esa noche. Pero no de alcohol. Quería embriagarse de él…

Capítulo 8
"La despedida"

Sábado 20 de julio de 1968.

Alejandra viajaba en el Citroen 2CV descapotable de Daniel, rumbo al aeropuerto *"Ministro Pistarini"*. Daniel se había quedado a dormir en el departamento de ella, la noche anterior. Daniel había pedido franco esa noche. No podía dejar sola a Alejandra en esa última noche de Buenos Aires. Habían explorado sus cuerpos, para indagar sus almas, como aquella primera vez y lo que hallaron aquella vez, seguía ahí, en sus almas y en sus cuerpos, que festejaron una vez más, esa última noche, toda la noche...

Alejandra estaba rara. Hablaba poco. No era buen síntoma.

- ¿Me vas a cuidar a *"Pepe"*? – preguntó Alejandra.
- Te voy a cuidar a "Pepe", no te preocupes. Ya aprendí – respondió Daniel con ternura.
- Bueno.
- ¿Por qué estás tan callada?
- Nada. Por nada. Será el día. Qué se yo... Para colmo gris, plomizo. Como si al día le disgustara lo que voy a hacer.
- Por tu viaje...
- Sí. Seguramente es eso – agregó Alejandra.
- Tus viejos ¿vienen? – preguntó Daniel.
- Sí. Desde luego. Mi viejo, al igual que vos, no quiere que vaya. Pero en fin...

Alejandra miraba por la ventanilla del Citroen. Parecía como si en algún momento fuera a quedarse. Como el burro que se niega a avanzar y que ni él sabe por qué. Miraba los arbolitos a los costados de la autopista Riccheri. Los puentes sobre la misma aparecían y desaparecían sin cesar. Alejandra sentía como si la palma de una mano la empujara por la espalda hacia el avión que la esperaba en Ezeiza con destino a Madrid. Daniel también estaba algo callado. Ella sabía de sus recelos sobre el viaje. Ni imaginaba todo lo demás. Lo había preservado de toda esa inmundicia. *"Pará Daniel"* – dijo de manera sorpresiva Alejandra. *"¿Aquí? ¿Al costado de la*

Riccheri?". *"Sí"* – dijo Alejandra. Daniel detuvo el auto más allá de la banquina.

- ¿Y ahora qué te pasa? – preguntó Daniel.
- Nada. Sólo quería que te detengas. Quiero pensar en nada. O quizás quiero llevar esto conmigo.
- ¿Qué cosa Ale?
- Nada. Yo me entiendo.
- Estás muy rara vos últimamente…
- Es que todo es muy raro Dany. Lo único comprensible es tu amor, es el cariño de mis viejos, mi hermano Edu y el ronroneo de mi *"Pepe"*. ¿A qué más podría asirme sino? ¿Sabés qué fantasía tengo ahora?
- No. Decime…
- El estar sentada en la estación de trenes de *"Vagues"*, en medio del campo. Y oler el olor a pasto. Por qué no, a pasto quemado incluso. O a tierra mojada y ver a una lombriz arrastrándose por el suelo o a un torpe y pesado escarabajo… ¡mirá cómo estoy hablando! Si hasta parezco un personaje de novelas, ¡un *"cascarudo"*, mejor dicho! Y escuchar las chicharras que cantan al puto calor que no sólo no se va, sino que desea abrazarte con su abrazo de oso.

A los pocos minutos, pasó muy despacio un Rambler Classic de la Policía Federal con dos tipos adentro. Los miraron de arriba abajo mientras pasaban. Viejos conocidos de Alejandra. *"Vamos Daniel, sigamos"* – dijo Alejandra.

Diez minutos después arribaron al aeropuerto. Tenían tiempo, el vuelo que la conduciría a Madrid partía a las tres y media de la tarde. Faltaban más de dos horas. Se dirigieron al mostrador de Aerolíneas. Alejandra le mostró a la empleada su pasaje y ésta le entregó el *"pasaje de abordaje"*. Luego sus valijas fueron agregadas a la cinta transportadora. Alejandra retuvo consigo su tradicional mochila con su máquina fotográfica. Les indicaron que aguardaran en la sala privada. Después, un oficial de la Fuerza Aérea le señaló a Alejandra que pasara por Migraciones a mostrar su pasaporte y su visa. Una vez chequeados estos documentos, supo cuál sería su puerta de embarque. *"¿Tomamos un café?"* – preguntó Daniel. *"Dale"* – respondió Alejandra.

Alejandra revolvía el café monótonamente. A Daniel no le pasó desapercibido. *"¿Querés un pebete o un tostado?"* – inquirió Daniel. *"No. No tengo hambre, gracias Dany, pero no".* Repentinamente Alejandra creyó reconocer a uno de los tipos que la golpearon la noche de la llamada. Bebía alegremente en la barra de uno de los bares del aeropuerto, junto a otro tipo. Ambos de cabellos muy cortos. Ambos de mostachos. Ambos parecían clichés de lo que un cana debe ser o parecer. Vestían sacos baratos azules y pantalones marrones, tan o más baratos, pero de impecables zapatos muy lustrados. Alejandra los miró de soslayo. Como evitando mirarlos directamente, como quien evita mirar a la Gorgona a los ojos.

Daniel pidió la cuenta. Alejandra casi no había probado el café. Bebió el vaso de agua reglamentario. Parecía agua de la canilla, pero no le importó. Ingirió una pastilla. Daniel le preguntó si algún día las dejaría. Alejandra le prometió dejarlas pronto para tranquilizarlo. Aún no se levantaban la mesa e hizo su aparición Edgardo Loeb. Estaba acompañado por una chica rubia de gafas, cabellera en hebras, sacón negro, polera de lana turquesa, minifalda y botas marrones. Llevaba unos libros y un cuaderno en la mano izquierda. Alejandra la miró y sin querer la juzgó. Era estrafalaria. Y si lo era qué… - razonó Alejandra reprendiéndose a ella misma.

- ¡Hola! – exclamó Edgardo.
- Llegaste en horario, qué raro "ruso" – dijo Alejandra en tono de broma.
- Y eso que se atascó un poco el tránsito. Bueno… les presento a "Laila", Laila Zaltman. Es de la "colectividad". Nos conocimos hace dos semanas.
- Hola Laila, hola Edgardo, tanto tiempo – agregó Daniel.
- Qué tal… respondió parca y tímidamente Laila.
- Bueno. Basta de holas y holitas. Edgardo, ¿tenés todo en regla? ¿No te olvidás nada, verdad? – preguntó Alejandra.
- Creo que no – contestó Edgardo. Mi prontuario en todo caso – agregó.
- ¿Quieren un café? – inquirió Alejandra sonriendo.

- Después Ale, gracias. Vamos al mostrador de Aerolíneas.
- Vayan con Dios… - añadió Alejandra.
- ¿Con cuál de ellos? – dijo Edgardo mientras se alejaba y reía.

Alejandra se encendió un pucho. Meneaba la cabeza, como descreyendo que fuera a un lugar distante e recóndito, con un *"tiro al aire"* como el "rusito", aunque el tiempo le mostraría lo contrario. Alejandra se dirigió a Daniel:

- No se cuál dios. Pero espero que "ése" dios, nos proteja y no permita que nos suceda lo que a Amaya el año pasado.
- Qué puedo decirte. Hice todo lo que estuvo a mi alcance para convencerte de que no vayas.
- Lo se. Pero debo ir. O mejor aún, irme. Un buen rato.
- Como Loeb…
- Como Loeb – cerró Alejandra.
- Te amo y te voy a extrañar…
- Yo también… yo también Dany, más de lo que imaginás.

Alejandra apagó el pucho en el cenicero de lata de *"Mejor un Cinzano"*. Desde su mesa podía ver a los tipos que parecían clichés de policías, simplemente porque "eran" policías. Uno de ellos, el que ella sospechaba que la había aporreado y humillado, le hizo el típico gesto de *"degüello"* con el dedo índice. La impunidad que gozaban, la gozaban. El tipo pagó en la barra y el otro, su lacayo, subordinado o algo así, lo siguió. Se alejaron por entre el gentío del aeropuerto.

Una mujer de unos treinta y pico de años, pelirroja y muy atractiva, se acercó hasta la mesa de Alejandra y Daniel. Con una sonrisa de oreja a oreja le dijo, entregándole un sobre color madera a Alejandra, *"Don't forget it"* (No lo olvide), *"have a good day"* (que tenga un buen día). Y así como apareció, se esfumó. *"Andá a la puta que te parió"* – murmuró Alejandra. Daniel frunció el ceño. Algo no andaba bien.

- Mi amor, ¿quién era esa? ¿querés contarme algo? – preguntó Daniel notoriamente nervioso.
- Nada. Ya te dije. No pasa nada. No tengo nada para contarte. Sólo que te voy a extrañar negrito.

- ¿Seguro?
- Seguro. ¿Vamos? Busquemos a Edgardo. El pelotudo debe haber ido a Cañuelas – dijo Alejandra con el objeto de distender el momento.

Daniel no creyó en la situación de normalidad que le ofrecía Alejandra. Pero dicha situación estaba más allá de su alcance. Era algo "oscuro" en el que su amada Alejandra estaba envuelta y él sentía una soberana impotencia, pues ella lo mantenía distanciado de "eso" oscuro, como intentando que él no resultara salpicado con esa substancia viscosa, en la que ella ya estaba inmersa irremediablemente. Prefería arrostrarlo ella sola. Y esa había sido la historia de su vida hasta esos momentos en Ezeiza, tragar saliva y continuar adelante. Por un altoparlante anunciaron que tenía una llamada en una de las cabinas de la terminal. Dejó por unos minutos a Daniel. ¿Qué más podía acontecer? Era Pacheco que le deseaba buena suerte. *"Gracias Juan Carlos, hasta la vuelta"* – fue la respuesta de Alejandra. Volvió con Daniel, restándole importancia al llamado. *"¿Querés otro café?, éste se enfrió"* – dijo Daniel. *"Bueno, gracias"* – indicó Alejandra. Cinco minutos después, por el altoparlante la requerirían nuevamente a causa de otro llamado telefónico. Era Eduardo, su hermano:

- ¡Ale! ¡Soy yo! Eduardo.
- Hermanito. ¿Qué pasó con los viejos?
- Nada. Mamá está en cama con bronquitis y el viejo se quedó a cuidarla mientras espera al médico.
- Sí, algo sabía sobre eso. Bueno, que se mejore decile a mamá. Cuando llegue a Madrid, los llamo. ¿Y vos?
- No te enojes, pero el lunes tengo un final, por eso no fui a despedirte – dijo Eduardo.
- No me enojo, piojo. Te quiero Edu – dijo Alejandra con lágrimas en los ojos.
- ¡Y yo a vos hermanita estrella! ¡Te mando un beso Ale!
- Ya lo agarré. Ya lo tengo. Y me lo llevo conmigo para el viaje, de glotona nomás… - Alejandra fingió reírse.
- Beso, ¡chau!
- Chau piojito, chau…

Eduardo cortó. Alejandra intentó secarse las lágrimas. No quería que Daniel la viera así. Pero Daniel la vio. Se sentó nuevamente junto a él. Acercó su silla. Lo abrazó. *"No digas nada, sólo abrazame"* – dijo. Daniel a esta altura se sentía como desbordado. Se le había enseñado que los hombres no lloraban. Pero por alguna razón inextricable, sus ojos estaban enrojecidos y violaban esa ley no escrita por algún superhombre o dios o demiurgo o vaya a saber qué pelotudo incoherente y anónimo. Aunque se hallaban en mitad del aeropuerto, rodeados de cientos de personas, ese momento, ese delicado y preciso momento los hizo uno de nuevo. Como si hicieran el amor en el departamento de ella o en el departamento de él. Como el amor mismo, en donde los terceros están de más. Y ninguno de los dos quería que ese momento pasara. Deseaban que ese momento se inmovilizara. O al menos se aquietara para que pudiera prolongarse más. Pero la realidad los llamaba por la pizarra de *"arribos"* y *"salidas"*. Era la hora de partir. Daniel la acompañó hasta los pies de la escalera mecánica.

Colocándole su dedo índice en los labios a Daniel, Alejandra le dijo, mirándolo a los ojos:

-   No me beses. Guardá ese beso para mi regreso. Guardalo como si fuera lo último que querrías perder – dijo entrecortada Alejandra. Guardalo en donde nadie pueda ensuciarlo, ni hacer que olvides de quién o para quién es. Ese beso tiene mi nombre. Ya está hecho. Puedo irme tranquila – agregó Alejandra, retirando su dedo índice de los labios de Daniel. Chau…

Dicho eso último, se subió a uno de los peldaños de la escalera mecánica. Y subió. Y se dio vuelta. Y le sonrió, pero con una sonrisa con aroma a tristeza, como la tristeza de los sauces sobre arroyos cansinos. Daniel la miraba extasiado, hasta que ya no pudo divisarla más.

Ya en el avión, sentada al lado de Edgardo, sacó una libretita verde oscura, algo maltrecha. En realidad era su diario. Que desatendía y atendía de modo espasmódico. Y escribió…

"Qué extraño es todo. Una parte de mí se va y una parte de mí se queda. No quise que Daniel me besara, en ese beso casi necesario de despedidas de película. No había música de fondo como en ellas. La música la sentíamos en nuestras almas. Ese lugar, el cual no se si es inexpugnable, pero debería serlo. Ojalá lo sea. Ahí guardamos ese beso. Es nuestro tesoro. ¿Por qué hacemos lo que hacemos si no queremos hacerlo? No lo se. Este pájaro está a punto de volar. Y yo en su vientre. Este pájaro o este monstruo que me lleva en su panza a 'terra incognita'. No se qué me aguarda. Sólo quiero volver por ese beso que lleva mi nombre, como la niña que desenvuelve el regalo navideño, sabiendo de antemano que es la muñeca que tanto anhelaba.
Sólo quiero volver a tus brazos... nada más".

Durante el vuelo, pidió a la azafata un vaso de coñac. Y tragó sus pastillas. Y soñó con el regreso. Y soñó con no viajar más. Y quedarse acurrucada en los brazos de Daniel para siempre, a orillas del lago Nahuel Huapi, observando a las gaviotas en su vuelo de libertad...

Segunda parte

Praga

Capítulo 1 "
El desembarco" (Primera parte)

El Boeing 707 de Aerolíneas condujo a Alejandra y a Edgardo a Madrid. Buenos Aires parecía tan lejana, que Alejandra se estremeció. Más de 10.000 kilómetros entre ella y esos hijos de puta que la habían acosado con total desparpajo. Alejandra se tentó mientras la nave se acercaba a la capital española. Miró por la ventanilla. De lejos creyó ver a la ciudad de los Borbones a los que admiraba y detestaba por igual. Pidió un vino a la aeromoza. Le preguntó si ya estaban arribando. Le contestó que sí. Que ya no podía servirle lo solicitado, que se ajustara el cinturón de seguridad. Edgardo leía la Encíclica "Rerum Novarum". *"Pero mirá qué cararrotas estos curas, te hablan a favor de las clases proletarias y te defienden la propiedad privada..."* – musitó Edgardo. Alejandra se limitó a mirarlo un instante. Luego tornó la cara hacia la ventanilla de nuevo. Arribaron a Barajas alrededor de las cinco de la mañana. Madrid, era sólo una escala técnica. El periódico les había reservado dos pasajes para el DC–10 de Iberia de las 12 del mediodía, que los llevaría a Roma.

Pero entre ambos vuelos había siete horas de diferencia. Alejandra le pidió a Edgardo si podía acompañarla a visitar *"La Puerta del Sol"*, lo cual su compañero accedió. Una vez ahí, se dirigieron al *"Gran Café Universal"* y se sentaron en una de sus mesas de mármol, emblemáticas del lugar. El café se encontraba atestado, como era habitual. Todo tipo de concurrentes, hacían del paisaje algo colorido y heterogéneo. Parejitas de enamorados que se tomaban de la mano y se juramentaban amores eternos con fecha de vencimiento, abogados y sus clientes que discutían qué estrategia planear para convencer a usía, un grupo de jubilados que jugaban al tute muy acalorados, entre cafés y refrescantes *"tintos de verano"*, esa bebida típica compuesta de vino y limonada, dos o tres más solitarios y taciturnos, quizás recordando la guerra civil, la cual nadie quería recordar o el cuarteto de filósofos discurriendo sobre la existencia o inexistencia de Dios, muy a la moda, en un año de dioses resignados y protestas estudiantiles muy terrenales. Alejandra, pese a las horas de vuelo, se sentía como renovada entre esta gente, que no era su gente, pero que era como si lo fuera, con ese aire de cosmopolitismo irreverente que los hacía entrañables.

Retornaron a Barajas y a la hora establecida, tornaron sus alas hacia Roma. Tres horas después, descendieron en el Aeropuerto de Fiumicino, en una Italia que comenzaba a agitarse con las nacientes Brigadas Rojas, en el saliente gobierno de Aldo Moro. Dos horas después, pasadas las cinco, lograron subir al ferrocarril que los llevó hasta la Ciudad Eterna, distante unos 35 kilómetros. Ambos estaban cansados, pero decidieron seguir. En la estación de trenes de "Termini", pudieron comprar dos pasajes a Viena. Viajarían en camarotes hasta la terminal de Meidling, Austria. El tren a Meidling partiría a las 21:00. Nuevamente la rutina de buscar un sitio de mesas, mostradores y cafés hasta la hora de partida. El destino: el café *"Greco"*. Renacimiento, artes y letras parecían querer fagocitar a los viajeros entre óleos, escritores conocidos y fracasados, músicos y aprendices al paso y un exquisito aroma a café que los envolvía. Casi por casualidad, encontraron libre una simpática mesa con una silla de madera antigua y del otro lado, un sillón apoyado en la pared, tapizado de pana roja.

Sin embargo, Alejandra no quería dejar atrás a Roma, sin conocer la *"Piazza Spagna"* a sólo dos calles del "Greco" y su *"Fontana della Barcacia"* de Bernini. Edgardo fue complaciente. Podían jugar a ser turistas por un rato más. Eran como las ocho menos cuarto de la noche. Alejandra le preguntó a Edgardo si aún tenían tiempo para ver la *"Bocca della Verità"*. Edgardo asintió. *"Te aclaro que no me voy a asustar como Hepburn"* – le dijo Alejandra. Edgardo se limitó a sonreír. Llegaron a la "Boca". Alejandra se sintió impresionada, auque la había visto en fotos y conocía su antigua leyenda. El tipo de barbas con la boca y los ojos abiertos.

-   ¿Tu mano? – preguntó Alejandra a Edgardo.
-   Ah no, no. No creo en esas cosas, pero prefiero no introducirla en esta piedra espantosa.
-   Yo sí – dijo Alejandra, mientras metía su mano dentro de la boca del barbado Júpiter que la esperaba.
-   Lo querés. No me caben dudas… - dijo Edgardo en alusión a Daniel.

- Sí. Lo quiero. ¿Vamos a la estación?
- Vamos. Que se nos hace tarde…

Retiraron su equipaje y subieron al tren cinco minutos antes de las nueve. Acomodaron sus valijas y se dirigieron al coche restaurante. Había tres comensales en el mismo y dos mozos atendiendo. Uno de ellos se percató de las señas de Alejandra.

- Mi scusi. Possiamo mangiare adesso? Il mio italiano è molto cattivo (Disculpe. ¿Podríamos comer ahora? Mi italiano es muy malo)
- Are you americans? (¿Son norteamericanos?) – preguntó el mozo.
- Oh no. We came from Buenos Aires, Argentina (oh, no, somos de Buenos Aires, Argentina) – respondió Alejandra.
- Avevano iniziato lì. Io parlo molto bene lo spagnolo (hubieran empezado por ahí. Hablo muy bien el español). Ya estamos sirviendo la cena. ¿Qué desearían? – dijo el mozo muy solícito.
- ¿Qué nos sugiere? – preguntó Alejandra.
- Pues los espaguetis a le vongole están realmente exquisitos – contestó el mozo.
- Si usted lo sugiere, que así sea. ¿Su nombre?
- Gaetano Moretti, signorina.
- Muchas gracias Gaetano.
- ¿Para ambos?
- Sí… - dijo Alejandra mirando a Edgardo, como buscando su aprobación.
- Para beber…
- Un Chianti clásico tinto.
- Presto – contestó el mozo, alejándose.
- ¿Estás loca? ¿Cómo vas a pedir un Chianti? Cuando se entere Pacheco, nos mata.
- Que se entere y que se vaya a la mierda de paso. Disfrutá Edgar. Ya vendrán tiempos peores… vienen solitos, no te apresures.

Alejandra y Edgardo permanecieron callados unos instantes. Veían pasar paisajes y gente. Con celeridad. Con premura. Alejandra

74

jugueteaba con un salero olvidado en la mesa. *"Si se cae la sal, es de mala suerte"* – dijo Edgardo. *"No creo en eso Edgar"* – agregó sonriendo Alejandra. A los diez minutos el mozo apareció con las viandas y el café, *"buon appetito"* – remató y se retiró.

- ¿Y ahora? – preguntó Edgardo.
- A Praga en bus, como habíamos programado – contestó Alejandra.
- Sí, jefa.
- Dejate de joder, no me llames así…
- ¿Te puedo preguntar algo?
- Dale – respondió Alejandra.
- ¿Te apretaron allá?
- Sí. Me apretaron. Más que apretarme, me patearon directamente y sin anestesia. Y amenazaron a mi familia ¿Por qué preguntás?
- A mí me pasó algo parecido.
- ¿Cuándo?
- Hace como dos meses. Una noche estaba llegando a mi casa y un "Rambler" de color negro, sin chapa, de esos que vos conocés, estaba estacionado frente a la puerta. Se bajaron tres tipos. Me insultaron de pies a cabeza y después me dieron una buena zurra. ¿Y lo tuyo? – preguntó Edgardo.
- Lo mío fue una mierda. Se asemejó a una cacería. La verdad Edgar, prefiero no recordarlo…
- Ok… No pregunto entonces. Cambiando de tema, ¿te dio directivas Pacheco?
- Sí. Que nos contactemos con los grupos de disidentes a la influencia de la URSS, que apoyan a Dubček y que además entrevistemos a una tal Marta Kubisova, que según parece, es una importante cantante de ese país.
- ¿Vos creés que pasaremos la frontera sin problemas?
- Seguro. El problema no será ingresar, sino salir. Pero bueno, ya veremos Edgar.

Daban las once de la noche y ambos seguían en el coche restaurante. Alejandra fumaba y recordaba el rostro de Daniel acongojado, que lo veía subir por la escalera mecánica de Ezeiza. *"¿Pagás al mozo? La próxima pago yo"* – dijo Alejandra. *"Paga Pacheco dirás"* – dijo

Loeb. *"Bueno, decile que gracias"* – remató Alejandra y se retiró al camarote. Estaba cansada. Le dolía el cuerpo. Le dolía la cabeza. Le dolía la memoria. Le dolía el futuro, que de tan incierto, le daba escalofríos.

Llegó a su cuarto. La puerta era de madera, lustrada, con un bonito picaporte de bronce. La abrió y vio lo que sería su pequeño lugar para descansar o intentar descansar. Una ventanilla de buen tamaño, decorada con unas cortinas de color verde oscuro, estampadas con algo así como florcitas. Se hallaban corridas y atadas por unas borlas del mismo color. En uno de los rincones, un lavatorio, con su correspondiente juego de toallas y jabones. Dos espejos, uno por arriba del lavatorio y otro adosado a la pared que daba al exterior. Las lámparas eran de tulipas, de bellos volados. Un entretejido a modo de tapa, dejaba intuir que el aire se adecuaría a la temperatura correcta. Alejandra respiró profundamente. Finalmente algo no era hostil. Aunque sea ese pequeño camarote. La camita estaba hecha y decorada con una frazada de color azul y flecos que caían suavemente hasta el suelo.

La pulcritud la envolvía y ella se dejaba abrazar. Un tenue aroma a lavandas inundaba el lugar. Había un revistero con dos o tres ejemplares. Entre ellos, un *"Corriere della Sera"* del día anterior y un *"La Stampa"*, también con algo de retraso. Pero la atención de ella se la llevó un número de la semana anterior, de la revista norteamericana *"Time"*, que mostraba en la tapa, el poder creciente de los comerciales televisivos sobre las audiencias. Alejandra se lavó la cara, se desvistió y se arrojó a la camita. Tomó la *"Time"* y se entretuvo unos minutos leyendo el artículo sobre el Canciller alemán occidental Kurt Georg Kiesinger, quien había sido convocado a comparecer ante un tribunal para declarar como testigo en un causa sobre el traslado de 11.343 judíos de Bulgaria a los campos de exterminio nazis, organizado por un ex diplomático acreditado del gobierno.

Alejandra pronto quedó sumida en el más profundo sueño. El viaje de Roma a Viena se estimaba en unas catorce horas. Llegarían a Meidling a eso del mediodía del lunes 22. Edgardo se encontraba en el camarote de al lado. Todo iba bien hasta ese momento. El tren se detuvo en Villach, cerca de las nueve de la mañana, en territorio de Austria. Un policía fronterizo, muy amablemente les revisó los pasaportes a los extranjeros. Luego el viaje seguiría sin mayores sobresaltos. Una hora después, el guarda tocó a la puerta de Alejandra, avisándole que podía pasar por el coche restaurante si lo deseaba. Le agradeció cortésmente en inglés, reforzando la idea del tipo que era una turista americana. Alejandra y Edgardo desayunaron sin muchas convicciones y hablaron con menos palabras aún. Ninguno de los dos sabía ciertamente qué les pasaba. Hasta que Edgardo comenzó a hablar…

- ¿Sabías que vamos a la tierra de mis ancestros y el *"Golem"* del rabino Loew?
- Algo me contaron. Un rabino que creó una especie de monstruo protector del ghetto de Praga en el siglo XVI, hecho de barro y cerámicas.
- Exacto. Pero no lo llamaría "monstruo". Loew lo creó para proteger a los judíos de los ataques antisemitas.
- ¿Y entonces?
- Pero se volvió violento y comenzó a matar indiscriminadamente. Le propusieron a Loew que le quitara la vida al engendro a cambio de la cesación del antisemitismo. La leyenda cuenta, que el cuerpo de la criatura se encuentra inerte en el ático de la *"Altneuschul"* de Praga. Y la verdad, me gustaría conocerla.
- Perdón mi curiosidad, pero ¿qué es eso de la *"Altneuschul"*? – preguntó Alejandra.
- Ah… la sinagoga vieja de la ciudad.

Alejandra se despidió de Edgardo. Le manifestó que estaba agotada aún. Que prefería recostarse un poco más. Edgardo la saludó afectuosamente. Se quedó en el coche restaurante un rato más, fumando y leyendo unas notas que le escribieron sus compañeros de Buenos Aires.

Edgardo Loeb. 34 años. Judío de nacimiento. Comunista y ateo de a ratos. Sus padres eran de Concordia, Entre Ríos, una poderosa colonia hebrea, pero un día decidieron probar suerte en la gran ciudad. Edgardo siempre se mostró indisciplinado a la hora de seguir las enseñanzas hebraicas. En su temprana juventud, ya atravesado su Bar Mitzvá, conoció a otros adolescentes judíos y gentiles que profesaban el marxismo y se oponían abiertamente al régimen peronista de los cincuentas, al que consideraban de origen y tendencia claramente fascista. Los padres de Edgardo pretendieron vanamente apartarlo de esas amistades, sin mucha suerte. Con la caída de Perón en 1955, el veinteañero Edgardo se encontraba en un dilema similar al de su partido: odiaba al dictador derrocado y no simpatizaba con los nuevos dictadores militares. Dos años después ingresaría a *"La Prensa"*, un periódico de la clase terrateniente con *"olor a bosta"*, pero un trabajo que le permitiría mantenerse a los tumbos y dar una cuota al partido, como un diezmo secular. Era asistente de fotografía y a menudo cambiaban su destino. De "Sociales" a "Deportes" o de "Política interior" a "Internacionales". Nunca sabía Edgardo cuándo le llegaría la nueva asignación o por qué no la pateadura en el culo final.

Esta comisión como ayudante de la joven promesa, estrella de la Guerra de los Seis Días, lo tomó por sorpresa. Siempre le había caído bien la mocosa, aunque no sabía bien para qué bando trabajaba. Era discreta y bastante hermética en sus ideas. Como una anguila resbaladiza. Descartaba que fuera fascista y pese a que podía vislumbrar algún rasgo socialista en ella, no se atrevía a declarar que fuera simpatizante de Engels o Lenin. No se había pronunciado con claridad cuando ocurrió el asesinato de Che Guevara en Bolivia el año anterior y le extrañaban más aún, sus manifestaciones anti – Vietnam que no escatimaba a nadie en el diario y sin prolegómenos despotricaba casi simultáneamente contra los planes quinquenales soviéticos o la invasión a Hungría del 56.

Edgardo se sentía satisfecho con su misión a Checoslovaquia. Conocería el *"socialismo con rostro humano"* finalmente. Según él, nada podía salir mal. Apagó el último pucho y fue a descansar un par de horas a su camarote, hasta la llegada a Miedling. Alejandra, en tanto, dormía profundamente. A tal punto, que cuando el tren arribó a destino, a eso de las cuatro y media no despertaba, pese a los golpes en la puerta del guarda. Cuando éste abrió, Edgardo se introdujo y le movió suavemente el hombro y ella empezó a espabilarse. *"¿Ya llegamos?"* – preguntó, *"ya llegamos"* – respondió Edgardo. Alejandra bostezó y sonrió…

Capítulo 2
"El desembarco" (Segunda parte)

Una vez en Meidling, se enteraron de que el ómnibus que los llevaría a Praga, saldría a las diez de la mañana del día siguiente, pues habían perdido el de ese día. Llovía tenuemente. En la estación había poca concurrencia de público. Un par de empleadas de limpieza lustraban los pisos de mármol. Un quiosquero que peinaba canas y algo de calva incipiente, acomodaba diarios en su puesto, una florista acomodaba un poco de belleza en ramilletes y algún que otro viajero dormitaba en los asientos del hall central o esperaba nervioso su formación. Y de pronto vieron a un tipo vestido de saco y corbata y una credencial en la solapa que rezaba *"österreichische Bundesbahnen"* (Ferrocarriles Federales de Austria). Le preguntaron en inglés si conocía algún hotel cercano a la estación. Les indicó uno a muy buen precio, al cual podrían llegar en taxi. Era el pequeño hotel *"San Esteban"*, de no más de veinte habitaciones. Decidieron pernoctar en Viena hasta el día siguiente.

El hotelito era muy luminoso y daba a una plaza poco concurrida. Se instalaron, se ducharon y descansaron un par de horas. Un poco antes de las cinco de la tarde, Alejandra despertó sobresaltada. Se encontraba desorientada. Al instante pudo ubicarse en tiempo y espacio. Se vistió y se dirigió a la habitación de Edgardo. Tocó a la puerta. Edgardo dormía plácidamente, pero Alejandra lo despertó. Le contó acerca de un café famoso que se llamaba *"Café Central"* de Viena, que fue cerrado luego de la segunda guerra mundial. Pero que seguía en pie. Que querría conocerlo. Edgardo le pidió clemencia. Que realmente estaba cansado. Alejandra lo dejó en paz. Y emprendió el derrotero en busca del café de mentas sola, el cual, estaba a un buen periplo del hotelito.

Alejandra se dirigió a la calle *"Herrengasse"*, en donde se hallaba el Café Central. Sus puertas y sus ventanas sucias, deslucidas y opacas, desde hacía más de 23 años. Estaba como absorta viéndolo. Un palacio abandonado en medio de la ciudad de Viena. El Central ocupaba la planta baja del palacio Ferstel, de estilo neorrenacentista. Parecía vetusto. Parecía muy solo. Como grisáceo. *"En este palacete bebió café Sigmund Freud y Klimt..."* – pensaba Alejandra. La garúa, se fue convirtiendo en llovizna y la llovizna, devino en una lluvia no muy intensa. Alejandra continuaba parada frente al Central, como si nada, como si el espíritu de la familia Strauss la embargara y la atontara con sus valses pegadizos de bodas imaginarias o fiestas de quinceañeras obligatorias. El cartel de la entrada, de bronce, permanecía intacto. Hasta que la puerta pequeña de uno de los costados del café, se abrió súbitamente.

Un hombre de unos sesenta y más años, asomó su cabeza por ella. Desde adentro le dijo a viva voz, *"Sie erkälten! Pass!"* (¡Puedes resfriarte! ¡Pasa!). Alejandra dudó un instante, hablaba alemán, pero su acento era raro, aunque nada en el mundo quería más que entrar al *"Central"*.

- Excuse me, because of my daring (perdón por mi atrevimiento) – dijo Alejandra, dando a entender que no hablaba alemán.
- Do you come from England or the States?" (¿Vienes de Inglaterra o de los Estados Unidos?) – dijo el hombre.
- Oh no, I´m argentinian, I came from Buenos Aires (No, soy argentina, vine de Buenos Aires) – respondió Alejandra.
- ¡Buenos Aires! Ahí viven mis tíos – dijo el hombre ya más distendido y en español.
- Entonces ¿usted no es austríaco o alemán?
- No, no, no. Soy valenciano. Era mozo de este café antes de su cierre en 1945. Vine a probar suerte y de paso a escapar del franquismo. A los viejos dueños no les importó que me quedara como cuidador de este lugar y vivo acá desde entonces. ¿Y tú? ¿Cómo te llamas, argentina?
- Comprendo. Me llamo Alejandra García. Trabajo para un diario de mi ciudad, "La Prensa".
- ¿García? ¿Eres hija de españoles? ¿Qué edad tienes?
- En parte sí. Mi papá es español. Mi madre es inglesa. Tengo veintiocho años.
- Ah caramba, ¡qué mezcla, joder! ¿veintiocho? Podrías ser mi hija. Yo me llamo Francisco Alcarra y Alcántara, qué nombrecito para un viejo republicano caído en desgracia, ¿verdad?… Pero dime *"Paco"* ¿Y qué te trae por acá?... ¿Cuál era tu nombre?

- Alejandra... Voy camino a Praga, debo hacer un reportaje gráfico de lo que está sucediendo en Checoslovaquia...
- Ah niña, niña... yo no iría si fuera tú.
- Es mi trabajo.
- De todos modos, no iría. Pero cuéntame, ¿por qué estabas parada bajo la lluvia mirando el café abandonado? – preguntó Paco.
- Me había prometido conocerlo. Quería conocer sus fantasmas.
- Pues acá hay unos cuantos. Y mucho polvo, por más que paso la mopa todos los santos días... Ven, te mostraré lo que queda del café por dentro.
- ¿Está usted casado? Perdón mi curiosidad... - inquirió Alejandra.
- ¿Casado? Vaya qué ideas tienes niña. Pues no. Soy un solterón irredimible, que le agrada convivir y conversar con estas centenarias paredes. Viena, luego de la guerra fue partida en cuatro, como Berlín. Americanos, rusos, franceses e ingleses deambulaban por las calles. Y el café... cerró sus puertas.
- ¿Y entonces?
- Entonces... un oficial británico, conociendo mis antecedentes antifascistas me recomendó como camarero, a un bar de poca monta en el distrito inglés. Pero, por las noches, venía a dormir a mi viejo *"Café Central"*, ya que, sin que nadie lo supiera, me había hecho de las llaves, hasta que Dieter Krumm, uno de los dueños me descubrió. Pensé que terminaría mis días en la calle o que tendría que regresar a la España de Franco. Pero no. Entablamos ese acuerdo, que dura hasta el día de hoy. Su hermano, Till, también dio el visto bueno y eso me favoreció, pues el pobre Dieter falleció el año pasado de gota.
- ¿Y el bar de poca monta?
- Ah no. Ese bar dejó de existir allá por 1955, cuando se retiraron las tropas de Viena. Sin embargo, uno de sus "feligreses", un francés de nombre Ferdinand Bonnet, me adoptó en su librería de la comercial calle *"Grabenstrasse"*, así que de mesero que arrimaba ginebras y whiskys, pasé a alguien que arrimaba libros de Freud o de Kafka.

- Qué vida interesante que ha tenido Paco... - alcanzó a decir Alejandra.
- Hubiera preferido una más común. Pero en fin, ya todo pasó, niña. Ahora te mostraré el café que a ti tanto te atrajo y que casi te resfría. Ven...

Acto seguido, Paco y Alejandra caminaron por entre sendas de pasado y presente, que se tomaban de la mano y se soltaban por igual. Como si no hallaran un punto de equilibrio entre ambos. Las sillas estaban prolijamente apiladas a uno de los lados que daban a los amplios ventanales. Su piso de mármol, algo desgastado por millones de pisadas de miles de clientes esporádicos o conspicuos. Mesas de madera de roble, plenas de historias ansiosas por ser contadas, sin nadie ya que pueda contarlas y esas historias quedarían ahí, entre esos ventanales y esas columnas, que se asumirían de esta manera un inesperado rol de testigos mudos de todo aquello que escucharon y vieron durante décadas. Décadas en las que el bullicio y los sonidos campeaban y que ahora sólo eran un vago recuerdo. Se detuvieron ante dos cuadros imponentes. Eran María Teresa y su esposo, Francisco Esteban de Lorena. *"¿Es ella en verdad?"* – preguntó Alejandra. *"Sí, es ella. Aunque nunca comulgaré con sus ideas"* – dijo Paco riendo. *"Pero era una esposa fiel y amorosa, que incluso fue muy indulgente con los adulterios de él porque lo amaba profundamente..."* – agregó Alejandra. *"Soy orgullosamente republicano, esas cosas son de la realeza..."* – replicó Paco alegremente. Alejandra sonrió.

De pronto, vieron a León Bronstein jugando una partida de ajedrez. Era un gran jugador de ese arte de la estrategia. Usaba gafas redondas y unos bigotes peculiares que no alcanzaban a cerrar la barba candado. Sus modales eran definitivamente atildados. Un traje gris oscuro que hacía juego con la corbatita. Una camisa con cuello acartonado y alto. Parecía muy concienzudo. Muy concentrado. Apoyado sobre su barbilla, el cual rascaba de a ratos.

- Siempre juega solo, yo sólo juego damas y él siempre me lo reprocha – dijo Paco.
- ¿Es quien pienso que es? – preguntó Alejandra.

- Sí. Es él. El creador del Ejército Rojo. Es Trotski, el asesinado en México por orden de Stalin. Pero cuando anduvo por acá, era simplemente el señor León, que gustaba un buen brandy y gustaba desafiar a cualquiera a partidas de ajedrez que inexorablemente ganaba. Quizás por ello, pocos se atrevían a jugar con él.

No se atrevieron a interrumpir la partida que Trotski sostenía consigo. Sin embargo, por un instante, los miró serio y les habló…

- ¿Juegan?
- No, muchas gracias señor León – respondió rápidamente Paco.
- Ahora recuerdo, usted es el español que juega damas y presumo que jugará al tute. ¿Y usted señorita? – agregó Trotski.
- Me encantaría señor León, pero no se jugar – dijo Alejandra.
- Qué pena. Aunque alguien tan bella, no necesita de estrategias, eso puedo comprenderlo. Deduzco que es usted directa y sin remilgos. ¿Es usted española también?
- Deduce bien señor León… Y a lo segundo, la respuesta es no. No soy española.
- Pues lo parece, pese a sus ojos celestes, claro. ¿Cree en la propiedad privada?
- A veces sí y a veces, no.
- Buena respuesta. Auf wiedersehen fräulein.
- Adiós señor León… - concluyó Alejandra.

Dejaron a Trotski abstraído en sus elucubraciones ajedrecísticas y políticas. Un poco más alejado, había un señor de cierta edad con una barba característica. Era Sigmund Freud, bebiendo un coñac, mientras leía el periódico.

- ¿Gustan beber conmigo? - preguntó Freud.
- Le agradecemos infinitamente, pero la señorita ya debe retirarse… - se adelantó Paco.
- Ah ya… Me hubiera agradado intercambiar ideas con su acompañante. ¿Puede creer que sigo sin poder descifrar qué quieren?

- ¿Quiénes Dr. Freud? – preguntó Paco.
- ¡Pero desde luego, *"las mujeres"*, español!
- Ah claro, las mujeres. Sí… Usted perdone. Lo dejamos beber en paz. Hasta luego doctor.
- Adiós, adiós… si existe claro – los despidió socarronamente el Dr. Freud.
- ¡Pero algunas sí! – intempestivamente dijo Alejandra.
- Ah, caramba… me hubiera gustado analizarla entonces. Pero claro, ya es tarde.

A unos diez metros bebía un café Alfred Adler. *"Mejor no nos acerquemos, siempre comienza con lo mismo, que debo tratar mi complejo de inferioridad y cosas por el estilo…"* – dijo Paco. *"Como usted diga, de todos modos ya debo regresar al hotel querido Paco"* – contestó Alejandra.

Paco la acompañó hasta la puertita del costado, por donde había aparecido. Se despidió de ella muy amablemente, le tomó la mano derecha y le entregó en la palma una medalla conmemorativa de 1938 y a continuación cerró la puertita. Afuera llovía aún. Alejandra comenzó a caminar en busca de un taxi. Pero antes se dio vuelta para ver al *"Central"* por última vez. Se quedó inmóvil por algunos segundos. Parecía como si nunca hubiera entrado o visto lo que vio o escuchado lo que escuchó. Pese a su paraguas, estaba casi empapada. Levantó sus cejas y lo miró con cierto aire de resignación. Un policía llevaba observándola largo rato. Le preguntó si se sentía bien, primeramente en alemán, luego en inglés al comprobar que no lo hablaba.

- The Central Coffee is closed since 1945. No one looks after the Coffee… (El Café Central está cerrado desde 1945. Nadie lo cuida…) – dijo el policía.
- Does anybody live inside? (¿Alguien vive en su interior?) – preguntó Alejandra.
- I don´t think so. Why did you ask me such thing? Maybe a tramp or two searching for shelter (No lo creo. ¿Por qué me pregunta tal cosa? Quizás algún vagabundo o dos en busca de refugio)

- Don't pay me attention please. I'm sure that I need a good rest (No me preste atención. Estoy segura de que necesito un buen descanso)
- All right, but be careful not to catch a bad cold or a flu, miss... Good night (Está bien, pero tenga cuidado de no pescar un resfriado o una gripe señorita. Buenas noches)
- Good night sir and thank you... (Buenas noches, señor y gracias...)

Con un gentil ademán, el policía se alejó de Alejandra. Un taxi surgió como por arte de magia. Lo tomó para retornar al hotel y descansar como le manifestó al hombre de uniforme. No obstante, mientras miraba por la ventanilla del auto, abrió su mano derecha y ahí estaba muy campante la medalla conmemorativa del Café Central regalada por Paco. O por quien se decía llamar Paco. O por ese alguien que le presentó a los parroquianos del café, que *"nadie cuidaba"*... Tal vez un fantasma más de Viena, entre muchos otros.

Una vez en el hotel solicitó algo para comer y luego se acostó. Aún les faltaba el último tramo del viaje en ómnibus y pasar la frontera de ese país, detrás de la *"Cortina de Hierro"*, el país de Kafka y de monstruos de barro de la mitología hebraica.

Capítulo 3
"La llegada. Marie"

Luego de desayunar un par de tostadas y un par de sabrosos cafés, a eso de las siete y media, Alejandra y Edgardo fueron por sus pertenencias y se dirigieron a la parada de buses de Viena. Eran como las nueve de la mañana. Un poco de frío los mantenía en movimiento y en alerta, en busca de ese transporte que los llevaría a su destino final, la capital de la República Socialista de Checoslovaquia.

Un cuarto de hora antes de las diez, apareció un bus de color amarillo claro. Era un Volvo B-58. No era muy voluminoso. Casi podría decirse que quería pasar desapercibido. Un cartel en el parabrisas rezaba *"Praha"*. Un chofer de bigotes y anteojos negros y camisa blanca de mangas cortas conducía al volante, también de color blanco. Una franja marrón con las insignias de la compañía decoraban los laterales del bus. Subieron al mismo. Le entregaron los tickets a quien oficiaba de empleado de la empresa. Se los marcó y les indicó sus asientos. En inglés les recordó que el viaje duraría unas cuatro o cinco horas, dependiendo del clima y de los trámites fronterizos.

El mismo comenzó a las diez y media. Los asientos eran pequeños, de cuerina marrón. Estaban casi todos ocupados, salvo dos o tres del fondo. Edgardo miró a Alejandra con cara de resignación. El chofer se mostraba muy abstraído en la carretera, lo que tranquilizaba a Alejandra. Debían ingresar a Checoslovaquia por Bratislava, desde ahí a Brno y por fin a Praga. *"¿Conocés el Danubio Edgar?"* – preguntó súbitamente Alejandra. *"No. ¿Por qué debería?"* – respondió Edgardo. *"Por nada, sólo preguntaba por preguntar"* – dijo Alejandra. Pero Alejandra no preguntaba por preguntar. Con su padre habían invadido el Imperio Romano por el Danubio infinitas veces. No en hordas, sino silenciosamente. Como quien quiere pasar sin que se den cuenta. Y en ese momento sintió cuánto extrañaba esas charlas sin tiempo con Juan, su padre.

Una hora y media después arribaron a la frontera austríaco – eslovaca. Los guardias checoslovacos hicieron detener el ómnibus para el correspondiente chequeo. Ordenaron bajar a todo el pasaje. Alejandra en esas situaciones se tornaba nerviosa por lo ella vivido. Se sentía incómoda al ver las AK-47 en manos de esos tipos. Les hicieron formar una fila hasta la caseta en donde se sellaban los pasaportes y se revisaban las visas. Cuando tocó el turno a Alejandra, el oficial la miró de arriba a abajo. Esto incomodó más aún a Alejandra. Llamó a uno como suboficial. Un cabo o algo así. El cabo se acercó al rostro del oficial. Hablaron en eslovaco.

- Tourists? (¿Turistas?) – preguntó en un inglés más que aceptable el oficial.
- No. We came from Argentina. We´re photographers of the newspaper *"La Prensa"* of Buenos Aires. (No. Vinimos de Argentina. Somos fotógrafos del periódico "La Prensa" de Buenos Aires) – contestó Alejandra.
- Both of you? (¿Ambos?) – señalando a Edgardo.
- He´s my assistant (él es mi ayudante) – agregó Alejandra.
- We know about your country, friend of fascists. You have to know that you´ll be monitored during your visit. How long do you believe you will stay in our country? (Sabemos acerca de su país, amigo de fascistas. Debe saber que serán vigilados durante su visita. ¿Cuánto tiempo creen que permanecerán en nuestro país?) – preguntó el oficial.
- We came because of your *"Spring"* (Vinimos a causa de su "Primavera"). In Latin America they want to know more about that (En Latinoamérica quieren saber más sobre eso…) Maybe a couple of weeks… (tal vez un par de semanas).
- In Czechoslovakia, after "spring", comes the winter, miss. (En Checoslovaquia, después de "la primavera", viene el invierno, señorita) – dijo sonriendo burlonamente el oficial. You can pass… for now (Puede pasar… por ahora).

El oficial le selló a ambos el pasaporte y fueron los últimos en subir de nuevo al bus que los esperaba. *"Estúpido…"* – murmuró Alejandra. *"Basta Alejandra, terminala"* – dijo Edgardo un poco fastidiado. El derrotero prosiguió sin mayores sobresaltos, salvo una vaca que se cruzó peligrosamente por la ruta. Siguiente parada, una media hora en la ciudad de Brno. En la terminal de Brno, subieron al bus dos tipos trajeados, con aroma a loción después de afeitar.

Tenían facciones orientales, pero eran blancos de ojos claros. No hablaban checo. El chofer de bigotes y anteojos negros y camisa blanca de mangas cortas, no se atrevió a mirarlos a la cara. Simplemente se quedó sentado. Los tipos recorrieron el estrecho pasillo entre ambas hileras de butacas escudriñando caras, gestos y actitudes. *"Son comisarios políticos, estos turros"* – murmuró Alejandra a Edgardo. *"Cerrá la boca, que nos vas a meter en problemas"* – respondió en voz queda Edgardo. Uno de los tipos los vio y escuchó...

- Passports? (¿Pasaportes?) – dijo el que parecía el jefe.
- Why did you ask me in English? (¿Por qué me preguntó en inglés?) – dijo Alejandra, mientras le entregaba los pasaportes de ambos.
- Because you seem to be american tourists. Aren´t you? (Porque parecen turistas americanos. ¿No lo son?).
- No, we´re journalists from Argentina (No, somos periodistas de Argentina).
- Journalists (periodistas). Argentina, the friend dictatorship of the United States… yes, sure. You can go ahead… (Argentina, la dictadura amiga de los Estados Unidos… sí, seguro. Pueden seguir…) – dijo el tipo con sorna.

El transporte arrancó sin mayores problemas rumbo a Praga. Edgardo estaba algo molesto con la actitud de Alejandra. Pero luego se le fue pasando.

- Qué boluda que sos… dijo Edgardo no aguantando más. Estos tipos tienen a nuestro país como un chupamedias de los yanquis y vos querés quedar en evidencia, ¿qué es lo que se te cruza por la cabeza?
- Lo de chupamedias es verdad. Sólo se equivocan al pensar que somos todos fascistas, como *"la Morsa"*.
- Dejate de joder Alejandra. Vinimos a hacer lo nuestro y luego nos vamos. ¿Ok?
- No es para tanto. Además ni siquiera eran del país. ¿O no te diste cuenta que eran rusos?

- Sí, desde luego que me di cuenta. Con más razón. Si están acá, es porque algo planean. Nosotros lo documentamos y nos vamos a la mierda.
- Esperemos que así sea. Voy a dormitar un rato Edgar. Y dejá de darte manija...

Pasadas las tres de la tarde del martes 23, finalmente llegaron a la capital de la *"Primavera"* de las ideas. El chofer dijo en voz alta *"Praha"*, *"Ende der Reise"*, "End of the journey" (fin del viaje). Se miraron mutuamente y descendieron. Un taxista se ofreció a llevarlos al hotel que ellos le indicaran, al considerarlos turistas. Aceptaron de buen grado. Pacheco les había señalado el pequeño hotel "Marie", de una tal Marie Novak, para alojarse, en el barrio de Žižkov, en la calle "Baranova", no muy lejos del histórico cementerio de Praga. Un barrio de escritores y de la bohemia de principios del siglo XX.

Un poco antes de las cuatro, ya se hallaban en el hotelito. Era modesto, pero extremadamente limpio. Los recibió su dueña en persona. Les hizo firmar el libro de entradas. Marie hablaba castellano con cierto acento, pero era fluido. A Alejandra le cayó muy bien esta checoslovaca regordeta de unos cincuenta y tantos, que hablaba con acento extraño el español. Ya sabía que llegarían de Buenos Aires unos fotógrafos de un periódico. Pacheco había enviado un telegrama previo al hotelito. Marie era una mujer rellena, con un porte definitivamente agradable. De cabellos rubios, algo ensortijados y recogidos. Llevaba una especie de vincha que le arrojaba sus cabellos hacia atrás y los mantenía prolijos. Su sonrisa era franca y pronta. De ojos claros y mejillas rosadas, parecía una actriz de reparto que interpretaba eternamente a la tía bonachona de la familia. Llevaba un crucifijo de plata en su cuello. Todo un atrevimiento en un país de la órbita del socialismo, que se autoproclamaba ateo. Alejandra le habló...

- ¿Atiende este hotel con su marido, Marie?
- No. Soy viuda. Mi marido murió luchando contra los nazis, cuando invadieron el país – contestó Marie.
- Era ¿"partisano"?

90

- Sí. Hasta que lo capturaron y lo fusilaron. Colaboró con los rusos mientras avanzaban a liberarnos.
- Siento mucho que haya sucedido eso Marie.
- Ya pasó. Es historia vieja. Pero no dejo de recordarlo como un gran hombre. Desde entonces resguardo mi viudez.
- ¿Tiene hijos Marie?
- *"Tenía"* una hija, *"Darina"*. Tendrá unos treinta años. Se fue a Austria y de ahí a Francia. Vive en Lyon. O al menos vivía. No lo se.
- ¿Se fue a causa de este sistema político?
- Creo que sí. Pero desearía no hablar de ella si no le molesta… - dijo Marie, mirando a uno de los que bebía una copa en el bar del hotelito.
- Sí, por supuesto. No deseo incomodarla.
- No es nada. Bien, ¿les asigno sus habitaciones?
- Sí por favor…

Edgardo tomó la habitación que daba a un patio. Un gesto de caballerosidad. Alejandra por su parte ocupó la que daba a la calle en el primer piso. Marie los acompañó como un gesto de hospitalidad. Mientras subían las escaleras, los pisos crujían en su deambular. Eran pisos de madera de pino, de parquet, de listones largos y prolijamente encerados. Arribaron a la habitación de Edgardo. Éste las saludó y cerró la puerta. Lo esperaba un largo sueño, imaginaba. Marie siguió hasta el final del pasillo hasta la puerta de Alejandra. La saludó cortésmente y le dejó las llaves de la misma.

Luego de tres largos días, habían llegado. Alejandra, comenzó a observar su habitación. Era por demás bonita. Un mueble de pino silvestre oficiaba de cómoda. En ella acomodó las pocas pertenencias que traía consigo. La habitación no tenía balcón, pero en su lugar, tenía una coqueta ventana, que más que ventana era un ventanal que daba a la Malá Strana. Adornada profusamente con pequeñas macetas y sus plantitas. Plantitas que, gracias al calor de esos días estivales y ese estío era particularmente caluroso, estallaban en flores de los más variados matices. Alejandra sabía poco acerca de plantas y su arte de cultivarlas, pero apreciaba su belleza y apreciaba el valor del color verde, como un ecologismo larvario y difuso, que ni ella llegaba a comprender. El ventanal

91

estaba "vestido" con unas cortinas rosadas, salpicadas de flores dispersas de tilo amarillas verdosas (Alejandra no lo sabía, pero la flor de tilo era la flor nacional). Alejandra las tocó, como quien toca a un rey taumaturgo, como algo mágico, que mágicamente sanará o hará ese milagro insospechado. Sin embargo lo que sintió fue algo distinto. Sintió que habían sido bordadas con suma paciencia, casi con amor. El aroma que se respiraba en la habitación estaba impregnado por los años y la madera. Restos de resina que esos mismos años no habían logrado borrar. En esa habitación, todo parecía querer comunicarle algo. Incluso el "ropero", también de crujiente pino silvestre. Al abrir sus puertas, Alejandra pudo mirarse en el espejo, de forma rectangular, rematado en forma de capilla en su lado superior. Algo desgastados sus bordes. La cama era grande. Se sentó. Comprobó que ese colchón la acogería y era mullido. Afortunadamente no era alérgica, pues las almohadas eran de plumas de ganso. El acolchado era de un suave amarillo que quería competir con las flores de tilo de las cortinas. Las paredes estaban empapeladas y se notaba que desde hacía tiempo. Un cuadro de San Wenceslao, coronaba la cama. No había crucifijos. Quizás no los había en toda Checoslovaquia o quizás sí. En otro cuadro, cerca del ventanal podía apreciarse a Carlos IV de Luxemburgo, quien fue el responsable del célebre *"puente"*, pues había ordenado su construcción en el siglo XVIII. Aún no sabía Alejandra cuán unida a este puente estaría su destino. Estaba absorta. En realidad estaba cansada luego de tres días de viaje, pero esa habitación tenía un hechizo especial. De pronto, Marie tocó a la puerta. Traía el juego de toallas y jabones para Alejandra. Ésta no se reprimió y le preguntó…

-   ¿Puedo preguntarle algo Marie?
-   Sí, adelante, por supuesto — respondió Marie.
-   ¿El hotel se llama así por usted?
-   Oh no, no. Se llama así por la Virgen María – dijo Marie sonriendo.
-   ¿Y los funcionarios del Estado nunca se percataron de ello?
-   Nunca, ya que coincide con mi nombre.
-   En otras partes, nos esforzamos por no creer… - dijo Alejandra.
-   Qué afortunados son señorita.
-   Envidio su devoción.

- ¿Por qué? ¿Cómo se llamaba?...
- Alejandra.
- ¿Por qué Alejandra? Para mí es algo natural.
- Pero al Estado no creo que le agrade conocer sus creencias…
- Al Estado sólo le importa que no lo demuestre. Los burócratas saben que la gente cree, pero no les importa mientras no lo exterioricen. Nosotros fingimos no creer y ellos fingen que nos creen. Además, me considero socialista. Y el socialismo es libertad. Incluso de creer o no. Usted viene de un país cristiano, ¿verdad? Y sin embargo es una dictadura por las noticias que nos llegan. Con el camarada Dubček, las iglesias, que son muchas en Praga, se fueron poblando de nuevo. El socialismo está cambiando Alejandra.
- ¿Su esposo era creyente? – preguntó Alejandra.
- Lo era, aunque no tanto. Mi esposo era español de nacimiento. En el 36, cuando Franco se subleva contra la República, acude a su país a luchar contra los nacionalistas. Yo le pedí que no fuera. Pero fue inútil. Tres años después regresó huyendo y casi en harapos. Sus creencias religiosas, luego de ver las atrocidades de la guerra ya no eran tan firmes. Sólo su silencio y su negativa a contar lo acontecido. En fin. ¿Es usted casada jovencita?
- No. Pero dejé a alguien en Buenos Aires. Espero regresar y casarme algún día.
- Si lo ama, hágalo. No lo dude. ¿Qué edad tiene Alejandra?
- Veinticho años.
- Casi como hija… Y ahora la dejo. Debe estar agotada. A las ocho se cena si eso prefieren.
- Así lo haremos Marie.
- Preparé *"Vepřo knedlo zelo"*, que es nuestro plato nacional. Sabía que dos extranjeros venían y me decidí a hacerlo. Es cerdo asado acompañado de repollo y pasta. Les va a gustar…
- Seguro que sí, Marie, muchas gracias…

Alejandra dio una última mirada a la habitación, mientras Marie se retiraba. Se dio un baño reparador en una tina de baño que parecía una pileta por su gran tamaño. Descubrió una botella de vodka sobre la cómoda, tal vez olvidada por algún visitante de las estepas y un vaso, lo llenó y se sumergió en esas tibias aguas que invitaban al descanso. Y a recordar. Especialmente el rostro de Daniel. Pensó que debía llamarlo luego de cenar. Y así lo hizo.

En el hotelito había siete pasajeros, contándolos. Conocieron al resto durante la cena. Marie iba y venía con los platos y las bebidas. Un turco de nombre Ahmet Pakalin, se decía poeta, aunque vendía vástagos para canillas. Una azafata jubilada de Aeroflot (la línea área de la URSS) que prefería la calidez de Praga. Una pareja de turistas franceses que estaban de luna de miel. Los clientes de Marie conformaban un grupo más que heterogéneo. Pero uno de ellos, era un peculiar personaje de película de "film noir", un inglés de nombre Thomas Keenan. Alejandra lo había observado toda la noche, durante la cena. No podía definirlo con claridad. Y eso le preocupaba… Ya hablaría con él en alguna oportunidad…

Capítulo 4
"Thomas Keenan"

A la mañana siguiente, mientras aguardaba a su compañero Edgardo, Alejandra le solicitó un brandy a Marie antes del desayuno, pues la mañana se presentaba particularmente fresca. Edgardo se tomaba en serio su tiempo para la ablución matutina y Alejandra decidió sentarse en unos de los cómodos sillones del hall de entrada. En esos momentos, bajó el señor Keenan a desayunar. Se decía periodista, aunque en realidad también se decía físico desencantado, especialmente por lo del *"Proyecto Manhattan"*, todo un humanista, algo infrecuente en un especialista de las ciencias duras. Siempre portaba una inmutable sonrisa, que indicaba inequívocamente una más que fría y distante amabilidad. Su nombre, Thomas Emerick Keenan, cercano a los cuarenta años. O casi. Hablaba cuatro idiomas, entre ellos el español. Vio a Alejandra e intentó ser agradable…

- Good morning, miss (buenos días señorita)… Good morning "Mary" (buenos días María) – dijo con su fuerte y orgulloso acento británico.
- Buenos días señor Keenan… - dijo Alejandra, mientras revolvía su copa de brandy.
- Excuse me miss, (disculpe señorita), olvidé que era española – agregó Keenan.
- No. No lo soy señor Keenan, soy argentina. De Buenos Aires…
- Oh yes… of course (por supuesto). Hermosa ciudad la de ustedes, carne vacuna… ¿cómo le dicen?
- Churrasco… y gracias a las razas que *"ustedes"* nos dieron…
- Oh yes, *"churrasco"*. ¡Claro! Aberdeen Angus, Shorthorns… certainly! (¡ciertamente!) y sus hermosas estaciones de trenes, tan inglesas, ¿verdad?
- Bueno, para ser exactos, Mr. Keenan, el Angus es de origen escocés y las estaciones no podían no ser británicas, dada la historia de nuestros dos países. Pero es verdad, tienen un aire único, a pesar del paso del tiempo. ¿Y usted Mr. Keenan? ¿De qué parte es?

- De Birmingham… - contestó Keenan.
- Siempre me contaron que es una muy bonita localidad…
- ¿La conoce miss…?
- Alejandra García.
- ¿La conoce Alejandra?
- No tengo el placer, pero mi madre nació allí…
- Oh! Qué deliciosa sorpresa, la hija de una compatriota. ¿Cuál es el apellido de su madre?
- Henning.
- All right (muy bien). Me dijeron que es periodista, como yo.
- No. Soy reportera gráfica.
- Fotógrafa…
- Ahá…
- ¿Para qué magazine?
- Para *"La Prensa"* de Buenos Aires…
- Ha venido por lo de las reformas de este buen muchacho, Alexander Dubček seguramente…
- Así es. ¿Y usted, para qué medio trabaja? – preguntó Alejandra.
- Ah no… soy independiente. Trabajo para uno u otro, aunque los del *"Daily Mirror"* me encomiendan más actividades. De a ratos – dijo riéndose moderadamente. Fine… Now, I have to leave you my dear. I´ll phone to my boss (Bien. debo dejarla ahora. Llamaré a mi jefe ahora.).
- No deseo ser descortés Mr. Keenan, pero prefiero que se dirija a mí en castellano.
- Perdón, se lo ruego, no volverá a suceder. Ustedes los sudamericanos son muy *"touchy"*… ¿cómo se dice? ¡Ehmm! Quisquillosos…

Acto seguido, Kennan abandonó el pequeño hall del hotel. Algo le dijo a Marie. Marie le señaló una de las esquinas, en donde se encontraba una mesita. Sobre ella, una maceta repleta de helechos y a su lado, un teléfono. Keenan marcó suavemente un número, aunque en el silencio del hotelito, sólo interrumpido por el tic – tac de los numerosos relojes   que Marie tenía distribuidos aquí y allá, el sonido del disco telefónico parecía amplificarse. Sus gestos no proferían emoción alguna. Alejandra aprovechó para radiografiarlo.

Keenan medía un metro y setenta y cinco aproximadamente. Contextura mediana, de unos treinta y ocho o cuarenta años. Cabellos castaños, con alguna que otra cana. Algo raleada hacia el cenit de su cráneo. Cualquiera lo confundiría con un vendedor de pólizas de seguros o un abogado. Usaba un traje de tweed obstinadamente gris, con su infaltable pañuelo en el bolsillo delantero superior. Corbata negra, quizás algo ajustada. Como reafirmando el *"cliché"* de Alejandra, llevaba consigo ese característico aroma a agua de colonia, *Hamman Bouquet de Pennhaligon´s*, algo así como ser abanderado con la Union Jack, tan decadente y tan penetrante, aunque sutil. Como si Kennan flotara sobre algodones o sobre alguna nube hecha de gotitas de ese perfume en cuestión. Sus ojos claros se encendieron de pronto mientras sostenía su conversación telefónica. Pasó su mano derecha sobre su jopo castaño y se acarició la barbilla con un gesto de pocos amigos. Su eterna sonrisa de fría amabilidad distante, se había evaporado. Alejandra lo notó. Keenan, no advirtió que Alejandra lo escudriñaba. Algo en él, no le cerraba.

Thomas Keenan. Había desarrollado una vida por de más singular. Había servido en la Royal Navy como marinero de segunda. Expulsado por borracho al ofender gravemente a un oficial en servicio, mientras abordaba el submarino HMS *"Astute"*. Condenado previamente a dos años en la prisión militar de *"Aldershot"*, purgó sólo seis meses de dicha condena. "Alguien" del Foreign Office (Ministerio de Relaciones Exteriores británico) deseaba conocerlo y la pena se conmutó como por arte de magia. Se supo que fue contratado por una compañía comercializadora de aceite de coco de Indonesia. Regresó a la Madre Patria en 1961 y sin mediar demasiado, fue incorporado a tareas imprecisas en el diario sensacionalista *"Daily Mirror"*, en el cual había trabajado desde entonces, en apariencia. De lo que desconfiaba Alejandra, era de esa apariencia jocosa y distendida y muy segura de sí. Esa apariencia ocultaba lo que había sucedido en 1957. La suspensión de la condena militar fue causada por su ingreso al MI-6, el Servicio Secreto de Inteligencia del Reino Unido. Tarde o temprano, Alejandra se enteraría de este *"detalle"* de Keenan.

Keenan proseguía hablando con su *"jefe"* y logró escuchar *"su"* nombre en labios del mismo, pese a la discreción del británico. Alejandra miró hacia otro lado y bebió de un sorbo su brandy. Edgardo por fin apareció y Marie les ofreció el desayuno. Keenan colgó a los pocos segundos y los acompañó al pequeño salón comedor a desayunar. Marie les ofreció un desayuno salado en base a bollos, que ella misma preparaba con fiambres y salchichas y algún huevo o bien, dulce, la típica *"vánočka"*, una especie de pan alargado y enroscado con pasas de uva, un *"pan de Navidad"* asistido por un buen café o simples tostadas, también preparadas por Marie. Optaron por esto último y un par de cafés. Keenan conocía la *"vánočka"* y prefirió ingerirla con té. A los tres, se les sumó el turco Pakalin, el vendedor de vástagos para canillas, poeta por vocación.

- Y dígame señor Pakalin, ¿qué poeta prefiere? – preguntó Keenan rompiendo el silencio de la mañana.
- Desde ya a "Orhan Veli Kanık" – contestó con rapidez el vendedor turco.
- ¿Por alguna causa en especial? – siguió preguntando Keenan.
- Sí. Fue un poeta del pueblo, pero muy apreciado en los círculos superiores también…
- Ah, ya… ¿Y usted miss Henning, tiene algún preferido en literatura? – dirigiéndose a Alejandra.
- Pues ya que lo menciona, sí. A Roberto Arlt… - respondió Alejandra.
- Sí, sí… lo conozco a ese autor sudamericano, escribió una novela… *"Los siete locos"*, ¿verdad? Era costumbrista o algo así…
- Algo así. Y era argentino.
- ¿Y de la Madre Patria?
- ¿A qué se refiere señor Keenan? – preguntó Alejandra.
- A la Madre Patria de su señora madre…
- Me gusta William Somerset Maugham. Y ya que lo menciona y usted disculpe, me recuerda mucho al alter ego de Maugham, a su personaje, el espía Ashenden…

El semblante de Keenan, cambió por completo. Ya no era el divertido hombre que amenizaba las reuniones con sus preguntas políticamente correctas. Pudo comprobar la sagacidad de Alejandra y ese don de observación inigualable.

- ¿Y usted señor Loew? – mirando Keenan a Edgardo.
- En realidad el apellido es Loeb, aunque era Loew cuando mis parientes llegaron a Argentina. Y si usted desea indagar qué leo, leo a Mijail Bakunin…
- ¿Loew como el famoso rabino "Judah" de la "cosa" de barro?
- Sí, como ese rabino… - contestó Edgardo mientras comía una tostada.
- Ah… entonces, ¿usted es anarquista?
- Más o menos. Como usted es inglés y no puede dejar de serlo… - agregó algo molesto ya Edgardo.
- Interesting… Es decir que usted no está muy a gusto en estos países de fuerte presencia estatal. Me refiero a los países de la órbita soviética como éste…
- Estoy muy a gusto con las deliciosas tostadas de Marie, señor Keenan…
- Es verdad, son deliciosas. Y le digo algo más. No me acercaría por nada del mundo a la vieja sinagoga de Praga y a su altillo – dijo Keenan tratando de distraer la conversación.
- Yo sí. Pues aunque soy judío de nacimiento, aprendí a ser ateo con el tiempo…
- El tiempo es el mejor juez, ¿no le parece señor Loeb? – preguntó con aire inocente Keenan.
- Seguramente. (Dirigiéndose a Alejandra) - ¿Vamos Ale?
- Vamos – dijo Alejandra.

Alejandra y Edgardo tomaron sus tazas vacías y las llevaron hasta la cocina de Marie. Ésta les agradeció el gesto y luego subieron a sus cuartos a buscar sus equipos fotográficos. Alejandra le recordó a Edgardo que debían telefonear a Pacheco cada día. Así lo hicieron. Cuando bajaron, aún Keenan departía alegremente con los otros comensales. Ya se había sumado la pareja de turistas franceses recién casados.

- Me tenía harto ese inglés de mierda con su pose de crítico literario y politólogo… - le dijo Edgardo a Alejandra.

- Te entiendo. Pero debemos tener cuidado con él. Uno nunca sabe de qué lado está un inglés. Y menos uno como Keenan. Seguile la corriente y sonreíle. No seas pelotudo.
- Ok jefa…

El llamado telefónico de Keenan lo había comunicado con Londres, pero no era el único llamado que había realizado ese día. Se había comunicado con alguien más. Keenan llevaba dos meses en Praga y también sabía de la llegada inminente de dos argentinos al hotelito de Marie y que venían para efectuar un relevamiento y posterior informe a Buenos Aires, a su periódico sobre la *"Primavera"*. Pero Keenan sabía algo más que eso. También sabía de los antecedentes prontuariales de ambos y del poco afecto que el gobierno de Argentina sentía por estos dos ciudadanos. Ni Alejandra ni Edgardo podían saberlo, pero al pisar suelo checoslovaco, se habían convertido en dos personas vigiladas. ¿Por quién? Era impreciso. ¿Para qué? También lo era. ¿Por qué? La causa se había originado en la misma Buenos Aires, en un indeterminado y oscuro despacho de alguna oficina perdida del Estado, con la banderita y el cuadro de San Martín colgado…

Partieron rumbo a la casa de dos miembros del grupo de disidentes, llamado KAN.

Capítulo 5
"Zuzana y Karel"

"La casita era tan bonita, quizás hasta demasiado" – pensaba Alejandra. Pintada de blanco o blanco crema. Techo de tejas francesas negras, algo envejecidas. Era la única de la cuadra que disponía de un árbol. El árbol era un bello y añoso tilo. *"Tomaría un par de hojas para hacerme un té"* – seguía divagando Alejandra, mientras aguardaba en el umbral de la puerta de entrada, junto a su compañero Edgardo.

Pacheco se había comunicado con Robert Clarke, del *"Times"* de Londres. Éste con Jean-François Baumont de *"Le Monde"* y éste con Juan Sebastián Puente Roldán de *"El País"*. Una seguidilla de contactos que los llevaron hasta esa casita blanca y quizás demasiado bonita, en donde vivían Zuzana Sbovoda y Karel Sbovoda, miembros prominentes del grupo KAN. Zuzana y Karel eran un matrimonio de activistas. Alejandra y Edgardo habían logrado contactarlos para una breve entrevista. Zuzana los hizo pasar. La casita era acogedora. Tenía un pequeño hogar adornado con unas estatuillas orientales. En las paredes empapeladas, vieron unos retratos antiguos, al parecer de familiares y antepasados. Un reloj de carillón alemán acompañaba el momento. Otros más pequeños, que poseían unas como bolitas de bronce que giraban en un sentido y el otro, eran sus escoltas. Un sillón de tres cuerpos de pana verde servía de descanso para los invitados a la casa. Zuzana los invitó a acomodarse. Les trajo unos *"rohliky"* o bollitos similares a medialunas o croissant. A continuación, sin mediar una solicitud de parte de los visitantes, les sirvió té. Alejandra y Edgardo agradecieron casi al unísono la cortesía de la anfitriona. Un minuto después apareció Karel, quien se presentó y se sentó junto a su esposa, aunque casi de inmediato se levantó y fue hasta el carillón. Era el día de darle cuerda. Lo abrió. Tomó la llave de cuerda, la introdujo en uno de los orificios llamados *"mandriles"* y lo mimó, como lo hacía desde hacía tantos años, que ya no lo recordaba. Se presentaron formalmente y se dispusieron al diálogo…

- Nos avisaron que vendrían dos periodistas de Brasil. Luego nos rectificaron. Y nos dijeron que eran de Argentina – dijo Zuzana.
- En realidad, no somos periodistas, sino reporteros gráficos y sí, somos de Buenos Aires, del periódico "La Prensa" – aclaró Alejandra, mientras el matrimonio los observaba.
- ¿Ustedes vinieron por el proceso de reformas? ¿Verdad?
- Exacto – contestó Edgardo.
- ¿Saben qué es el KAN? – preguntó Karel.
- Tenemos una vaga idea… Y perdón que les formule esta pregunta, pero, ¿cómo hablan tan bien el castellano? – acotó Alejandra.
- Es que el español es el segundo idioma que nos enseñan en Checoslovaquia en muchas escuelas. O casi todas diría… - dijo Karel.
- Comprendo – agregó Alejandra.
- Bien. Les tenemos que advertir que no queremos fotografías. Se que ése es su trabajo. Pero dado que el KAN no es muy popular entre la élite política prosoviética y por muchos reformistas, preferimos no exponernos tanto. Ustedes entenderán – dijo Zuzana.
- No hay problema, no los incomodaremos – apuntó Edgardo.
- Para empezar el KAN es algo así como un club. Un club de gente inconformista. Hay algunos socialistas, es verdad. Los que creen en eso del *"rostro humano"* como pregona Dubček desde hace meses. Personalmente – agregó Zuzana –, no creo que pueda llegarse a nada con el socialismo, sea democrático o no. Mi marido y yo y muchos que formamos el KAN creemos que hace falta una reforma completa del sistema político y ya no más partido único. Es verdad que Dubček nos ha permitido hablar y no sentir el miedo a ser delatados al Stb. Nos ha dado esperanzas en un futuro de elecciones libres como las que gozan en Occidente. Pero sabemos que se está tramando una conspiración monumental en contra de nuestro país. No sabemos si nos van a destrozar esta "Primavera" o no. Si pisotearán los brotes. Sólo sabemos que ahora Radio Praga es un bastión de ideas que van y vienen, sin mordazas. Sin bocas calladas. Esos jóvenes esperanzados, se respira en las calles y eso no se respiraba desde tiempos

inmemoriales. Consideren que los comunistas están en el poder desde 1948. Se toleró demasiado... - dijo muy compenetrada Zuzana.

- ¿El Stb es el servicio de policía secreta verdad? ¿Ustedes pedirían ayuda a los norteamericanos? – preguntó Alejandra.
- Así es eso es el Stb. Y respecto a lo otro, de buena gana. Están acá nomás sus soldados, pasando la frontera hacia Alemania Federal. Pero ¿saben qué? Si los soviéticos nos invadieran, no harían absolutamente nada... Ni un jeep viejo enviarían para ayudarnos. Johnson está muy ocupado matando vietnamitas y por otro lado Checoslovaquia es área de influencia del oso rojo. ¿O acaso ayudaron a los húngaros cuando se rebelaron en 1956?
- Yo era una adolescente de dieciséis años. Lo recuerdo. Fue una masacre. ¿Cincuenbta mil muertos? – preguntó Alejandra.
- Sí. No tuvieron ningún prurito en eliminar a miles de civiles y militares a diestra y siniestra – dijo Karel.
- Lo que quieren el KAN son elecciones abiertas, con comunistas, no comunistas y con cualquiera que aporte una idea para que el país pueda sacarse de encima la tutela de la Unión Soviética.
- Es decir, que el KAN es abiertamente prooccidental... - arriesgó Alejandra.
- Sí. No tengo temor a decirlo – dijo Zuzana.
- ¿Y el K-231? – preguntó Alejandra.
- El 231 es también una especie de grupo o club, pero formados por ex presos políticos del régimen comunista, condenados justamente bajo la ley 231, que los rojos de 1948 sancionaron para posibilitar acosar y liquidar a los disidentes o a cualquiera que no comulgara con el sistema. Tenemos amigos que están en ambos grupos – dijo Zuzana
- ¿Estás anotando todo? – preguntó a Alejandra.
- Sí – contestó Edgardo.
- ¿Nos relajamos un poco? – interrumpió Karel.
- Como digan – dijo Edgardo.
- ¿Ustedes son esposos? – preguntó Zuzana.
- No, sólo compañeros. Yo dejé a mi novio o pareja en Buenos Aires y Edgardo, bueno, que les cuente él... - dijo Alejandra.

- Ah sí, sí. Conocí a alguien últimamente y es de mi colectividad – dijo alegremente Edgardo.
- ¿Colectividad? ¿Usted es judío? – preguntó Karel.
- Sí, así es. Y si me van a preguntar si fui a la antigua sinagoga, la respuesta es no. Soy más bien incrédulo o en otras palabras menos simpáticas, soy ateo – señaló Edgardo.
- ¿Y ustedes? ¿Hace mucho que están casados? – preguntó Alejandra.
- Quince años – contestó Zuzana.
- ¿Hijos? – preguntó Alejandra.
- No. No pudimos. Pero igual nos queremos y seguimos juntos – agregó Zuzana.
- ¿Ustedes en Argentina, pueden hacer y decir lo que les viene en ganas o tienen restricciones de alguna índole? – preguntó Karel.
- Vivimos bajo una dictadura tolerada y promovida por los Estados Unidos.
- Ah caramba… cuánta contradicción – puntualizó Zuzana.
- En realidad, no tanto – dijo Alejandra –, América Latina es el *"patio trasero de los norteamericanos"*, aunque eso no impide que haya grupos guerrilleros que quieran derrocar a esas dictaduras.
- Allá, al igual que acá – dijo Edgardo mientras daba cuenta de uno de los *"rohliky"* –, quien no es un acomodaticio al gobierno es mal visto y tildado de enemigo del Estado. La SIDE se encargará del "desviado" en algún momento, lo acusarán de "comunista", o algo así…
- ¿SIDE? – preguntó Zuzana.
- El equivalente a su "Stb", la Secretaría del Informaciones del Estado… - agregó Alejandra.
- Ah, ya… - dijo Zuzana.
- Y les aseguro, que ni Edgardo ni yo estamos bien vistos por el gobierno de nuestro país…
- ¿Por qué? ¿Son comunistas?
- Inconformistas, como ustedes…
- ¿Les gustaría participar en la próxima reunión del KAN? Pero sin fotos claro… - preguntó Karel.
- Desde luego Karel – contestó Alejandra - ¿Cuándo sería?

- La semana entrante. Entre martes y miércoles - agregó Karel.
- ¿Adónde se alojan en estos momentos? – inquirió Zuzana.
- En un hotelito llamado "Marie", no muy lejos de acá... - respondió Edgardo.
- Sí, ya se cuál es. Es de Marie Novak. La conozco. Es una muy buena persona. Pero es una socialista convencida también.

Luego del refrigerio servido por Zuzana, ésta permaneció conversando con Alejandra y lo mismo hizo Edgardo con Karel, pero caminando en el jardín de la casa. Se desprendía a las claras que ambos eran fervientes opositores al régimen y que les costaba solaparlo. Si bien ambos habían venido recomendados y avalados por la prensa libre occidental, los integrantes del KAN debían ser muy cautelosos, pues el Stb nunca se hallaba demasiado lejos y contaba con informantes y delatores por toda Checoslovaquia con el amplio apoyo del Pacto de Varsovia y del KGB, pese a las reformas de Dubček y los comunistas que a él lo seguían. Zuzana y Karel se sentaron a la mesa del living. Les indicaron a Alejandra y a Edgardo que los siguieran. Se sentaron también. La entrevista parecía que llegaría a su fin. Pero por alguna razón, Alejandra sabía que algo había quedado en el tapete.

- ¿Ustedes saben lo que fueron las maniobras *"Šumava"*? – interrogó sin prolegómenos Zuzana.
- Francamente, no. Desconocemos a qué se refiere – respondió Alejandra.
- Perfecto. Pasaré a explicarles entonces. Es importante que lo sepan. Hace más o menos un mes o para ser más exactos, el 20 de junio, el estúpido de Dubček, permitió las maniobras militares "Šumava" en nuestro país. ¿Por qué? Supongo que cometió ese grave error para que el Kremlin distendiera sus presiones sobre nosotros. Pero... en realidad lo que sucedió fue que más de 24.000 soldados soviéticos, polacos y húngaros entraron a Checoslovaquia.
- ¿Y nadie dijo nada? – preguntó Alejandra.
- No. Y no tenían por qué preguntar. Al fin y al cabo este país forma parte del Pacto. Pero... "casualmente", en pleno

105

proceso de liberalización política se efectuaron estos ejercicios militares. ¿Se fueron de inmediato estos tipos, una vez finalizados? No. Se quedaron. ¿Cuándo llegaron ustedes?

- Ayer – contestó Alejandra.
- Bueno. Para que vayan considerando lo siguiente. Habían prometido retirar a las últimas tropas para el domingo pasado. Y que yo sepa nada de eso sucedió. Los *"Iván"* andan de acá para allá muy campantes…
- ¿Quiénes son los *"Iván"*? – preguntó con cierta ingenuidad Alejandra.
- Les decimos *"Iván"* a los soldados soviéticos por acá – respondió Zuzana.
- ¿Pero se los ve en Praga?
- No. Están en la campaña. Dispersos en diversos pueblos. Algunos incluso de civil, otros, vestidos de combate verde oliva. Pero esto no termina acá… Sabemos de buena fuente que han llegado hace tiempo asesores militares especializados en comunicaciones. A esos los hemos visto en camionetas blindadas, con materiales extraños. Y todos andan vestidos de civil, sin excepción. ¿Se va entendiendo la peligrosa y compleja situación? – agregó Zuzana.
- Creo que sí. Sienten que son un país *"ocupado"* y que la *"Primavera"* tiene los días contados… ¿o me equivoco? – dijo Alejandra.
- No. Infortunadamente no se equivoca. Y no me extrañaría que los *"duros"* hayan llegado también…
- ¿Quiénes?
- Los tipos del KGB. ¿Pero saben qué jóvenes? No nos vamos a callar. Radio Praga es nuestro refugio y desde ahí continuaremos hasta las últimas consecuencias…

Zuzana y Karel los invitaron a almorzar, pero declinaron educadamente. Zuzana prometió que los llamaría para que asistieran a la próxima reunión del KAN. Los acompañaron hasta la puerta y se despidieron. Ambos, Alejandra y Edgardo sintieron que esa historia era similar a la de su país. Sólo que en Argentina no había tropas extranjeras, sino "propias", que se habían vuelto en contra de su gente. Y quizás esto tornaba más grotesco al país.

Alejandra comenzó a caminar junto a Edgardo. Iban al Café *"Slavia"*, que se encontraba en la planta baja del Palacio *"Lazansky"*. Mientras, Alejandra recordaba... *"La casita era tan bonita, quizás hasta demasiado"*. Llegaron al "Slavia". Había muchos comensales, dada la hora de almuerzo. El mozo se dirigió a ellos...

- Turisté? (en checo) (¿Turistas?)
- Yes.
- Oh, welcome, ¿americans or british? (Oh, bienvenidos, americanos o ingleses?)
- Both (ambos) – contestó Alejandra mirando a Edgardo.
- Fine. May I get you the menu or you want to order now? (Muy bien. ¿Les traigo el menú o desean pedir ahora? – preguntó el mozo.
- A cup of coffee, thanks (una taza de café, gracias) – dijo Edgardo adelantándose.
- And you miss? (¿Y usted señorita?)
- A glass of red wine (una copa de vino tinto)
- Which one miss? (¿Cuál señorita?)
- It doesn't matter. The one you suggest me. Only bring me a glass of a good and sweet red wine, thank you (No importa. El que usted me sugiera. Solo tráigame una copa de un buen y dulce vino tinto, gracias).

El café era por demás hermoso. Cuando llegaron una pareja dejó la mesa que daba a la calle y desde ahí podían ver el Puente de Carlos y el Castillo de Praga. Las mesas eran todas circulares. Las sillas de rigurosa madera. Los ventanales eran enormes. Con una especie de banderola, que no era tal. Unos como tubitos fluorescentes estaban apoyados en forma vertical entre columna y columna de los ventanales. Cuadritos ubicados en ellas, de a tres o de a cuatro. El cuchicheo era incesante. Eso a veces a Alejandra le agradaba. A veces no.

El mozo retornó a los cinco minutos con el pedido. Tanto Alejandra como Edgardo estaban callados. Quizás ése, era uno de esos momentos en lo que había que detenerse. Edgardo revolvía su café negro. Alejandra bebió en dos sorbos su vino. No lo bebió por placer. No lo bebió por ansiedad. Tampoco por cumplir con algún ritual secreto. Tal vez lo bebió por desasosiego. Aún restaba hacer ese viaje al pueblo de *"Mladá Boleslav"*, tal y como proponía el sobre que le entregó la rubia en el Aeropuerto de Ezeiza. Pero ese viaje debía hacerlo sola. Sin Edgardo como testigo...

- ¿Te vas? – preguntó Edgardo al ver que Alejandra se levantaba.
- Sí Edgar. Necesito un poco de respiro. Nos vemos más tarde. ¿Llamás a Pacheco vos?
- Bueno, dale. Tené cuidado.
- Gracias, lo tendré. Hasta luego – dijo Alejandra y se fue...

Capítulo 6
"El incidente de Petřín"

Era la tarde del miércoles 24 de julio. En el café "Slavia" había dejado a Edgardo bebiendo café. Ella necesitaba estar sola un rato. Alejandra se dirigió al *"Puente de Carlos"*. Era la primera vez que lo pisaba. Era tan bello que Alejandra permaneció varios segundos extasiada. Todas esas imágenes de santos católicos. Se tomó el trabajo de contarlas. Y recorrerlas. Y eran treinta. Se detuvo en la de Juan el Bautista. La observó con atención. Esa expresión de Juan, era la de un hombre que estaba convencido de lo que hacía y de lo que decía. Era la expresión de alguien que conocía el rumbo y sabía hacia dónde dirigirse. Era la expresión de alguien con fuertes convicciones. Inquebrantables. Alejandra se sentía tan humana al verlo, tan vulnerable, que incluso sintió ganas de llorar. Se recostó suavemente sobre unos de los laterales de la estatua. Se dio vuelta y ahí estaba el Moldava. Tan apacible como siempre. Tal vez nadie le dijo que estaban sucediendo hechos que cambiarían la vida de muchos humanos. Y no cambiarían la vida de muchos otros. Pero el Moldava seguiría ahí, como en tiempos inmemoriales. Dos soldados checos la observaron llorando. Se acercaron.

- Dokumenty? (¿Documentos?) – dijo uno de ellos.
- I have passport (Tengo pasaporte) – respondió ella.
- Give it to me please (démelo por favor) – dijo el soldado.
- Is there any problem gents? (¿Hay algún problema caballeros?) – preguntó Alejandra.
- No. Everything is ok. You came from Argentina. Journalist photographer? (No. Todo está en orden. Usted es de Argentina. ¿Una periodista fotógrafa?
- Something like that (Algo así).
- Excuse me, but, why were you crying? (Disculpe, pero, ¿por qué lloraba?)
- Because of the Beauty of this statue (A causa de la belleza de esta estatua) – contestó Alejandra, apuntando a Juan el Bautista.
- All right. Have a good day miss (Está bien, que tenga un buen día señorita) – dijo el soldado mirando de reojo a su camarada y reprobando su femenina conducta.

En realidad ni Alejandra sabía bien por qué lloraba. O más bien creía que lloraba por un conjunto de causas. Tan complejas que no lograba armarlas, como un rompecabezas del diablo, imposible de ubicar las piezas sueltas. Colocó su mano izquierda sobre su pecho como Juan el Bautista. Alejandra no era particularmente creyente en exceso. Por el contrario. Varias veces en su vida había visto los horrores de los hombres y ello la llevó a dudar, no sólo de Dios, sino del hombre mismo. A desconfiar de la bondad que bien podría ser una mano extendida o un rostro franco, pero sólo en apariencia.

Alejandra continuó caminando esos adoquines tan bien acomodados del Puente de Carlos. Pensaba en Daniel. Recordaba a su familia. Y por fin se decidió. Accedería a lo pedido por Meléndez en Buenos Aires. No quería permanecer en Europa o irse a México con su hermana, como una rata que se escapa de los gatos salvajes que la esperaban en Buenos Aires. Quería regresar a Daniel y algún día formar una familia. Y algún día tener hijos. Al pie de la estatua de *"La Piedad"*, abrió su mochila, sacó su libretita y anotó algo.

"Desearía tanto poder estar entre tus brazos. Pero heme aquí. En mitad de Europa y en mitad de una tormenta en ciernes. Con tipos que me miran y me piden documentos al igual que allá. Como si fuera culpable de algo. Quizás lo soy y nadie se molestó en notificarme. Estoy harta de ser culpable. Eso sí lo se. Siempre demostrando cuán bien puedo hacer las cosas y sólo soy un ser humano en busca de algo. O en busca de sí. No se. Espero hallarme en este viaje. Qué afortunados son los que siempre se sienten seguros de sí o ya se encontraron. Su viaje terminó. O quizás es sólo una pose. Una vulgar pose para despistarnos y por el contrario están tan despistados como nosotros. Y sólo quieren un remanso en donde lamer sus heridas. Haré cosas que me parecen deleznables. Y las haré para volver a vos, Daniel.

Estoy sobre el Moldava. El cliché diría que debo evocar a Smetana. Y sin embargo, quien viene a mi encuentro es mi amado Claude. Y aunque aún es de día, diáfano por cierto, ofrece tomarme de la mano y caminar por su luna entre polvo lunar, cráteres y mares sin agua y aparece, no ya ante mis ojos, sino que se cuela irreverente

por entre mis oídos. Si leyeras este diario, te parecería que soy una pelotuda romántica irredimible. Pero se que sos el hombre que va a entenderme. Siempre me entendiste… 'El espejo es mi mejor amigo, porque cuando lloro, nunca se ríe', solía decir Chaplin.
Y mañana será otro día."

Alejandra dejó de escribir su diario. Retornó de su mundo interior y cuando lo hizo estaba junto a *"La Piedad"*. A veces en esa figura de Cristo sostenido por su madre, adivinaba ver su alma, torturada por salvajes que no deseaban percibirla como humana. De igual forma le sucedería a millones, razonaba siempre Alejandra. *"Qué consuelo"*. Marie le informó que el sábado ejecutarían a Rachmaninov en el Teatro Nacional. Su concierto preferido, el 2° para piano y orquesta. Pacheco ya había aprobado estos gastos extras, simplemente porque a espaldas del diario, había recibido fondos de la SIDE que pasarían por gastos cubiertos por él.

Alejandra iría a deleitarse y a olvidar por un rato sus asuntos. El concierto era el sábado. Se acercó al Teatro Nacional. Lo vio a Edgardo que aún bebía su café en Slavia. Lo saludó desde fuera. Pediría dos entradas. No sabía si Edgardo iría o no. Pero las pidió igual. Vio un taxi. Lo tomó.

- Do you speak spanish? (¿habla usted español?) – preguntó Alejandra.
- Sí. Un poco. ¿Adónde desea ir? – dijo el taxista.
- A la *"Torre de Petřín"* – respondió Alejandra.
- Yo no lo recomendaría. Hay mucha vigilancia ahora.
- Lléveme.
- Está bien. La acerco. Pero no demasiado.

El taxista cumplió con lo prometido. Alejandra le pagó y se bajó. La *"Torre de Petřín"* era majestuosa. Parecía la Eiffel, pero más pequeña. Había tipos armados alrededor de ella. Lo disimulaban, pero ella les notaba las sobaqueras. Había unas extrañas camionetas blindadas, como furgonetas, con antenas parabólicas, con unos tipos de civil afuera y otros que entraban y salían desde adentro. Alejandra de inmediato desenfundó su máquina fotográfica Nikon y comenzó a tomar imágenes de las extrañas unidades. De pronto uno de los tipos de una de las furgonetas, le apuntó con su AK-47. De inmediato Alejandra se arrojó al suelo, cuerpo a tierra. Le dispararon dos veces, pero los proyectiles dieron en uno de los árboles del parque que circunscribía a la "Torre de Petřín". Alejandra se incorporó y cuando se disponía a correr, la jalaron de los brazos dos hombres de contextura muy fornida. Le arrancaron la cámara, le quitaron el rollo y se la arrojaron lejos. Luego se retiraron. Las furgonetas, tres en total, también se retiraron. Alejandra fue en busca de su Nikon. No tenía magullones, salvo el rollo velado por los gorilas anónimos. Alejandra no tardó demasiado en percatarse de que las camionetas que intentó fotografiar eran las centrales de comunicaciones de las que les habían hablado Zuzzana y Karel. Lo que no previó era la violencia extrema de sus ocupantes, que no dudaron en liquidarla de ser necesario.

El corazón de Alejandra latía muy rápido. Ya estaba anocheciendo y casi nadie rondaba el parque. Sintió esa soledad como una espantosa desprotección. Bajó casi corriendo hacia el *"Puente Legii"* o *"Puente de las Legiones"*, que daba al Café Slavia y al Teatro Nacional. Quizás aún estaba su compañero. Los pasos en el *"Puente Legii"* le parecieron interminables. Una patrulla de la policía de Praga la vio correr. Ella los vio y les hizo señas. Los policías pararon.

- ¡Me dispararon con una puta AK-47 los muy hijos de puta! – gritó Alejandra, como trastabillando con sus palabras.
- No espaniol… - dijo uno de los policías que se había bajado del auto.
- I´ve said, that I was shot with a fucking AK-47, by some men near the Petřín Tower! (¡He dicho que fui tiroteada con una puta AK-47, por unos tipos cerca de la Torre Petřín!)
- Miss, we didn´t hear shots. We think you are a bit nervous. Maybe a thief tried to steal you and you saw a gun. You seem to be confused. (señorita, no escuchamos disparos. Pensamos que está un poco nerviosa. Tal vez un ladrón trató de robarla y usted vio un arma. Parece estar confundida) Do you want to take you where you´re staying? (¿Quiere que la llevemos adonde se hospeda?)

- No. Thank you. I´ll walk (No gracias. Caminaré) – dijo fastidiada Alejandra.
- Are you sure? (¿Está segura?)
- Yes. I´m sure. Assholes (Sí. Estoy segura idiotas).
- Be careful with your words, miss. Good night. (Tenga cuidado con sus palabras señorita. Buenas noches).

La patrulla se alejó rápidamente con las balizas apagadas. Alejandra comenzó a caminar más despacio. Se arrepintió de haber tratado así a ese par de policías que intentaban ayudarla de alguna forma. Los faroles del "Puente Legii" comenzaron a encenderse. Alejandra se tocaba la frente. Al menos no tenía un orificio en ella. Pero hasta ese momento lo que le habían informado los del KAN era verdad. Una verdad muy peligrosa. Tan peligroso como acercarse al sol con alas de cera, como Ícaro. Llegó por fin al "Slavia". Buscó a Edgardo. Pero su compañero se había ido. Quizás fue al hotelito de Marie. Quizás fue a recorrer la ciudad. Sólo sabía que lo necesitaba más que nunca. Salió del "Slavia". Vio un teléfono público algo destartalado, pero aún funcionando. Llamó al hotelito. La atendió Marie. Marie le comunicó que Edgardo no se encontraba ahí. Alejandra se despidió de Marie algo descorazonada. Eran casi las ocho de la noche. Decidió entrar de nuevo al *"Slavia"*. Pidió una copa de brandy. Sacó su cámara Nikon. La observó un buen rato. Agarró una servilleta. Era grande. Del morral extrajo un bolígrafo y escribió…

"Un día no será mi día. Un día, uno de estos turros me la va a dar. ¿Por qué sigo adelante? ¿Para probar qué? ¿Coraje? Yo no lo tengo. Sólo quiero llegar viva al final del día. Quizás es mucho pedir. Para la mayoría de la gente que conozco, eso es cosa corriente. ¿Por qué un día no puede ser también una realidad para mí? ¿Por qué un día puedo acabar con el cráneo partido al medio? Evidentemente no soy normal. Que ni eso se qué coño es. Debería llamarlo a Pacheco y pedirle que suspenda esta corresponsalía. Pero si lo llamo se que lo voy a mandar a la mierda. Y nada lograré. Sólo volver a la boca del lobo. Sólo que no esperaba tantos lobos de este lado también. No tengo vocación de "Caperucita". Pero sólo veo callejones sin salida. Y para colmo, malolientes, con ese aire espeso y ese tufo vaporoso de alcantarilla. Y ni siquiera cumplí aún con "mis deberes". Lo haré cuanto antes para que todo esto

concluya de alguna u otra forma. Un día, no va a ser mi día, lo se, ya casi lo se, aunque ese día no fue hoy..."

Alejandra terminó su brandy. Se retiró del "Slavia" a eso de las nueve y media de la noche. Se dirigió al teléfono público algo destartalado. Había un hombre hablando afablemente. Mientras aguardaba se encendió un pucho. Aunque era verano, había refrescado sobre Praga. Sentía un poco de frío. Comenzó a moverse para contrarrestar ese efecto desagradable. Se cruzó de brazos mientras movía sus piernas. Extrañaba sus botas. Sentía que el frío se adueñaba de sus pies. El frío inusual de una noche de estío. Como contradicciones difícilmente explicables. Como la Checoslovaquia de Dubček y sus libertades detrás de la *"Cortina"*. El tipo cada tanto la miraba de soslayo. Alejandra lo había notado. Le sonrió como para simular ser simpática y de paso que dejara el maldito teléfono, el cual parecía una prolongación de su cuerpo. Sin embargo el tipo no parecía muy apurado por cederle el aparato. Finalmente le tocó el hombro al tipo y le dijo…

- Excuse me, do you still have a long time talk? (Usted perdone, ¿tiene aún un largo tiempo de conversación?) – dijo Alejandra.
- You're a tourist? Aren't you? You're so impertinent. This phone is public. I've arrived first and I'll talk whatever I have to talk the time I want to talk! (usted es una turista, ¿verdad? Este teléfono es público. ¡He llegado primero y hablaré lo que tenga que hablar, el tiempo que quiera hablar!) – contestó airado el tipo.
- Andate a la mierda… - dijo Alejandra.
- I don't understand you… (No le entiendo…) – agregó el tipo.
- Fuck off (que te vayas a la mierda) – concluyó Alejandra.

Dicho lo cual, se retiró en busca de otro teléfono público. Un modesto bar estaba cerrando lentamente sus puertas. Le pidió al hombre que iba cerrando las ventanas que le permitiera usar el teléfono. El hombre, un corpulento pelirrojo de camisa verde de mangas cortas y delantal amarillo, accedió de inmediato. Al haber cuatro horas de diferencia entre Buenos Aires y Praga, Pacheco estaría en su odioso despacho. Eso calculaba Alejandra. Y llamó. La atendió una voz femenina.

- Jefatura de Redacción... - dijo la voz.
- Hola, soy Alejandra García, ¿me das con Juan Carlos? – contestó Alejandra.
- El señor Pacheco está ocupado. Veré si la puede atender... - prosiguió la voz.
- Me va a atender. Quedate tranquila. Avisale que soy yo y que lo llamo del otro lado del mundo...
- Un momento por favor... - dijo la voz algo turbada ya.
- Hola Alejandra. Me alegra escucharte. Me llamó Edgardo. Me dijo que todo está bien. Que llegaron bien. Que están en un lindo hotelito y que... - decía Pacheco cuando fue interrumpido abruptamente por Alejandra.
- ¡Pará Juan Carlos! Dejame hablar... – dijo ofuscada Alejandra.
- ¿Qué te pasa Ale?
- Que está todo bien "un carajo". Llegamos ayer y hoy, ya me cagaron a tiros unos tipos a los que no les gustó mi máquina de fotos. Le avisé a la policía y miraron para otro lado. Acá en este país, está todo mal. En cualquier momento se pudre todo. Y cuando eso pase no quisiera estar acá, Juan Carlos.
- ¿No me digas? ¿Acabas de llegar y porque un par de infelices te disparan ya querés tirar todo por la borda? ¿La heroína de los *"Seis Días"*? ¿La que fotografió bombas y misiles? ¿La que entrevistó Pipo Mancera? Dejate de joder Alejandra. Hacé lo que tenés que hacer y en un par de semanas, con suerte volvés. Y si se requiere que te quedes más tiempo, te quedarás más tiempo. Tratá de disfrutar de tu trabajo y el tiempo en Praga. No me vengas con estas pelotudeces – dijo Pacheco ya algo incomodado
- Tenés una asombrosa capacidad para inspirar a la gente a que te putee Juan Carlos. Ésa no soy yo. Eso es marketing y lo sabés. Tengo veintiocho años y quisiera llegar a los veintinueve al menos. Ya me entrevisté con el KAN y...
- Ah muy bien. ¿Ves? Cuando querés hacer las cosas bien, las hacés de maravilla – agregó Pacheco

- ¡Dejame terminar Juan Carlos! El KAN no cree que esto dure mucho. Ya están acá los tipos. Hicieron maniobras y se quedaron y...
- No me digas nada por teléfono. Mandame fotos y documentación por correo aéreo. ¿Algo más? ¿Necesitan más fondos? Cualquier cosita me avisan en ese caso.
- Es al pedo hablar con vos Pacheco. No se para qué te llamé... - dijo algo atribulada Alejandra.
- Bueno, mirá ahora debo colgarte. ¡Ah! Y no olvides "ese favor" que te pidieron. Ni se te ocurra dejar de hacerlo.
- Pelotudo...
- Siempre con ese mal carácter de porquería. Al final te vas a quedar sin novio – intentando parecer gracioso - . Buenas tardes Ale... Chau, debo dejarte... - y Pacheco le cortó la comunicación.

Alejandra no podía creer lo que acababa de discutir con su jefe. No podía creer que a su jefe le importara un comino sobre ella o sobre su compañero. Una vez más comprobaba que Pacheco era un sátrapa al que sólo le importaba llegar a ser parte del directorio del diario. Y el resto eran sólo peones de su ajedrez personal para lograr su cometido. Saludó cortésmente en inglés al pelirrojo corpulento y rozagante y empezó a caminar lentamente hacia el hotelito. Ya casi no había *"Skodas"* ni *"Ladas"* y mucho menos taxis por las calles. Repentinamente, casi de la nada, como en un sueño, apareció un ómnibus público. Era un *"Karosa"*, blanco, con franjas verdes laterales. Le hizo señas. El Karosa frenó su marcha, tal vez por deber o tal vez por cortesía al ver a una joven en mitad de la calle a esa hora. *"Can you take me to the street Baranova?"* (¿Me puede llevar hasta la calle Baranova?) – le preguntó al chofer con su mejor sonrisa. *"Yes, indeed. I go very close to Baranova Street. I may leave you two blocks from Baranova"* (Sí, en efecto. Voy muy cerca de la calle Baranova. Puedo dejarla a dos cuadras de ella) – le contestó el chofer de muy buen ánimo. "Thank you so much!" (¡Muchas gracias!).

Un par de minutos pasadas las doce de la noche, Alejandra arribó al hotelito. Tocó timbre, pero de inmediato apareció el señor Keenan. Estaba leyendo en el vestíbulo. Le abrió. No obstante, apareció al

116

minuto Marie. Le dijo que estaba preocupada por las altas horas a las que había regresado. Luego dio media vuelta y se marchó, ya más tranquila. Keenan la observaba. Y ella se sabía observada. Keenan descubrió la minifalda de Alejandra rasgada, su blusa sucia de tierra y una de sus piernas como arañadas…

- Parece que estuvo luchando con un oso o algo así Miss Henning – dijo Keenan.
- Algo así.
- ¿Me permite que le prepare un té y me cuenta qué tal la lucha con ese bendito oso? – preguntó Keenan con afectada cortesía.
- Le agradezco infinitamente Mr. Keenan. Es usted muy amable, pero prefiero ir a la cocina de Marie, prepararme un sándwich de algo y luego iré a mi habitación.
- Como usted lo desee, buenas noches miss…
- Buenas noches…

Edgardo había llegado mucho antes. Dormía. No le contaría sobre Pacheco. Ya no era relevante. Sólo Keenan parecía siempre estar atento a sus movimientos. Y también a su aspecto. Descartaba que fuera por motivos de atracción física. Iba más allá de eso. Y eso la inquietaba. En la cocinita de Marie se preparó un sándwich de jamón y tomate. Bebió un vaso de leche tibia. Había llegado al final del día y estaba viva y comía y bebía. *"¿A esto se reduce todo, a cerrar los ojos y suponer que los vas a abrir al otro día?"* – razonaba Alejandra mientras masticaba el sándwich. Tenía un aspecto deprimente. Como si la hubieran apaleado. Soñaba ya con esa bañera tibia que borraría por un rato el recuerdo de esos hijos de puta que quisieron *"emplomarla"* en Petřín. *"La cosa va en serio"* – proseguía razonando Alejandra.

- Tiene un aspecto honestamente… penoso - dijo Keenan al hacer una sorpresiva aparición en la cocinita de Marie.
- Sí, lo se señor Keenan. *"Me caí"* subiendo la colina de Petřín – respondió Alejandra.
- Ah, caramba. Petřín. Bella torre por cierto. Bien, sólo vine a dejar mi taza de té vacía. Iré a descansar. Hasta mañana. Y… tenga cuidado con las caídas. A veces son peligrosas o dejan

secuelas… good bye my dear (adiós mi querida)… - dijo alejándose Keenan.

- Adiós señor Keenan – dijo Alejandra. Y no soy tu querida, la puta que te parió (dijo en un murmullo).

Diario de Alejandra García:

"Ha sido un día extraño o no tanto. Tan extraño como este país al que acabo de arribar. La gente es amable. Pero huelo miedo por doquier. Más aún. Yo misma me desconozco y he comenzado a sentirlo en carne propia. Lo disimulo y nada le digo a mi compañero Edgardo. Siento una contradicción en mi cabeza. Y creo que la gente de aquí también. Siento una libertad bajo estricta vigilancia, la cual deja de serlo. Allá en Buenos Aires vigilaban, acá vigilan. Todos vigilan, siempre vigilan. Me agota el saber que se desea respirar bocanadas de un oxígeno que nunca llega, por causa de un hijo de puta que te observa entre penumbras, que no alcanzás a descifrar. Fui al bosque en donde se halla ubicada la famosa torre de Petřín. ¿Qué hallé? No lo se. Sólo llevé mi arma, mi cámara Nikon. ¿Qué otra cosa podía llevar? Pero quisieron matarme. ¿Por qué? Lo intuyo. Y me intuyo con alas de cera. Y esa intuición esta noche no se si me dejará dormir en paz…
Ha sido un día extraño o no tanto. Quizás para otros sea extraño. Para mí ya no, eso es lo que más temo, que ya nada me extrañe…".

Miércoles 24 de julio de 1968.

Capítulo 7
"Mladá Boleslav"

El viernes 26, ya con mejores ánimos, Alejandra debía ir a Mladá Boleslav. Esta ciudad se hallaba distante de Praga, unos 50 km y como a 45 minutos de viaje. Eran las ocho y luego de desayunar más temprano con el objeto de eludir a Keenan, le comentó a Edgardo que quería ir a visitar esa ciudad por encomienda de su padre, quien era afecto a los automóviles *"Škoda"*. La ciudad era la sede de la planta automotriz y fabricaba, pese a la economía comunista, un buen número de esos excelentes automotores muy conocidos en toda Europa y hasta en Argentina circulaba alguno que otro. A Edgardo no le llamó la atención en lo más mínimo. Si su *"jefa"* le daba el día libre, él lo usaría para solazarse por Praga y ese día era especialmente bonito.

Le preguntó a Marie si algún transporte público podía llevarla a "Mladá Boleslav". Marie le contestó que había un tren a eso de las once de la mañana, que debía ir a la *"Hlavni Nadrazi"*, la estación central de trenes de Praga. Que tardaba apenas una hora en llegar. Alejandra le agradeció la información y se encaminó a la estación. En la estación se encontró con el café *"Fantova Kavárna"*. En la boletería consiguió un boleto de ida y vuelta y a continuación, pues eran alrededor de las 10 y veinte, decidió beber una copa en el renombrado café. Pidió un escocés con hielo. Al que menos deseaba hallar en el hall de Hlavni Nadrazi, era a Keenan – razonaba Alejandra. Pero Keenan era una especie de semidios, un demiurgo, omnipresente del que ella no podía escapar, como un destino inevitable y necesario, como una condenación a priori, sin importar las buenas acciones en vida. La saludó desde lejos con un breve ademán y se encaminó hacia su mesa. Las estatuas de hierro forjado que rodeaban el café y los rostros de mujeres tallados en los vitrales los observaban. Quizás Alejandra, algo extenuada de tolerar a este inglés pegajoso, creyó ver que se sonreían ante su sino con Keenan. O quizás creyó ver mal. Ya parado ante ella, aguardó que Alejandra lo invitara a sentarse, lo que Alejandra así efectuó.

- ¡Qué grata sorpresa Miss Henning! – exclamó moderadamente Keenan.

- Pues sí, mister Keenan, ya ve. Según parece, Praga es más pequeña de lo que parece - respondió con cierta ironía cómplice Alejandra.
- ¿Y qué la trajo a esta bella estación de trenes? ¿Piensa viajar?
- No exactamente. Quería conocer este café, del que me habían hablado muy bien.
- Ah, ya, ya. Yo debo viajar a Kladno… - agregó Keenan.
- Pero tengo entendido que no hay trenes a Kladno, mister Keenan.
- Por favor, le ruego me llame Thomas, si no le parece atrevido de mi parte – dijo Keenan para favorecer la familiaridad.
- Como guste *"Thomas"*. ¿Y cómo piensa viajar a Kladno?
- Usted se preguntará qué hago en una estación de trenes, de trenes que no llevan a Kladno. Pues bien, una compañía estatal de minibuses, no podía ser de otra forma desde luego, trasladan a esa ciudad.
- Qué bien Thomas – dijo Alejandra –, ¿por alguna razón en especial?
- Ah sí. Tengo unos parientes ahí. La rama checa de mi familia. Sobrevivientes del "Holocausto". Cada vez que vengo a Checoslovaquia los visito. Casi es una tradición…
- Hace bien Thomas, las tradiciones no deben romperse, ¿verdad? – dijo Alejandra mirando de reojo su reloj, aunque Keenan advirtió su sutil movimiento.
- Ustedes las mujeres siempre andan muy aceleradas. ¿Desea saber la hora? Es la hora 10 y 45… - dijo Keenan luego de chequear su *"Rolex"*.
- Puede ser Thomas que esté en lo cierto. Gracias por el dato. Ahora debo irme – dijo Alejandra mientras llamaba al camarero por su cuenta.
- De ninguna manera Miss Henning. Permítame que pague yo y no se ofenda – se adelantó Keenan.
- No me ofendo Thomas. Gracias por su atención. Debo retirarme y seguir con mis menesteres en esta ciudad.
- Sí, obviamente. No es mi intención retrasarla con sus actividades. *"Los periódicos"* son exigentes, ¿verdad? – dijo Keenan, mientras veía que Alejandra se ponía de pie para ir presta al ferrocarril –, y tenga cuidado con las *"caídas"*, como le dije el otro día. Son peligrosas.

- Gracias Thomas, tomaré eso muy en serio, adiós…

Alejandra y Keenan se sonrieron mutuamente y éste la vio perderse entre la gente. A Keenan le parecía muy atractiva. La percibía muy impulsiva, dada su edad. Muy transparente. Sabía que le incomodaban estas "casualidades". También sabía que él no le caía bien y esto le fascinaba aún más. No la siguió, pues sabía adónde iba. Tampoco él viajaba a Kladno, ni tenía parientes checos sobrevivientes del Holocausto. Pero por algún motivo, este juego del *"gato y el ratón"* con Alejandra le divertía.

Keenan había quedado atrás, probablemente en el Kavárna. Ella subió al tren a Mladá Boleslav. El mismo no estaba repleto, pero pudo observar a tres militares que estaban sentados a dos asientos por delante de ella. En esos instantes, pasó el guarda solicitando los tickets. Alejandra le preguntó si eran del ejército de su país. El guarda, ya en voz más baja, le respondió que no, que eran rusos. *"What the hell are they doing here?"* (¿Qué demonios están haciendo aquí?). *"I have to go on miss, excuse me"* (Debo continuar señorita, discúlpeme). Alejandra apoyó su cabeza sobre el vidrio de la ventanilla. El tren arrancó a las once y cinco minutos.

Era un tren eléctrico, con vagones de madera y asientos de madera y un cierto aroma a madera quemada invadía el coche. Alejandra se sorprendió al principio, pero luego recordó al viejo "subte A" de Av. de Mayo y se serenó. Los militares rusos hablaban en voz normal pero reían a carcajadas. A Alejandra les pareció vulgares y corrientes y evitó mirarlos. Alejandra volvió a apoyar su cabeza sobre el vidrio de la ventanilla. El movimiento del tren cada tanto la despertaba de su dormitar pese a las risas que provenían de los tipos de uniforme. En una curva, Alejandra despertó del todo. Y se decidió. Con el mayor sigilo, extrajo su *"arma"*, su querida y zarandeada *"Nikon"*. Los tipos estaban muy entretenidos parloteando aún y ella comenzó a fotografiarlos. Pero uno de ellos alcanzó a ver a Alejandra en su accionar. Se levantó rápidamente de su asiento y gritándole dijo, "Вы не можете сфотографировать" (¡No se puede sacar fotos!), Запрещается! (¡Está prohibido!) – dijo el soldado. "I don´t speak russian.   I can´t understand you!" (¡No hablo ruso, no puedo entenderle!). El militar intentó arrebatar la cámara a Alejandra y ésta comenzó a gritar y a forcejear con él. Apuntó a la cabeza de Alejandra con su AK-47, apoyándola en su frente. La gente del vagón se levantó en defensa de Alejandra y el ruso volvió a su asiento ofuscado, manoseando su AK-47.

Luego del incidente, las cosas se calmaron. Más aún cuando los tres militares se retiraron al coche siguiente. El guarda, que había visto la escena, le habló a Alejandra.

-   You can´t do what you did, miss. It´s very dangerous. They don´t want to be photographed. It is supposed that they are not here… Do you understand me? (No se puede hacer lo que usted hizo, señorita. Es muy peligroso. Ellos no quieren ser fotografiados. Se supone que ellos no están aquí… ¿Me comprende usted?)
-   Yes. I understand you. But I´m a photojournalist. It is supposed that I have to do that too… (Sí, le entiendo. Pero soy una reportera gráfica y se supone que tengo que hacer esto…).
-   Well. But it isn´t supposed that you have to die trying to do it. We´re waiting they´ll leave our country soon. You are a foreigner. That is clear. Try to adapt yourself to the present circumstances please, miss. Have a good journey and don´t make blunders… (Bueno. Pero no se supone que tenga que morir en el intento de hacerlo. Estamos esperando que abandonen nuestro país pronto. Usted es una extranjera. Eso está claro. Trate de adaptarse a las circunstancias actuales por favor, señorita. Que tenga un buen viaje. Y no haga disparates…).
-   Thank you sir… (gracias señor) — dijo Alejandra algo contrariada.

El guarda se alejó en dirección a la locomotora. La gente la miraba extrañamente. Ella sabía que la habían salvado de esos cerdos, pero la miraban con cierta reprobación. Alejandra prefirió encenderse un cigarrillo y simular leer una revista mientras veía los campos de Checoslovaquia florecidos por el verano.

- Lo que hizo fue muy temerario tía… - dijo un tipo que sentó frente a ella.
- ¿Y usted quién es? – preguntó Alejandra.
- Mi nombre es Jesús Francisco Ibáñez Garrido, trabajo para una radio de España. Y eso que usted hizo pequeña, es de gilipollas, de lelos… - dijo el tipo.
- Soy fotógrafa de *"La Prensa"* de Buenos Aires y eso hago o al menos debo hacer. Y no se qué estoy dialogando con un fascista de Franco.
- Es que no soy fascista tía. Que trabaje para un radio de España, sólo significa que hay que sobrevivir aunque mis padres hayan peleado por la República – dijo Jesús.

Garrido era un hombre bien parecido. De cabellos crespos negros y ojos verdes. De bigotes bien cuidados y aroma a perfume masculino costoso. De rasgos faciales fuertes, más no toscos. Mentón armonioso y varonil. Era un español definitivamente especial. De hablar afable y simpático. Incluso logró arrancar una sonrisa a Alejandra. Le contó en detalle las andanzas de sus padres en Barcelona en los últimos días del régimen republicano y la amargura de ver cómo la ciudad se rendía sin oponer resistencia alguna a los nacionalistas. Mientras Jesús hablaba, Alejandra se preguntaba por qué las personas necesitan relatar sus vidas al primer extraño que se les presentaba.

- ¿De dónde eres Jesús? – preguntó Alejandra.
- ¿Dónde nací? Pues en Valencia, durante la "Dictablanda" de Berenguer. Y mi infancia la pasé entre mítines políticos y luego… la guerra civil y toda esa mierda que tú ya sabes… ¿Y tú? – preguntó Jesús.
- Soy de Buenos Aires. Nuestras dictaduras en cambio, son espasmódicas. Incluso algunos están de acuerdo con ellas, acorde al tinte político de cada quien.
- ¿Y tú? ¿Con quién estás guapa? – preguntó Jesús.
- Con quien no quiera pisotearme… - respondió rápida de reflejos Alejandra.
- Eres una anguila tía, me gustas.
- Y tú un gallego muy simpático…

- ¿Por qué me llamas *"gallego"* sabiendo que soy valenciano? ¡Mira que eres, guapa!
- En mi país, a todos los españoles les decimos "gallegos". No quise agredirte Jesús…
- Vale guapa. Ya estamos llegando. Tengo asuntos por aquí. No te molesto más. Fue un placer conocer a una argentina tan valiente aunque algo… "desubicada" – dijo a modo de despedida el valenciano, sonriendo. Ve con Dios.
- Hasta ahora parece que me viene salvando…
- Entonces no tientes al "otro"… – dijo Jesús y se retiro guiñándole un ojo.

El tren arribó a Boleslav a las doce y cuarto. La estación, comparada con la de Praga parecía pequeña, modesta y sencilla. Incluso algo deteriorada o descuidada por el Estado checoslovaco. Pero a Alejandra eso la tenía sin cuidado. La valoraba más. Le traía recuerdos. En el andén habían crecido unos como yuyos y la plataforma por la que bajaban los pasajeros era de madera y estaba un poco cedida. Las columnas que sostenían el techo de chapa del andén estaban descascaradas pero aún se notaba el color verde original. Para esa hora, el calor se hacía presente. Alejandra vio un kiosco de bebidas atendido por un tipo gordo de prominentes mostachos y remera verde, quizás haciendo juego con el andén. Vendía la bebida gaseosa *"Kofola"*, que competía con las occidentales. Alejandra decidió probar una. Le pareció aceptable y reconfortante.

Preguntó en la boletería a qué hora había trenes de regreso a Praga. Le informaron que había dos, uno a las tres de la tarde y otro a las ocho de la noche. Alejandra comenzó su derrotero por Boleslav. Un taxista parado en las afueras de la estación, se hallaba casi dormido sentado al volante. Alejandra le tocó el hombro. Le preguntó si sabía inglés. Éste le respondió que algo. Se subió al auto. El taxista le preguntó hacia dónde deseaba ir y Alejandra le respondió que a la iglesia de San Havel. Una vez ahí, el taxista dio media vuelta y desapareció. Caminaba por la vereda de la iglesia. Parecía solitaria. Como si nunca nadie hubiera estado ahí antes.

La iglesia parecía protestante, pero era sólo en apariencia. Una sola torre dominaba la nave principal. Los pilares en que se sostenía estaban pintados en color crema. El resto de la construcción en color blanco. Alejandra estaba a unos setenta u ochenta metros de la iglesia. Senderos que marcaban caminos y se entrecruzaban en caprichosas piruetas. El césped que rodeaba a la iglesia estaba prolijamente cortado. Desperdigados pinos silvestres y tilos coronaban un paisaje más que melancólico. Los había pequeños y éstos eran ayudados a mantenerse en pie, como potrillos recién nacidos, con una estructura de tres listones que hacían de sostenedores de esa vida que creía hacia arriba, como queriendo tocar el cielo. Algo sorprendida, apareció sin ser anunciado, un cura. Tenía unos cincuenta años. Era alto, rubio, con algunos kilos de más y con algunas pecas en el rostro de menos. La miraba algo extrañado. Como preguntándose qué hacía esta joven en este solitario paraje.

- Jste Česká? (¿Eres checa?) – preguntó el cura.
- I don´t speak czech (no hablo checo) – respondió Alejandra.
- Oh. Better. I´m irish. My name is William O´Flagherty, and I´m the priest of this church. And you? (Ah, mejor. Soy irlandés. Mi nombre es William O´Flaherty y soy el sacerdote de esta iglesia).
- O´Flaherty como el cura que salvó a las cuatro mil personas de los nazis en el Vaticano – dijo Alejandra casi sin pensarlo.
- ¡Ah! Entonces eres española o latinoamericana. Hubieras empezado por ahí. Estuve destinado más de diez años en España, en el pueblo de Alcántara, en Cáceres. Y no, no creo tener parentesco directo con Monseñor O´Flaherty, lo cual sería todo un honor. Siempre me hacen esa pregunta. Presumo que tal vez alguna rama lejana, pero hasta ahí. Soy menos valiente que él, te lo aseguro…
- García. Alejandra García.
- ¿Y qué hacías deambulando por los jardines de San Havel, Alejandra García? – preguntó el sacerdote.
- En realidad, soy reportera gráfica y vine a Boleslav a sacar unas fotos…

- En Boleslav por estos días, es toda una aventura poco recomendable fotografiar – agregó O´Flaherty – ¿De dónde eres jovencita?
- De Buenos Aires, trabajo para un periódico de allá...
- Y te mandaron a cubrir las reformas del buen "Alexander", ¿verdad?
- Así es...
- Pero se cuidadosa. Luego de que el camarada Dubček permitiera abiertamente los oficios religiosos en una república socialista, las iglesias han vuelto a poblarse. Sin embargo, aunque sea cura, no soy ciego. Entre los feligreses, veo rostros poco amigables e imagino quiénes son esos rostros poco amigables. Pero el buen Señor acepta a todos. Yo, como cura no puedo, ni debo, ni me conviene inmiscuirme en asuntos políticos. Me limito a dar misas, mientras se pueda.
- ¿Y hasta cuándo se va a poder? – preguntó Alejandra.
- No lo se.
- Hasta que *"ellos"* lleguen...
- Mi querida Alejandra, *"ellos"* ya están acá... - dijo el cura.
- Lo se. Me apuntaron a la cabeza en el tren que me trajo desde Praga.
- Y seguramente los provocaste con tu cámara de fotos. ¿O me equivoco?
- No. No se equivoca.
- Sigue mi consejo pequeña. No los provoques. No dudan a la hora de apuntar sus armas.
- Lo se Padre William, lo se. ¿Puedo preguntarle a qué orden religiosa pertenece?
  Puedes hijita. Soy jesuita.
- No se por qué, pero lo intuía.
- ¿Ah sí? Qué raro. ¿Por qué lo intuías? ¿Por mis hábitos negros?
- Me hizo recordar a algún amigo jesuita de Buenos Aires que está en contra de la dictadura de mi país.
- Eso que dices es preocupante. Sabemos que los curas de América Latina están muy politizados, movilizados. Pero bueno, es una elección. Y cada uno sabe lo que debe hacer. ¿Quieres que te invite un té? Puede ser de tilo. Quizás serene

un poco tus ánimos de fotografiar – dijo sonriente el padre William.

- Agradezco su invitación, pero debo seguir. A las ocho de la noche tengo un tren a Praga. Quisiera saber algo padre…
- Dime hija.
- ¿Está muy lejos la fábrica de autos Škoda?
- Pregunta que no acompaña a una grácil jovencita como tú, pero contestaré. No. Es más bien cerca de acá. Škoda tiene varios edificios de oficinas y luego la planta de montaje. Camina unas seis cuadras en línea recta y luego doblas a la derecha otras cuatro. Pero trata de no acercarte a uno de ellos. El de color crema, es grande y con detalles arquitectónicos muy pintorescos. En ése, están *"ellos"*, los que aún no se fueron. ¿No comprendes de lo que hablo, no?
- A decir verdad, sí. Ya hablé con el KAN, me explicaron todo…
- El KAN. Claro, comprendo. Entonces podrás apreciar lo delicado de la situación. Hijita, hazme caso, si quieres te tomas un té conmigo en la sacristía, puedes fotografiar todo lo que quieras en San Havel y luego regresa a Praga.
- No se ofenda Padre William. Pero no vine a Checoslovaquia a fotografiar iglesias como si fuera una simple turista…
- Está bien. Pero te diré esto último. Compórtate como tal. *"Vístete"* de turista. *"Se mansa como oveja y astuta como serpiente"*…
- Lo intentaré Padre… - dijo Alejandra mientras estrechaba la mano del jesuita irlandés.
- Debo dejarte ahora hijita. A las siete de la tarde debo ofrecer el servicio. Que el Señor te acompañe. Si quieres recorrer San Havel, es toda tuya – dijo el Padre William.
- Hasta ahora me ha acompañado Padre. Gracias por todo – dijo Alejandra mientras se despedía del Padre William.

Antes de partir a Škoda, Alejandra respiró profundamente. Sentía el aroma de la resina de los pinos silvestres. El aroma de los tilos. El silencio del lugar, apenas interrumpido por algún pato peregrino que ignoraba acerca de enconos humanos y ello, la embargaba. Vio unos asientos de madera, pintados de verde. Le recordaba las plazas de Buenos Aires. Fue a uno de ellos y se sentó. Todo giraba en su cabeza, como un carrusel desbocado y sin frenos. Los rostros de su familia, de Daniel, de Edgardo, de Pacheco, de Marie, de Keenan, la sensación de frío en su frente, producida por la AK-47 del tren, las tardes bajo la parra con su padre, las noches de amor con su novio. Tomó la Nikon. Fotografió el sitio. Era tan bello y fuera de este mundo, que ni ella daba crédito de lo que veía. Había una especie de fuente de agua circular, que no estaba funcionando en esos momentos. Una perdiz se posó en ella. Alejandra la capturó con la Nikon. Desde lejos pudo distinguir al padre William entrar a la casa contigua a la iglesia. Era una casa grande de techo de tejas, con una lucarna con pequeñas ventanitas, que miraban a la iglesia. Alejandra supuso que ésa sería su casa. Y suponía bien. Se incorporó. Su rato en el paraíso había concluido. Debía ir a conocer a Škoda y retratar todo lo que pudiera vestida de *"turista"*, como le aconsejó el Padre William.

Hizo el camino que el cura le indicó y ahí estaban las oficinas de Škoda. Pero no veía trabajadores. Sólo veía tipos de civil y algunos de uniforme como los del tren que entraban y salían. Una camioneta blindada con la antena parabólica como las de Petřín, se hallaba abierta de par en par. No había nadie en ella en ese instante. Alejandra caminó decidida hacia el vehículo. Un soldado ruso la cruzó pero se desentendió por completo de ella. *"Vístete como turista"* – recordaba las palabras del Padre William. Y Alejandra, sin que nadie lo advirtiera, se acercó a la camioneta y fotografió los equipos de comunicaciones que en ella había. Más aún. Se subió a ella. Tomó unos papeles en alfabeto cirílico como el que se usaba en la URSS y que estaban sobre una de las consolas y se los introdujo en la mochila. Bajó de inmediato. Caminó con lentitud para evitar sospechas, aunque sus manos sudaban frío. Cruzó la calle y pudo observar bien el edificio. Era muy grande. De color crema. La fruta prohibida. *"A ése, no"*. Y justamente ése era la piedra del zapato que le causaba escozor. Tenía tres plantas e infinidad de pequeñas ventanas, algunas con aleros. La mayoría de ellas tenían las cortinas corridas. Un tipo de civil se hallaba parado en la puerta. Corpulento, vestido con una camisa blanca de mangas cortas que dejaban ver sus hercúleos brazos. Portaba una AK-47, cruzada en bandolera. Alejandra quería saber qué sucedía en el interior de ese edificio.

Intentó vadear la entrada. El tipo corpulento la detuvo por el hombro.

- Куда ты идешь? (¿Adónde va?) – preguntó el tipo.
- I´m a tourist and I want to tour the Škoda Factory (soy una turista y quiero recorrer la fábrica Škoda) – respondió Alejandra.
- Я не говорю по-английски. Skoda больше не здесь. Пошел прочь. (No hablo inglés. Škoda ya no está aquí. Váyase) – agregó con gestos amenazantes el tipo.

Alejandra comprendió que no podría pasar al interior del edificio. Era verdad. La administración de Škoda había sido desalojada por los rusos durante las maniobras y ya no se fueron de él. Ese edificio sería el cuartel general del Ejército Rojo luego de la invasión y se quedarían hasta el año 1990. Pero Alejandra lo ignoraba por completo. El tipo la empujó hacia atrás y manoseó su Kalashnikova. Alejandra le sonrió lo más que pudo su semblante y se fue retirando dando pasos hacia atrás. Ya a cierta distancia, Alejandra comenzó a buscar un café donde beber una bebida fuerte. Lo halló. Pidió un whisky doble con hielo. Había poca concurrencia en el bar. De su mochila sacó esos extraños papeles. Desde el bar podía ver el edificio "ex" – Škoda y la camioneta de telecomunicaciones. Dos soldados estaban siendo reprendidos a los gritos por un tipo de civil. Alejandra presumió que comenzaban a extrañar esos papeles, sólo que ella no leía cirílico.

En Buenos Aires, en la embajada de los Estados Unidos, Meléndez le había dicho además que cualquier documento que cayera en sus manos, se lo debía entregar a Swaine. A ese anónimo personaje, lo conocería la semana entrante. Tres soldados soviéticos entraron al bar. Alejandra manoteó los papeles con sigilo y los guardó prudentemente en su mochila. Recorrían cada mesa y preguntaban algo. Hasta que llegaron a la de ella. La miraron con desconfianza. Ella, sin mediar palabra les mostró su pasaporte.

- Argentina, "Che" Guevara… – dijo uno de ellos.
- Sure, Guevara and Castro´re our "heroes" comrade (Claro, Guevara y Castro son nuestros héroes, camarada) – dijo Alejandra.

- Show me what you have in your backpack, please. (Muéstreme lo que tiene en su mochila, por favor) – dijo el otro soldado.
- Oh, nothing important. My camera, because I´m a tourist in this country, a notebook… (Ah, nada de importancia, una cámara porque soy turista en este país, una libreta…)
- Show me what you have in your backpack. I won´t repeat you again, miss (Muéstreme lo que tiene en su mochila. No se lo repetiré de nuevo, señorita) – dijo en un tono menos amable el soldado.

En esos momentos, sonó un silbato como de policía. Un tipo corría por en medio de la calle frente al edificio Škoda. Sonó un disparo y el tipo cayó redondo en la calzada. Los tres soldados salieron presurosos a verificar lo sucedido. Alejandra, ya envuelta en sudor, pidió la cuenta y escapó raudamente en dirección a la estación de trenes del pueblo. Permaneció en ella por espacio de dos horas. Cuando veía a un tipo de uniforme se levantaba e iba al sanitario a ocultarse. A las 19:45 arribó el tren que la llevaría a Praga. Diez minutos pasados de las ocho de la noche, el tren la alejaba de esos tipos. Pero habría otros en Praga, tanto o más de cuidado que los de Mladá Boleslav. En el trayecto, Alejandra sentía la boca seca y le costaba tragar. Sabía que esos papeles significaban algo. Sabía que esas fotos eran valiosas. Sabía también que no estaría ahí, si a ese pobre tipo no lo hubieran baleado en medio de la calle. En el vagón de ella, viajaba una pareja de unos cuarenta años que no le prestaban atención. Como era habitual en ella, apoyó su cabeza sobre su mano izquierda, mientras tenía el codo sobre la ventanilla. Sería una larga hora. Pero al menos el día iba concluyendo…

Capítulo 8
"La reunión"

Karel se comunicó con el hotelito de "Marie". Serían las once de la mañana. Alejandra y Edgardo habían salido a realizar unas compras y habían regresado unos diez minutos antes. No se encontraron con Keenan ese día. Lo que les pareció algo desacostumbrado. El turco vendedor de vástagos para canillas estaba por partir a realizar su corretaje por las ferreterías y negocios de sanitarios de la ciudad.

- *"Te has cansado de llevar mi peso, te has cansado de mis manos, de mis ojos de mi sombra..."* – dijo el turco Pakalin.
- Qué bonito Ahmet. ¿Es suyo?... – preguntó con franca curiosidad Alejandra.
- No mi estimada latina, es un poema de *"Nâzim Hikmet"*, lamentablemente fallecido hace cinco años en Moscú. Era un poeta que se consideraba revolucionario.
- Fascinante Ahmet, gracias por compartirlo con nosotros…
- No. En realidad lo compartía conmigo. Pero igualmente gracias por sus palabras… - dijo el turco, con su inconfundible acento al pronunciar palabras en español.

Marie apareció de repente con su rostro algo encendido. Le avisó a Alejandra que la llamaban por teléfono. Que podía atender en la mesita junto a los helechos. Alejandra atendió la llamada. Era Karel. Le confirmaba la reunión del KAN en la casa de unos amigos de ellos. No muy distante del hotel, en la calle Vinohradská, en un edificio de departamentos populares, no lejos de Radio Praga. La cita sería a las siete de la tarde, del día martes 30. Alejandra le confirmó que ahí estaría.

Era el sábado 27 de julio y Alejandra le dijo a Edgardo que había comprado dos boletos para el concierto en el *"Teatro Nacional"*. Edgardo, no era tan afecto a la música clásica, pero aceptó de buen grado. Luego del concierto, Alejandra le dijo que le invitaría una copa en el *"Slavia"*. De alguna manera, esto incrementó los ánimos de Edgardo por la música "seria", pues desconocía la afición genuina de Alejandra por ella. Salieron a la ciudad a eso de las dos de la tarde, luego de unas vituallas en lo de Marie.

Alejandra aprovechó para obtener excelentes fotografías de ciudadanos comunes que deambulaban de acá para allá. A los que hablaban inglés, les preguntaba sus opiniones, guardando el anonimato, acerca de las maniobras *"Šumava"*, las que grabada en un moderno grabador a casete Phillips El3302 con micrófono, que Pacheco les había provisto muy *"gentilmente"*. La gente al principio se veía sorprendida, pero la "Primavera" inundaba el ambiente y la gente quería hablar, lo que no había hablado en veinte años. Un silencio impuesto por un grupo de élite de burócratas que en nombre de la igualdad socialista, habían amordazado a la mayoría. Algunos comentaban que creían firmemente en las reformas de Dubček y que podía haber una salida al socialismo *"humano"* y no estalinista que deseaba la URSS. Otros veían con recelo las reformas, que serían más de lo mismo. Una mujer joven, de unos treinta años, que se había criado bajo la ocupación de los nazis, defendía al presidente del PCCh (Partido Comunista de Checoslovaquia).

- Why do you believe in comrade Dubček? (¿Por qué cree en el camarada Dubček?) – preguntó micrófono en mano Alejandra.
- Do you come from England? (¿Ustedes vienen de Inglaterra? – contestó la mujer preguntando a su vez.
- No. We´re working for "La Prensa" of Buenos Aires Argentina (No. Trabajamos para "La Prensa" de Buenos Aires, Argentina – respondió Alejandra).
- Oh, ok. Yes, I think that we´re going towards an overcoming the current socialism (Oh, ok. Sí, pienso que estamos yendo hacia una superación del socialismo actual) – respondió la mujer – maybe towards the socialdemocracy, like others countries of Western Europe. I hope this ends on good terms… (tal vez hacia una socialdemocracia, como otros países occidentales. Espero que esto termine en buenos términos…) – agregó la mujer de nombre Tamara G.
- Are you not afraid about a soviet reaction with tanks like Hungary 56? (¿No temes una reacción soviética con tanques como en Hungría del 56?) – preguntó Alejandra.
- I don´t think so. They won´t do such thing. They liberated us from the Nazis in Second World War (No creo eso. No harán

132

eso. Nos liberaron de los Nazis en la Segunda Guerra Mundial) – dijo la mujer.
- All right Tamara, thank you for your time… (Muy bien Tamara, gracias por tu tiempo) - remató Alejandra.

Se sentaron al lado de un cantero con florcitas en la Plaza de Wenceslao. Alejandra acababa de comprobar que mucha gente, ingenuamente creía que el *"Oso ruso"* nada haría. Alejandra miró la figura ecuestre de San Wenceslao. No lo pudo evitar. Extrajo de su mochila su libretita de apuntes, diario incluido.

"Plaza Wenceslao, Praga, 27 de julio de 1968:

Qué cosa. Estas figuras parecen tan perfectas. Tan omnipotentes, con sus gallardos caballos. Parecen siempre avanzando. ¿Hacia dónde? No lo se. Hacia la libertad, hacia la justicia, hacia la igualdad, hacia la verdad, hacia un dios o hacia otro, qué se yo… pero siempre avanzando. Nunca mirando hacia atrás. Estos tipos la tenían clara. Los humanos comunes, como yo o los que veo por la calle, no. ¿La tenían clara la situación porque la situación era menos compleja? Puede ser. Ahora hay demasiada mugre en todos lados. ¿O siempre la hubo y la escondían bajo la alfombra?

Esta noche es mi noche con Sergei. Y nada ni nadie me la va a arruinar. Desde que llegué a Checoslovaquia, además de la simpática Marie, todo ha sido bastante hostil. Desde esos energúmenos que me dispararon en **Petřín**, *hasta ese hijo de puta que me puso una AK-47 en la frente, delante de todo el pasaje en el tren, las cosas se han tornado bastante enrarecidas. Pero mi noche con Sergei no me la quitará nadie. Si hasta convencí a Edgardo a fuerza de sobornos. Lo que Edgardo no sabe, son mis frecuentes visitas a 'La Cueva' de Pueyrredón 1723 en Buenos Aires y cómo nos llevaban a todos en redada a la comisaría por marihuaneros y otras drogas, más aún después del 66. Pero eso, queda entre vos y yo, diario…"*

Y esa noche fue majestuosa. Como era su costumbre, el pianista ucraniano, *"Sviatoslav Richter"*, estaba de paso por Praga, rumbo a Moscú y decidió dar ese concierto *"casi a beneficio"*, pues Richter considera exorbitante el cobrar de manera desmesurada como en Occidente un concierto. Y así lo hizo en el *"Teatro Nacional"*, esa noche de 1968. Y ahí estaban Alejandra y Edgardo, sentados en la fila 19, escuchando al maestro. Pese a los gustos dispares de Edgardo, se emocionó hasta las lágrimas, lo que obligó a Alejandra a ofrecerle un pañuelo, que éste aceptó sin reparo alguno.

El café *"Slavia"* tenía aún numerosos parroquianos que conversaban alegremente. Algunos sobre el concierto, otros sobre política. Alejandra y Edgardo se sentaron y ésta cumplió su promesa. Edgardo se sonrió y esbozó un *"gracias, jefa"*. A lo que Alejandra contestó, *"¿pero te gustó o no?"*. La respuesta fue afirmativa. Fin de la noche del concierto. Retornaron algo tarde al hotelito de Marie, pero ésta se hallaba entretenida escuchando *"Radio Praga"*. Les abrió la puerta y los invitó a beber un té de tilo, el cual agradecieron puntualmente.

El lunes transcurrió sin mayores contratiempos, salvo que Edgardo no se sentía muy bien del estómago y permaneció en cama, atendido por una madre postiza llamada "Marie". Alejandra se fue en busca de imágenes de la *"Primavera"* y de paso conocer a Josef Koudelka, el célebre fotógrafo checo, quien a la sazón estaba dando una charla en un programa de Radio Praga. Alejandra aguardó en el salón de espera de la radio, ya registrada como corresponsal extranjera. Fue tratada con mucha cortesía y ni bien el programa finalizó, se le avisó a Koudelka que había una jovencita que lo esperaba desde hacía rato.

- Se me informaron que había joven esperando, buenas tardes, soy Josef Koudelka – dijo en un español más que entendible, aunque no perfecto, el célebre fotógrafo.
- Le informaron bien señor Koudelka, mi nombre es Alejandra García e intento retratar a la "Primavera" – contestó Alejandra.

Koudelka era un checo afable, de barbas rojizas, corpulento, alto, cabello algo retraído hacia la frente, con la sonrisa a flor de piel. Llevaba gafas redondas y grandes. Su "arma", siempre lista, una cámara *"Leica"* de 1965, que no abandonaba jamás para obtener sus imágenes increíbles.

- ¿Es de periódico América del Sur, no? – preguntó Koudelka.
- *"La Prensa"* de Buenos Aires, si – contestó Alejandra.
- ¿Así que quieres retratar "Primavera"... menudo lío ese. ¿Y lo has hecho ragazza (chica)?
- Al menos eso creo. Por el momento. Pero por acá a algunos no les gusta retratarse.
- Lo se. Por eso no me acerco a *"esos"*... - dijo Koudelka.
- Yo sí. Y ya intentaron matarme dos veces.
- No lo dudo – dijo Koudelka, ya en un tono menos jocoso.
- ¿Y entonces? ¿Qué debo fotografiar? ¿Las bellezas arquitectónicas de la ciudad? ¿El Puente de Carlos? Usted dígame... - dijo Alejandra con voz firme.
- Cumple con tus objetivos. Sí. Pero no juegues a la "heroína".
- El año pasado me salvé de las bombas, los aviones y los tipos que querían violarme en Medio Oriente...
- ¿Mandaron te a la Guerra Six Días? – preguntó algo indignado Koudelka.
- Sí.
- Me parece un desatino. Deben odiarte en periódico. Pero es algo la verdad. Si sobreviviste todo eso, eres una ragazza de mucha buena suerte, pero no tientes a la suerte... ahora debo irme. Tengo cosas que hacer. Te veré mañana...
- ¿Mañana? ¿Entonces usted también es del...?
- Ahá... hasta mañana *"bella ragazza, anche se un po 'sciocca"*... - dijo Koudelka cortante para que Alejandra no siga.
- No hablo italiano... ¿Qué dijo?
- Bella chica, aunque un poco *"necia"*... - agregó Koudelka con la sonrisa de nuevo en sus labios.

La recepcionista de Radio Praga la saludó con un ademán de cabeza y Alejandra partió hacia las calles de Praga... hacia la *"Primavera"*. Y ésta no se hizo esperar. Había gente por doquier en bares y esquinas. Hablaban, discutían, argumentaban, intercambiaban palabras, ideas, sueños. Alejandra les pidió permiso, mostrándoles previamente su credencial de reportera gráfica, para fotografiarlos. Era extraño, pues en el aire se respiraba ese tufillo a libertad, pero una libertad endeble. Tan endeble como un brote de primavera que anhelaba sortear esos obstáculos iniciales o esos pisotones que jamás faltan...

Al día siguiente, martes, Alejandra se levantó de muy buen humor. Incluso Edgardo le preguntó si se sentía bien. Ella le respondió que sí. Que la reunión del KAN la estimulaba y la reconfortaba. Intentaría hacerse entender de la mejor manera posible. Le pidió a Edgardo que telefoneara a Pacheco y que le explicara lo que harían a las siete de la tarde. Edgardo así lo hizo. Marie sirvió el desayuno. Aparecieron los franceses turistas. Ella, Constance Morel, empleada de banco. Él, Emile Despatie, desempleado, artista, pintor no reconocido. Hablaban un poco de español y otro tanto de inglés. El turco poeta, vendedor de vástagos de canilla, se hallaba de viaje a Brno. Y Keenan, quien bajó en última instancia por su desayuno. Alejandra disimuló su fastidio, sonriéndole y haciéndole un gesto de salutación.

- Nous avons entendu dire que vous êtes un photojournaliste (Nos dijeron que eres reportera gráfica) – dijo Constance, mientras cubría de manteca una tostada casera de Marie.
- Me podría traducir Thomas... - dijo Alejandra con su mejor sonrisa a Keenan.
- Le preguntó si era reportera gráfica Miss Henning... - agregó Keenan.
- Oh yes, that´s what I am (Oh sí, eso es lo que soy) – respondió Alejandra.
- Algo interesante para conocer gente, ¿no? – intervino Emile.
- En mi trabajo, hay gente que es mejor no conocerla, se lo aseguro – dijo Alejandra.
- Miss Henning amaneció algo pesimista hoy, ¿o me equivoco? – preguntó Keenan.
- Pues, se equivoca. Ando de buenas, hoy curiosamente. ¿Y usted? ¿Ya se comunicó con su diario? – preguntó Alejandra.
- Ah sí, sí... mi jefe está al tanto de todo.
- Cuanto me alegro – respondió Alejandra.
- ¿Su amigo es mudo? – preguntó Keenan en alusión a Edgardo.
- No. Es afecto a los desayunos de Marie. Quizás le recuerden a los de su madre.

- Comprendo Miss Henning. Ustedes disculpen. Ahora debo dejarlos. Este café estaba realmente magnífico, con su permiso.

Keenan se retiró. Alejandra se sintió más que aliviada. Edgardo por lo bajo le preguntó que tenía contra él. Ella le repitió que había algo en él que no le cerraba. El rompecabezas cerraría a su debido momento. Esa mañana Alejandra acompañaría a Edgardo a la sinagoga vieja de Praga.

Cuando llegaron, Alejandra sintió algo extraño al penetrar en ella, como algo inexplicable. Por dentro hasta parecía una iglesia católica, salvo por la carencia de vitrales y que en su lugar había pequeñas ventanas ovaladas y del otro lado ventanas con el símbolo de la *"Estrella de David"*. El célebre ático en donde se suponía descansa el cuerpo del Golem del rabino Loew, estaba vedado al público. Edgardo sintió mucho no poder acceder a él. Como si realmente, pese a su anarquismo contundente y ateo se negara a aceptar la leyenda y sin embargo anhelaba creer que esa cosa existía y que había protegido realmente a su pueblo por siglos. *"¿Qué es esa lamparita de ahí, Edgar?"* – preguntó Alejandra. *"Es la Ner Tamid. (Lámpara eterna), recuerda las almas de los fallecidos"*. Alejandra se había vestido para la ocasión, pues no se permite a las mujeres ir de minifaldas o con los brazos descubiertos. Sus polleras tapaban ampliamente sus rodillas. Edgardo agradeció el gesto de su "jefa". Lentamente la iba viendo como a una amiga. Y ese sentimiento era recíproco, aunque ninguno de los dos lo decía abiertamente. Habían llegado para el servicio matutino, el *"Shajarit"*, aunque Edgardo decidió retirarse. No quería deshonrar a sus antepasados, simulando que seguía sus enseñanzas.

Almorzaron en el "Slavia" unas ricas *"patas de pato asado con albóndigas"*. *"Pacheco nos va a asesinar cuando volvamos Alejandra"* – dijo preocupado Edgardo. *"En la reunión de las siete, te vas a enterar por qué me importan un carajo los gastos y Pacheco y la puta que los parió"* – agrego Alejandra. Terminaron de almorzar y Edgardo optó por regresar al hotelito de Marie. Aún se sentía delicado y le pediría bicarbonato. Alejandra caminó por el puente "Legii". Aún no podía olvidar lo sucedido en las colinas de Petřín.

137

"Legii", el *"Puente de Las Legiones"*, en honor a las legiones checas que partieron rumbo a la Primera Guerra Mundial, era mucho más modesto que el Puente de Carlos. Sin imágenes de santos, apenas faroles altísimos, unos diez de ellos y fabricados de hierro fundido, cuyas cúpulas no eran sino relojes, que marcaban horas, segundos, vidas. Alejandra paró a mitad del puente. Apreciaba el fastuoso "Teatro Nacional", en donde el sábado anterior disfrutó de su "Sergei". *"Ya me van a escuchar"* – razonaba Alejandra. Un viento cálido sopló de pronto. Y ella vestida para una sinagoga. Pensó en ir al hotelito a cambiarse. Fue más práctica. Se arremangó la camisa, se quitó sus zapatos y se quedó recostada sobre una de las salientes del puente.

Veinte para las siete. Salieron del hotelito en dirección a la reunión prevista por el KAN. La calle, *"Vinohadská"* muy cerca de la Radio. El edificio era de unos catorce pisos. Era un edificio modesto. Por fuera y por dentro. Los ascensores hacía tiempo que se habían olvidado de funcionar. La cita era en el piso octavo. Los cigarrillos de Alejandra se hicieron sentir al subir esos ocho pisos. Luces mortecinas alumbraban los pasillos. La limpieza luchaba por imponerse, quizás por la acción de alguna persona que odiaba insectos y otras alimañas. Las paredes habían sido amarillas, aunque ya no lo eran. Más aún predominaban los manchones de humedad aquí y allá. Alejandra sintió el inconfundible olor a pis de gato. Hizo ojos blancos y seguía escalando ese interminable Everest urbano. Finalmente la cumbre o lo que es lo mismo, el octavo piso surgió ante sus ojos. Alejandra respiraba con dificultad. *"Deberías dejar el pucho, jefa"* – dijo Edgardo. *"Andá a la mierda"* – contestó Alejandra. Tocaron el timbre del departamento "F". Una voz del otro lado les dijo *"Jo? Co chceš?"* (¿Sí? ¿Qué quieren?). *"We're invited by Zuzzana and Karel Sbovoda, we're photojournalists from Argentina"* (Fuimos invitados por Zuzzana y Karel Sbovoda, somos reporteros gráficos de Argentina). *"Come in"* (pasen) – respondió la voz.

El departamento eran en realidad, dos departamentos en un uno. Habían echado abajo la pared que separaba al "F" del "G" y se había convertido en una especie de salón. Las sillas estaban acomodadas ya. Zuzzana y Karel habían llegado con antelación. Los saludaron afectuosamente. De inmediato les trajeron unas copas con jugo de naranja, *"esta mujer me quiere desintoxicar evidentemente"* – le dijo Alejandra a Edgardo. Había pocas sillas desocupadas. Los asistentes siguieron como si nada, haciendo que Alejandra y Edgardo se sintieran más cómodos. Karel les indicó dos sillas vacías en la primera fila. Se sentaron. Karel les pidió a todos los concurrentes silencio, que la reunión empezaría en breve. Los presentó delante de todos y muchos admitieron saber español y otros en inglés, por lo que la comunicación sería fluida. De inmediato, Zuzana fue hasta el frente y habló a todo el auditorio. Les presentó la orden del día, que constaba de lo siguiente: votar si se deseaba continuar perteneciendo al Grupo, elegir un tema principal y dos temas secundarios para discutir en la reunión. Por mayoría simple, se votó que todos querían seguir adelante con el grupo. Sólo dos personas, dos hombres, se pararon y dijeron que el grupo ya no tenía sentido de existir, pues las reformas de Dubček, llevarían necesariamente a la socialdemocracia como en Francia o en Suecia o por qué no a una partidocracia como Italia. Un gran alboroto se armó luego de las palabras de esos dos. Alejandra y Edgardo por el momento sólo observaban. Karel intervino, hablando en checo y en español.

- Estamos a martes 30 de julio. Se supone que dentro de cuatro días, los últimos *"Ivanes"* se irán de nuestro país.
- No estamos seguros… - dijo una viejita.
- I believe "Ivan" will leave our country. They have no more reasons to stay here! The military exercises have finished a long time ago (Yo creo que los rusos se irán de nuestro país. ¡No tienen más razones para quedarse aquí! Los ejercicios militares han terminado hace mucho tiempo) – afirmó un tipo de anteojos enormes y barba blanca.
- They won´t go out. I know it (No se van a ir. Yo lo se) – manifestó una mujer de unos treinta y tantos con apariencia de azafata.
- "Ivan"… ¿Yes or not? ("Iván… ¿sí o no?) – preguntó Karel.
- Dubček was an idiot, allowing the military exercises… (Dubček fue un idiota al permitir esos ejercicios militares) - dijo Zuzana.

La discusión iba subiendo de tono. Había quienes le echaban la culpa de todo a Dubček, por las razones expuestas. Otros proponían hablar con los altos mandos del ejército checoslovaco para prevenir cualquier eventualidad. Algún contemporizador mencionó que Dubček ya se había entrevistado con Brézhnev y al segundo, otro le respondía que Brézhnev ya se había cagado en todas y cada una de las propuestas de Dubček. Que los militares soviéticos no se irían el 3 de agosto. Incluso había quienes afirmaban que era mejor dejar el país, que aún estaban a tiempo. Hasta que un hombre de unos cincuenta, de apariencia solemne y grave, advirtió que Alejandra y Edgardo permanecían callados en medio del tumulto y el desorden de ideas y de palabras. Se puso de pie, fue hasta donde Karel y pidió la palabra. Habló en español, para que Alejandra y Edgardo se sintieran más desinhibidos.

- Estimados compañeros ciudadanos. Aunque hable en este idioma se que me van entender. Tenemos dos visitantes de América del Sur y quisiera que se llevaran una idea clara sobre el KAN. Si estamos acá, es por qué estamos hasta la coronilla de comunismo. No nos engañemos más. Los venimos aguantando desde 1948. ¿O mi memoria falla? Que el camarada presidente del Partido Comunista Checoslovaco nos haya dado esta gran oportunidad para liberalizar la economía, la política y en definitiva, las ideas, no significa que muchos de nosotros, no veamos con buenos ojos abrazar el capitalismo, con los riesgos que ello implica desde ya. Sin embargo, casi todos sabemos que si los rusos movieran sus fichas, Estados Unidos no movería un soldadito por nosotros. Espero que eso esté claro. Si los "Ivanes" se van a ir o no, no lo se…
- Pero yo sí lo se… - interrumpió Alejandra, rompiendo el silencio.

Un gran silencio se hizo en el salón desde la breve intervención de Alejandra. Comenzó un cuchicheo casi ensordecedor. El hombre cincuentón, con aspecto solemne, le preguntó:

- ¿Y usted cómo lo sabe jovencita? Usted es extranjera. Hace poco llegó al país – dijo el hombre de apariencia solemne y grave.

- Porque esos a los que ustedes llaman "Ivanes", quisieron matarme dos veces. Una, en las colinas de Petřín, cerca de la torre. Me ametrallaron con sus AK-47. Me salvé por muy poco. Bajé rauda al Puente de las Legiones y la policía de ustedes no me creyó. Viajé a Mladá Boleslav. Uno de los edificios de los automotriz Skoda fue desalojado y lo ocuparon por completo esos "Ivanes". En el trayecto en tren hacia Boleslav, uno de estos hijos de puta me puso su AK-47 en la frente y si no hubiera sido por los pasajeros me hubiera liquidado. NO QUIEREN ser fotografiados. Y no quieren que fotografíen esas extrañas camionetas blindadas, que no son otra cosa, como bien saben Karel y Zuzana, más que unidades móviles de telecomunicaciones. YO, entré a una de ellas en Boleslav, sin que me vieran estos asquerosos. No. No creo que tengan intenciones de irse. Sino, más bien de volver en masa.
- Eso es muy atrevido afirmarlo "ragazza" – dijo Koudelka, que no se había hecho escuchar hasta ese momento y Alejandra ignoraba que estaba en el recinto, pues no lo había visto hasta ese momento.
- Puede ser. Pero y entonces, ¿para qué ocupar un edificio entero de Skoda y traer sofisticado equipo de telecomunicaciones? – respondió de inmediato Alejandra.
- Touché… No lo se – admitió Josef Koudelka. ¿Te atreverías a afirmar esto por la radio? ¿Por Radio Praga?
- Sí. No tengo una AK-47, como ellos, pero tengo una boca para hablar y una Nikon para fotografiarlos y la verdad, es que ya me harté de fingir que soy turista… - dijo Alejandra.
- Hecho entonces… - agregó Koudelka.
- ¿Qué siente usted y su compañero desde que llegaron a Praga? – preguntó el tipo solemne.
- Una extraña sensación. Como si en cualquier momento fuera a aparecer una bota y aplastara los brotes de esta Primavera. Veo sincera esperanza, pero también sincero miedo…
- Es una fea sensación esa… - dijo Karel.

La reunión se prolongó una media hora más. Pero todos miraban a Alejandra de reojo, incluso Edgardo que nada sabía sobre los acontecimientos de Petřín y de Boleslav. Lo que aún nadie sabía, era acerca de los extraños papeles robados a los militares. Lo revelaría a su debido momento. La reunión tocó a su fin. Muchos se acercaban a Alejandra y le daban palmaditas en la espalda y le daban ánimos. El rostro de Edgardo, luego de la alocución de su compañera aún permanecía impávido. El rojizo y corpulento Koudelka le dijo que para el viernes 2 de agosto, si quería o se atrevía, que podía dar su testimonio en Radio Praga, de lo que está sucediendo por debajo de la "Primavera". Alejandra respondió que sí al instante. Edgardo la miró y desaprobó su actitud. Pero ya estaba decidido.

Alejandra no cambiaría su parecer... había dado su palabra. Con eso bastaba. En el trayecto de regreso al hotelito de Marie, Edgardo no pronunció palabra. Se lo notaba turbado. Como incrédulo sobre los hechos que Alejandra había vivido. Pero, por otro lado, conociéndola un poco, era posible. Incluso que casi muriera dos veces, pero lo que más perturbaba a Edgardo, era ese testimonio en Radio Praga del viernes 2. Sabía que algo no andaba bien... Y estaba en lo cierto.

Capítulo 9
"Radio Praga"

Jueves 1° de agosto. Alejandra y Edgardo fueron a un mitin de seguidores de Dubček, en plena plaza Wenceslao. Una gran parte de los asistentes eran jóvenes, muchos de ellos estudiantes. Muchos portaban la bandera de Checoslovaquia. Había otras banderas. Y hasta algún osado se atrevió a llevar la bandera de los Estados Unidos. Wenceslao ardía. No había un solo orador. Sino que formaban como grupos separados de veinte a treinta que escuchaban a uno o una y los demás escuchaban, pero también debatían entre ellos. Alejandra alcanzó a ver una chica que agitaba la bandera española. Se acercó a ella.

- ¡Hola! – gritó Alejandra. ¿Me escuchás? – volvió a gritar.
- Apenas te escucho, es un griterío de la hostia – dijo la chica.
- ¿Cómo te llamás? - preguntó Alejandra.
- Rocío ¿y tú? – preguntó la chica.
- Alejandra.
- ¿Es tu novio el chaval que viene contigo? – preguntó Rocío.
- No. Es un compañero de trabajo – señalando a Edgardo. Edgardo la saludó con un ademán.
- Algo tímido – dijo Rocío, la española.
- Sí, un poco. ¿Qué te parecen estas asambleas?
- ¡Del carajo! Creo que al fin están entendiendo al socialismo – dijo Rocío sin remordimientos. ¿De qué la vas Alejandra?
- No te entiendo…
- Sí… ¿qué eres? ¿Turista? ¿Periodista?
- Reportera gráfica ¿y tú?
- Turista. Quería olvidarme un rato del *"Generalísmo"*. No tengo cojones, pero el viejo de mierda ya me los ha tocado demasiado. ¿Eres latinoamericana, verdad?
- Argentina…
- Ah ya… se que viven bajo una dictadura. ¿Y tú, cómo vives esto? – preguntó Rocío.
- Pues es hermoso ver cómo la gente se reúne, hablan, gritan, acuerdan, se enojan, todo como un torbellino. Es fascinante.
- ¿Has visto? – Y de pronto – ¡Así se hace camarada Alexander! – gritó la españolita.

- Te dejo, fue un placer conocerte Rocío – dijo Alejandra.
- ¡Lo mismo digo Ale! – En voz más baja – y la próxima vez me presentas más en detalle a tu "compa", ¡que churri está! – dijo riendo Rocío.

Edgardo saludó muy cortésmente a la española. Se mezclaron entre la multitud. Había como una babel de idiomas. Algún sudamericano perdido con su acento tan característico. Franceses, italianos, portugueses. Todos tenían algo para decir. Pero estaban tan entusiasmados que no veían lo que veía Alejandra. Había tipos a los costados de *"Wenceslao"*, que no gritaban ni debatían ni reían. Sólo estaban ahí, con cámaras de fotos y supuestas credenciales en sus bolsillos delanteros. Alejandra desconfiaba de esos tipos. Se lo comunicó a Edgardo. Edgardo los vio. Alejandra encaró hacia uno de ellos. Edgardo intentó asirla del brazo, pero se le escurrió. Temía lo peor. Que Alejandra lo pusiera en evidencia. Que era un "servicio" de inteligencia. Que no era un turista. El tipo, de un metro noventa aproximadamente, atlético, vestía una chaqueta liviana azul Prusia, una chomba verde y pantalones negros, con anteojos de sol, la vio venir. De inmediato retrocedió y se encaminó hacia uno de los árboles de la plaza, en un intento desesperado de zafar de Alejandra. El tipo no pudo seguir rehuyendo a Alejandra por la densidad de la multitud. Alejandra logró alcanzarlo. En un segundo casi eterno, se vieron las caras y se miraron a los ojos. Alejandra sabía perfectamente que al igual que todos los servicios, fotografiaban a los concurrentes a los mitines. *"Hijo de puta..."* – le dijo al tipo. El tipo corrió su chaqueta azul Prusia y le mostró una 9 mm, que tenía en el cinturón y rápidamente cerró su chaqueta. Alejandra no se amedrentó, por el contrario. Empezó a gritar que había alguien armado entre la multitud. Cuando se dio vuelta, el tipo ya se había esfumado. Edgardo llegó al minuto, pues le costó abrirse paso entre tanta gente.

- ¿Qué pasó? – preguntó Edgardo.
- ¿Ves? Era como yo decía. Nadie puede hablar tan libremente. Están estos turros de mierda que te están "marcando". ¿Qué hacen con las fotos? Ya lo imagino – dijo Alejandra. Estaba armado el pelotudo ése y encima me chapeó el arma. Degenerado de mierda…

144

- "Ale", por favor, dejate de joder. Vinimos con un propósito a Checoslovaquia. Los servicios son así en todos los países. Serenate por favor. Vamos al *"Slavia"* y nos tomamos algo. ¿Te parece?
- No. No me parece. ¿Sabés lo que dijo Enrique Tierno Galván?
- No. Y tampoco se quién es ése.
- Es un político español. *"Bendito sea el caos porque es sinónimo de libertad"*. ¡Y es socialista! ¿Y por acá se dicen socialistas y andan "fichando" a la gente porque se expresa?
- Basta Ale. Sólo se que somos extranjeros y que debemos adaptarnos al lugar. Hacer lo nuestro y volver.
- Bueno, hagamos lo nuestro. Fotografiemos. No para mandar las fotos a un legajo de inteligencia, sino para mostrar que se puede hablar y se pueden hacer cosas juntos.
- Me voy al "Slavia"… - dijo Edgardo.
- Andá tranquilo… yo me quedo acá.

Edgardo se perdió entre la multitud. Iba a beber al "Slavia". Habló con Pacheco. Le dijo que veía a Alejandra un poco descontrolada. Pacheco le respondió que Alejandra era así. Impetuosa, apasionada. Siempre había sido así. Que la dejara actuar pero que la *"cuidara"* de lejos, sin que ella se diera cuenta. Aún se quedarían un par de semanas más. Algo se sabía que pasaría y el diario quería primicias. Que tuviera paciencia. Le contó que Alejandra hablaría por Radio Praga y contaría sobre los dos atentados contra su vida y otras cosas por el estilo. Pacheco estuvo de acuerdo. Era buena publicidad para el periódico tener una empleada así. Que no se opusiera a esa decisión. Le dijo que sería mañana viernes a las dos de la tarde. Pacheco le contestó que intentaría captarla por *"onda corta"*. Edgardo se fue al "Slavia" a beber una cerveza. No tenía más palabras para decir…

En la mañana del viernes, Marie había preparado su acostumbrado desayuno, pero además había horneado un exquisito *"vánočka"*, el exquisito pan trenzado, dulce, con pasas de uvas y almendras. Edgardo dormía, pero Alejandra bajó a desayunar.

- Según parece hoy es viernes de *"vánočka"*… - dijo Keenan.

- ¿Así se llama este pan trenzado? – preguntó Alejandra.
- Ahá. Tengo entendido que hoy por la tarde hablará en una entrevista por Radio Praga, Miss Henning...
- Así es.
- Qué bien. ¿Puedo saber el temario? – preguntó Keenan.
- No. Prefiero el misterio. Si le interesa, puede escucharme por el receptor.
- Tengo amigos en todas partes, incluso en Radio Praga. Quizás me dé una vuelta para escucharla en persona.
- Como usted lo desee Thomas... y no dudo de que tiene amigos en todas partes.
- ¿Hay algo que quiera decirme?
- Francamente, no. O a decir verdad, sí. Que este *"vánočka"* está exquisito, pero debo cuidar mi línea.
- No es necesario en su caso, está usted muy delgada miss Henning.
- Será que ando "corriendo" con vallas por toda Checoslovaquia...
- Si usted lo dice... - dijo Keenan sonriendo.

Alejandra se despidió con delicadeza de Keenan y le entregó la taza vacía a Marie. Le dijo que cuando se levantara su compañero, si podía comunicarle que estaría rondando la ciudad y que luego iría a la radio. Marie asintió y de paso la felicitó. Alejandra retribuyó su amabilidad y se retiró. Keenan aún seguía desayunando su café, con huevos revueltos, panceta y su jugo de naranjas, que Marie disponía exclusivamente para él.

En la plaza de Wenceslao, a diferencia del día anterior, había poca gente. Algunos estudiantes discutían, pero Alejandra al no saber checo, no podía saber sobre qué. Alejandra se tentó y fue a hablar con un grupo de ellos.

- Do you speak English guys? (¡Hablan en ingles, chicos?) – preguntó Alejandra.
- Of course, miss (por supuesto, señorita) – dijo uno de ellos.
- I'm a photojournalist from Argentina, my name is Alejandra (Soy reportera gráfica de Argentina, me llamo Alejandra).

- How do you do Alejandra… (Qué tal Alejandra) – dijo el que había respondido primero. My name´s Antonín (Mi nombre es Antonio). We´re students of Political Sciences from the Charles University (Somos estudiantes de Ciencias Políticas de la Universidad Carolina)
- Tell me something (Díganme algo)
- Yes, please (Sí, por favor) – dijo otro del grupo, más bajito y más vivaz.
- Do you believe that *"The Spring"* will go on? (¿Ustedes creen que "La Primavera" va a seguir?)

Todos se miraron unos a otros. En realidad no deseaban contestar esa pregunta tan compleja, pero el bajito, vivaz, se animó…

- I don´t think about it. I only "hope", that it´ll continue… (No pienso en ello. Sólo "espero" que continuará). We trust in comrade Dubček (Confiamos en el camarada Dubček).
- Sure… (Claro…) – contestó lacónica Alejandra. Thank you for your time. May I take you a photo, guys? (¿Puedo tomarles una foto, chicos?) – preguntó Alejandra emocionada.
- Yeah!!! (¡Sí!).

Alejandra se dirigió al Puente de Carlos, pero lo vio atestado de turistas. Prefirió ir al puente "Legii". Los momentos ahí vividos, persistían obstinados en su alma. Ya los relataría. El puente se hallaba solitario. Al no tener santos católicos era menos atractivo. Como más parco en su suntuosidad arquitectónica. Era curioso, pero a diferencia de otros puentes que saltaban el Moldava, el Legii tenía sus bellos adoquines en las veredas, a los lados de la acera. Alejandra decidió acompañar al Legii, como si el puente se hallara desamparado y necesitara de su compañía. Era pasado el mediodía. Un tipo en bicicleta pasó muy cerca de ella. La miró como si la conociera. No tendría más de treinta o treinta y dos años. Otro, en cambio, de cabellos muy cortos, pero de unos veinte, pasó caminando y fumando un pucho. Como displicente lo arrojó no muy lejos de Alejandra. Ella no se molestó en mirarlo. Prefirió mirar a su suave Moldava. Ya faltaba muy poco para dirigirse a Radio Praga. Antes de ello, se encaminó hacia el "Slavia", que se hallaba a unos cincuenta metros de ella. Esta vez no se sentó en una mesa. Le pidió al cajero que le permitiera el teléfono. Éste accedió de inmediato. Cuando intentó comunicarse con Buenos Aires, una voz en checo y otra en inglés, le informaron que no podían realizarse llamadas internacionales desde esa línea. Alejandra agradeció el gesto del cajero y se retiró. *"En Radio Praga, un rato antes del programa podré comunicarme con Daniel"* – pensó Alejandra en voz alta – y fue resuelta a la estación.

A eso de la una de la tarde ingresó a Radio Praga. La recepcionista creyó reconocerla y le sonrió amablemente. Alejandra le preguntó si habría algún teléfono que tuviera salida al extranjero. La recepcionista le indicó que el tercero a su derecha era el que ella buscaba. Luego de algunos minutos, que parecieron de una infinitud increíble, conquistó la meta. Comenzó a sonar el teléfono del departamento de Daniel. Y éste, por fin atendió…

- Mi amor, soy yo… - dijo Alejandra.
- ¡Hola! No se escucha bien. ¿Quién habla? – respondió Daniel.
- Soy yo Dani, Alejandra…
- ¡Ale! Mi vida. ¿Desde dónde llamás? ¿Ya regresaste? Si estás acá, no me importa, me levanto y voy adonde estés. No sabés, anoche tuve una de esas noches olvidables. Una pareja empezó a pelear y a discutir en una de las habitaciones. Fui a poner orden o evitar males mayores, pero no hubo caso. Debí llamar a la cana. Hoy y mañana el hotel está clausurado. Y bueno, mejor. Más tiempo para mí. ¿Cuándo puedo ver a mi novia *"rebelde sin causa"*?
- No mi amor, no. La cosa va para largo. Te hablo desde Praga…
- Ah… desde Praga. Pensé que… pero bueno – el tono de Daniel cambió abruptamente – ¿Estás bien? ¿Cómo estás? Contame algo por favor. Te extraño Alejandra.
- Y yo a vos Dani. Estoy bien. Estoy en la principal radio de Checoslovaquia, "Radio Praga". Voy a participar en un programa.
- ¡Ah, qué bien! – exclamó Daniel –, siempre sobresalís mi bella "revoltosa". Te felicito…

- Gracias. ¿Y vos?
- Por acá las cosas son más lentas y llenas de botas.
- Por acá, también hay botas, no te engañes. ¿Por qué decías eso mi amor?
- No se, leí en el diario que designaron nuevo Jefe del Ejército, a un tal Lanusse o algo así…
- ¿Y la "Morsa"? – preguntó Alejandra.
- Ahí anda, visitando unidades militares, que es lo que mejor hace. Niega la crisis económica, no permite huelgas, el hijo de puta de siempre… No te perdés nada.
- ¿Y allá? – preguntó ansioso Daniel.
- Acá… las cosas parecen "normales", pero se respira un aire, que no es precisamente de primavera Dani. Te lo juro.
- ¿Por qué lo decís? ¿Está difícil la cosa?
- Sí. Más de lo que muchos creen… ¿Hablaste con mis viejos?
- Sí, los llamo casi a diario. Pero ellos me decían que nada sabían de vos.
- Deciles que estoy bien. Tranquilizalos. ¿Me harías ese favor?
- Sí. Pero ellos saben lo efervescente que sos y temen por vos… - dijo Daniel.
- ¿Por qué me tienen, por un sobre de bicarbonato de sodio? Serenalos. Haceme caso Dani…
- Sí mi amor, por supuesto. Entonces, ¿no tenés fecha de retorno?
- No. Todavía no. Y ahora debo dejarte. Esta llamada le debe salir una fortuna a la radio. Te amo. Te beso… - dijo dulcemente Alejandra.
- Te amo, chau mi vida… - dijo cerrando la conversación Daniel.

La recepcionista de Radio Praga le dijo que no se preocupara por la duración de la llamada. Que la tenía anotada para el siguiente programa. El de las dos de la tarde. Que si podía aguardar en el hall de entrada. Alejandra le contestó que no tenía problema. A tal grado había llegado la *"liberalización"* que incluso halló un par de números de la revista norteamericana *"Time"* en el revistero. Tomó una de ellas y se sentó en uno de los mullidos sillones de cuerina negra. Hojeó la revista con el artículo sobre el asesinato de Robert Kennedy a manos del palestino *"Sirhan Bishara Sirhan"*, en las cocinas del Hotel Ambassador en Los Ángeles, por el apoyo que Kennedy había dado a Israel. *"El plomo cierra bocas, cierra ideas de los cerebros, cierra caminos... todo es una reverenda cagada"* – razonaba Alejandra mientras repasaba los avatares de Bobby hasta su muerte.

Mientras se hallaba sumida en la vida del senador demócrata muerto a balazos de una simple calibre 22, uno de los miembros del programa en el que ella iba a hablar, se arrimó junto a ella y se presentó.

- Mi nombre es Radek Janda y soy el conductor del programa *"Los días de Praga"*. Josef Koudelka no pudo venir hoy y le pide mil disculpas. Debió viajar de improviso a Bratislava. Sin embargo, me explicó que atravesaste por varias "circunstancias" que deseas informar a la audiencia.
- Así es señor Janda... - respondió lacónica Alejandra.
- Por favor tuteame. Por lo que me dijo también el señor Koudelka, esas circunstancias no fueron muy agradables y que de alguna manera contradicen lo que estamos viviendo todos acá en Praga.
- Exacto...
- No me dijo qué fue exactamente lo que te sucedió. Pero acá en Radio Praga confiamos plenamente en el señor Koudelka y si él te recomendó, eres bienvenida. ¿Eres reportera gráfica de un periódico de América del Sur, verdad? – preguntó Radek.
- Sí, eso es así, vengo de Argentina a cubrir la "Primavera"...
- Ok. En diez minutos arrancamos el programa. ¿Tenés idea de cómo funciona un programa radial?
- Sí.
- Perfecto... El programa sale en vivo en español, pero es retransmitido en inglés, francés y en checo hacia el extranjero.
- Excelente...
- Hoy lo haremos desde el estudio que tiene auditorio. ¿Te intimida o te molesta que haya personas observándote mientras hablamos? Seremos cuatro, contándote a vos. Además de mí, estará la estudiante de la Universidad

150

Carolina, Veronika Doubek y el periodista Marek Vavra. ¿Alguna pregunta?

- Pues… no. Todo ha quedado claro – dijo Alejandra.
- Bien… - agregó Radek sonriendo. Ahora te dejo. La recepcionista te va decir dónde está el estudio – auditorio.

Faltaban cinco minutos para las dos de la tarde. A Alejandra le sudaban las manos. Cuando por fin se levantó en dirección a la recepcionista, la interceptó Edgardo. *"No lo hagas Ale. No vale la pena. En un par de semanas nos vamos. Esto no sabés si te va a beneficiar o te va a perjudicar"* – le dijo Edgardo a Alejandra. *"No se trata de ganancias o costos, Edgar. Se trata de principios. Y también se trata de bronca, por qué te mentiría. ¿A vos no te apoyaron una AK-47 en la frente? A mí sí"* – dijo fastidiada Alejandra. *"Tiene auditorio el estudio, si querés, andá y me escuchás. Sino, bueno. Te entenderé"* – remató Alejandra. La recepcionista le sugirió que tomara el ascensor hasta el segundo piso y que de ahí fuera hacia su izquierda. Ahí vería un gran cartel que dice *"Auditorium"*. Alejandra se fue decidida. Edgardo se sentó algo agobiado en uno de los sillones de la Radio.

El programa comenzó con una canción de Marta Kubisova, la cantante popular de Checoslovaquia, mientras preparaban sus papeles los integrantes del programa. Alejandra estaba llegando al escenario, cuando fue abordada por un conocido. Era Thomas Keenan. *"No me la perdería por nada del mundo, miss Henning"* – le dijo. *"Gracias por el cumplido, espero no decepcionarlo"* – contestó Alejandra. Alejandra llegó al escenario. Subió y saludó a cada uno de los panelistas. El auditorio estaba lleno y hasta con personas de pie. La luz roja se encendió. El público hizo silencio. Radek, luego de la introducción musical, anunció a cada uno de los asistentes al programa, detallando que la invitada por América Latina tenía algo que denunciar o relatar. La primera parte del programa se centró en cuestiones económicas y cómo las reformas de Dubček contribuirían a dar dinamismo a la anquilosada economía comunista. La segunda parte del programa giró en torno a, si los países occidentales tomaban en serio el proceso reformista iniciado por Dubček, luego de la caída del secretario general del Partido Comunista de Checoslovaquia, Antonín Novotný en marzo y qué actitud asumirían en caso de endurecer su postura la URSS. Alejandra se mantenía al margen hasta ese momento. La tercera y última parte del programa hizo que Radek se posara sobre la figura de la invitada sudamericana. Keenan la observaba desde su asiento de la segunda fila, en el auditorio. Su rostro, impertérrito. Sabía que la vehemente latina estallaría en cualquier momento. Y el momento había llegado…

- Nuestra estimada invitada de América Latina, aún no se ha explayado sobre los temas planteados en esta mesa. ¿Alguna opinión Alejandra? – dijo Radek mirándola fijamente, con la barbilla apoyada sobre sus manos y sus codos sobre la mesa.
- En primer lugar quiero agradecer a la radio por haberme permitido este espacio para expresarme libremente…
- De esto se trata querida Alejandra – agregó Radek.
- Lo se. Ahora bien… en este programa se habló sobre si los países occidentales tomaban en serio las reformas del Secretario General Dubček. Y yo creo que sí. Las toman en cuenta. No quizás para venir e invertir en el país, lo que caería muy mal en ciertos círculos, no sólo de la URSS, sino de la misma Checoslovaquia. ¿Por qué? Porque sencillamente estaría dejando a un lado el socialismo para abrazar otro tipo de sistema. Y ya sabemos cuál es.
- Adelante – agregó Radek.
- Pero también las toma en cuenta Moscú. Y las toma muy en cuenta. No es necesario decir que Moscú ya advirtió a su presidente. Estoy al tanto de las maniobras militares que se llevaron a cabo en suelo checoslovaco en junio pasado. Estamos ya en agosto. Y he visto soldados soviéticos deambulando muy campantes de acá para allá. Ustedes dirán, que son aliados. Al fin y al cabo, este país es parte del Pacto de Varsovia. Que no es "anormal" ver a algún soldado o militar "amigo". Pero… lo que no es "normal" es que en pleno proceso de "renovación" del socialismo o, como lo llaman ustedes "socialismo con rostro humano", esta primavera que nos permite estar acá en esta radio hablando y debatiendo, esos "amigos" estén disparando sus armas automáticas AK-47 a quienes tienen que hacer su trabajo… - dijo Alejandra elevando su tono de voz.

- ¿Podrías ser más explícita Alejandra? – preguntó Radek.
- Estoy diciendo que subí a las colinas de Petřín, en donde se halla la célebre torre, noté movimientos extraños, con camionetas blindadas y antenas parabólicas de telecomunicaciones y estos "amigos" al advertir mi presencia con la cámara Nikon, me dispararon como si yo fuera un soldado enemigo. Más aún. Fui a Mladá Boleslav y en el trayecto en tren quise retratar a estos "amigos" de Checoslovaquia y uno de ellos me apuntó y me apoyó su AK-47 en la frente. Y aseguro que aún siento el frío de ese caño apoyado en mi rostro. Esos "amigos" de este país, en ese pueblo a 50 kilómetros de acá, prácticamente tomaron un edificio de la empresa automotriz "Skoda". Quise ingresar, no ya como reportera gráfica, dada la peligrosa situación, sino como una simple turista y fue echada a empujones por un gorila en la puerta sin ninguna clase de contemplaciones. Las mismas camionetas de telecomunicaciones estaban en Boleslav. Logré fotografiar el interior de una ellas. Esas imágenes irán a mi país y luego a los periódicos de Praga y del mundo. Luego, en un bar frente a ese edificio, entraron tres militares "amigos" y me exigieron que les mostrara el interior de mi morral. Sólo me salvé porque a un pobre tipo se le ocurrió correr por en medio de la calle y fue alcanzado por un disparo.
- A ver si entendemos un poco, Alejandra. ¿Estás intentando decir que la *"Primavera"* está en peligro por el hecho de haber sido tú, baleada y amenazada por unos soviéticos quizás algo pasados de vodka? Y te lo pregunto sin ánimos de desacreditarte – dijo Radek.
- Se que no deseas desacreditarme Radek. Yo vi lo que vi, fotografié lo que fotografié y aún resta más…
- ¿Qué más?
- Si ustedes creen que en las marchas, mitines y reuniones masivas del pueblo en las plazas están solos y que la libertad absoluta de expresión reina ahora con Dubček, pues lamento desilusionarlos. La gente está demasiado confiada en este aire que más que aire es un grato oxígeno para el sistema. Pero hay quienes no desean oxigenarlo, sino asfixiarlo. Ayer, en la plaza Wenceslao, descubrí a un tipo sacando fotos.

Podría pasar por reportero gráfico, como yo o como periodista. Pero al interceptarlo, con total desparpajo me mostró su pistola 9 mm. Se escapó de inmediato. No. No están solos...

- Bueno, quizás tú no lo sabías Alejandra, pero es un hábito del Stb, la policía secreta de acá, asistir a esas concentraciones de personas y observarlas – agregó Radek.
- Yo vengo de un país que vive bajo una dictadura de fascistas y los servicios de inteligencia hacen lo mismo, para enviar esas fotos a los legajos de alguna secretaría o ministerio. ¿En qué quedamos? ¿Esto es una dictadura o un proceso reformista que tiende a buscar más libertad? Porque de ser lo segundo, esos tipos, con 9 mm en las reuniones de las plazas, están de más.
- Es muy serio lo que denuncias Alejandra. Trataremos de que el gobierno tome nota de las mismas. ¿Algo que agregar estimada?
- Sí. Tengo algo que agregar... Con todo respeto. He recorrido calles, plazas, bares, puentes, cafés. En todos esos sitios, he visto y oído gente esperanzada. Algunos pueden ser socialistas. Otros, no. Algunos pueden ser creyentes. Otros, ateos. He hablado con estudiantes, con gente del común y hasta con un sacerdote. En todos ellos, predomina ese sentimiento de entusiasmo por el porvenir. Como un pensamiento mágico, en el que el futuro albergara una especie de panacea que los enviará a una tierra prometida de elecciones libres, de final de partido único, de libertad de expresión, sin más mordazas. Como si ese porvenir "tierra prometida" esté a la vuelta de la esquina. Pero no vi en ellos, rastro alguno de escepticismo. Quizás algo preocupados por lo que dirán sus vecinos del Pacto de Varsovia. Pero nada más. En mi país, Argentina, los lobos salen a la calle sin disfraces. Salen de lobos y te apalean y te llevan a las comisarías para "convencerte" de tus errores ideológicos. Acá en cambio, los lobos se han vestido de ovejas. Incluso sospecho que están enquistados en el gobierno, sólo esperando la caída de Dubček. No quiero seguir parloteando. Sólo decirles que la "Primavera" no está segura. Que la custodian lobos. Y que si aparecen más lobos, los lobos

locales tal vez se plieguen a ellos. Muchas gracias por escucharme. Gracias…

- Gracias a ti, Alejandra. Ha sido un testimonio fuerte. Preocupante. Seguramente, continuaremos estos temas en programas venideros. Hasta la próxima – dijo Radek al público del auditorio, mientras hacía señas al musicalizador para que emitiera alguna canción.

La gente iba vaciando el auditorio con semblantes varios. Alguno se atrevió a saludar a Alejandra. Otros optaron por no acercarse a ella. Mientras, ya sin sonido alguno en los micrófonos, Radek se dirigió a Alejandra.

- ¿Lo que has dicho es verdad? ¿Tienes esas pruebas?
- Las tengo Radek. Y las haré públicas. Y no entiendo por qué dudás – dijo Alejandra.
- Ok. Déjame tu teléfono o el teléfono del hotel en el que estás alojada. Ya te llamaré. Gracias por venir – dijo Radek, pero con un tono algo perturbado.

Edgardo, sin que nadie lo notara, estaba en la sala del auditorio. Cuando Alejandra se retiraba lo vio. Edgardo estaba demudado. No. Jamás pensó que Alejandra iría tan lejos. Pese a todo, la besó y la dejó pasar. Entendió que quería estar sola un rato. No obstante, "alguien" la esperaba en la recepción de la radio. Era Thomas Keenan. *"Muy valiente de su parte, Miss Heening. ¿Tiene esas fotos consigo?* – preguntó. *"Eso a usted no le importa y no deseo ser grosera o violentamente franca"* – contestó Alejandra. "Comprendo…" – agregó Keenan. Acto seguido, Keenan la saludó con su acostumbrada sonrisa incolora, inodora e insípida. Alejandra salió de la radio a eso de las tres y media de la tarde. Iría por un brandy. Lo necesitaba…

Capítulo 10
"Marta"

Martes 13 de agosto. Alejandra se levantó a eso de las siete de la mañana. Marie se hallaba enfrascada en la preparación de un *"slane pecivo k vinu"*, una especie de bastoncitos de bollería, típicamente checos. Siempre se ufanaba de sus dotes culinarias, especialmente de su repostería, teñida de azúcares, cremas y chocolates varios. Marie advirtió la presencia de Alejandra y le preguntó si desayunaría. Alejandra asintió con la cabeza y con una sonrisa. La radio sonaba y sonaban noticias. En checo y otro poco en inglés.

Ese día, debía entrevistar a Marta Kubisova, la cantante popular, que apoyaba las reformas de Dubček. Le habían comentado que Marta era una mujer muy dulce, pero firme en sus convicciones. Las discográficas peleaban por editar sus canciones. Una en especial, se había convertido en el himno de la *"Primavera"*, su *"Oración"*.

La radio continuaba sonando y periodistas parloteaban en sus debates interminables. Alejandra le preguntó a María sobre qué hablaban tan ofuscados y acalorados y María le explicó brevemente que algunos hablaban sobre las reformas y otros lisa y llanamente se acusaban entre sí, de ser o bien fascistas encubiertos, agentes de la CIA o estalinistas trasnochados, como vestimentas que debían caer en desuso por el propio paso del tiempo, como un reloj de arena y su monótono volcar a un abismo de anacronismos impensados.

Fascistas, comunistas, no tan comunistas, agentes secretos, todo valía a la hora de desacreditarse por radio. Todo, mientras Alejandra bebía café y fumaba. Y la radio sonaba y el perrito de Marie, un animal vagabundo que se había cansado de vagar un buen día y que Marie se había encargado de salvar de la salchichonería, ladraba a extraños y ajenos o a gatos de tejados inalcanzables o a fantasmas vedados a los ojos humanos o a vaya saber a qué. Alejandra lo miraba. Le recordaba a su viejo "Paco", un perro indescifrable y fuera de catálogo, algo como un jeroglífico aún sin develar, pero que ella apreciaba, aunque a medias, por no llevarse bien, diplomáticamente hablando, con *"Pepe"*, su gato blanco.

Estas evocaciones y libres asociaciones, discurrían en la cocina de Marie. Casi como un santuario, casi como una iglesia y una peculiar liturgia. Serena liturgia. Liturgia sin plegarias, más, con cánticos sin sonidos, pues los sonidos se habían mudado al mundo interior de Alejandra. Ni bien concluyó su café negro, saludó cortésmente a su bienhechora y subió a recoger algunos apuntes, un cuaderno y su inevitable y necesaria cámara de fotos. Dicho trámite no tardó más de cinco minutos, tras los cuales se dirigió a Marie, inquirió por la calle en donde residía Marta… - En la Malá Strana – le aclaró Marie y partió. Edgardo estaría de franco ese día.

Una tenue llovizna cubría Praga esa mañana. Pocas personas deambulaban por sus calles. La tenue llovizna era molesta, pero Alejandra cerró aún más su pilotín y caminó con más decisión aún. Un policía angloparlante, para las delicias de Alejandra, la ubicó con precisión en su derrotero hacia el hogar de Kubisova. Por fin, arribó. Era una casita de tejas francesas negras. De color blanco, aunque algo descascarada. Era de dos plantas. En la planta alta se veía una ventana, aunque no grandilocuente. No calificaba para ventanal. *"Una ventana tímida"* – meditó con rapidez Alejandra. Aunque se alcanzaban a distinguir unas cortinas estampadas prolijamente acomodadas, pues los postigos estaban abiertos. No se hallaba muy lejos de la kafkiana *"Callejuela de Oro"*. Y quizás kafkiano era el destino de Alejandra. Y Alejandra no lo sabía. O lo sabía en penumbras. La puerta que no era puerta, pues era un portón de color marrón oscuro, de madera rústica y con apariencia de no ser fácilmente franqueable, estaba adornado con una especie de tachas de hierro fundido color plateadas. A la altura de la vista humana, una ventanilla forzosa, a modo de mirador, con un par de barrotes diminutos. Alejandra pensó que dispondría de un timbre para anunciarse, pero de inmediato advirtió que tendría que recurrir a la aldaba que se le ofrecía generosamente y "tocar" a la puerta, lo cual, efectivamente hizo. Un minuto después, volvió a repetir dicha acción, mientras miraba hacia arriba, el techo de tejas y el cielo que lo cubría. No había obtenido respuesta, cuando se aprestaba a su tercer intento, escuchó una voz que decía algo en checo, tal vez un equivalente a un simple y pedestre *"ya va, ya va"* – intuyó Alejandra. Por fin, la puerta se abrió y apareció una bella mujer. De estatura mediana, delgada, cabellos lacios color castaño. De mirada franca, aunque con una nube de melancolía, la cual era difícil de ocultar. Llevaba un vestido de algodón estampado, flores por doquier, como la primavera que tapizaba Checoslovaquia, como la primavera que cubría espíritus y cuerpos por esos días. Usaba un simpático cinturón de cuero labrado, que le ceñía la cintura, lo que le otorgaba un aire bohemio o hippie, como se estilaba del otro lado de la "Cortina"…

- Hablo perfectamente su idioma señorita García, ¿gusta pasar? – preguntó la mujer.
- Muchas gracias. ¿Usted es Marta Kubisova, verdad? Por favor, llámeme Alejandra.
- Si usted promete llamarme Marta, claro que sí…

Se miraron cómplices. Acto seguido Alejandra ingresó a la casa. Marta vivía en una agradable finca. Por lo que pudo escudriñar Alejandra, de unos tres o cuatro ambientes. El salón comedor, prolijamente empapelado, de un empapelado casi mágico. De color crema suave, finamente diseñado con figuras humanas, entre faunos y ninfas, toda una reminiscencia de la antigua Grecia o de la poesía pastoril española. Alejandra sonrió. Tan alejado del mundo de "afuera" con tantos intereses no ya encontrados, sino en peligrosa tensión. Y estas figuras bucólicas, salidas de alguna poesía evadida del barroco lejano. Un cristalero de roble dominaba el salón, con sus copas, sus teteras y salseras, vestigios de tiempos idos u olvidados por el Estado. Un Estado que vería un cierto tufillo a burgués en todo aquello. El cristalero parecía un edificio macizo y majestuoso por igual, con arabescos fantasiosos y columnas grecolatinas y terminaciones propias del trabajo del mejor ebanista. Parecía como que observaba al visitante ocasional, parecía que lo medía de arriba a abajo. Al menos eso percibió Alejandra. En realidad, era una herencia familiar de Marta, transmitido desde generaciones remotas y que había sobrevivido a obsesivas invasiones, entre nazis y de los "otros".

Un gato, atigrado y de corta edad, por su aspecto, fue al encuentro de Alejandra. Buscaba las piernas de Alejandra para demostrarle su beneplácito por la recién llegada. Un gato atigrado de tonos pastel, tan común, tan plebeyo, como las ideas de su dueña. Comenzó la

158

liturgia del ronroneo. Alejandra lo acarició reiteradamente y el pequeño felino se solazó sin pudor. Ella tenía experiencia en su hogar. Marta le informó que se llamaba "Jiri", pero seguramente Jiri no se había enterado aún y muy probablemente nunca se enteraría.

Alejandra se presentó. Le dijo que venía de un país que vivía bajo una dictadura militar. Marta ya lo sabía. Los miembros del KAN le habían informado acerca de ello. También conocía los pormenores del sistema político argentino, pero no entendía muy bien el concepto de *"peronismo"*…

- Muchas personas en mi país tampoco Marta… - dijo Alejandra.
- ¿Pero es colectivista, fascista, burgués o qué? – inquirió Marta.
- Es muy complejo explicarlo fuera de Argentina, Marta…
- ¿No alineado?
- En teoría… sólo en teoría…
- La dictadura de ustedes es pronorteamericana, ¿verdad? – interrumpió Marta.
- En apariencia, sí – respondió Alejandra.
- Con mi Checoslovaquia no tiene conexiones tu país – dijo Marta.
- No, no las tiene. Onganía quiere tener buena imagen ante los norteamericanos.
- Sí… entiendo – remató Marta.

Marta dibujó una como sonrisa. Le ofreció unas albóndigas de requesón con mermelada de ciruelas. Le dijo que se llamaban *"Tvarohové knedlíky s povidly"*. Alejandra intentó pronunciar esas palabras que parecían parte de algún sortilegio de algún libro de hechicería medieval, pero le fue casi imposible. Declinó el ofrecimiento. Sonó el teléfono. Marta le pidió que la excusara un momento. Escuchó un ríspido diálogo entre su anfitriona y el *"alguien"* al otro lado de la línea. Su checo era básico y por lo tanto, no pudo comprender la discusión. Marta colgó el teléfono. Lo colgó o lo golpeó. Con una desazón que la desbordaba. Como un vaso que se había colmado desde hacía largo tiempo. El helecho que oficiaba de coqueto acompañante al estatal aparato telefónico sufrió los embates de la cólera de Marta y fue a parar al suelo. Luego, más calmada regresó donde se hallaba Alejandra.

- Me viste ofuscada. Te ruego me disculpes por esta escena. Me acabo de enterar que algunos miembros del KAN y algunos del K-231, estarían dispuestos a negociar con los invasores, en caso de que el Kremlin decidiera ocuparnos. ¡Son unos traidores de mierda! ¡Venderían a sus madres y abuelas por el solo hecho de permitírseles vivir como perros fieles! Me dan asco…
- -Marta, por favor…
- Son unos judas, Alejandra. Andropov quería esto. Y lo logró. Pero ¿sabés Alejandra? Mi *"Oración"*…
- La he escuchado, es hermosa y…
- Gracias. Mi *"Oración"*, aunque vengan, la cantaré sola en cada maldita esquina de Praga. Prefiero un tiro en la cabeza, que vivir lamiendo botas extranjeras. ¿Ustedes no se levantan allá en tu país?
- Ya lo haremos Marta. La cosa está poniéndose cada vez peor en Argentina.
- Que así sea.
- Cuando decís Andropov, te referís al jefe de la KGB, ¿verdad? – preguntó Alejandra.
- Exacto, ese mismo hijo de puta. Él es principal promotor de la invasión. Las últimas tropas soviéticas se retiraron de acá hace apenas unos días. Es pura pantomima. Y nadie dice nada al respecto. Siguen con su *"Primavera"* como si nada sucediera o estuviera por suceder. Te escuché el viernes 2, por Radio Praga. A muchos le habrá parecido un disparate lo que contabas. Pero yo se que es verdad. Nuestros "amigos" van a venir de nuevo. Lo se.

Marta se dio un respiro ante tanta vehemencia. Le ofreció a Alejandra una "vanocka" con almendras. Alejandra aceptó de buen grado, aunque no sentía apetito. Marta continuó…

- Estábamos logrando una democracia social participativa, con libertades nunca antes soñadas… - dijo Marta.
- Sí lo se. Lo veo y lo siento en las calles – agregó Alejandra.

- Si nos invaden, todo se desvanecerá. Nos perseguirán, nos asesinarán, nos acusarán de colaborar con la CIA... qué se yo. Al igual que tú, yo veo a los simios del Stb. Andan por todas partes. Te recomiendo que te cuides, no andes sola por las calles. Desde tu alocución en Radio Praga seguramente estarás marcada. No lo dudes. Sos una extranjera advenediza y metiche que ha metido el dedo en la llaga. Has corrido el velo a lo que nadie deseaba ver. Todos quieren libertad y democracia y no se dan cuenta que nuestro país está siendo cercado con alambre de púas lentamente y sin que nadie se de cuenta. Como una telaraña del infierno. Y lo están haciendo muy bien.
- Marta, pero vos sos una persona muy conocida en Checoslovaquia, ¿no fuiste a Radio Praga a manifestar todo esto? – preguntó Alejandra.
- ¿Cuándo arribaste a Praga?
- El 23 de julio...
- Bien. Mucho antes, yo ya había denunciado por Radio Praga la trampa de los ejercicios *"Šumava"*. Aún no comprendo cómo Dubček cayó en esa. Pero en fin... yo también he visto esas camionetas blindadas a las que te referiste en el programa. La gente en general cree que pertenecen a nuestro ejército. Demasiada ingenuidad Alejandra.

Lo que un principio había visto como melancolía en Marta, en ese momento se había convertido en tristeza. Una tristeza que era acompañada por sus dos entrañables amigas: la soledad y la desilusión. Como si por sí solas no bastaran para demoler el alma humana. A Marta se la veía como a una mujer fuerte. Pero Alejandra vio más allá de la apariencia. Vio la vulnerabilidad y el desamparo de quienes, como el salmón, nadaban en contra de la corriente. *"¿Creés que habrá colaboracionistas si llegaran a venir ellos?"* – preguntó Alejandra. *"Sí. Ni lo dudes..."* - contestó con amargura Marta. Luego acompañó a Marta a un rincón del living. Tenía un tocadiscos. La invitó a sentarse y a escuchar la *"Oración"*.

- La "Oración" no es una simple canción Alejandra. Como si fuera un pasatiempo burgués, como un acompañamiento de sobremesa. Es un pedido de paz. Porque "eso" pretendemos checos y eslovacos. Que nos dejen en paz. Pero no harán caso. Pasarán por arriba de sus estrofas y dejarán la huella indeleble de sus tanques… - dijo Marta.

- Las botas siempre se comportan así… - señaló Alejandra.
- Sí, así es. Y sólo queremos lo que te he dicho. Y ni siquiera lo queremos en grandes cantidades. Con un poco de algo nos conformamos.
- Pero ellos, no.
- No, claro que no… - dijo ya taciturna Marta - ¿Tienes hijos?…
- Aún no. Estoy de novia y todavía no pienso en ello.
- Pues piensa bien a qué mundo los traerás… - remató Marta.
- ¿Y vos?
- Me encanta tu acento. He escuchado a otros latinoamericanos, pero tu acento es especial. Y la respuesta es no. Mi lucha está comenzando. No se si tendré espacio para el amor. Quizás me esterilicen el alma, que es peor que te esterilicen el cuerpo. Siempre pensé… ¿Cómo será eso de esterilizar el alma. Bueno. Día a día lo voy verificando. Te van golpeando sin dejar rastros. Te van lastimando sin que puedas ver herida alguna. Y un día, un buen día, tu alma es una cáscara vacía como la de una naranja, cuyo zumo ya fue exprimido y lo peor de todo, es que ese zumo se lo bebieron ellos, como si fuera tu jugo raquídeo…

Alejandra no pudo contener sus lágrimas. Se escurrían impertinentes por sus mejillas sin que ella pudiera detenerlas. Marta lo percibió al instante. La abrazó y le besó su cabellera.

- Ya te ha ocurrido… allá en tu país, ¿verdad? – dijo Marta.
- Sí. Ya me ha ocurrido. Tipos de mierda como los hay en todos lados, que quieren degradarte a un cuerpo sin alma – dijo abrumada Alejandra.
- Te entiendo muy bien. Por acá los hay también y hasta puedo decirte dónde encontrarlos. Están en la calle de San Bartolomé. Ahí está la sede del Stb, la policía secreta de Checoslovaquia. *"Me invitaron dos veces"* ahí. Pero no lograron convertirme…

Por las ventanas comenzaba a filtrarse el sol. El día tendía a mejorar. Marta notó a Alejandra un poco más distendida.

- Me dijeron que el año pasado anduviste por Medio Oriente, ¿es verdad? – preguntó Marta.
- Sí, es verdad. El periódico me envió a cubrir la "Guerra de los Seis Días".
- ¿Y qué viste?
- "La naturaleza humana", o sea…
- Horror.
- Exacto. Me salvé dos veces de la muerte, otras dos de ser violada y mi compañero de trabajo fue muerto de un tiro en la cabeza por un oficial sirio, eso sí, no sufrió, falleció al instante – contestó Alejandra.

Marta vio que Alejandra se había alterado nuevamente a causa de su pregunta, como una a contrariedad a voces. No insistió con el tema.

- ¿Quieres un té? Viene de la URSS. Es una asquerosidad, pero es lo único que tenemos – preguntó Marta.
- Bueno, gracias. ¿Tenés familia?
- Sí. Pero los veo muy esporádicamente. Mi padre aún vive. Él me enseñó a amar la libertad. Qué ironía, desde hace veinte años, vivimos bajo este régimen y él enseñándome sobre algo tan lejano.
- Algo parecido pasó conmigo.

Ambas se sonrieron. Marta la palmeó en el brazo y la instó a beber el té ruso. Luego hablaron de temas perdidos. De amores olvidados y de recuerdos desempolvados. Sus sonrisas volvieron a sus rostros. Sabían que todo estaba por desmoronarse. Pero se regalaron ese rato para volar juntas a horizontes más transparentes. Demasiada mugre en el mundo. Pero esa mugre no ingresaría bajo la puerta de Marta ese día. Había hecho una nueva amiga. Parecida y diferente a ella. Humana. Como ella y "La Oración" no dejaba de sonar en el tocadiscos…

El jueves 15, Alejandra recibió una misiva, que fue recibida por Marie. Ese día, Edgardo debía ir por la mañana a entregar el correo para ser despachado a Buenos Aires, con todos los informes y fotografías obtenidas. Alejandra aprovecharía para descansar un poco mientras su compañero se dedicaba a esos menesteres. Marie había recibido otras cartas para Alejandra. Eran amenazantes y le "sugerían" que dejara el país a la brevedad. Las mismas comenzaron a llegar al hotelito luego de su alegato en Radio Praga. Casi el mismo viernes 2 de agosto. Alejandra a medida que llegaban, las leía y las guardaba y se prometía que esta vez, no cedería.

Pero esta misiva era diferente. No la amenazaba de muerte, ni le proponía que cerrara la boca o que abandonara el país. La misma le solicitaba que se presentara en el café *"Imperial"*, en la calle "Na Poříčí 15", que era de suma importancia para ella y que no podía ni debía faltar a la cita. La misiva estaba firmada por *"Leslie Swaine"*, el agente de la CIA que debía contactar en Checoslovaquia a instancias de Helen Melendez, de la embajada norteamericana en Buenos Aires. La cita era a las cuatro de la tarde. Que ella no necesitaba reconocerlo. Que él ya la conocía y que iría a su mesa. Que ya tenía la reservación asegurada. Mientras leía la nota en su dormitorio, miraba por la ventana, tras correr las cortinas. Se preguntaba cómo había llegado a esta etapa. Miró resignada. Finalmente conocería a Swaine, le entregaría los papeles robados en Mladá Boleslav y copias de fotografías que comprometían a la URSS. Con esto esperaba saldar viejas deudas y poder regresar a Buenos Aires a vivir una vida más corriente. Ése era su anhelo.

A la hora indicada dejó el hotelito de Marie y se dirigió al "Imperial". El café se hallaba en la planta baja del Hotel homónimo, célebre desde tiempos de Kafka. De estilo art decó, era uno de los orgullos de Checoslovaquia. Había sido inaugurado en 1914. Su techo estaba recubierto con cerámicas originales, mosaicos, paneles esculpidos y bajorrelieves; todo decorado con detalles en bronce y lámparas antiguas. Un taxi la llevó hasta el mismo. Se bajó. Vio el Gran Hotel. Era soberbio, más no de apariencia vanidosa. Sólo un recuerdo de tiempos idos que nadie había osado mancillar o deslucir. Entró resuelta al café. El jefe de sala o maître alcanzó a interponerse en su camino, interrogándola delicadamente si poseía reservación. Ella le dio su nombre, el maître lo chequeó y la llevó hasta una amplia y cómoda antesala. La llamarían de inmediato, ni bien prepararan su mesa. Alejandra no estaba acostumbrada a tanto protocolo. Sin embargo, le agradaba ese lugar. La antesala estaba alfombrada con unas guardas como bizantinas, los sillones, cómodos, de dos y de una plaza, eran de color crema. De las paredes colgaban tapices con un aire definitivamente oriental. Se ubicó en un sillón monoplaza, que tenía como partenaire a una simpática lámpara que iluminaba una mesita de vidrio que sostenía una botella de escocés. Sólo había un tipo leyendo el *"Times"* de Londres en la antesala, pero no pudo divisar su rostro, dado el tamaño del periódico abierto.

Un camarero vino buscarla y la condujo a la mesa determinada. Le preguntó si deseaba la carta o si prefería pedir algo en ese momento. Alejandra se limitó a pedir un coñac. La mesa era para unos cuatro comensales. En el salón principal habría unas cinco mesas ocupadas. Los bajorrelieves de las columnas la tenían absorta. El camarero volvió con el coñac pedido. Al instante, por detrás, sintió una voz que le resultaba conocida que le dijo: *"Yo no hubiera pedido un vulgar coñac. El coctail de griotka y vodka es realmente exquisito y estimulante. Por si no lo sabes Alejandra, el griotka es un licor de cherry muy agradable al paladar…"*. Alejandra se dio vuelta y vio a Keenan que le sonreía, mientras sostenía el ejemplar del "Times" de Londres.

- Thomas, no se ofenda, pero estoy esperando a alguien. No puedo beber nada con usted ahora, así que si me disculpa… - dijo Alejandra.
- Al contrario, es usted quien "me" esperaba… - dijo Keenan.
- ¿Cómo? No le entiendo.
- "Yo" soy Swaine… o mejor dicho, Swaine soy yo. Yo le doy vida.
- ¿Quiere decir que siempre estuvo vigilándome? – preguntó Alejandra.

- ¿Vigilándola? No, no, no. Eso sería de mal gusto. Digamos que la observé desde su llegada a Checoslovaquia.
- Deje los eufemismos a un lado Thomas...
- Leslie Swaine trabajaba para la CIA, pero falleció en el 1954, cuando derrocaron a Arbenz Guzmán en Guatemala, los leales al gobierno descubrieron que trabajaba para los *"desleales"*. Desafortunado el hombre, ¿verdad? – dijo Keenan. Por lo tanto, siempre hay nombres de muertos a los que se les puede resucitar para mejores propósitos.
- ¿Me muestra sus credenciales?
- Acá las tiene. Elija la que más le guste. A veces, ni yo se quién soy – dijo Keenan riendo.
- MI-6 de Inglaterra, Mossad de Israel, CIA, Inteligencia Militar de la India, ABIN, Agencia Brasileira de Inteligencia... - enumeraba Alejandra mientras seguía estupefacta. ¿Quién es usted realmente? – completó preguntando.
- Soy una persona que trabaja con ciertas libertades. Como un emprendedor particular.
- Usted es un mercenario Keenan o como se llame... - dijo ya más fastidiada Alejandra.
- Hoy llámame Swaine. Tengo entendido que Melendez en Buenos Aires, le solicitó ciertos favores. ¿Los cumplimentó?...

Fue en ese momento, en que Alejandra pretendió levantarse de la mesa. Keenan la tomó suavemente del brazo. El camarero vio que Keenan lo llamaba. Acudió de inmediato. Keenan pidió un Martini. *"Con aceituna, no con cebollita, gracias"* – dijo Keenan. *"Immediately, sir"* – fue la respuesta.

- He visto lo valiente que es, miss Henning. Lo demostró en Radio Praga. Pero es joven e impulsiva. Debe medir más sus sentimientos. Es la mejor manera de conducirse por este *"valle de lágrimas"*...
- No imaginé que fuera creyente Keenan.
- No lo soy. Pero leo la Biblia frecuentemente. Quizás alivia lo que he hecho a lo largo de mi vida – dijo Keenan mientras bebía un sorbo de su Martini con aceitunita. Me evoca los

arroyos límpidos de Inglaterra. Su alma es así de traslúcida – acotó Keenan. A que en su humilde morral hay papeles que les pueden interesar a mis jefes…

- Acá los tiene. Los robé de una camioneta de esos tipos.
- Ah. Es cirílico. Leo cirílico, no se preocupe… por lo que veo, son vías de comunicación rápida entre unidades militares en caso de avance. Eso dicen los papeles. Me imagino el desconcierto que habrá causado entre los rusos en Boleslav – dijo Keenan festivo.
- Casi pierdo la vida en Boleslav. A mí no me causa gracia Keenan o Swaine o como mierda se llame…
- Su mal carácter es irrelevante Alejandra. Estos papeles no son precisamente primordiales, pero les dio un buen dolor de cabeza a los muchachos de la estrellita roja. La felicito miss Henning. ¿Y las fotos?
- Acá las tiene… - contestó Alejandra.
- No. Quiero los negativos.
- No. Los negativos me los guardo yo. Y cuando regrese a Buenos Aires se los daré a…
- Pacheco, Juan Carlos. Es el nombre de su jefe, ¿verdad?
- Ya hablé con él. Y puede comprobarlo llamándolo ya desde acá, si lo desea, claro. Debe entregármelos, *"ahora"*.
- Aquí los tiene – dijo Alejandra de mal modo.
- En realidad, nada agregan ni nada quitan sus fotos. Es un secreto a voces, que la "Primavera" llega a su fin. Usted estuvo con el KAN. Déme sus nombres. Y qué piensan hacer cuando lleguen los ejércitos del Pacto.
- ¿Por qué no se va a la mierda?
- Porque le estoy preguntando cosas puntuales que debe responderme por escrito o verbalmente…
- No se sus nombres. No se los daría en caso de saberlo. Y no se qué harían en caso de que la "Primavera" llegara a su fin. ¿Por qué no va y les pregunta usted? – preguntó Alejandra hastiada.
- Perfecto miss Henning. No creo que a Melendez le cause beneplácito saber que no cumplió con todo lo pactado. En ese caso, mi misión con usted ha concluido. Ya no deberá tolerar mi presencia en ese estúpido hotelito en el que se aloja.
- Es un cerdo.

- No lo creo. Sólo soy una persona a la que le gusta vivir muy bien. Disfrutar de los deleites de la vida. Y mis diferentes jefes, pagan muy bien...
- Es un asqueroso mercenario. Vendería a su madre si eso lo beneficiara...
- De ser necesario, sí. Soy práctico, nada más. Pida lo que guste miss Henning. La cuenta ya está paga. Me retiro, tengo otros asuntos en otros lugares del mundo. Pero acá, no será muy conveniente estar dentro de poco...
- Antes de que se vaya Keenan. ¿Qué quiso decir?
- ¡Ah! Claro. No lo sabe. En este mismo momento están concentrándose los ejércitos de Polonia, Hungría, Alemania Oriental y la URSSS, en las fronteras de Checoslovaquia. Cuando entren a este país, saque buenas fotos. Aprenda de Koudelka. Con el tiempo puede llegar a ser una gran artista en ese arte. Tengo buenas referencias suyas.
- Es usted el tipo más asquerosamente cínico que conocí en mi vida...
- No lo tome a mal miss Henning, pero he recibido insultos peores y mucho más inteligentes que el suyo. Y usted en el fondo cree que es muy inteligente, ¿verdad? Lamento desilusionarla. No lo es. Es una drogadicta acorralada por su propio gobierno de fascistas, al punto tal de ir a pedir ayuda a la embajada de mis amigos en Buenos Aires. Debo partir de este país. Yo, en su lugar me iría ya mismo, pero se que no lo va a hacer, justamente porque no es tan inteligente como cree.
- Tengo principios. Algo que usted desconoce Keenan.
- Los principios, hace tiempo lo aprendí, no le ofrecen un buen nivel de vida, ni siquiera lo pueden mantener con vida a uno, en ocasiones. Reitero, tome buenas fotos cuando lleguen... Good bye miss Henning. May God be with you... (Que Dios esté con usted...)

Alejandra permaneció en silencio por varios minutos. En su joven vida, había conocido hijos de puta de toda calaña. Pero hasta ahora ninguno había vestido saco de tweed ni tenía fragancia a agua de colonia inglesa. Hasta ese momento. Keenan era la sumatoria de todo lo que ella despreciaba y aborrecía. Y aún no sabía en qué momento, Keenan había logrado que ella se despreciara a si misma. El camarero apareció presto para preguntarle si deseaba algo más. Alejandra le pidió un cigarrillo y lumbre. Fue complacida antes de que terminara de solicitarlo. Era un "Herzegovina Flor", un cigarrillo de tabaco negro de la URSS, muy fuerte. *"Don't you have americans?"* (¿No tiene americanos?) – preguntó Alejandra. *"Excuse me, yes. We have americans. I'll get one for you, miss"* (Perdón, sí. Tenemos americanos. Voy a conseguir uno para usted, señorita). Alejandra una vez con el cigarrillo, pidió un vaso de tequila. *"I'm sorry, miss. We don't have that mexican beverage, but we have russian vodka"* (Lo siento, señorita, no tenemos esa bebida mexicana, pero tenemos vodka ruso) – dijo el sonriente camarero. *"Vodka, then, thank you"* (vodka, entonces, gracias) – agregó Alejandra.

En lo profundo de su alma, sabía que debía partir de Checoslovaquia como le había dicho Keenan. Pero por otro lado, sabía que algo la retenía. Veía tantos sueños en las personas. Tantos semblantes optimistas. Tantos comentarios de futuros promisorios. Le costaba creer en la fría descripción de Keenan sobre la tormenta que se avecinaba. Sabía que la "Primavera" corría peligro, lo había sentido en carne propia, pero nunca pensó que ese peligro era tan inminente ¿Por qué pisotear brotes de plantas con raíces alojadas en las almas humanas? ¿Por el poder? ¿Por miedo? Alejandra no sentía miedo. Algunos sentían miedo y otros no. No sentían miedo al hablar por radio o televisión. Pero los que sentían miedo, estaban ocultos entre ellos. Y tal era el miedo que preferían disipar sueños, que construir realidades. Y en ese miedo, en que se consumía su vida, consumirían las vidas de los que miraban hacia el cielo y sonreían, creyendo que los sueños siempre se vuelven realidad...

Alejandra regresó a eso de las siete de la tarde al hotelito. Marie, algo sorprendida le contó que Keenan había partido sin dar mayores explicaciones. Que siempre le había parecido muy reservado, pero simpático. *"Los ingleses son así, ¿no?"* – dijo Marie. *"Sí Marie, los ingleses son así. Siempre fueron así. Y lo seguirán siendo"* – manifestó Alejandra con un insoslayable tono de tristeza. Marie la miró extrañada por la respuesta. Se disculpó con ella porque no cenaría con el resto de los pasajeros. Le rogó que le comunicara a Edgardo que se sentía indispuesta. Que lo vería al día siguiente.

Y otro día pasó. Otro día más u otro día menos…

Capítulo 12
"Invasión"

Miércoles 21 de agosto de 1968. Dos de la madrugada...

Marie subió nerviosa hasta la habitación de Alejandra. Ésta dormía profundamente. Golpeó por segunda vez con más fuerza y Alejandra se despertó. Escuchó la viva voz de Marie y se despertó. Se cambió como pudo y abrió la puerta.

- Alejandra, ¡hay paracaidistas rusos y tomaron el aeropuerto Ruzyně! – exclamó muy preocupada Marie.
- Cálmese Marie, ¿cómo que hay rusos en el aeropuerto? – respondió preguntando Alejandra.
- ¡Sí! Radio Praga está anunciando una invasión. Tengo miedo que se repita lo de Hungría de hace doce años – agregó Marie.
- ¿Queda lejos el aeropuerto? Le avisaré a Edgardo...
- No vayan Alejandra. Esta gente es peligrosa.
- No se preocupe Marie, no vamos a ir ahí. Por favor siga escuchando Radio Praga.

Alejandra acudió presurosa al dormitorio de Edgardo quien dormía sin más. Marie se quedó en la cocina escuchando Radio Praga. Alejandra logró despertarlo. Ni bien le abrió la puerta, Alejandra ingresó muy alterada y Edgardo lo notó pese a su estado de somnolencia.

- ¿Qué pasa Alejandra? ¿Sabés la hora que es? – dijo Edgardo.
- ¡No entendés nada!
- No. No se, qué se yo. ¿Qué tengo que saber?
- Que llegaron...
- ¿Llegaron quiénes?
- Las primeras tropas rusas. Me lo acaba de confirmar Marie que escuchaba Radio Praga. Ocuparon Ruzyně...
- ¿El aeropuerto? Bueno. Esperá que me visto – dijo Edgardo aún somnoliento.

Edgardo tardó unos minutos en vestirse. Alejandra esperaba en la puerta de su habitación. Fumaba un pucho. Estaba demasiado nerviosa. Cuando bajaron a la cocinita de Marie, le pidieron el teléfono. Marie les dijo que lo usen, que estaba a su disposición. *"¿Qué es lo que está pasando Alejandra?"* – preguntó Marie. *"Ya le explicaré Marie..."* – respondió. Alejandra llamó a Radio Praga. Daba ocupado. Todas las líneas estaban en igual condición. Alejandra colgó. Fue a buscar su morral.

- ¿Qué hacés? – preguntó Edgardo.
- Voy a Radio Praga – respondió Alejandra.
- ¿Estás loca? ¿A esta hora de la noche? No creo que haya taxis siquiera...
- No me importa. Irá caminando.
- Te acompaño. No puedo dejar que vayas sola. Pero primero, ¿no deberíamos llamar a Pacheco y decirle lo que está pasando?
- Sí, desde luego – respondió Alejandra.

Alejandra le preguntó a Marie, si desde el teléfono de ella podían hacerse llamadas al extranjero. Le contestó que sí. En Buenos Aires serían alrededor de las diez y media, once menos cuarto de la noche. Alejandra llamó a la casa de Pacheco. Tardaron en responder. Atendió su esposa. Alejandra le dijo que algo urgente en referencia al diario debía decirle a su marido, quien ya se encontraba acostado. Pacheco fue al teléfono...

- ¿Cómo me llamás a estas horas Alejandra? Espero que sea algo verdaderamente importante – dijo Pacheco algo malhumorado.
- Están invadiendo Checoslovaquia, Juan Carlos. Quizás eso te parezca algo verdaderamente importante... - respondió Alejandra.
- ¡¿Cómo?! ¿Lo chequeaste? – exclamó Pacheco.
- Eso voy a hacer ahora. Lo está diciendo Radio Praga. Me voy para la radio. Paracaidistas soviéticos ya tomaron el aeropuerto. Si puedo y alguien me lleva, iré hacia ahí. Acá falta poco para las tres de la mañana.

172

- Ok. Si podés llamame en un rato, cuando ya hayas verificado todo y me voy urgente al diario a armar una edición actualizada.

Alejandra y Edgardo salieron a la calle. Besaron a Marie y tomaron el camino de la radio. No había autos circulando. No había personas caminando. Ni gatos en los tejados. Alguna que otra luz encendida en los edificios. Praga dormía plácida sus últimas horas de la *"Primavera"*. Ambos caminaban rápido. Aún les quedaban unas ocho cuadras. Cuando llegaron, bastante nerviosos, la recepcionista habitual no estaba, había un tipo en su lugar. Le explicaron en inglés que deseaban hablar con Radek Janda, si estaba en la radio, que eran de la prensa extranjera. El tipo les contestó que Janda había llegado hacia unos diez minutos. Que quizás lo encontrarían en el buffet de la radio. Fueron al buffet de la radio. Había muchas personas bebiendo café y hablando con rostros preocupados. Distinguieron a Radek. Se encaminaron hacia él. Estaba hablando con una periodista francesa. Alejandra se paró a su lado. Radek levantó la vista. Se levantó, la saludó y la invitó a sentarse. También a Edgardo.

- Lo del aeropuerto sucedió a eso de las once y media de la noche. Incluso hay versiones que dicen que alguien escuchó disparos. Pero eso está por verse. ¿Y qué me vas a decir jovencita, que tenías razón? – dijo Radek.
- Ojalá me hubiera equivocado. Ojalá esta primavera hubiera seguido floreciendo. Pero sabés muy bien Radek que ellos no la querían. No se trata de tener razón. Conté lo que vi, conté lo que fotografié, conté lo que viví. Hace casi veinte días esto se veía como una posibilidad, aunque el gobierno lo haya negado hasta hoy.
- El gobierno no podía decirles a sus ciudadanos. Disfruten de sus nuevas libertades hasta que llegue la invasión – replicó Radek.
- Supongo que no. ¿Son rusos solamente?
- No. Tenemos noticias que no viene como URSS, sino como *"Pacto de Varsovia"*, "amigo" nuestro, a salvar el socialismo de fascistas y contrarrevolucionarios. ¿Y quiénes son los otros? No lo sabemos todavía. Polacos y húngaros, casi seguro.

- Sí, eso lo sabía… - dijo Alejandra.
- ¿Cómo sabías eso?
- *"Un amigo"* me lo dijo…
- ¿Y qué más te dijo tu amigo?
- Que me fuera del país, antes de que estallara lo que está sucediendo en estos momentos.
- ¿Por qué no le hiciste caso Alejandra? – intervino la francesa que hablaba con Radek al llegar Alejandra y Edgardo, de nombre Pauline.
- No lo se. Te juro que no lo se…

En la puerta del buffet, apareció un tipo con cara de angustia poco disimulada. Era el jefe de Radek. Lo vio y fue hasta él. Le dijo algo en checo. Luego se retiró. Alejandra vio cómo las facciones de Radek cambiaron repentinamente. Alejandra adivinó que algo no estaba bien.

- ¿Qué ocurre? – preguntó Alejandra.
- La URSS, Hungría, Bulgaria, Alemania Oriental y Polonia han ingresado a nuestro país, con tanques y tropas. Dicen que serán unos 200.000 aproximadamente y un par de miles de tanques. Que el gobierno ha ordenado al ejército que no se mueva. Que permanezca en los cuarteles. Se acabó. Todo terminó. Voy a ir a mi apartamento, a buscar unos papeles. Después debo volver y transmitir hasta que se me permita. ¿Me acompañas?
- Sí desde luego – respondió Alejandra.

Salieron los cuatro a la playa de estacionamiento de la radio. Subieron al Lada amarillo crema de Radek. Pauline se sentó en el asiento de adelante junto a Radek. Edgardo la miraba a su "jefa". Debía admitir que sentía una profunda estima por ella. Desde hacía tiempo, sabía que era una especie de Quijote que chocaba cada dos por tres contra molinos. Pero también sabía que los molinos de esta "Quijote" eran reales, tan reales y al provocarlos, estos molinos no dudaban en buscar liquidarla. En Buenos Aires, en Medio Oriente, en Praga o en donde sea. Alejandra y Edgardo iban callados. Pauline y Radek hablaban muy distraídos. Al fin y al cabo, no había otros autos o buses a esas horas. Faltaban como unos veinte minutos para las cuatro.

De pronto algo los chocó. No había sido un auto. Alejandra sintió como una explosión. Quedó aturdida, muy aturdida. Edgardo también estaba aturdido, pero logró sacar a Alejandra del auto, que tenía un corte en la frente del que manaba sangre. Radek pudo apenas abrir la puerta y arrastrarse unos metros. El impacto había dado de lleno del lado de Pauline, quien yacía sin vida, con la mitad del cuerpo hacia afuera del auto. Edgardo llevó a Alejandra hasta la puerta de entrada de una panadería que tenía una especie de hueco. Luego comprobó la muerte de la desafortunada Pauline. Ayudó a Radek a incorporarse y lo llevó hasta donde estaba Alejandra.

Lo que los había chocado era un tanque soviético T-54, en la intersección de una de las calles. Edgardo, ya más repuesto, vio cómo un segundo tanque pasaba y aplastaba el auto de Radek, con el cuerpo de Pauline adentro y seguía su camino. Un tercer tanque se detuvo y los iluminó. La escotilla de la torreta del mismo se abrió y un militar, arma en mano, les dijo algo en ruso. Edgardo levantó las manos en señal de no oponer resistencia. El militar se introdujo de nuevo en el vientre del blindado y arrancó nuevamente. Radek y Alejandra poco a poco iban recobrando el sentido de la realidad. Edgardo le dio un pañuelo a Alejandra para que lo coloque sobre su frente herida. Le preguntó a Radek si se sentía mejor.

- Sí, un poco mejor… gracias.
- Fueron tres tanques. El primero nos chocó – dijo Edgardo.
- ¿Tanques? Entonces ya llegaron. Debo regresar a la radio cuanto antes, ¿cómo está ella? – dijo Radek.
- Bien. Es sólo un corte en la frente. Pero Pauline murió en el choque. El segundo tanque aplastó tu auto… - le dijo Edgardo a Radek.

Radek fue hasta los restos de su viejo Lada y vio horrorizado el cuerpo aplastado de su amiga francesa. Radek no podía creer lo que veía. Debía ir a la radio cuanto antes y comunicar que los tanques habían llegado. Se alejó por entre las sombras de la calle. Edgardo se sentó junto a Alejandra. Su frente ya no sangraba. Le dijo que era mejor no deambular por las calles. Le explicó la situación. En eso estaba Edgardo, cuando apareció un cuarto tanque. Ambos se levantaron y comenzaron a correr. Alejandra no podía correr tan rápido como Edgardo, pero éste la ayudó a escapar hacia una de las calles laterales. Pararon agitados y se ocultaron en la ochava de la esquina. El tanque siguió su avance como si nada. *"¿Qué pasó con Radek y Pauline?"* – preguntó Alejandra. *"Radek se repuso rápidamente y se fue a la radio. Pauline falleció en el instante del choque"* – le respondió Edgardo. Edgardo le propuso a Alejandra volver al hotelito y llamar a Pacheco. Alejandra asintió. Le dolía mucho la cabeza por el accidente. *"¿Y vamos a dejar el cuerpo de Pauline ahí tirado como un perro?"* – preguntó Alejandra. *"Nada podemos hacer nada ya por ella Alejandra, vamos, dale vamos"* – contestó Edgardo.

Luego de media hora llegaron al hotelito. Marie continuaba escuchando Radio Praga. Cuando vio a Alejandra herida en la frente la llevó de inmediato a la cocina y le limpió el corte con alcohol y desinfectante. Le pidió que se recostara, pero Alejandra en cambio llamó por teléfono a Pacheco. Su cabeza crujía de dolor y de cólera. Sabía que esto pasaría, pero no creía que pasaría con tal celeridad. La radio anunciaba el secuestro del presidente Dubček, sin confirmar la veracidad de la noticia. Paulatinamente los checoslovacos comenzaban a despertarse y veían que la "Primavera" se convertía en invierno, tal y como se lo había pronosticado el guardia fronterizo a Alejandra y Edgardo.

Edgardo, al igual que Marie, le pidió a Alejandra que se acostara, al menos por un rato. Que él se quedaría despierto a la espera de novedades. Alejandra sólo pidió un par de aspirinas y con la frente vendada pretendió salir a la calle, con su Nikon, a retratar la brutalidad de los tanques deambulando por las calles de Praga. Ya eran más de la cinco de la mañana. Faltaba poco para el amanecer. Edgardo trató de tranquilizarla. Alejandra le dijo, *"Mataron a una persona Edgardo y quizás mataron a más en el aeropuerto cuando llegaron los primeros, tengo que hacer mi trabajo".* *"Nunca te pido nada Alejandra, pero hoy te pido que te calmes y que esperes un par de horas y de paso repongas fuerzas"* – replicó Edgardo. *"Déjame pasar Edgardo. Me voy"* – agregó Alejandra. Cuando estaba por transponer la puerta del hotelito, Alejandra se mareó y se desvaneció. Edgardo la cargó y la llevó a su habitación, acompañado por Marie. Marie bajó al comedor, junto a Edgardo y éste le relató todo lo sucedido. Marie no daba crédito a lo que había escuchado. Le preparó un café a Edgardo, mientras escuchaban Radio Praga…

Capítulo 13
"Los tanques y los días" (Primera parte)

Alejandra despertó a eso de las ocho de la mañana. Cuando lo hizo, halló la cara sonriente de Edgardo. Ella también le sonrió. Edgardo comprendió que con esa simple sonrisa, Alejandra le estaba agradeciendo por ser tan buen tipo y amigo. Marie entró con un té a la habitación. Alejandra lo aceptó. Estaba más serena. Sin embargo, a los pocos segundos recordó todo. Desde afuera comenzaba a oírse el ruido de gente. Alejandra se dirigió a Edgardo...

- ¿Qué pasó?
- Que te desmayaste – contestó Edgardo.
- Sí, eso lo se. Qué pasó en estas horas. ¿Y a propósito qué hora es? – preguntó Alejandra.
- Las ocho de la mañana.
- Me siento mejor Edgar... tenemos que ir a Radio Praga.
- Ok "jefa".
- ¿Ya hablaste con Pacheco?
- Sí.

Alejandra se sentía más fuerte. Se vistió en pocos minutos. Comió una tostada con manteca mientras caminaba y se despedía de Marie. "Vamos" – le dijo a Edgardo. Vieron a numerosas personas en dirección hacia Radio Praga. Se unieron a ellas. Muchas portaban banderas del país. Otras, no. Sólo portaban su desconcierto y su ansiedad. Muchos llevaban vasijas, cacerolas o sartenes y los hacían sonar a modo de protesta. En pocas horas, el país había sido ocupado por casi medio millón de soldados del Pacto de Varsovia. Los camiones de transporte de tropa, logística y tanques se pavoneaban por todo el territorio. El ejército checoslovaco, como se dijo en un principio, había permanecido encerrado en sus guarniciones, con órdenes estrictas de no responder a la agresión, para evitar lo de Hungría.

La capital, no era la excepción. Desde las primeras horas de la mañana habían llegado los primeros contingentes de tanques. Eran la avanzada para el asalto final de un país que se había convertido en un dolor de cabeza para el Kremlin. El pueblo se despertó rodeado de los tanques soviéticos, que venían a *"salvaguardar"* al socialismo de activistas y provocadores que habían intentado que Checoslovaquia abandonara el Pacto. Eran *"amigos"* que les harían entender el error en que habían incurrido todos estos meses de reformas del *"desviado y traidor"* Dubček.

De pronto, la gente, que caminaba por en medio de la acera, debió apartarse a un costado, pues también venía marchando una columna compuesta por unos quince tanques en dirección al edificio de Radio Praga. Numerosos jóvenes golpearon con sus puños y palos a los blindados y muchos de ellos se subieron a los mismos. La columna no detuvo su marcha, pero debió desacelerar. Uno de los jóvenes dibujó la cruz esvástica en uno de los tanques. Las escotillas de los mismos fueron abriéndose y con las AK-47 los efectivos ya emergidos y en posición, amenazaban a los jóvenes. Alejandra fotografió la escena, aunque no pudo evitar sentir esa cólera por mucho tiempo reprimida y tomó un palo del suelo y también golpeó al tanque. Edgardo cerró los ojos en señal de prudencia y sujetó a Alejandra de los brazos y la fue llevando hacia atrás. Edgardo vio la extrema peligrosidad del escenario cuando otro joven lanzó una bomba molotov contra otro de los blindados, que inmediatamente comenzó arder en la parte posterior. Uno de los soldados disparó al aire su AK-47 y algunos se alejaron huyendo atemorizados y el griterío se hizo ensordecedor. Volaron piedras y objetos de los más diversos. Otros, por el contrario, increpaban y discutían acaloradamente con los tanquistas. Los tanques procuraron adelantarse unos metros, pero los jóvenes, hombres y mujeres, nuevamente se les interponían.

- Calmate Alejandra, sólo calmate, ésta no es nuestra guerra – le dijo al oído Edgardo, cuando vio que estaba por arrojar una piedra a los militares, conteniendo su brazo.
- ¿Pero qué te pasa Edgardo? ¿No ves lo que está sucediendo? ¿O es que sólo somos testigos de brutalidades, abusos y manoseos y sólo nos atenemos a sacar fotitos del sufrimiento de esta gente? – le gritó a Edgardo.
- No. Somos personas. Podemos padecer al igual que ellos Alejandra, podemos ver lo injusto que es todo esto, sabemos

que este pueblo tiene razón y ellos no, pero no debemos intervenir. Cálmate, ¿puede ser? – dijo Edgardo.

- Está bien...

La columna de tanques reemprendió su rumbo hacia la radio. La columna de personas, provistas de palabras, ideas y banderas checoslovacas, también. Desde las veredas podía observarse a ancianos llorando. No comprendían, cómo quienes los habían salvado de los nazis, ahora venían de esta manera. En realidad, no sabían si habían arribado para ocupar el país o para salvarlos. Y ni ellos sabían de qué. Los blindados iban por la calle Vinohradská. En su intersección con Blanická, un manifestante, un hombre de no más de treinta años, se plantó frente al tanque que encabezaba la columna. Comenzó a gesticular y a gritar, aunque no pudo evitar derramar lágrimas. La escotilla del tanque se abrió. Emergieron tres soldados soviéticos con sus armas automáticas. Le hacían señas para que se corriera. Se bajaron del vehículo. El hombre, un pelirrojo en mangas de camisa, les hablaba y los tres soldados movían la cabeza para dar a entender una negativa. Cuando uno de ellos intentó correrlo, asiéndolo del brazo derecho, el hombre se tendió sobre la acera boca arriba. Los otros dos soldados, lo jalaron de los cabellos y empezaron a moverlo hacia un costado para poder despejar el paso de la columna.

Al menos unos veinticinco a treinta manifestantes, se congregaron en torno de los tres soldados rusos, que ya a esa altura daban claros signos de tenso nerviosismo y mantenían sus dedos en los gatillos de sus AK-47. Uno que parecía un oficial, emergió luego del tanque. Sacó su pistola calibre 7.65 y apuntó al manifestante. Sus subordinados imitaron a su jefe, pero de la nada empezaron a llover piedras sobre los militares, que de inmediato volvieron al interior del blindado. El tanque insignia, dio media vuelta pivotando y encaró a los civiles que presumía habían arrojado las piedras. Aceleró contra ellos y éstos, en su mayoría estudiantes de la Universidad Carolina, retrocedieron. Una de las jóvenes, cayó al suelo y el tanque le aplastó el pie izquierdo. Sus compañeros la llevaron hasta la puerta de entrada de una librería. Gritaba desconsoladamente por el intenso dolor al tiempo de desangrarse por la herida infligida. Uno de quienes la asistieron, era al parecer estudiante de medicina y le dio los primeros auxilios, armando un torniquete con un trozo de metal y unos lienzos mugrientos que detendría la hemorragia del pie destrozado. Alejandra fotografió toda la escena. Edgardo permanecía mudo, no podía pronunciar palabra.

El tanque siguió su camino de embestida y chocó el frente de una carnicería, aplastando en su trayecto a dos autos y una motocicleta. Luego retornó a la formación para encabezar la columna nuevamente hacia la radio, epicentro de la discordia. Desde los balcones, la gente gritaba y golpeaba cacerolas y sartenes. Alejandra se preguntaba mientras caminaba junto a Edgardo y la muchedumbre si alguno de ellos había pensado alguna vez que esta pesadilla podía ocurrir. Ella había dado su testimonio en la radio más escuchada del país. Nadie le prestó atención. Jamás la llamaron del gobierno, ni siquiera Radek. Radek en esos momentos estaba transmitiendo desde la radio. Una mujer al aire alcanzó a decir algo que Alejandra jamás olvidaría, *"Van a silenciar nuestras voces, pero no nuestros corazones"*. Alejandra, al igual que muchos checoslovacos portaba una radio a transistores que le había facilitado Marie. La radio transmitía en checo, francés e inglés.

A medida que la columna de tanques se acercaba al edificio de Radio Praga, la resistencia crecía entre la gente que los rodeaba. En más de una ocasión, debieron frenar y detenerse. Dos ómnibus de línea se hallaban cruzados a una cuadra de la radio. Los jóvenes los habían colocado a modo de barricadas. El tanque insignia aceleró y embistió a uno de ellos. No logró quitarlo en la primera embestida. Tuvo que retroceder y volver a precipitarse sobre el vehículo. Uno de los jóvenes lanzó una granada Molotov sobre el segundo tanque de la columna que recibió el impacto y el fuego fue ganando una pequeña escaramuza. Tres soldados de infantería rusos, trataron de apagar las llamas, pero debieron colaborar con sus camaradas del tanque atacado para salvarlos de morir carbonizados. Uno de los soldados, divisó al joven que había arrojado la granada. Con su AK-47 le disparó al estómago. Una primera desbandada fue el efecto de esta conducta. Un suboficial lo empujó y le bajó el arma para intentar cortar la escalada de violencia.

Alejandra acudió a socorrer al joven herido en el estómago, pero debió echarse cuerpo a tierra porque el cuarto tanque de la columna abrió fuego nutrido de ametralladora hacia ninguna parte y hacia cualquier parte. Los jóvenes no querían que la columna llegara a Radio Praga, pues sabían que ése era el corazón de los brotes de libertad, que tanto temían los conservadores del Partido checoslovaco y los soviéticos. Alejandra se reincorporó y llegó hasta el joven herido. No sobrepasaba los veintitrés años. Sostuvo su cabeza con mucho cuidado. Le manaba sangre por la boca, tenía la camisa blanca completamente manchada de rojo y restos de carne quemada sobresalían de la herida. Edgardo y varios jóvenes llegaron luego, esquivando piedras y el tableteo del cuarto tanque.

Del ómnibus sólo quedaba una masa de metal humillada y liquidada. El humo y el olor a gasoil invadían el aire y lo hacían insoportable. La columna prosiguió su derrotero hacia el objetivo a ser silenciado. Alejandra fue apartada del joven mal herido por otros que lo asistieron y lo colocaron en una especie de camilla improvisada. Edgardo la abrazó y la llevó hacia una de las veredas, un poco más a resguardo. No cesaban de sumarse más y más personas blandiendo banderas checoslovacas, cantando el himno nacional, algunas, otras profiriendo insultos. Grupos de infantería escoltaban a la columna de tanques hacia cada lado. Iban en fila india, AK-47 en mano y caminando con cuidada lentitud. Alejandra no cesaba de toser por el aire viciado a causa del fuego.

La columna de tanques y de infantería fue sorprendida por una bomba Molotov arrojada desde un balcón de un edificio de la esquina de las calles Vinohradská y Balbinova. La agresión alcanzó de lleno a uno de los soldados escoltas y éste cayó casi completamente quemado sobre la acera. Lo auxiliaron otros soldados y oficiales que lo arroparon como pudieron para sofocar el fuego sobre su cuerpo. Era joven. Quizás sobrepasaba los dieciocho años, apenas. A causa de su estado, le sobrevinieron convulsiones. Una ambulancia militar llegó presta y lo retiraron. El sexto T 54, giró la torreta y apuntó su cañón de 100 mm, al posible edificio agresor. Disparó y dio de lleno en el tercer piso del mismo. Volaron restos de mampostería y vidrios a más de cincuenta metros, iniciándose de inmediato un incendio de proporciones descomunales. Las oleadas de estudiantes iban y venían. Se acercaban y se alejaban de la columna. Alejandra le dio la Nikon a Edgardo.

- Tomá, sacá vos las fotos Edgardo, esto ya es demasiado para mí. Voy a Radio Praga antes de que lleguen estos hijos de puta – dijo Alejandra no ya airada, sino con un aire de resignación infrecuente en ella.
- ¿Pero estás loca? ¡Es ahí donde van ellos justamente! – respondió Edgardo ya perdiendo su aplomo habitual.
- Es ahí donde se halla el corazón de la *"Primavera"* y quiero estar ahí…
- Alejandra no lo hagas. Estás perdiendo objetividad como reportera. Y además no nos pagan para que nos dejemos matar.
- ¿Vos pensás que el año pasado pude ser objetiva en Medio Oriente después de lo que ví y de lo que pasé? Y no, no nos pagan para que nos maten, pero admití que no es un trabajito de oficina cagatintas de nueve a diecisiete – contestó ofuscada Alejandra.
- Voy con vos.
- Bueno, como quieras – agregó Alejandra.

A la columna de tanques, se le sumaron tres camiones de transporte de tropa y tres tanquetas. Alejandra y Edgardo comenzaron a correr por la calle Rimská, paralela a la columna que iba a tomar por asalto la radio. Muchos ciudadanos checoslovacos hacían lo mismo. A los pocos minutos llegaron hasta la entrada de la radio. Cientos de manifestantes estaban tomados de los brazos y escuchando un discurso que leía un locutor comunicando que la radio estaba por caer en manos de extranjeros, pero que de ninguna manera dejaría de funcionar, incluso en la clandestinidad. Que esperaban noticias del secretario Dubcek, del cual nada se sabía.

El tanque insignia arribó al frente de la radio. Derribó sin más tres árboles, aplastó cuatro automóviles y se detuvo. Un civil arrojó una piedra contra él, pero uno de los infantes escoltas le disparó a la cabeza, muriendo en el acto. Luego, el vehículo giró la torreta, con la intención de apuntar al edificio de Radio Praga. La muchedumbre cantó con fuerza el himno nacional. Lo que pensaron que nunca podría suceder, sucedió. El T 54 abrió fuego contra la radio. Destrozó parte del frente y comenzó el consecuente incendio. Los oficiales se pararon delante de los blindados. Ordenaron a los soldados escolta que no dispararan contra la multitud. Alejandra y Edgardo, como el resto de los civiles locales quedaron aturdidos por la explosión. Sin embargo, Alejandra recordó en ese momento a Keenan... *"Debo partir de este país. Yo, en su lugar me iría ya mismo, pero se que no lo va a hacer, justamente porque no es tan inteligente como cree..."*. *"No debo ser tan inteligente inglés infeliz, pero moriré sonriendo con la sensación de haber cumplido con mis principios"* – razonaba Alejandra mientras veía a un grupo de oficiales soviéticos acompañados por tropa con la intención de ingresar a la radio. Los estudiantes se atrevieron una vez más y lanzaron cinco Molotov, casi a los pies de los invasores.

Los tanques retrocedieron y dejaron abierta la calle nuevamente. Cuando se fue disipando el humo, pudo verse a una joven fallecida tendida sobre la acera. Un bloque de mampostería de la radio la había golpeado y la había desnucado. Un compañero de estudios probablemente, empezó a llorar al verla y le cerró los ojos y cubrió su cabeza con unos papeles. Radio Praga aún seguía transmitiendo. La *"Primavera"* agonizaba, pero aún respiraba a través de las voces que no cesaban de hablar.

Alejandra en un segundo se separó de Edgardo e ingresó a la radio. Una veintena de personas trataban de apagar el incendio causado por el tiro certero del T 54. Alejandra vio el cuerpo de un hombre de unos sesenta años, apartado en un rincón de la recepción. El disparo le ocasionó una muerte instantánea. Alejandra vio un tapiz que aún colgaba de una de las paredes y lo descolgó y lo empleó para tapar el cuerpo del infortunado hombre. Subió las escaleras como pudo, pues era un tumulto de gente que iba y venía, bajaban, subían. Algunos con baldes de agua, otros con baldes de arena. Algunos llevaban papeles consigo, otros, carpetas.

Al llegar al segundo piso, la zona del impacto, el humo se hizo más denso. Casi por casualidad vio a Radek ayudando a cargar los baldes. Radek, al verla, le sonrió y dejó por un momento lo que hacía...

- ¿Qué hacés aquí Alejandra? – preguntó Radek.
- Acompaño a los trescientos espartanos… - respondió Alejandra.
- Ahora los persas retrocedieron, pero volverán y ya no vamos a poder resistir más – dijo Radek.
- Pero valió la pena resistir, ¿o no?
- Sí. Valió. Pero más me preocupas tú en este momento… - dijo Radek.
- ¿Por qué lo decís?
- Hablaste de sus planes en momentos en que nadie lo hacía. Si hasta me ha llegado un cable y se ha confirmado que el edificio que mencionaste, el de la fábrica "Skoda" en Mladá Boleslav, se ha convertido en el cuartel general del Ejército Rojo.
- ¿Y entonces?
- Entonces… no eres una extranjera común o una curiosa que vino a visitar Praga. El Stb seguramente va a ser intervenido por el KGB. Josef Pavel, el ministro del interior quería democratizarlo. No lo logró jamás por completo y menos todavía con esta invasión. Quizás lo destituyan. Te van a seguir y te van a cazar. Tienen tu nombre, el de tu ayudante, dónde te alojas, todo. En algún sitio de Checoslovaquia y sólo Dios sabe en dónde más, hay un legajo abierto sobre ti. Huye mientras puedas. A Austria, no se. Muchos miembros prominentes del KAN ya están haciendo sus valijas.
- Pero seguramente las fronteras estarán cerradas… - dijo Alejandra.
- Seguramente, pero inténtalo. Esto recién comienza. Quizás tengas alguna oportunidad. Sino, se me ocurre que podrías hablar con alguien de la embajada norteamericana. Tengo amigos que conocen al embajador, Jacob Dyneley Beam. Podrías quedarte ahí escondida.
- No. Y menos con esos infelices hipócritas. Me quedaré a cumplir con mi trabajo. Para esto me enviaron.
- No me parece prudente. Pero no puedo hacer más. Ojalá pudiera. Se que te encariñaste con este país. Imposible no hacerlo. Se que veías y sentías las esperanzas de nuestro

pueblo. Y ahora esto. Cuando se acaban las ideas, aparecen los tanques.

- Siempre es así. En mi país sucedió hace dos años. Teníamos un presidente muy bueno y de un día para otro aparecieron los tanques y lo echaron a patadas en el culo. Y no eran extranjeros como acá. Eso lo hace más grave aún. Eso no se los perdono.
- Te entiendo Alejandra. Ahora debo seguir con los últimos mensajes que daremos siendo libres y legales. La clandestinidad nos espera después. Cuídate bella latina. Que Dios te acompañe. Si me necesitas, ya sabes mi teléfono y dónde vivo…
- Gracias. Estaré cerca por si me necesitan.
- Radek subió al tercer piso a emitir un comunicado de prensa para todo el país. Alejandra bajó hasta la planta baja. Vio de lejos a los tanques que apenas se movían. Parecía como si se estuvieran reagrupando, retrocedieron sólo por un rato. Sabía que los tanques volverían. La multitud mientras tanto coreaba el nombre de su presidente "Ludvík Svoboda", del que tampoco se sabía nada…

Capítulo 14
"Los tanques y los días" (segunda parte)

Alejandra se sumó a la multitud que se abrazaba a las puertas de la radio. Edgardo la había perdido de vista. La buscaba y no podía hallarla en ese océano de personas. "¡Rusos, váyanse a su casa!" – gritaban en checo, en inglés, en francés. Un tanque y dos camiones de pertrechos habían quedado varados en medio de la calle, incendiados. La acometida de los *"Diez mil Inmortales"* había fracasado en ese primer intento. Ya habían fallecido varias personas. La "Primavera" persistía en las voces de esa gente. Persistía en los micrófonos de Radio Praga. Persistía en deseos y sueños truncos. Persistía en cada checo y en cada eslovaco que sentía indignación y dolor al ver a esos vehículos de orugas que pretendían pisotearlos como si las ideas pudieran ser pisoteadas y olvidadas.

Edgardo, cámara en mano, se paró ante Alejandra a quien por fin halló, casi como un milagro impensado.

- ¿Vamos? – Preguntó –, van a regresar y no quiero que nada te suceda – agregó
- No. Aún no Edgardo. ¿No lo sentís en al aire, además del olor a gasoil quemado y ese humo que te irrita los ojos hasta las lágrimas? – dijo Alejandra. Esta gente no quiere esto. No quiere orugas atropellándolos y después amordazándolos. No los quiere. Quieren que retornen a su país. ¿No te conmueve en nada? – dijo Alejandra.
- Por supuesto que me conmueve Alejandra, pero también debo velar por tu seguridad. Esto se va a poner cada vez peor. Vení conmigo y nos alejamos un poco para retratar mejor lo que está sucediendo. ¿Te parece? – dijo Edgardo casi suplicando.
- No Edgar. Te quiero mucho. Se que querés que nada me pase. Pero me quedo acá. Vos sos muy buen fotógrafo también. Hacé lo que tengas que hacer.

Edgardo fue empujado por la fuerza del torbellino de personas que defendían Radio Praga. Perdió de vista a Alejandra nuevamente. Media hora después, unos ochenta a cien soldados avanzaron en cuatro columnas hacia la puerta de la radio. La gente no se movía. La radio era el símbolo de su voz. Su voz que hasta ese día salía sin censuras de ningún tipo. Sin *"comisarios políticos"* que se sentaran en los estudios para fiscalizar lo que el pueblo podía escuchar o saber. Esos soldados traían armas automáticas AK-47, pero en realidad lo que traían y muchos de ellos, jóvenes que sólo cumplían el servicio militar de su país, ni siquiera sabían que traían *"mordazas"* para que ya nadie pudiera expresarse en la Checoslovaquia de Dubček. En tan poco tiempo de vida, Alejandra ya había visto esto antes. Y casi siempre salían airosos los tanques y los soldados. La fuerza bruta que se imponía por el peso de su misma brutalidad.

Alejandra sentía o creía sentir algo parecido a lo que sentían estos jóvenes que elegían la violencia o los gritos. Los diálogos o los intentos de diálogo. Pero Alejandra sabía que era muy complejo discutir o dialogar cuando del otro lado no había respuesta. Sólo rostros imperturbables que creían cumplir con su deber. Cuando del otro lado, no había voces, sino oscuros caños que escupían plomo candente. Y el plomo candente no razona. Lastima, hiere o termina con la vida. Alejandra se sentía llena de esa vida, como se sentían estos jóvenes checos y esa vida había explotado en millones de brotes de voces en esa "Primavera" que estos tanques venían a dar por concluida.

Las cuatro columnas de soldados se estacionaron a unos diez metros de la gente. Los que parecían oficiales, que eran unos siete, salieron de la retaguardia y se encaminaron a la radio. Un grupo de jóvenes salió a su encuentro. Parecían discutir. Los jóvenes gesticulaban de modo muy elocuente. Parecían tratar de decirles a esos oficiales que no dejarían la radio. Hasta que uno de los oficiales sacó su pistola calibre 7.65 y disparó al aire. Las mujeres gritaron azoradas. Los jóvenes se replegaron hacia la puerta de la radio. Inesperadamente desde uno de los balcones de la radio voló una silla, que cayó sobre uno de los soldados, derribándolo e hiriéndolo. En ese momento, todos los oficiales desenfundaron sus armas y apuntaron a los jóvenes. Muchos de ellos abrieron sus camisas y, mostrando su pecho, señalando que apuntaran al corazón.

Los oficiales estaban desconcertados. Ordenaron a su tropa que diera media vuelta y marchara hacia el grupo de tanques en espera de nuevas órdenes. El regreso a los tanques se tornó en desbandada, pues algunos estudiantes lanzaron granadas Molotov que sembró de fuego la calle, ya en sí en llamas. Diez minutos después, los blindados hicieron su movimiento. Ese que no deseaban los manifestantes. El tanque insignia mientras avanzaba, hizo un disparo de advertencia que dio en el edificio inmediato a la radio. La gente comenzó a disgregarse. Alejandra sentía que los pulmones le ardían por el humo tóxico y el calor que generaban los incendios de la acera. Algunos de los jóvenes tomaron los cascotes y piezas de mampostería que habían caído producto del ataque del T 54 y los arrojaron a los soldados. Éstos los esquivaron como pudieron, pero uno de ellos, sin previa orden de los oficiales que venían junto a los tanques, asestó un tiro a la cabeza a unos de los jóvenes que cayó muerto en ese instante.

"¡Hijos de puta!" – gritó Alejandra. Agarró un fragmento de escombro y cuando estaba por arrojarlo a los militares, otro disparo del segundo T 54, impactó cerca de ella arrojándola, a unos cuantos metros hacia la izquierda, junto a otras cinco personas más. Estaba confundida por la explosión, pero uno de los estudiantes la tomó de la mano y la ayudó a levantarse. Le habló en checo, pero ella le dio a entender que no le entendía. *"How do you feel? Can you walk?"* (¿Cómo te sientes? ¿Puedes caminar?) – preguntó el estudiante entonces. *"Fine, thank you. Yes, I can walk, thank you again* (Bien, gracias. Sí, puedo caminar, gracias nuevamente) – respondió Alejandra. *"We must leave this place, girl"* (Debemos abandonar este lugar, chica). *"Yes, I know, I know"* (Sí, lo se, lo se).

El estudiante fue a socorrer a una de sus compañeras que aún estaba tirada en el piso por la detonación del tanque. Alejandra se alejó lentamente, caminando en zigzag, algo aturdida aún. Se sentó en la puerta de una fiambrería cerrada. Todo le daba vueltas y le zumbaban los oídos. Vio corridas y gritos. Vio cómo los tanques arrollaban todo a su paso. Como si las huestes de Atila volvieran a la vida. Pero esta vez no estaría el papa León el Magno para frenarlas. Se levantó y se alejó en dirección a la plaza Wenceslao, no sin antes ver cómo los soldados forcejeaban cuerpo a cuerpo con los estudiantes y los hacían a un lado, a golpes de culatazos, para dejar el paso libre a los oficiales del Ejército Rojo.

Para las once de la mañana, las tropas soviéticas entraban a Radio Praga y apresaban a su director Karel Hrabal y a un par de sus colaboradores adjuntos. Los técnicos, sonidistas, locutores y demás trabajadores ya habían escapado, no para desertar de la causa, sino para establecer una nueva "Radio Praga" clandestina, que comenzaría a funcionar, apenas media hora después de haber caído la original.

Alejandra llegó a la plaza, que también estaba rebosante de jóvenes y checoslovacos incrédulos de lo que estaba sucediéndoles. Se preguntó por Radek, si había logrado escapar de la debacle de Radio Praga. Decenas de tanquetas con soldados arriba y sus AK-47 blandiéndolas de modo intimidatorio recorrían Wenceslao. Varios tanques habían sido abordados por jóvenes que portaban la bandera nacional. En esos momentos, rogó por Edgardo y que anduviera en torno a la plaza, para que pudiera inmortalizar esos momentos. Sin percibirlo a tiempo, a causa del griterío, un tanque casi la arrolla, si no hubiera sido socorrida a tiempo por un hombre que la empujó hacia atrás justo a tiempo. El tanque había dado marcha atrás, sin importar si había civiles en peligro. Alejandra vivía momentos de mucho angustia, al igual que el resto de los checoslovacos y había perdido hacía tiempo la noción de lo seguro y lo inseguro.

Tres jóvenes checos, se abalanzaron furiosos contra un tanque y se colgaron de su cañón. La tripulación salió al exterior a reprimirlos y los jóvenes los increparon en ruso. Les pedían que regresaran a la Unión Soviética. Los soldados soviéticos procuraban rechazar a los exaltados a golpes de culata, sin dispararles, por órdenes de sus superiores. A las once y media, empezó a funcionar la *"Nueva Radio Praga"* en la ilegalidad. La radio a transistores de Alejandra, se había hecho añicos cuando fue despedida varios metros por el disparo del T 54. Por fortuna, encontró otra radio, pero tirada junto a unos de los árboles de la plaza y comprobó que funcionaba. Pudo distinguir la voz de Radek y sintió alivio por él. Otra columna de tanques, pero conformada esta vez, por más de cincuenta unidades, avanzó hacia la plaza.

Una señora, de unos cuarenta y cinco años, lloraba sin consuelo al ver los tanques y tanquetas. Al verla a Alejandra, se abrazó a ella y lloró sin parar, como un desconsuelo sin miras de cerrar heridas, como una eternidad de desconsuelos encerrados en ese abrazo a esa desconocida que parecía tan inerme como ella. Alejandra sintió lo mismo y la abrazó fuerte. "Přišli k nám uvolnit před nacisty! A teď přijde na nás napadnout!" (¡*Ellos vinieron a liberarnos de los nazis!* ¡*Y ahora vienen a atacarnos!*) – le dijo la señora a Alejandra. "*I'm sorry, I can't understand you!*" (*Lo siento, ¡no puedo entenderla!*) – respondió Alejandra. "*Je to nespravedlivé!*" (¡Es injusto!) – agregó la señora. Alejandra la abrazó con más fuerza. Las primeras lágrimas de la mujer se fueron convirtiendo en un llanto del que Alejandra no pudo abstraerse. Ambas lloraron juntas. La escena, casi surrealista. Una multitud coreando el himno, los nombres del secretario Dubcek y del presidente Sbovoda y dos mujeres llorando, como si alguien escuchara ese llanto. Pero ese llanto estaba en cada voz que cantaba el himno, ese llanto estaba en cada voz que repetía los nombres de sus líderes. Ese llanto estaba en los gritos de impotencia de esos jóvenes que protestaban y trataban de dialogar con los militares invasores algunos, agredir a los tanques otros. Como si un llanto inmenso empapara las almas de quienes veían su impotencia, de quienes sentían ese fin de ciclo y lo sentían de manera irremediable e irreversible.

En esa primera mañana de la invasión, habían fallecido oficialmente siete personas en Praga y veintitrés en toda Checoslovaquia. Sin previo aviso, la radio clandestina llamó a un funeral masivo por los fallecidos a últimas horas de la tarde, repudiando la irracionalidad de esos tanques y esos soldados extranjeros "amigos" que habían degollado a la "Primavera" en unas pocas horas. La prensa en el exterior horrorizada, los gobiernos occidentales rechazando y los partidos comunistas del mundo impugnando a Moscú. Sin embargo las botas habían llegado. El desaliento evocaba al pueblo francés el día de la entrada del ejército alemán en París, durante la Segunda Guerra Mundial. Más aún, cuando una gran parte de los jóvenes, estudiantes, obreros o intelectuales no podían dar crédito a lo que los invasores decían, que los habían "invitado" para salvar a este pequeño país de sí mismo. De volcarse al capitalismo, de permitir ideas fascistas nocivas y subversivas.

Ya muy entrada la tarde, a eso de las siete, comenzó una verdadera procesión silenciosa, a través de la calle *"Vinohradska"*, con miles de ciudadanos que portaban una bandera checoslovaca ensangrentada en honor a los caídos ese día. Alejandra se encontraba entre ellos. Ya había llamado al hotelito de Marie y le había dejado un mensaje a Edgardo para su tranquilidad. Edgardo fue al funeral de *"Vinohradska"* ese día. No abrigaba la esperanza de hallar a Alejandra en esa tarde noche tan especial, pero sabía que ella estaba ahí. La sangre de los caídos la había salpicado, como había salpicado a todos por igual. Ese inconfundible sabor a herrumbre colmaba la boca de cada uno de los presentes en la calle *"Vinohradska"*. Y Alejandra no era la excepción. Y Edgardo tampoco.

No más allá de las diez de la noche, casi simultáneamente, arribaron al hotelito de Marie. Los turistas franceses habían regresado horas antes. El turco poeta vendedor de vástagos para canillas se había ido. Un nuevo pasajero se había registrado. Un periodista de la BBC, un tal Jonathan Sommers, quien ya había cenado y se hallaba durmiendo. Ambos se sentaron en la larga mesa de roble de Marie del comedor principal. Se sentaron frente a frente. Edgardo no la miraba aún. Sólo miraba la madera de la mesa. Pasaba su mano derecha, como acariciándola. En el centro de mesa había un florero con flores marchitas. Ambos pensaron lo mismo aunque no se miraran, qué mejor que un florero con flores marchitas para cerrar ese día. Alejandra se sentía cansada. Pero no sólo su cuerpo. Edgardo también. Prefirieron no emitir palabra alguna. Se levantaron de la mesa. Antes de subir a sus habitaciones, Edgardo la tomó de los hombros. Luego la abrazó. Y ella se dejó abrazar. Y sus ojos se enrojecieron. Y a sus ojos azules se le escaparon lágrimas transparentes y tan saladas como el agua de mar. Y así, sin decirse palabras, ambos se fueron a sus dormitorios. Y ambos se dejaron caer sobre sus camas. Y miraron el techo. Y finalmente se durmieron. El primer día de invasión había quedado atrás. Y parecía tan lejano, como todo lo lejano que podía parecerles. Eso al menos deseaban ambos.

Y sin embargo, aún quedaban días y sus noches...

Capítulo 15
"Los hombres grises"

Para el jueves 22 de agosto, estaba organizada una demostración masiva de oposición a la invasión. La plaza de Wenceslao se llenó al mediodía, con más de veinte mil personas. Además se llevó a cabo una huelga general que paralizó a todo el país. Incluso los checos y eslovacos dificultaron el tráfico militar soviético, dejando sus autos y buses estacionados en la vía pública. Algunos de estos vehículos fueron estrujados por el paso de los tanques al ser advertida la maniobra de resistencia.

Alejandra y Edgardo bajaron a eso de las ocho de la mañana de ese día, a la cocinita de Marie. Bebieron con ella un café y unas tostadas que ella muy afectivamente les había preparado. Alejandra aceptó por cortesía unos *"rohlik"*, unos bollitos de pan blanco, lo que en cambio hizo las delicias de Edgardo. Relataron brevemente a Marie lo sucedido en Radio Praga el día anterior. Marie estaba consternada aún. No podía salir de su asombro. El fantasma de la invasión soviética de Hungría en 1956, merodeaba por su cabeza. Sin embargo, las nuevas radios *"clandestinas"*, instaban al pueblo a no dejarse disparar por los invasores y llamaban a la calma. Alejandra y Edgardo dejaron a Marie y a su radio de la cocinita y subieron a sus habitaciones. No obstante, Alejandra vio por la ventana a unos tipos vestidos con trajes grises. Hablaban con suma naturalidad en la vereda de enfrente del hotelito. *"Los hombres grises"* – razonó Alejandra. Y si bien en ese momento, no les prestó demasiada atención, luego vio en ellos algo amenazante, como arañas que intentaban tejer su tela en derredor de ella.

Los *"hombres grises"* en cuestión, pertenecían al "Stb" ("Státní bezpečnost" – Seguridad del Estado, servicio secreto de la policía política de Checoslovaquia), en esos momentos dirigido por Josef Pavel. Pavel había intentado convertirlo en un organismo que no fuera de represión y persecución de disidentes. Sin embargo, sus buenas intenciones se habían diluido, pues la policía secreta, creada en junio de 1945 y que, desde 1948, había servido a los fines del socialismo, casi no se había reformado y los pilares básicos de su operatividad, es decir, escuchas, seguimientos, encarcelamientos y torturas, continuaban vigentes, pese al gobierno de Dubček y más aún, con la influencia de sus colegas del KGB soviético a partir de la invasión y antes, también. Desde la llegada de Alejandra, (en los primeros momentos, por su condición de extranjera), la habían monitoreado y como súmmum, su alegato en la radio más prestigiosa y escuchada del país, el viernes 2 de agosto y sus denuncias irrefutables, que ponían en evidencia una probable e hipotética invasión, que de hecho se cumplió. Esto les había colmado la paciencia...

Un rato después, ya con el equipo fotográfico, partieron hacia la plaza de Wenceslao. Mientras caminaban hacia ella, vieron tanques rusos atascados en medio de un tráfico de civiles, quienes de forma "distraída" habían abandonado sus autos. Uno de los tanques, de pronto aceleró y pasó por encima de un Skoda rojo, casi atropelló a una joven que llevaba un bebé en brazos y destrozó una bicicleta estacionada sobre la vereda de una panadería. Alejandra retrató al blindado que había reaccionado de esa forma. Edgardo le sugirió que no se exaltara. Que en realidad, eran provocaciones de los oficiales que comandaban la invasión y que nadie debía caer en la trampa de los sucesos del día 21.

La plaza Wenceslao comenzaba a llenarse lentamente. Había, por otro lado, tanques y tanquetas por doquier. Soldados soviéticos parados, sentados, recostados sobre el césped, hablando, fumando o simplemente callados. Expresiones de asombro, de desorientación o de hastío. Los invasores no sabían bien a qué habían venido. Quizás alguno que otro, sí. Pero no la mayoría. Sólo veían rostros de civiles, de "hermanos en el socialismo" angustiados, atribulados, airados, que les gritaban, lloraban, intentaban convencerlos de que se fueran a casa. Las radios clandestinas, solicitaban que no maltrataran a los conscriptos. Que ellos no eran los culpables de la invasión. Sólo piezas de ajedrez de la "Gran Política", que les había tocado interpretar el papel más insignificante, el de "peones", la carne de cañón del rey "Brezhnev".

Hacia el mediodía, Alejandra y Edgardo se encontraban retratando a la multitud, cuando de pronto uno de los tanques pareció enloquecer al acometer a los asistentes a la reunión. Arrolló a varios civiles, uno de ellos quedó inconsciente en el piso. Una mujer joven, de unos treinta o treinta y dos años, se tomaba la rodilla derecha, lastimada, mientras permanecía en el suelo. La concurrencia comenzó a protestar a gritos y golpeaban cuanto objeto tuvieran a su alcance, bancos, faroles, cadenas que rodeaban a la estatua ecuestre del santo. Nada escapaba a la ira de los asistentes a la plaza. Pero las radios, volvían a advertirles que no les dieran oportunidad ni razones a los invasores para que dispararan sobre ellos.

Cuando el griterío se hizo más tenue, uno de los tanques irrumpió en medio del público. Se hicieron a un lado, pero algunos jóvenes se subieron al tanque en cuestión, agitando la bandera checoslovaca. Los soldados en su idioma, les pedían que descendieran del mismo, pero los primeros los ignoraban. Un hombre de barba, se aproximó al que parecía el jefe de los tanques y empezó a discutir con él. El capitán soviético no quería mirar a los ojos al hombre, quien en un ruso muy precario, trataba de persuadirlo de que desalojara los blindados, de que ésa era una manifestación pacífica de ciudadanos. El capitán soviético miraba hacia uno y otro lado y daba signos de negativa y con las manos abiertas y los brazos extendidos, deseaba a su vez dar a entender que debían retroceder y disolver la reunión.

Alejandra golpeaba un palo contra un poste de luz, cuando, casi de la nada, una tanqueta repleta de conscriptos rusos, circuló a escasos centímetros de ella. Alejandra encolerizada, escupió a uno de los soldados que iba sentado sobre la tanqueta. Edgardo vio lo sucedido y la abrazó desde atrás, a la altura de los hombros y la fue llevando hacia atrás, para mimetizarse en la multitud. Edgardo, con la radio a transistores en la mano, le dijo… *"¿Te podés calmar? Están diciendo que se evite agredir a los invasores, especialmente a los soldados conscriptos, que no saben siquiera por qué los trajeron a Checoslovaquia, ¿me harías caso al menos por una vez?"* – dijo Edgardo algo molesto. *"¡Está bien! Me calmo, pero esos mal nacidos casi me embisten, ¿o no los viste?"* – respondió Alejandra.

La concurrencia fue desconcentrándose de a poco. Los tanques permanecieron en la plaza, al parecer como victoriosos. Sin embargo, fueron las radios clandestinas de resistencia quienes propalaron la "sugerencia" de evacuar Wenceslao y rehuir males mayores. Lo que parecía una derrota, era en realidad una retirada táctica. Alejandra y Edgardo decidieron regresar al hotelito. En el trayecto vieron automóviles con tipos que observaban a quienes se iban desconcentrando. Las radios divulgaban las chapas de esos automóviles que transportaban a personal de la KGB para que la gente los individualizara. Uno de ellos seguía a Alejandra y a Edgardo. En un determinado momento, inclusive, fue a la par de ellos y a paso de hombre. Alejandra veía a los tipos de reojo. Estaba por abalanzarse sobre el auto para insultarlos, pero Edgardo la tomó de la mano e hizo como si estuviera parloteando con ella y reía. La tomó fuerte de la mano y Alejandra comprendió el mensaje. Prosiguieron su camino hacia el hospedaje de Marie. Enfrente del mismo, otros tipos de a pie, de traje gris, fumaban y hacían gestos de conversar cordialmente. Alejandra no deseaba mirarlos, pero la tentación fue más fuerte. Los miró y descubrió que la miraban, como el predador observa a su presa. Le causó un profundo asco. Alejandra y Edgardo seguían tomados de la mano. Alejandra apretó esta vez la mano de Edgardo para señalarles a los *"hombres grises"*. Edgardo los miró por un segundo y vio la suma de todos sus temores. *"No los mires, no los mires"* – murmuró Edgardo. Por fin, entraron a su "refugio" de la casa de Marie.

Eran pasadas las tres de la tarde. Edgardo en su habitación, leía *"El muro"* de Sartre. Pero Alejandra no leía, ni dormitaba, ni escuchaba la radio, ni contaba la cantidad de flores en el estampado de sus cortinas. Miraba, apenas corriéndolas, a los "hombres grises" que no se iban de enfrente. Perseveraban en su conversación simulada o no simulada. *"Se te va a pagar un plus por zona peligrosa"* – recordaba Alejandra las palabras de Pacheco en su despacho de aquel martes 25 de junio. *"Por qué no venís a Praga y me lo abonás ahora Juan Carlos y la puta que te parió..."* – seguía razonando Alejandra. Una especie de escalofrío corrió por su espalda. Sus manos comenzaron a sudar. Bajó hasta el aposento de Marie. Iba a tocar a la puerta, pero no lo hizo pues sospechó que dormía a esa hora. Sonó el teléfono del hotelito. Nadie había próximo para atenderlo. Sólo ella y el sudor de sus manos. Atendió. Pero no respondió. Del otro lado se escuchaba gente hablando de lejos y hasta una bocina de automóvil. Como si fuera un teléfono público. Era un teléfono público. Pero nadie habló. Alejandra colgó el teléfono. Al minuto volvió a sonar. La escena se repitió. Alejandra dejó el teléfono descolgado junto a los helechos. Tragó saliva. La sintió espesa. Casi no podía tragarla. Casi tenía la epiglotis cerrada. No era tan valiente como todos creían. Sólo era un espejismo. Algunos creyeron en ese espejismo. Ella misma creyó en ese espejismo. Y con un par de llamados telefónicos, el agua del espejismo, se evaporó.

Alejandra subió a ver a Edgardo. Golpeó la puerta y éste tardó en abrir. Golpeó nuevamente. Edgardo abrió la puerta. Tenía calzados sus anteojos...

- ¿Usás anteojos? – preguntó Alejandra.
- Sí. ¿Por? – respondió Edgardo.
- Por nada. Vine porque algo que sucedió. Disculpame si estabas ocupado.
- No importa. Sólo leía...
- Qué bien. Bueno... abajo sonó el teléfono. Marie está durmiendo a esta hora. No había nadie y atendí yo.
- ¿Y entonces?
- Entonces, nadie habló cuando atendí. Pero se que alguien había del otro lado. Se escuchaba ruido de calle. Era un teléfono público, compañero – dijo Alejandra.
- Compañera, ¿me querés decir algo?...
- Sí. Que estoy convencida de que son esos tipos.
- Puede ser. Puede que tengas razón. No lo se. ¿Pero, quiénes son?
- Son "servicios", eso es seguro. Los de acá o los de la KGB o ambos, qué se yo. Pero de alguna agencia son.
- Me parece que llegó la hora de irnos de Checoslovaquia Alejandra... - dijo Edgardo.
- A mí también me parece.
- Veo que por primera vez estás más calmada y sensata.
- No se si calmada o sensata. Pero quiero volver para ver a mis amores. Y supongo que vos también.
- Sí. En un rato, cuando se levante Marie de su siesta, le pediré el teléfono para llamar a Pacheco y decirle que queremos regresar.
- Dale Edgar. Por favor, hacelo – dijo Alejandra.

Edgardo cumplió con lo prometido. Una hora después, había llamado a Pacheco a Buenos Aires. Pero las noticias no eran buenas. Edgardo vio a Alejandra en el comedor del hotelito. Bebía un té...

- Ale... Pacheco dice que tenemos que quedarnos unos días más. Que ya que el periódico invirtió tanto dinero en nosotros, ahora que se dio la invasión que debemos sacarle todo el provecho que podamos.
- ¡Pero no ves que es el hijo de puta de siempre! ¿Le explicaste lo que está pasando? – preguntó encolerizada Alejandra.
- Sí. Se lo expliqué. Pero dice que deben ser pelotudeces tuyas. Yo le respondí que no. Que yo los ví a los tipos.
- ¿Y?
- Y me dijo que eras una reportera "de riesgo", que sabrías bancártela. Que al menos una semana más y luego regresamos – dijo Edgardo.
- Ok, ya veo que sólo le importa lo de siempre. Nosotros lo vamos a ayudar a llegar a ser parte del directorio del diario. Es un hijo de puta... nunca va a cambiar. ¿No te enojás si te pido que quiero estar sola?
- No Alejandra, en lo absoluto. Te comento algo antes de subir a mi habitación. De todos modos, las fronteras están cerradas y muy cerradas. Quizás dentro de una semana, todo esté más tranquilo y podamos partir tranquilos, ¿no te parece?
- Sí. Seguro Edgar. Quizás podamos partir tranquilos...

Alejandra se quedó revolviendo el té sin beberlo. Estaba sola en el comedor de Marie. Pero sintió que Edgardo había hecho todo lo posible por protegerla. Pero que era insuficiente. Por primera vez sintió algo distinto. Algo indescifrable. Y eso no era otra cosa más que desamparo. En ese momento de incertidumbre recordó a Radek Janda. *"Si me necesitas, ya sabes mi teléfono y dónde vivo"*. En el bolsillo trasero de su minifalda, tenía un papelito mugroso. Pero ese papelito mugroso quizás era un salvavidas. Contenía algo muy valioso, el teléfono de Radek...

Capítulo 16
"Radek"

El viernes 23, muy temprano y con un café negro a modo de desayuno, salió Alejandra en busca de un teléfono público. Pero a mitad de camino, decidió ir directamente al departamento de Radek. Prefería hablar con él personalmente. Imaginaba que los teléfonos estaban intervenidos. Recordaba la calle y el número del edificio en donde vivía, pero no sabía exactamente el del piso y la unidad. Cuando llegó, encontró a una anciana que barría la vereda. La barría con tal parsimonia, que parecía que nada había sucedido dos días antes, que todo seguía su rutina diaria. Que lo cotidiano jamás había dejado paso a los tanques. Le preguntó por Radek, pero la anciana era sorda y tampoco hablaba inglés o castellano. Sin embargo, una mujer, la vio y escuchó hablarle a la anciana desde el interior del edificio y le chistó en señal de que quería decirle algo. La anciana no prestó atención al ingreso de Alejandra. La mujer, en perfecto castellano, se presentó como compañera de trabajo de Radek en Radio Praga, que la conocía desde el programa en que había denunciado todo aquello. Que Radek se había mudado por cuestiones de seguridad personal. Alejandra tomó nota de la nueva dirección de Radek, le agradeció su gentileza y se fue.

Alejandra no se sentía segura caminando sola por Praga. Ya no era la que conoció a su llegada. Los adoquines de las calles sentían otro peso. Esos vehículos que escupían violencia. Alejandra debió detenerse en un semáforo que en realidad le de daba paso, para dejar que dos tanquetas con soldados con caras de niños, pasaran. Alejandra los observó. Sintió pena por ellos. Era la primera vez que sentía eso por los invasores. Tan jóvenes. Tan niños. Tan irresponsables, que de tanta irresponsabilidad podían matar. Tan lejos de sus hogares, de sus padres. De la *"Madre Rusia"*. Esos rostros adolescentes sentados sobre las tanquetas. Si hasta parecía una estudiantina, un verdadero carnaval. Alejandra cerró sus ojos por unos segundos y creyó que realmente lo era. Que lo que había sucedido el 21, en realidad había sido como una pesadilla. Que estos soldados casi adolescentes, estaban disfrazados y que los muertos por los disturbios no lo estaban. Pero no. Había sucedido. Y ella abrió los ojos, cuando un oficial le pidió sus documentos. Le explicó como pudo que no era checoslovaca.

- Passport (pasaporte) – dijo el oficial. - Are you from the United States? (¿Es usted de los Estados Unidos?) – preguntó.
- No, I´m south american (No, soy sudamericana) – respondió Alejandra.
- Go away from here... (Aléjese de aquí...) – cerró el oficial devolviéndole el pasaporte.

Alejandra estaba agobiada de tanto maltrato. En Buenos Aires o en Praga. Los fascistas de Onganía o los estalinistas de Brezhnev. Siempre quedaba a medio camino. Como si la ruta de asfalto, súbitamente se transformara en un pantano húmedo y pegajoso y nunca acabara de recorrer ese camino y ella, sólo quería vivir o al menos que la dejaran vivir en paz. Sentía un profundo y sincero afecto por Edgardo. Sabía que era una buena persona. Sabía de su protección. Y más ruin se sentía y más lástima de sí sentía, al no poder contarle ciertos secretos de ella, que tanto la avergonzaban, que cuando se miraba al espejo, casi no podía reconocer su imagen en él, como si viera a un fantasma o a otra mujer o al fantasma de otra mujer...

Un tranvía, de vivo color rojo y blanco, de los pocos que transitaban por Praga luego de la invasión, paró. Ella se subió, aunque se encontraba muy atestado. Ella, tan menuda, logró colarse por entre la gente. Le pagó al guarda. Se bajó, luego de media hora de viaje en la calle Průběžná. Muy junto al tranvía circulaban camionetas y tanques de los invasores. Subió por Nucická hasta Krupská. Un complejo de edificios grisáceos y monótonos, plomizos e iguales surgió ante ella. Algunos salían de esos edificios y se saludaban. Otros preferían llevar consigo sus tristezas, como si prefirieran guardarlas en los bolsillos de sus sacos y eludían los saludos cordiales. Finalmente llegó al edificio que le indicó la mujer. Similar a los otros, un perímetro de rejas servía de valla para delimitarlo. No tenía balcones. Sólo ventanas, a cierta distancia entre ellas. Entró con naturalidad y de inmediato se percató de que tendría que escalar los seis pisos hasta el departamento en donde supuestamente se alojaba Radek, pues los ascensores llevaban años sin funcionar, como en otros tantos edificios. Al cabo de los seis pisos, Alejandra jadeante por falta de aire y por exceso de nicotina, logró reponerse. Se encaminó hacia la unidad "608" y tocó el timbre. Una extraña y sinuosa chicharra sonó. La puerta se abrió apenas y un rostro familiar se asomó o intentó asomarse. Era Radek Janda.

- ¡Alejandra! ¿Qué haces aquí? ¿Cómo me encontraste? – preguntó Radek.
- Una mujer en tu edificio anterior me dio la dirección. Pensaba llamarte por teléfono pero no me pareció prudente – dijo Alejandra.
- Igualmente el mismo día de la invasión, decidí mudarme a este barrio. El departamento es de un amigo muy querido que me lo presta por el tiempo que sea necesario… ¡Pero por favor, pasa! Es evidente que algo ocurrió, ¿verdad?
- Sí. Exacto.

Alejandra ingresó a lo que sería el living. Estaba alfombrado, pero de esto hacía tiempo, al ver el cemento que se escondía por debajo. Una ventana cuyos postigos estaban casi cerrados. Una mesa rectangular de roble maltratada con algo como un mantel, aunque más se emparentaba con un trapo improvisado de colores, que interpretaba ese rol. Un par de cuadros con reproducciones de Matisse y de Viktor Oliva. A Alejandra le llamó la atención éste último. Radek lo advirtió…

- Sí, pequeña. Es el *"Bebedor de Absinthe"* o "ajenjo", el mismo que está en el café Slavia, sólo que ése el original y ésta, una humilde copia. ¿Te gusta? – preguntó Radek.
- Tiene un atractivo especial. Ese pobre tipo ebrio, la musa verde o fantasma que lo acompaña o él, que cree que lo acompaña. La mirada de ese borracho me enternece… no se. Pero es así… - dijo Alejandra.
- Oliva era habitué del café "Slavia". ¿Lo conoces?
- Sí, antes de la invasión iba seguido ahí.
- Muy bien. ¿Quieres un café, cigarrillo?
- Ambos…
- Desde luego. Ya preparo un café. Toma asiento Alejandra.

Alejandra continuaba mirando al bebedor. Miraba cómo apoya su cabeza sobre su mano izquierda y su puño derecho. Su mirada perdida. O quizás en océanos de esa bebida verde anisada. Un rostro enjuto. Como un hechicero hechizado por esa bella mujer.

- Te cautivó el borrachín verde, ¿no es así? – dijo Radek al tiempo que servía el café y le ofrecía un cigarrillo a Alejandra.
- ¿Soy tan obvia?
- Eres transparente y es eso lo que cautiva de ti, pequeña.
- "Transparente". Ya alguien me lo dijo. Puede ser. Radek…
- Dime.
- Me están siguiendo. Y adivino que son los servicios de acá o de los rusos o ambos. No puedo seguir alojada en el lugar en el que estoy parando. Temo también por Edgardo, mi compañero.
- Hiciste bien en venir pequeña. Este es un barrio popular. Un barrio de torres construidas por el Estado socialista. Algunos se conocen desde hace tiempo porque hace tiempo viven acá. Pero hay muchos que se han ido y otros han llegado. Son torres que te darán anonimato. Al menos por un tiempo. En este sinnúmero de torres serás una más.
- ¿Creés que los servicios no me molestarán más, al menos hasta poder regresar a mi país? – preguntó Alejandra.
- No puedo darte garantías, Alejandra. Pero acá tendrás más oportunidad. Respecto a tu compañero, puede venir si lo desea. De todos modos, la marcada eres tú. Cuando denunciaste lo que denunciaste aquél viernes, sabía que alguna consecuencia poco gratificante te traería. Te ví muy valiente. Muy decidida.
- ¡Me habían querido matar Radek! ¡Dos veces! – dijo Alejandra.
- Pues ahora deben estar convencidos de que trabajas para alguien más que un simple periódico de América del Sur. Y para colmo, provienes de un país amigo de los Estados Unidos, que tiene un gobierno fascista. Tienen todo lo necesario como para detenerte e interrogarte en *"San Bartolomé"*.

- Comprendo. ¿Y entonces no puedo circular libremente por la calle desde ahora?
- Si te siguen, sería mejor que no lo hicieras. Que dejaras pasar los días. Que la situación se vaya calmando.
- Los tanques no se van a ir… - dijo Alejandra.
- Ya lo se. Vinieron para quedarse un largo rato. Así como tú lo presentías, cuando viste lo que viste en Boleslav. Ahora. Y perdona que te pregunte esto…
- Decime Radek…
- ¿Trabajas o no para alguien más que tu periódico? – preguntó Radek.

Alejandra se encendió un segundo cigarrillo. Miró al borracho del ajenjo. Movía sus labios, como titubeando. Como si algo la impulsara a hablar y algo opuesto la impulsara a callar. Y por fin habló…

- Pues sí…
- ¿Para la CIA? – preguntó Radek.
- Digamos que les hice un favor – dijo Alejandra.
- No comprendo.
- Tenía deudas pendientes con el gobierno de la dictadura de mi país y ellos "ayudarían" a limpiar esas deudas. Si no lo hacía, esas deudas se incrementarían notablemente.
- ¿Te persiguieron en tu país?
- Allá todo se hace de manera soterrada, como escondiendo la mugre debajo de la alfombra. Para mi gobierno soy de lo peor.
- Me sorprendes pequeña. No puedo creer que seas una mala persona.
- No se si soy mala persona o buena persona. Sólo se que hay cosas de las cuales me arrepiento.
- ¿Por ejemplo? – preguntó Radek.
- El haber colaborado con la CIA.
- ¿Te viste con alguien de ellos aquí en Praga?
- Sí. Un inglés cínico que cada vez que lo veía, ansiaba escapar de él. Pero siempre me pescaba.
- ¿Un inglés? ¿Y trabaja para la CIA?

- Para varios servicios por lo que me dio a entender, entre ellos la CIA.
- ¿Y qué hiciste con él?
- Le entregué las fotos y documentación que les robé a los soldados rusos antes de la invasión. Él era mi contacto en Praga.
- Bien. Pero la pregunta que quisiera hacerte es esta... ¿eres o no agente de la CIA?
- ¡No Radek! Te lo juro. No soy nada de esas boberías. Soy una simple reportera de guerra que se mete en problemas a veces. Y con alguna que otra adicción...
- ¿Eres adicta? Te aclaro algo, acá los jóvenes, especialmente los estudiantes, consumen algunas drogas.
- Sí. Consumo LSD y marihuana.
- Muy mal visto en tu país, ¿verdad?
- Muy mal, sí.
- Esto parece un interrogatorio – dijo Radek con aire divertido –, ¿por qué no vas por tus cosas al hotel y las traes? Sólo ten cuidado con los tipos que te siguen. No los traigas hasta este apartamento.
- Sí, desde luego. ¿Y Edgardo?
- Dile si quiere venir. Aunque me parece que la más comprometida eres tú, pequeña. ¿Quieres almorzar conmigo? Yo tengo que salir. Voy a transmitir por *"Radio Praga Libre"*, saldré algunas horas y vuelvo.
- Ok. Regresaré al hotelito por mis cosas y hablaré con Edgardo. A eso de las siete de la tarde estoy de vuelta, ¿te parece Radek?
- Sí. Me parece. Muy bien. Salgamos entonces. Pero tú, primero, que no nos vean juntos.
- Dale.

Alejandra salió en primer lugar como acordaron con su amigo de la radio. Las calles parecían despejadas, auque cada tanto se escuchaban algunos gritos y corridas. Tres camiones militares con tropas pasaron a su lado. Un camión, pero repleto de civiles con banderas checoslovacas les interceptaron el paso. Dos que parecían comandar a los primeros se bajaron y empezaron a discutir acaloradamente con los que estaban en la cabina del camión de los segundos. Se bajaron dos jóvenes portando sus banderas. Los dos que parecían comandar a los soldados ordenaron descender a un grupo de diez de ellos y se pusieron en posición de tiro en pie. Ante esta actitud, se bajaron alrededor de quince jóvenes más. Uno de los dos oficiales ordenó disparar al aire las AK-47. Esto enfureció aún más a los jóvenes, entre los que se contaban, cuatro mujeres. Cuando escuchó los disparos, Alejandra se guareció detrás de un Lada blanco, estacionado a unos diez metros del incidente. Los soldados empujaban a los jóvenes con sus fusiles automáticos hacia atrás. En esos momentos apareció una patrulla de la policía checa e intentó bajar los ánimos de ambas partes. Por otro lado y sorpresivamente, aparecieron cuatro tanques desde una de las calles laterales y frenaron abruptamente a escasa distancia de los camiones soviéticos.

A esa altura de los acontecimientos, Alejandra escapó hacia la calle Průběžná. Corrió y corrió hasta que sus fuerzas la abandonaron y ya no corrió más. Se detuvo en el cruce con Volsinách. Se sentó junto a un quiosco de revistas aplastado. Ni siquiera lo notó. Ya nada le sorprendía. Y eso le preocupaba. La deshumanización a la que se veía sometida, como un acostumbrarse a ver el horror de la muerte merodeando como buitre y no parecerle importante, sino algo natural. En eso, otro tranvía, el cual estaba casi vacío, circulaba con lentitud hacia la calle Ruská. Alejandra logró tomarlo y se sentó en uno de los asientos del fondo del mismo. El guarda quiso cobrarle el ticket. Alejandra no tenía dinero en ese momento. El guarda la miró, le acarició la cabeza y siguió de largo, no sin antes decirle, *"These are hard times. Don't you agree with me?"* (Estos son tiempos difíciles, ¿no estás de acuerdo conmigo?). Alejandra asintió con un gesto y le sonrió. Se bajó en Ricanská y caminó unas seis cuadras hasta el hotelito. No estaba distraída. Miraba atenta a todo lo que se movía. Personas, automóviles, tanques, civiles, militares, cuerpos, sombras. Los veía. O al menos los intuía. Estaba confundida. Las personas eran como figuras incorpóreas, los tanques parecían de juguete y los militares le evocaban a los soldaditos con los que acostumbraba jugar Eduardo, su hermano, en batallas imaginarias incruentas y a ella le producía mucho placer el verlo, en ese torbellino de ingenuidad, de guerras sin muertos.

Por último, llegó al hotelito más allá del mediodía. Edgardo fumaba un cigarrillo en la puerta. Cuando la vio sintió sumo alivio. Se abrazaron y entraron al hospedaje. Tenía mucho que contarle…

Capítulo 17
"El cerco" (primera parte)

- ¿Dónde te metiste? – preguntó preocupado Edgardo.
- ¿Por qué no entramos y hablamos en la habitación? – respondió Alejandra.
- Bueno.

Alejandra saludó a Marie y al tipo de la BBC que se encontraba anotando algo en un cuaderno, mientras almorzaba. Edgardo casi no podía seguirla a causa de la velocidad con la que subió las escaleras. Abrió la puerta de su habitación. Lo asió a Edgardo de la mano y lo introdujo de un envión a la misma. Edgardo seguía algo confundido. Quiso hablar, pero Alejandra se le adelantó…

- Edgar, me tengo que ir de acá… - dijo Alejandra.
- ¿Y adónde pensás ir? – preguntó Edgardo.
- Se dónde está parando Radek. Vine por mis cosas. Me dijo que podía quedarme un tiempo con él, en su departamento.
- ¿Confiás en él?
- Pero por supuesto. ¿Qué te pasa Edgardo?
- No se. Sólo decía.
- ¿Decías qué? Radek estuvo aguantando hasta último momento antes de la llegada de los rusos a la radio. Se la bancó bien.
- Ok. ¿Y ahora? ¿Cómo nos comunicaremos?
- No entendés. Me dijo Radek que si querés, podés ir vos también – dijo Alejandra.
- Está bien. No me gusta la idea de dejarte sola.
- Gracias amigo mío. Sos un amor. ¿Te parece avisarle a Marie? Recojamos nuestras pertenencias y supongo que en una hora podremos irnos.

Comenzaron a guardar todo. Al cabo de unos veinte minutos, ya tenían su equipaje embalado. Se asomaron casi al unísono desde sus puertas. Les causó gracia esa coincidencia. Alejandra bajó hasta la cocinita de Marie. Preparaba sus tradicionales bollitos, cuando Alejandra se abalanzó sobre ella. Marie se sorprendió por la actitud de Alejandra.

207

- ¿Qué sucede mi niña? – preguntó Marie.
- Que nos vamos amiga mía. Y te aseguro que te he sentido mucho más que una amiga –dijo Alejandra.
- Lo se mi pequeña. Aunque yo sólo cumplía con mis tareas.
- Siempre fuiste más allá de tus tareas Marie. Casi hasta podría decir que nos mimaste desde que llegamos. Nos trataste demasiado bien.
- Es que los ví siempre tan entusiasmados. Y ahora esto… esos tanques dando vueltas y floreándose por las calles. Esto no tiene nombre…
- Es verdad. Y nos vamos, pero no de Checoslovaquia. No podemos aún. Pero debemos protegernos…
- Sí. Los entiendo. Los "matones" del Stb y los rusos, ¿verdad?
- Sí.
- Se la pasan llamando por teléfono y cuelgan. No se si los buscan a ustedes o a mí o no se a quién…
- No Marie. Es conmigo la cosa.
- Así lo deduje. ¿Puedo decirte algo Alejandra? tienes edad como para ser mi hija…
- Dime Marie.
- No debiste hablar por Radio Praga ese viernes. Ellos lo tienen todo grabado. Y te aseguro que no perdonan. Y a ti menos aún por ser extranjera.
- Puede ser. Pero lo hecho, hecho está. Y además no me arrepiento de eso Marie.

Ambas se abrazaron. No querían que ese momento transcurriera. No querían que los segundos se sucedieran. Sólo respirar ese momento. Que para Alejandra era un respiro. Marie era su oxígeno cuando volvía maltrecha de las calles de Praga. Pero Alejandra debía marcharse junto a Edgardo. Edgardo observaba la escena. Estaba emocionado. Y no deseaba ocultarlo. Con los ojos enrojecidos, prestos y aguardando la orden de llorar, también la abrazó, como quien abraza un ser querido de toda la vida. Y es que en ese abrazo de ambos con Marie, se iba un recuerdo que jamás olvidarían.

Salieron del hotelito de Marie. Un grupo de al menos treinta jóvenes iban coreando los nombres de Sbovoda y de Dubček y haciendo flamear sus banderas checas. Alejandra y Edgardo, sin embargo, pudieron ver a dos de los matones habituales en la vereda de enfrente. Alejandra sentía ira e impotencia. Quería ir a escupirles la cara, pero sabía que no podía. Edgardo la tomó del hombro y simuló que eran parte del grupo que blandían las banderas, incluso se sumó al coro por los dirigentes checos desaparecidos.

A contramano surgió un tanque T 54. Los jóvenes comenzaron a insultarlo. Voló una piedra hacia el blindado y cinco soldados se colocaron en fila con fines intimidatorios. Lejos de intimidarse, los jóvenes hablaban a viva voz con el oficial a cargo del tanque. Su juventud les impedía comprender que el diálogo y los tanques no son compatibles. Uno de los jóvenes, el que parecía más exaltado, propinó un puñetazo directo a la cara del oficial soviético, haciéndolo tambalear hasta caer aturdido. Éste se levantó de inmediato, auxiliado por su tropa, extrajo su 7.65 y le disparó a la cara al joven. Edgardo, al igual que Alejandra vio todo. Edgardo se arrojó cuerpo a tierra y tomó a Alejandra del brazo para que hiciera lo mismo.

Fue en esos momentos de confusión, cuando uno de los matones, que habían visto pocos minutos antes, viéndola tirada en el suelo a causa del incidente, intentó atraparla, sujetándole fuertemente una de las botas a Alejandra. Edgardo vio lo que acontecía y con todas sus fuerzas destrabó las manos del matón y ya libre ella, corrieron hacia la zona de puentes. Alejandra quiso detener su huída al ver al joven herido, pero Edgardo la tomó aún más fuerte de la mano y llevándola en vilo, como suspendida en el aire, como volando y sin mirar atrás. Doblaron por la calle "U Kanálky". Vieron un restaurante que tenía las puertas abiertas. Buscaron refugio ahí. Entraron tan repentinamente que no vieron que estaba casi colmado de efectivos rusos, que se encontraban almorzando, gracias a la gentileza "forzada" de su dueño. Los jóvenes conscriptos ni siquiera los miraron. Estaban enfrascados en sus diálogos y risas, mientras engullían lo que les venía a la boca. Una mesa, en cambio, les sonó diferente. Era la de los oficiales. Eran cuatro. Dos de ellos los miraron con cierta curiosidad. El de prominentes mostachos, dijo "туристы" (turistas) y rió. Los otros lo acompañaron en su ocurrencia. Uno de los oficiales, vodka en mano, se paró y principió a cantar *"Katyusha"* al que siguieron la tropa en pleno.

El mesero o el que oficiaba de mesero, pues era el dueño del restaurante "conquistado" por las huestes de Brezhnev, vio entrar a Alejandra y a Edgardo. Los sentó en una mesa muy cercana a los sanitarios. Minutos después vio también a los dos matones que asomaban sus "hocicos" de sabuesos en la puerta de entrada. Alejandra y Edgardo miraron hacia otro lado. Esperaban que la batahola causada por *"Katyusha"*, la bella canción soviética de los tiempos de la Segunda Guerra Mundial, los mimetizara de alguna manera. El mesero, que no era tal, advirtió de inmediato que Alejandra y Edgardo eran las presas que buscaban los matones – cazadores. Se arrimó a la mesa de ellos fingiendo que iba tomarles una orden de almuerzo. Alejandra dijo, *"We're foreigners, photojournalists. We're being hunted by the Stb o something like that"* (Somos extranjeros, reporteros gráficos. Estamos siendo cazados por el STB o algo por el estilo). El mesero asintió en señal de entender. Les hizo una seña apuntando hacia la parte de atrás. Que lo siguieran. Y así lo hicieron. Los matones no vieron el movimiento de los tres, por causa del griterío ruso, confundiéndolos.

En el trayecto vieron a dos tipos con delantales manchados y birretes blancos; eran los cocineros. Manipulaban la carne en ese momento. Por alguna extraña razón, Alejandra creyó identificarse con esa carne manipulada y manoseada y los dos "cocineros" de carne humana que la acosaban, para llevarla a su horno o sartén u olla del Averno. Los dos cocineros los miraron, pero no prestaron demasiada atención. La *"concurrencia"* invasora estaba hambrienta y no los podían hacer esperar y además sabían que el mesero, su jefe, de nombre Miroslav, estaba salvando el pellejo a esos dos. No era la primera vez. Antes de Dubček, muchos se daban una vuelta por el restaurante para evadir al Stb y éste los socorría o bien dándoles una habitación, que era en realidad un pequeño galpón algo roñoso en la terraza o bien les decía hacia dónde debían escapar.

-   Do you speak Spanish? (¿Habla español?) – preguntó Alejandra.

- Yes. Un poco. Sí. Escuela secundaria, sí – respondió el mesero.
- ¿Por dónde podemos salir de acá sin que nos vean esos dos matones? – preguntó Edgardo.
- Vengan por aquí. Acompañar – dijo el mesero.

Antes de emprender la huída, uno de los cocineros alcanzó a decirle a Miroslav que los soldados estaban hambrientos y que exigían más… *"Už jdu! Už jdu!"* (¡Ya voy! ¡Ya voy!). Miroslav los condujo por una serie de intrincados pasillos. Algunos tenían una ventanita con postigos cerrados. Otros parecían paredones. Llegaron al pulmón de la manzana. Era un pequeño jardín, con el pasto crecido y dos árboles de tilo. Una hamaca que había visto mejores tiempos y generaciones de niños que se deleitaron en ella. Miroslav abrió una portezuela metálica. Un pasillo más. Estrecho y sin ventanas, yermo de todo.

- Sigan hasta el final. Puerta se abre girando palanca primero a la izquierda y después derecha. Buena suerte jóvenes – dijo Miroslav.
- Aunque sea díganos su nombre. Ha sido muy bueno con nosotros – agregó Alejandra.
- No nombre. Pero recuerden algo. No todos los checoslovacos somos comunistas ni colaboramos con gobierno.

Alejandra lo tomó del rostro a Miroslav. Un rostro de hombre franco y directo. Lo besó en la mejilla y le sonrió. *"No más tiempo. Váyanse"* – dijo Miroslav. Y se alejaron de ese perfecto desconocido que les había salvado la vida. Llegaron a la puerta que les había indicado. La abrieron y se asomaron a la calle. Había corridas de personas, pero no había matones a la vista. Se confundieron en el caos. Edgardo agarró de la mano a Alejandra y se encaminaron hacia la avenida Olsanská. Acortaron camino por una plazoleta que hacía esquina. Caminaban rápido, más, no corrían. Por esa avenida transitaban tranvías. Subieron a uno que ellos pensaron que los acercaría muy bien a su destino con Radek. Se sentaron y se miraron. Edgardo la observaba. Había sentido el sudor de sus manos. Y se animó a preguntarle… *"¿Tenés miedo Ale?"*. Alejandra se recostó sobre el vidrio de la ventanilla. Qué pregunta le hacía su compañero y *"protector"*. Y era notable, pues no había sentido miedo en la guerra del 67, pese a lo sucedido. Sólo se parecía a "algo" que sintió en Buenos Aires, las veces que "esos" tipos la hostigaban, a ella y a su familia. Pero esta vez, ese "algo" se dirigía exclusivamente contra ella y Edgardo podía resultar lastimado…

- Sí, Edgar. Tengo miedo – respondió Alejandra.
- Tenías las manos heladas y sudorosas… - dijo Edgardo.
- Lo se. La verdad es, que tengo miedo no sólo por mí. No quiero que te pase nada por mi culpa.
- Quedate tranquila. No me va a pasar nada.

El tranvía los dejó a unas veinte cuadras. Un taxista que los vio desorientados detuvo su marcha. Alejandra le dio la dirección. Luego de una hora de viaje, entre rieles y calles sin fin, llegaron al departamento de Radek. Éste le había facilitado un segundo juego de llaves. Edgardo inspeccionó brevemente el lugar y se sentó pesadamente en el sofá del living. Alejandra corrió levemente uno de los postigos de la ventana. Pudo ver a un grupo de cinco ó seis chicos jugando al *"escondite"*. Se sonrió. Muchas veces había jugado con los compañeros de escuela de su hermano Eduardo. Sus padres la reprendían. Que eso no era de *"nenas"*. Pero a ella le gustaba desafiarlos. Edgardo, al percibirla absorta, le preguntó, *"¿Por dónde andás?"*. *"Por mi infancia"* – contestó Alejandra. Optó por alejarse y dejarla un rato sola. Fue a la cocina y descubrió café. Le preguntó a Alejandra si quería uno. Luego, sin darse cuenta, se quedó dormido.

Radek llegó a eso de las siete de la tarde. Traía un poco de carne, unas pocas frutas, huevos y una botella de leche. Se saludaron con Edgardo y les traía algunas noticias.

- Me temo que esto va para largo. A la invasión, me refiero – empezó diciendo Radek.
- ¿Qué más sabés Radek? – preguntó ansiosa Alejandra.
- El Stb fue intervenido. La KGB controla todo ahora. Están por todos lados.
- Sí. Te creo. Dos quisieron capturarme hoy y Edgardo me salvó…

- Pueden ser los de acá, del Stb, pero los que mandan son los soviéticos. Pavel, es el jefe del Stb, todavía. Pero piensan echarlo por uno más duro. Además, te lo había advertido. ¿O no?
- Sí – respondió Alejandra. ¿Qué otra cosa más?
- Mucha gente se está yendo. Escapan como pueden. Las fronteras están cerradas, pero lo intentan igual. Dubček no está muerto, ni desaparecido. Lo llevaron de las orejas a Moscú. Está en tratativas para ver cómo demonios se sale de esto.
- ¿Se sale de esto? – preguntó Edgardo.
- No lo creo. Dubček pidió calma a la población, pero no le hacen caso. En Bratislava solamente, hubo más de veinticinco muertos – dijo Radek.
- Lo vimos hoy. Los roces con los invasores son constantes – agregó Alejandra.
- Sí. Así es – asintió Radek. Si es posible, traten de comunicarse con algún consulado de Occidente o el de Brasil. Yo haría eso. Pero, también traten de no exponerse demasiado en las calles. Ahora los dejo por un rato. Vuelvo en una hora. Acomódense tranquilos.
- Muchas gracias amigo mío – dijo Alejandra.

Alejandra fue hasta la cocina para chequear lo que había traído Radek. Buscó en las alacenas y halló espaguetis. Comenzó a preparar la cena, con un poco de carne y tomates. A las nueve y media cenaron los tres. Radek les comentó que debía viajar a Bratislava al día siguiente, que regresaría el lunes o martes. Que se sintieran en su casa. El departamento era de tres ambientes. Espacioso. Algo envejecido y venido a menos, pero confortable. Luego del obligado café, se acostaron. A Alejandra le tocó el dormitorio principal, Edgardo improvisó una cama en el sofá y Radek durmió en el dormitorio más pequeño.

A la mañana siguiente, tanto Alejandra como Edgardo comprobaron que Radek ya había partido muy temprano. Les había dejado una radio a transistores sobre la mesa del living. La encendieron, pero había pocas estaciones. Las había "oficiales", controladas por los invasores, quienes transmitían en checo y en inglés y las había clandestinas, que además lo hacían en francés, español e italiano.

- ¿Te preparo el desayuno? – preguntó Edgardo.
- Caramba Edgar, me vas a hacer creer que soy una princesa… - dijo riendo Alejandra.
- Lo sos. Pero algo incorregible. ¿Frío un par de huevos? Los hay. Ayer trajo Radek.
- ¿Me ves cara de norteamericana?
- Sí.
- Bueno, pero no lo soy. Ok. Hacé nomás – dijo Alejandra jugueteando con sus palabras.
- Después del desayuno, yo iré en busca de algún consulado. Pero vos quedate acá por favor.
- No se si podré quedarme quieta.
- No hagas locuras princesa.

Después del desayuno, Edgardo fue al centro de la ciudad. Intentaría hablar con Pacheco, si es que las líneas permitían llamadas al exterior. Alejandra, a solas, deambulaba por el living. Revisó los vinilos que había. Halló *"Paint it Black"*. Y la escuchó. Y sintió que ella también quería ser pintada toda de negro. Para que ya nadie la viera. Para que ya nadie la lastimarla… porque ya no quería ser lastimada.

Capítulo 18
"El cerco" (segunda parte)

Sábado 24 de agosto. Alejandra ya no podía tolerar ese encierro forzoso a la que se veía sometida. Caminaba desde un extremo al otro del departamento. Cada tanto miraba por la ventana. Cada tanto, escuchaba pasos a través de la puerta. Ansiaba que fuera Edgardo, pero no. Eran sólo voces que hablaban y se disolvían tan rápido como aparecían. A la una de la tarde escuchó en Radio Praga clandestina, que habría una manifestación pacífica en Wenceslao a las cinco de ese día. Esto último la decidió. Asistiría a la misma. Sabía que entre la multitud, pasaría desapercibida. Eso creía ella o quería creerlo. Milagrosamente había agua caliente. Se duchó, se vistió y se aprestó a salir. Edgardo aún no reaparecía. Ella lo esperaría hasta las tres y un poco más. Luego emprendería el viaje. A las tres y cuarto volvió Edgardo. La vio lista para salir…

- ¿Qué dijimos Alejandra? – preguntó Edgardo, notoriamente alarmado.
- Está programada una reunión en Wenceslao para las cinco. Voy a ir. No soporto más este encierro – dijo Alejandra.
- Supongo que no podré retenerte, ¿verdad?
- Verdad.
- ¿Puedo acompañarte? Me gustaría hacerlo.
- No Edgar. No quiero que me acompañes. Quiero que te quedes.
- Insisto Alejandra.
- Ok. Dale. Agarrá el equipo y vamos. ¿Qué sucedió finalmente con los consulados?
- Están todos cerrados. Incluso pasé por la embajada norteamericana. Está como sitiada. Tiene vallas y alambrados. Nadie puede acercarse. Quise llamar a Pacheco. Las llamadas internacionales están restringidas a los países "amigos".
- De ellos, claro. Pero qué hijos puta. Han pisoteado gente y les importa un cuerno.
- No empieces compañera. Tranquila – dijo Edgardo.

Salieron del departamento. En los pasillos había poca luz. Los tubos fluorescentes titilaban, lo que les daba un aspecto más siniestro. Mientras bajaban las escaleras se cruzaron con un tipo que fumaba. Subía lentamente los peldaños. Como si le costara subirlos. Los observó y siguió subiendo. Unos escalones más y apagó el pucho. Se dio vuelta para mirarlos de nuevo. Ellos advirtieron ese movimiento.

Un rato antes de las cinco llegaron a Wenceslao. Los tanques estaban estacionados sobre las veredas laterales. Los soldados arriba de ellos contemplaban a los civiles que estaban congregándose. Radio Praga libre ya había emitido el comunicado informando que Dubček se encontraba en Moscú negociando una salida a la crisis y que le pedía a checos y a eslovacos que mantuvieran la calma. Y la calma se mantuvo hasta que una baldosa voló por el aire y con tan mala suerte, que impactó de lleno en uno de los oficiales de tanques. Éste cayó ensangrentado y la reacción no se hizo esperar, pues los tanques encendieron sus motores. Varias ráfagas de AK-47 al aire intentaron dispersar a los concurrentes. Edgardo sacó a Alejandra de ese tumulto que forcejeaba, cuando la vio caer al suelo por los empujones de la gente que trataba de evitar ser atropellada por uno de los tanques, que ya había derribado dos árboles, dos columnas de alumbrado y un semáforo. Se dirigieron a la calle Vinohradská para procurarse algún tranvía que los apartara de esas escenas que ya habían vivido dos días antes. Uno que estaba a punto de arrancar fue visto por Edgardo. Ya arriba, respiraron hondamente. Se creían a salvo. Y cuanto más creían en ello, un tanque embistió de costado al tranvía, saliendo éste del riel eléctrico. No fue una embestida de importancia, pero lo suficientemente fuerte como para dejar al tranvía fuera de servicio. Era en realidad, una columna de una veintena de blindados que iban a Wenceslao a prestar apoyo a sus pares.

Dos horas más tarde llegaron al complejo de torres de Radek. Era casi de noche y los automóviles de la KGB y los militares rondaban aquí y allá. A Alejandra ya le dolían los pies y se la veía cansada. Edgardo permanecía callado. Entre agotado y fastidiado. No sabía bien lo que sentía. Cuando llegaron al edificio, se sentaron en las escalinatas. Alejandra se encendió un cigarrillo.

- Aunque sea puteame, pero decí algo Edgar... – dijo Alejandra.
- Quisiera volver ya a Buenos Aires... - susurró Edgardo.
- En Buenos Aires nos esperan tipos tan turros como éstos, sólo que los tanques los sacaron a pasear hace dos años.
- Ya se. Pero qué se yo. Si me tiene que pasar algo, prefiero que me pase allá.
- No seas boludo. No te va a pasar nada. Ni acá ni allá... - dijo Alejandra pretendiendo creer lo que decía. Dale, subamos. Nos damos un baño caliente y damos por cerrado este día. ¿Te parece?
- Me parece muy bien princesa...

El domingo transcurría sin mayores sobresaltos, salvo algunos disparos, que se escuchaban a cierta distancia. *"Voy a comprar puchos"* – dijo Alejandra. *"Dejá, voy yo"* – replicó Edgardo. *"No, voy yo. Quedate Edgar. Nada malo me va a suceder"* – agregó Alejandra. En los pasillos de los tubos titilantes no había nadie, pero cuando dobló hacia la escalera, había dos tipos hablando, mientras fumaban esos espantosos cigarrillos rusos. Al ver a Alejandra se apartaron, para dejarla pasar. Alejandra no los miró a la cara. Sólo bajó rápidamente las escaleras. Ya, fuera del edificio, miró hacia los cuatro lados. Subió por Krupská hasta Dubecská. No halló ningún comercio, sólo edificios grises, tan grises como el de ella. Incluso veía que su piel se iba tornando de ese color. *"¿En esta ciudad nadie compra puchos o caramelos?"* – rezongaba Alejandra. Viró hacia la calle Zernovská. En ella alternaban la tradicional arquitectura socialista igualitaria y algunas casas chalets. Un descampado se abría ante ella. Como matorrales y pastos altos insondables. Unas florcitas violáceas, pequeñas, proporcionaban una dosis de ingenuidad natural que a ella la conmovió. *"Florcitas de mierda, pero qué lindas que son..."* – razonaba Alejandra.

Caminó un par de cuadras más, hasta que apareció un Skoda azul. Su lenta velocidad no la hizo sospechar ni prestarle demasiada atención. Lo que ella desconocía, es que se encontraba perdida. El Skoda azul, aumentó su velocidad en dirección a ella. Subió a la vereda por donde Alejandra caminaba, en claro signo de intercepción. Se

217

bajaron dos tipos de trajes grises. Alejandra permaneció callada y sin movimiento alguno. Uno de ellos, le habló…

- Yo hablo espaniol. Queremos hablarle algunas preguntas. Suba al auto por favor.
- Yo también hablo español y te digo que te vayas a la puta que te parió… - contestó desafiante Alejandra.
- No resistir. Sólo preguntas en oficina – replicó el tipo de gris, quien mostró su credencial de algo.
- ¡Metete la tarjetita en el culo! – gritó Alejandra.

Comenzó a correr por el descampado. Los tipos rápidamente se subieron al Skoda y la persiguieron. Alejandra no conocía ese barrio y no tenía la menor idea de dónde se encontraba, sumadas las penumbras que la intimidaba. Los grandes arbustos diseminados por todos lados en el descampado impedían que los tipos pudieran localizarla fácilmente. El Skoda frenó abruptamente. Los tipos continuaron de a pie, pero no lograban verla. Con su corazón latiendo y pugnando por salir de su boca, Alejandra estaba atrincherada detrás de un montículo de tierra, lo que no impidió ver que uno de ellos blandía una pistola automática. Los tipos siguieron de largo sin verla gracias al montículo. De inmediato ella se deslizó por entre más arbustos y llegó a una cerca perimetral de un edificio. Estaba rota, lo que facilitó su ingreso al predio. Vio unos autos herrumbrados, testimonio de años de abandono. Sobre ellos había como listones o vigas de madera apoyadas. También vio como una casita, hecha para proteger alguna máquina, bomba de agua o algo así, sólo que estaba vacía. Rogó que la puerta de la casita estuviera abierta, lo que así sucedió y se introdujo en ella. Le costaba respirar, tenía la boca seca y sentía su cuerpo helado. Al cabo de algunos minutos, que a ella le parecieron eternidades, la puerta de la casita se abrió y la cara de un hombre anciano con una boina a cuadros se asomó por ella. Le sonrió y le dio la mano para levantarla del piso.

- You aren't Czech. Are you? (¿No eres checa, no es así?) – dijo el viejito.
- No, I'm not Czech mister (No. No soy checa, señor) – dijo Alejandra.

- Hablas español. Mi nieta fue a La Habana a especializarse en ese idioma. Es bello. Yo ya lo conocía, porque participé en el Batallón *"Dimitrov"* del comandante Pavel en la guerra civil española. ¿Eres española, verdad? – dijo el viejito.
- No. Soy argentina.
- ¿Argentina? Ah… América del Sur. Ya… ¿Y por qué te perseguían los del Stb?
- No lo se. Puede ser porque hablé de más por Radio Praga hace unas semanas. Pero en realidad no lo se.
- ¿Tú no serás la chica que habló y denunció a los rusos?
- La misma. Y ahora que lo pienso, debería cerrar más la boca. Pero ya es tarde.
- Hiciste bien, hijita, yo fui uno de los que te escuché y también uno de los que no te creyó y ya ves... Pero bueno, ven conmigo. Vivo en este complejo con mis dos nietos. Soy viudo. Mi nombre es Denis Blazek, ¿y el tuyo?
- Alejandra García…

Subió al departamento del viejito. Vivía como había dicho, con sus dos nietos, Jan y Darina, la que fue a La Habana por el español. Los padres fallecieron en un accidente automovilístico mientras viajaban a Bratislava, Belia y Milenko, en 1963. Bebieron té y le ofrecieron unas masitas que él mismo preparaba. Le habló largamente sobre España y los espantos que vio y que vivió. Ella le contó sobre su padre español que se había escapado de la guerra civil cuando Franco por fin se adueñó de toda la República. Hablaron y rieron. Hablaron y lloraron. El pasado era pasado y no tanto. Luego de dos horas de amena conversación, el viejito, al verla tan sucia de tierra por haber escapado por entre matorrales, la invitó a tomar un baño. Alejandra se lo agradeció cortésmente pero ya debía regresar al departamento de Radek. El viejito le dijo a Darina que la acompañara para que no se perdiera, que ya era muy de noche y peligroso. Se abrazaron con suma sensibilidad y el viejito, en un rapto de improvisación, le confesó que le recordaba a él en la República Española. Que no cediera. Ella prometió no hacerlo. Se despidieron.

Darina, al hablar fluidamente el español, le contó acerca de las proezas de su abuelo en España, lo que Alejandra oía con gran interés. Tanto ella como Alejandra, no perdían de vista el camino y los autos que circulaban, especialmente si surgía algún Skoda del Stb. Una vez en el edificio se besaron y antes de irse, Alejandra le preguntó a Darina dónde podía conseguir cigarrillos americanos. A lo que Darina quitó toda esperanza, pues Checoslovaquia estaba en huelga general. Nada funcionaba ni estaba abierto, incluyendo a la mayoría de los comercios.

-   ¿Vos viste cómo estás? – preguntó Edgardo.
-   Parecés mi marido Edgar. Sí, ya me lo habían dicho – dijo Alejandra.
-   ¿Puedo saber qué te pasó? El Stb seguramente…
-   Seguramente. Pero eso hizo que conociera buena gente. Siempre hay alguien que no es un terrible hijo de puta por ahí y lo encontrás en las circunstancias menos esperadas.
-   Pero podría haber salido mal…
-   Pero no salió.
-   Todo por tus puchos. No lo puedo creer.
-   Dejá de gruñir compa. Voy a ver qué hay en las alacenas y hago algo – dijo Alejandra.

El martes volvió Radek. Los vio algo deprimidos a ambos. Y trató de levantarles el ánimo informándoles que Dubček había regresado también. Que daría un anuncio por Radio Praga, la vieja radio, la que tomaron los invasores a fuerza de sangre, plomo y fuego. Que quizás levantarían las barreras de las fronteras para los extranjeros atrapados en la crisis. Pero nada los conmovía. Adivinaban que Radek les decía esas cosas para levantarles el ánimo y sólo eso. Sabían que la posición de Dubček era por demás muy débil y que muy poco podría negociar con los invasores. No podía siquiera controlar a su policía secreta y sus matones que acosaban a los disidentes del KAN e incluso habían arrestado a Marta Kubisova, la cantante de *"La oración"*. Alejandra y Edgardo no estaban seguros, pero presentían que todo se había desmadrado, que se había perdido el rumbo, que los soviéticos también estaban desorientados ante la falta de cooperación de los checoslovacos. Que Alejandra era buscada para ser interrogada…

- Ok. No les voy a mentir. Vine a buscar mis cosas y me voy a Brno. Una prima me da alojamiento por unos días. El jueves estaría de vuelta. Pero atención. Este lugar está en la mira de algunos. Yo que ustedes, me iría a otro sitio. No se, un hotel piojoso en algún barrio lejano del centro. No se... te dejo este teléfono. Es el de Danka, mi prima. Llamame sólo en caso de extrema urgencia Alejandra. Que Dios los ayude amigos míos. *"Na shledanou!"*, ¡adiós!...
- Adiós Radek, hiciste mucho por nosotros. Y te lo agradecemos. Después de que te vayas, haremos los bolsos y nos iremos también. No te preocupes – dijo Alejandra.
- Cuídate pequeña... Adiós Edgardo – dijo Radek.

Alejandra y Edgardo se desplomaron por un minuto en el sofá. Se miraron. Era como una pesadilla de la que querían despertar y no podían. Y cuando creían despertar, sin ir a su encuentro, comenzaba otra, al abrir otra puerta y otra y otra y así hasta un infinito imaginario de espejos enfrentados. Y el tiempo se iba acortando. Podía finalizar en cualquier momento. Como el tiempo del conejo de *"Alicia en el País de las Maravillas"*. Como el tiempo de arena de un reloj inclemente, que no sabía de premuras o de calmas. *"¿Querés un café?"* – preguntó Alejandra. *"Dale..."* – respondió cansino Edgardo. Al rato, se sentaron a la mesa y bebieron el café en silencio.

- ¿Nos vamos ahora o nos vamos mañana a la mañana? – preguntó Alejandra.
- Sinceramente, ¿querés que te diga?... me da igual... - respondió Edgardo.
- Mañana entonces...
- Perfecto. Mañana entonces. Pero, hoy cocino yo Ale. Aunque no lo creas.
- Sorprendeme...
- No habrá tal sorpresa. Ví que Radek nos dejó un poco de queso, una botella de vino alemán del Este y algo de pan.
- Ah, bien. Cenaremos como franceses, pero con queso checo, vino alemán socialista y pan, probablemente socialista también. No está nada mal – dijo sonriendo y marcando su hoyuelo Alejandra.

Ambos rieron por unos instantes. Al menos por esos instantes, se olvidaron de las lejanías, de los seres queridos que dejaron en Buenos Aires, de los miedos, de las incertidumbres, de los tanques, de los tipos grises, de las muertes absurdas de jóvenes en las calles, de gritos, de corridas, de las AK-47, de rostros angustiados, de rostros airados, de rostros pétreos. Y rieron con ganas. Y se abrazaron. Como aferrándose a la vida.

Escucharon el discurso de Dubček, mientras cenaban. Los transmitieron en varios idiomas para que no haya objeciones o dudas. El presentimiento de Alejandra se cumplía. Dubček había cedido y convocaba a su pueblo a no resistir al invasor. Que habría cambios, aunque la "Primavera" proseguía. Pero con los tanques presentes por tiempo indeterminado. Libertad condicionada era la premisa. Desde el departamento se escucharon algunos gritos enfurecidos y aunque no comprendían el checo, comprendían de indignación. El camarada había vendido la "Primavera" al oso rojo. Eso lo entendían.

Ya, en la mañana del miércoles se levantaron y armaron sus bolsos. Encendieron la radio a transistores y desayunaron. ¿Hacia dónde? No lo sabían. Sólo sabían que debían partir. Tocaron a la puerta. Ambos se sobresaltaron. *"Voy yo"* – dijo Edgardo. Miró por la mirilla *"ojo de pescado"*. Era la vecina de la unidad de enfrente. Edgardo al verla sintió alivio. Abrió la puerta. Ni bien la abrió, dos tipos empujaron a la vecina a un lado y con pistolas en mano le apuntaron a la cabeza. Éste levantó las manos, pero de un culatazo lo lanzaron al piso, dándolo por desvanecido. Venían por Alejandra. Al ver a su amigo herido y desmayado en el suelo, Alejandra se abalanzó sobre él, para protegerlo. Uno de los "hombres grises" la jaló de los cabellos y la arrojó contra el sofá. *"¡Hijo de puta!, ¿qué le hiciste?"* – gritó Alejandra, al tiempo que avanzaba sobre el tipo para agredirlo. Con el dorso de su mano, le aplicó una bofetada que la lanzó al suelo, casi junto a Edgardo. Edgardo comenzaba a reaccionar. *"De pie, los dos"* – dijo secamente el que parecía a cargo. *"La llevamos a ella, usted queda"* – agregó. Cuando el otro hombre de gris, intentaba esposarla, Edgardo empujó al de la pistola hacia atrás y le gritó a Alejandra que se escapara. Ésta corrió hacia la puerta, pero al darse vuelta para ver si Edgardo la seguía, vio en cambio cómo el de la 7.65 le disparaba un tiro a la cabeza, falleciendo en ese mismo instante. Cayó de rodillas, mirándola, como si la mirara a ella y le gritara que corriera. A Alejandra le pareció verlo sonreír por última vez. Y corrió escaleras abajo. Y corrió hasta desaparecer de la vista de los tipos.

Recordó a Denis, el viejito de la guerra civil española. Recordó el camino a su casa. Recordó a Darina. Miraba hacia todos lados. Y lloraba. Pero lloraba sin lágrimas. No podía olvidar la cara de Edgardo falleciendo ante ella. Vio unos arbustos. Se escondió detrás de ellos. Se tomaba la cara. Y las lágrimas brotaron como un manantial inagotable. Lágrimas por su amigo muerto. Lágrimas por una muerte absurda más. Lágrimas de ira, de impotencia, de pérdida, de pérdida infinita. Él, que la había salvado tantas veces, la salvó hasta el final. Sentía que la muerte la buscaba y al no hallarla se ensañaba con otros. Como si la muerte sintiera sed de venganza, sed de vidas, sed sin fin. Sed de su vida, vida de ella y ella la eludía. Sentía que su alma se desflecaba en hilachas al recordar a Edgardo de rodillas, cayendo sin vida. Se acurrucó sobre el pasto y así permaneció por largo tiempo.

Luego se incorporó. Si bien estaba vestida al momento de irrumpir los tipos de gris, había perdido su pasaporte y documentación. Y su Nikon. Pero poco le importaba. Había perdido a su amigo. Nada importaba. Sólo la vida de su amigo que se había ido en sólo una milésima de segundo. Empezó a caminar. Tenía los ojos vidriosos, pero podía distinguir las calles. Recorrió el camino hacia el edificio del viejito. En realidad no sabía hacia adónde ir. Tampoco sabía si éste la ampararía de nuevo. Sólo sabía que debía alejarse. Ya no corría. No quería despertar sospechas. Flashes con el rostro sonriente de Edgardo aparecían y desaparecían. Su voluntad anhelaba que lo sucedido nunca hubiera sido. Quería ver a Edgardo. Quería verlo una vez más. Creyó verlo caminando a unos veinte metros por delante de ella. Cuando lo alcanzó, vio con claridad que no era él. Sólo un tipo que se le parecía bastante. Y ese bastante no era lo suficiente para ella. Caminaba y las lágrimas nuevamente la acosaban. Y finalmente llegó a destino.

223

Tocó el timbre del departamento de Denis, el viejito. La atendió Darina, su nieta y cayó desfallecida. Cuando despertó a las horas, se vio en una cama muy confortable. Miró el techo de color crema claro. Miró a su alrededor, la habitación en la cual estaba. Por un momento creyó que nada había sucedido, hasta que apareció Denis con una taza de sopa. Darina y Jan la acomodaron en la cama para que pudiera beberla. Alejandra les agradeció su gesto. Denis, el viejito, le habló…

- ¿Otra vez el Stb, no es así? – preguntó Denis.
- Escapé de milagro. Pero mataron a Edgardo, mi compañero… - respondió Alejandra sollozando.
- El Stb es así. No titubea a la hora de disparar. Nadie puede reformar lo que no quiere cambiar mi niña. Ahora bebe esta sopa. Te hará bien. Descansa. Ya me contarás todo, si lo deseas. Cuando te sientas un poco más fuerte y te levantes, Darina te va a ayudar en lo que pueda.
- Son ustedes demasiado buenos. Y yo, parece que la muerte me sigue a todos lados. En cuanto pueda me iré – dijo Alejandra.
- Ni hablar. Ya veremos cómo nos arreglamos. Hiciste muy bien en venir con nosotros. Esas bestias no saben de piedad. No esperes nada ellos.

Alejandra bebió la sopa del viejito. Intuía que la carrera entre ella y la muerte se había tomado una tregua. Pero no sabía por cuánto tiempo. Sabía que no podía estar con esta gente bondadosa, pues los ponía en peligro. Debía escapar a Austria. No sabía cómo aún. Pero eso quedaría para luego…

Capítulo 19
"Tregua"

Alejandra había dormido ayudada por unas infusiones que le había dado su benefactor Denis Bladek, el viejito del Batallón *"Dimitrov"* de la guerra civil española. Había soñado con Daniel. Había soñado que lo mataban. A la madrugada, Darina, Jan y el viejito acudieron a su dormitorio a causa de los gritos de las pesadillas de Alejandra. Darina se sentó en la cama, junto a ella. Ella, casi de manera instintiva apoyó su cabeza en el regazo de Darina y la abrazó. Darina tenía la edad de Alejandra, pero no comprendía bien lo que le sucedía. No había visto lo que había visto Alejandra y ahí radicaba la diferencia. Darina, aunque no comprendía del todo el dolor de Alejandra, acarició sus cabellos, hasta notar que se había dormido nuevamente. Y Alejandra durmió sus penas, sus tristezas y sus ausencias. Y durmió por espacio de dos días y sus noches. Los Bladek iban al dormitorio y la miraban. Y trataban de dilucidar ese enigma.

El sábado 31 amaneció radiante. Cuando despertó, se encontró con la cara de Jan que le daba a entender que el desayuno la esperaba. Jan no hablaba español, pero Alejandra pudo descifrar su mensaje. Cuando pasó por el sanitario, vio su rostro en el espejo. Tenía los ojos irritados e hinchados. Se lavó la cara. El agua estaba helada, pero la reconfortó pues la traía de lleno al mundo real. La vivienda del viejito Denis, era por demás modesta, pero acogedora. Una vez vestida con la ropa que Darina le facilitó, porque la de ella estaba sucia por la huída, Alejandra se sumó a la mesa de Denis. Le habían cedido la silla que dominaba la mesa, para que ella se sentara, pero Alejandra prefirió sentarse a un costado. Denis vio el gesto y asintió con su rostro. Los Bladek eran creyentes y dieron las gracias por los alimentos. Poco a poco iba recobrando fuerzas.

- Tuviste una pesadilla la otra noche mi niña. Eso se irá pasando con el tiempo. Ya lo verás… - dijo Denis.
- Sí. Supongo que sí… ¿Cuánto dormí? ¿Qué día es hoy?- contestó Alejandra con la voz algo entrecortada.
- Dormiste más de dos días. Hoy ya es sábado, pero lo importante ahora es que descanses – agregó Denis.

- No puedo amigo mío. Debo irme de Checoslovaquia. Debo pedirle ayuda a un amigo de Radio Praga. Me encuentro sola ahora. Esos mal nacidos hijos de puta, liquidaron a mi buen Edgardo. Mi buen y muy querido Edgardo. Lo hicieron delante de mis narices. Era un hombre extraordinario y lo despenaron como se hace con un caballo mancado.
- Calma mi niña. ¿Cómo se llama tu amigo de la radio? – preguntó Denis.
- Radek, Radek Janda.
- ¡Ah! El locutor, el periodista. Sí. Darina lo conoce. Fue varias veces a la radio.
- ¿Lo conocés Darina? – preguntó Alejandra dirigiéndose a Darina.
- Sí. No soy su amiga íntima, pero conozco a amigos de él, ¿por qué Alejandra? – dijo Darina.
- ¿No podrías averiguar a través de sus amigos adónde está él? Lo último que me dijo es que se iba a Brno.
- Sí, por supuesto. Haré cualquier favor que me pidas.
- Muchas gracias a todos ustedes por ser como son... - dijo Alejandra casi quebrándose.

Alejandra se aprestó a salir. Cuando Denis y Darina lo advirtieron intentaron convencerla de que no lo haga. Que era inseguro hacerlo. Pero Alejandra ya tenía pensado ir a ver el departamento de Radek, donde había visto a Edgardo morir. Darina quería acompañarla, pero Alejandra le dijo que se quedara. Que era mejor para ella que ella fuera sola. Que tendría sumo cuidado. Todos la abrazaron y la despidieron y le dijeron que la esperarían para la cena. Alejandra, en medio de tanta crueldad, había tropezado con una familia cristiana que daba las gracias por esos alimentos que según ellos los enviaba Dios y que daba gracias por haberla conocido. A esa altura, luego de ese mes de estancia en Checoslovaquia, le había visto la cara al mismo demonio y al mismo tiempo a ella la habían acariciado varios ángeles, aunque uno de ellos había perdido su batalla.

Alejandra se había provisto de unas gafas de sol, que distraían sus rasgos, prestados por Darina. El sol daba a pleno en Praga ese día y pasaba perfectamente desapercibida. No obstante, era cuidadosa y de tanto en tanto, miraba hacia todos lados. Dobló por la calle Krupská.

Ya casi llegaba. El edificio se erguía impávido. Como si todo estuviera en su sitio. Como si nada hubiera ocurrido. Tragó saliva como pudo. Las manos le temblaban y como era habitual, estaban heladas y sudorosas. Subió las escaleras. Llegó al departamento de Radek. Cuando iba a girar el picaporte se detuvo. Vio el rostro de Edgardo con su sonrisa y su mirada apacible que ella creyó ver antes de caer desplomado por el disparo a la cabeza. Lo giró y entró. Estaba abierto. Nadie a la vista. Eso la inquietó. Sólo las manchas de sangre de Edgardo que quedaron estampadas en el alfombrado. Fue por sus cosas. Ya no estaban por ningún lado. Cuando estuvo a punto de pisar las manchas de Edgardo, trastabilló y cuando estaba cayendo Radek la asió en el aire y la depositó en el sofá…

- ¿Qué hacés acá Radek? – preguntó algo desconcertada Alejandra.
- En Brno los de la KGB estaban por todos lados. Y me fui. Vine por algunas cosas mías y ví que algo había sucedido. La vecina de enfrente me lo contó todo… - relató Radek.
- ¿Te contó sobre la muerte de Edgardo?
- Me contó que se llevaron un cuerpo y nada más. ¿Y tú? Pudiste escapar por lo que veo…
- Apenas. Y fue gracias a Edgardo.
- Comprendo…
- ¿Comprendés qué pelotudo?
- Bueno pequeña, serénate, ¿sí?
- No me llamés pequeña y estoy serena. Nunca volveré a saber nada sobre Edgardo. Lo se. Lo presiento.
- Alejandra, así son las cosas por acá ahora. ¿Dónde estás ahora? – preguntó Radek.
- Eso no importa… pero quiero que me saques de este país.
- Dalo por hecho. ¿Tenés algún número de teléfono a donde poder llamarte?
- No.
- Hagamos así. Mañana en el Puente de Carlos, a eso del mediodía te paso a buscar y juntos vamos a la embajada norteamericana. ¿Te parece? Nos vemos, donde está la estatua de San Juan el Bautista.
- Dijo Edgardo que la embajada está prácticamente sitiada.

- No te preocupes por eso. Conozco gente de ahí y nos dejarán pasar.
- Está bien. Ahí estaré.

Radek la abrazó y sintió su miedo. Su miedo profundo y oculto. Tan oculto que casi lo engañaba también a él. Pero él lo percibió. Lo olfateó. Y la abrazó con fuerzas. Sus ojos se llenaron de lágrimas, mientras miraba a la nada. *"Bien, yo me voy. Nos vemos mañana..."* – dijo Radek. Y ella se sentó a la mesa en donde escuchaba la radio junto a Edgardo. La radio estaba sobre la mesa. No se la habían incautado. Sólo incautaban vidas – razonaba Alejandra con lágrimas que ya no salían porque simplemente se le habían agotado –. Dibujaba círculos que se transformaban en espirales con su dedo índice derecho. Y quizás en esa espiral, sin pensarlo, estaba ella. Pero las espirales son infinitas. Y esa infinitud la estremecía.

Fue al sofá, en donde fue aporreada por uno de los matones. Miraba el living. Salvo por las manchas, todo estaba en orden. *"Qué pulcros que son"* – meditaba, mientras intentaba respirar profundamente. Como si en ese respirar recordara en un segundo toda su vida o la vida de Edgardo. Se dejó caer en el sofá. Se dejó ser existida. Porque en ese momento no le importaba si existía o no. No le importaba si los matones volvían o no. Sólo se dejó caer en el sofá y trató de reconstruir cada instante, de cada café, de cada desayuno, de cada noche, de cada día, de mañanas diáfanas o de mañanas grises. De sus rostros. De su impotencia. De cada salvación a sus imprudencias. Como un mesías que estuvo junto a ella para redimirla. Y como se sabe, los mesías deben morir. Y Edgardo la redimió. Y ella se odió en ese instante, cada instante por esa redención impensada.

Alguien tocó la puerta. La puerta estaba entreabierta. Era la vecina que usaron los matones para entrar. Se presentó. Se llamaba Jirina Cerny, de unos cincuenta años. le preguntó en checo si podía pasar. Alejandra le dijo en español que no lo hablaba. Jirina le habló en inglés.

- My name's Jirina Cerny. I'm your neighbour. They used me, miss. I'm so sorry because of that poor man (Mi nombre es

228

Jirina Cerny. Soy su vecina. Me usaron, señorita. Lo siento mucho por ese pobre hombre).

- That poor man, was a great man. He saved me many times, but I couldn´t save him. I only escape from those thugs and that´s all... (Ese "pobre hombre", fue un gran hombre. Él me salvó muchas veces, pero yo no pude salvarlo. Yo sólo escapé de esos matones. Y eso es todo…)
- If I can do something for you… (Si puedo hacer algo por usted…) – dijo la vecina.
- No thank you. But I´d rather stay alone… (No gracias. Pero prefiero quedarme a solas)

La vecina se retiró sigilosamente. Notó su dolor. Cerró la puerta. Alejandra se levantó. Vio un juego de llaves tirado en el piso. La agarró y la arrojó por la ventana. Y se fue. Y jamás regresaría a ese lugar.

Deambuló por barrios periféricos. Vio una casilla telefónica destrozada. Imaginó que un tanque le había pasado por encima, lo que de hecho ocurrió. Fue hasta el teléfono y vio que funcionaba. Llamó a los Bladek. Los tranquilizó y les dijo que ya iba hacia allá. A la media hora llegó a la casa del viejito y sus nietos. Cómo le hubiera gustado a Edgardo conocerlos, pensaba Alejandra. *"Por qué la gente buena no conoce a otra gente buena"* – se preguntaba. Y no hallaba respuesta. Al menos no en esa oportunidad.

A eso de las siete y media de la tarde, arribó a la casa de la familia Bladek. Darina y Denis estaban preparando "Pomazánky", una comida checa humilde, basada en rebanadas de pan, manteca, queso y pimientos rojos con aceite de oliva. Alejandra, con la mano en los bolsillos de su pollera prestada sin que ellos lo notaran, se acercó sigilosamente y los abrazó por detrás y le dio un beso a cada uno, el cual fue retribuido. Cenaron a las nueve de la noche. Además del "Pomazánky", Darina preparó una rica sopa típica, la *"bramboračka"* o sopa de papas. Conversaron afablemente durante gran parte de la cena y Denis le traducía a Jan, que no sabía español ni inglés, aunque Denis veía una nube muy grande de tristeza en los ojos de Alejandra, pese a su hablar distendido. *"¿De de qué maravillosa tierra sale esta gente que me ha ofrecido albergue y afecto? ¿Y de que infecto lugar salen esos otros que laceran, pisotean y matan?"* – pensaba Alejandra mientras escuchaba a Denis, narrar una de sus infinitas historias de su grupo *"Dimitrov"* en España.

- Y entonces, ya en el suelo, le apunté al "camisa azul" franquista. Y él me miró con sus dos ojitos casi de niño. Y no pude gatillar. No pude mi niña... - narraba Denis.
- Conociéndolo apenas, le creo amigo mío. ¿Y qué pasó luego? – preguntó Alejandra.
- No lo se. Lo tomaron prisionero de la República. Y ya no lo ví más y desde luego me reprendieron mis jefes – respondió Denis.
- Qué vida azarosa ha tenido querido Denis – dijo Alejandra.
- Así es. Te preguntarás cómo un viejo socialista, brigadista en la guerra civil es creyente, ¿o no?
- Pues, me suena algo paradójico, sí...
- Cuando mi hija, Belia, tenía 22 años, le apareció un tumor. Mi finada esposa, Cécile, le pidió a la Virgen de Lourdes por ella, pues como te dije, mi esposa era francesa y Belia... a los meses, sanó. Milagrosamente se curó de ese terrible mal. Desde entonces, me prometí que nada interferiría entre mis creencias religiosas y mis creencias políticas. ¿Eres creyente?
- Trato de creer. Que no es poco, querido Denis...
- No quieres hablar de tu amigo, ¿verdad? – preguntó Denis.
- No Denis. Prefiero no hablar de él...
- Tu dolor se derrama de tus ojos, como un cántaro de agua que no cesa de derramarse. Hijita, intenta sobreponerte.
- Lo intento amigo mío. Lo intento...

Luego de cenar, Denis se apartó a un rincón del living, en donde había una lámpara con una pantalla de flecos dorados y un encaje bordado por Cécile. Ahí acostumbraba a fumar su pipa y leer el periódico. Esa noche, sólo encendió su pipa. Y permaneció inmóvil por un buen rato. Darina y Jan se despidieron y se retiraron a sus habitaciones. Alejandra se sentó a su lado y no pronunció palabra alguna. Un par de veces cruzaron sus miradas y el viejito Denis, le sonrió en señal de aprobación y bienestar por su presencia. Ella, casi sin darse cuenta, fue cerrando sus ojos hasta quedar dormida. Denis notó esto y fue por unas cobijas y la cubrió. Como si fuera Darina o Jan. Alejandra era su protegida. Como una cenicienta que las hilanderas del destino colocaron en esa casita de madera destartalada y él rescató sin pensarlo ni midiendo las consecuencias.

Al día siguiente debía reunirse con Radek en el Puente de Carlos. Denis despertó a su nieto Jan, quien era un joven fuerte y vigoroso y le pidió que la llevara en brazos hasta su cama, lo que Jan hizo sin reparos. Y Alejandra descansó esa noche, por primera y última vez sin pesadillas…

Capítulo 20
"La detención"

Domingo 1° de septiembre de 1968.

Alejandra caminaba por el Puente de Carlos. Iba vestida con una blusa rosada, minifalda negra, zapatos al tono, cabello recogido y unos enormes anteojos de sol que prácticamente la convertían en otra mujer. Todo había sido facilitado por Darina y de lo que se trataba era de no ser reconocida por matón alguno. Había acordado con Radek que lo esperara ahí, que él la pasaría a buscar. Cada tantos metros, tornaba la mirada hacia los lados y hacia atrás. Las conocidas estatuas del puente sobre el Moldava la miraban y ella, casi sin poder respirar, sabía que algo la acechaba. Como a diez pasos, dos hombres con su habituales y previsibles trajes de color gris fumaban apaciblemente. Alejandra decidió no acercarse a ellos.

Mientras, una mujer de unos treinta y más años, se paró junto a los dos hombres en cuestión. Empezaron a hablar afablemente. A Alejandra todo le daba vueltas en la cabeza. El miércoles 21 había ocurrido la invasión. Once días después, se encontraba en un lugar público, aparentemente a salvo. Se preguntaba una y mil veces cómo había llegado a esa situación tan desesperante.

Alejandra se detuvo a la mitad del Moldava. Los impecables adoquines de "Carlos", brillaban en esa tarde primaveral. A lo lejos aún se escuchaba algún tableteo esporádico. Posiblemente algún díscolo que no comprendió al camarada Brezhnev. Sin demasiadas fuerzas para correr hacia la Malá Strana, el barrio más antiguo de Praga, Alejandra permaneció inmóvil por varios minutos. Un automóvil de color negro Lada, apareció repentinamente. De inmediato descendieron tres hombres, vestidos de civil, enfundados en sus previsibles trajes grises, color que impregnaba todo, incluso el aire que Alejandra respiraba. Los tres hombres se agruparon a unos diez metros de Alejandra.

Alejandra alcanzó a ver el gesto de la mujer que se hallaba junto a los dos primeros hombres. Los minutos transcurrían y Radek no llegaba. En esos segundos eternos, toda su existencia pasaba rauda como un tren sin frenos, por entre recuerdos y olvidos que desempolvaban su desmemoria. Su padre Juan Bautista, quien le había enseñado a no bajar la cabeza ante los poderosos de turno, porque *"los grandes sólo son grandes, al estar nosotros de rodillas"* – como siempre decía, evocando a Proudhon. Un español inquieto, exiliado en la Gran Bretaña, escapado de la guerra civil. Su abuela, Amelia Elizabeth Henning, una británica liberal, enamorada de ese revoltoso que le había enseñado a amar la libertad a sus hijos. Libertad y respeto a la dignidad humana... *"Dignidad humana..."* – pensaba Alejandra. *"Pero qué cruel ironía"* – concluía Alejandra. La dignidad humana era fácilmente destruible con un blindado en esta Checoslovaquia de primaveras atropelladas. La dignidad humana disuelta con NAPALM en Vietnam. *"Ya no se de qué mierda me hablaban"* – seguía razonando Alejandra.

Ellos se iban aproximando lentamente. Había mucha gente en el puente y no estaban seguros quién podía ser la presa. Alejandra comenzó a sudar. No por el clima, que era más que benévolo, sino por aquello que presentía que le aguardaba, como un destino necesario, como un destino ineludible, si caía en las manos de esos tipos. Y no presentía erróneamente. Los días y los meses siguientes, serían decisivos en la joven vida de Alejandra. Se encontraba sola. Edgardo había sido asesinado el miércoles 28.

Pensó en Daniel, su pareja y cómo éste le había advertido más de una vez que no viajara a Checoslovaquia. Alejandra, sin embargo, no era una joven de amedrentarse con facilidad. Por el contrario, su carácter se había templado bien en un mundo de hombres y se había abierto una senda entre las malezas de una jungla implacable. A los tumbos. A las cabriolas. A los saltos. Sorteando miseria humana, esquivando balas y puñetazos el año anterior en Medio Oriente como reportera gráfica, como ojo indiscreto que fotografía lo que otros no deseaban que fotografíe. Pero esto era diferente. Algo en su alma le decía que de ésta, no saldría ilesa, como en otras oportunidades...

De pronto lo vio a Radek, deambulando por el Puente de Carlos. Andaba como distraído. Cuando Alejandra lo vio, sintió un alivio indescriptible. Sabía que si alguien podía sacarla de esa trampa, era él. Le hizo señas. Él la vio. Le sonrió. Ella se alegró tanto al verlo que casi podía romper en llanto. Fue a su encuentro. Lo abrazó. Él parecía distante. La abrazó, pero ella sintió algo extraño, como si ese abrazo estuviera hueco, vacío de contenido. Como si el mismo Radek fuera una especie de monigote sin vida que sólo efectuaba movimientos mecánicos.

- ¿Qué te pasa? – preguntó Alejandra.
- Nada. ¿Por qué? – respondió Radek.
- Te noto raro. Como si no fueras vos realmente…
- Estás equivocada. Soy el mismo.
- Ok. ¿Vamos a la embajada?
- No. Mira. Surgió un imprevisto. No vamos a poder ir hoy. Mi contacto escapó a Austria. Y ahora debo buscar a otro. Mientras continúa en donde estés y luego vemos.
- Radek esos tipos están en todos lados. No se cuánto tiempo podré resistir. Cuando irrumpieron en tu departamento se llevaron todo y yo, vos lo sabés, me fui con lo puesto. Dejate de joder. ¿Y en el consulado inglés o el francés?
- Nada. En esos no conozco a nadie… Bueno, pero calma, que ya hallaremos la salida. Pasado mañana, nos vemos a esta hora en el Puente Legii, ¿sí?
- Está bien. Nos vemos en el Legii.
- Cuídate… - le dijo mientras le daba un *"beso en la mejilla izquierda"*.

Alejandra vio cómo en un rápido movimiento, los tipos y la mujer que había visto al principio comenzaron a movilizarse. Radek se alejó de ella, sin darse vuelta siquiera. No quería darse vuelta. Ella se quitó las gafas de sol que le desdibujaban el rostro. Los tipos y la mujer ya no tenían dudas. Alejandra empezó a gritar su nombre, pero Radek no sólo no volvió hacia ella, sino que se perdió en la multitud. Alejandra comprendió todo de una vez. Él la había entregado… *"Traidor de mierda, me vendiste"* – razonó Alejandra.

Muchas veces había abofeteado al diablo y éste, le pasaría una abultada factura tarde o temprano. Y el diablo aparecía multiplicado. Aparecía de civil y con rostro de mujer o de hombre inexpresivos. Como robots. Casi humanos. Casi. Pero no. Y serían éstos, como humanos, quienes la detendrían, para interrogarla, para acusarla, para desnudar su cuerpo y su espíritu, para quitarle su humanidad, para robársela y archivarla en algún expediente sin número y hundirla en alguna tiniebla especialmente diseñada para ella. En algún estante mohoso, de algún depósito de almas abandonadas, entre gritos de dolor silenciados y transcriptos meticulosamente renglón tras renglón y sueños truncos, que jamás hallarían el rumbo, sólo un callejón sin salida, sin solución de continuidad. El diablo se tomaba su tiempo, como siempre lo hacía Dios. Y el tiempo del diablo no era el de Alejandra. Y el tiempo de abonar deudas había llegado.

Los dos tipos que se encontraban con la mujer, se separaron de ésta y comenzaron el corto derrotero hacia Alejandra. A ella le sudaban las manos. Con ellas había escrito. Con ellas había retratado una parte de la realidad. Con ellas había acariciado sus sueños. Pero ahora, sólo sudaban. Un peculiar sudor de temores poco disimulados ante la posibilidad de ser detenida en un país extraño, en un país de primaveras de tipos grises que odiaban a las primaveras. Y ese peculiar sudor de temores, iba incrementándose conforme transcurrían los minutos.

Alejandra vio de pronto la estatua de San Juan Nepomuceno. Pensó en ese santo católico. Recordó por qué la habían erigido en el puente de Carlos. Recordó su martirio y cómo lo habían arrojado al río en ese lugar. Pensó en emularlo, en seguir sus pasos. Seguir a San Juan. No era una idea descabellada. Martirizarse, antes que estar a merced de quienes ella no conocía, aunque intuía. Y los había presentido desde el comienzo mismo de su viaje. Como si en Buenos Aires los hubiera embalado, junto con su equipaje. Como si hubieran sido parte de su vida, toda la vida, día a día, cada día.

Para sorpresa de los cazadores, Alejandra corrió hacia la estatua del santo. Los dos tipos que acompañaban a la mujer, también lo hicieron en dirección a ella. Ésta alcanzó la estatua de Juan. Miró su rostro. Parecía irradiar una paz casi absurda en esos días de caos y desconcierto a causa de la invasión. Se aferró a ella. Vio el Moldava que corría bajo sus pies. Los dos tipos desaceleraron la marcha. Ya sabían que la presa había caído en la red. No sería necesario un exceso de violencia. Desde una distancia prudencial proferían palabras en checo. *"Stop! Zůstaňte v klidu!"* (¡Alto! ¡Mantenga la calma!). Movían las manos, dándole a entender que debía detenerse, que debía permanecer inmóvil. Movían sus manos, pero en realidad le decían que inmovilizara su vida, no sólo su cuerpo, no sólo su alma. Y ellos, eran expertos en inmovilizar vidas. Alejandra lo sabía también.

Su vida había latido velozmente desde su inicio como reportera gráfica. Su vida latía en ese momento como si fuera a estallar en millones de astillas. ¿Cómo se paraliza una vida? Tal vez con una simple voz de *"alto"*, un disparo a la cabeza o tal vez con la amenaza de un destino hacia océanos de nadas o hacia un lago de olvidos perennes.

Alejandra continuaba transpirando. No sabía si era terror lo que transpiraba. No sabía a esa altura, si eran gotas de su ser lo que se escurría por entre los poros de su cuerpo. Sólo sabía que transpiraba y no podía dejar de hacerlo. Uno de los tipos, del grupo de tres que habían bajado del Lada, le gritó en inglés, *"Stop! Keep calm! We only want you to answer some questions!"* (¡Alto! ¡Mantenga la calma! ¡Sólo queremos que responda algunas preguntas!). Alejandra comprendió. Se subió a la estatua de Juan. *"Keep calm!"* – repetían los tipos ya casi alcanzando a su presa. Alejandra tragó saliva. Cerró los ojos. Lágrimas comenzaron a deslizarse por sus mejillas. Abrió los ojos. Miró al Moldava. Decidió arrojarse. *"¡Hijos de puta!"* – gritó.

En ese instante una mano pudo apenas asir el saco de ella y evitar que se arrojara al vacío. Alejandra cayó de bruces contra el suelo de adoquines, lastimándose levemente. La mujer de unos treinta y tantos la levantó del suelo. Alejandra estaba algo aturdida. Uno de los tipos la tomó por los brazos fuertemente. Alejandra vio el rostro del tipo. Era como el de un autómata, de esos que tocan las horas en los relojes de la Europa del Este. Alejandra lo escupió. El tipo le dio un bofetón de revés que la envió nuevamente al suelo, provocándole que sus labios sangraran. Intentó emprender una huida, pero de inmediato otro de los tipos la levantó. Éste también tenía un rostro como el anterior. O mejor aún, no tenía rostro. Como maniquíes que se movían. El tipo sacó su revólver calibre 38 y lo colocó en la frente lastimada de Alejandra. Alejandra en lugar de retroceder, con sus manos tomó la mano del tipo que tenía el revólver sobre su frente. Alejandra sonrió. *"Dispará la puta que te parió..."* – dijo suavemente. Alguien por detrás la golpeó en la cabeza y cayó desmayada. Cuando despertó, estaba a bordo del Lada, escoltada por un tipo a cada lado. Adelante conducía otro y la mujer de los treinta y tantos hacía de acompañante.

Alejandra vio claramente la situación. No se molestaron en vendarle los ojos ni tomaron otras precauciones. El viaje sería de ida. Ya no lo dudaba. El Lada paró su marcha un momento, mientras daba paso a uno de los tanques soviéticos que rondaban por la ciudad. En un último intento, Alejandra le asestó un codazo a la cara del tipo que tenía a su derecha y por poco abre la puerta del auto. El tipo de la izquierda, la jaló con fuerza de los cabellos y entre ambos le colocaron esposas y la amordazaron. La mujer que oficiaba de acompañante, les pasó una hipodérmica. El tipo de la izquierda se la inyectó. A los pocos segundos, Alejandra estaba dormida. Se dirigían a la calle de *"San Bartolomé"*, al "Monasterio", sede de la Policía Secreta de Checoslovaquia ya intervenida por los soviéticos. La parálisis de su existencia daba principio…

Radek se retiró del puente. Se sentía miserable. Sentía asco de sí. Vio como se alejaba el automóvil que llevaba secuestrada a Alejandra. Quizás a partir de ese día, vagaría como lo que era, un Judas, que anhelaría morir sin lograrlo, un hijo de puta más entre muchos…

"Alejandra caminaba por el Puente de Carlos". A partir de ese momento, caminaría por cornisas y desfiladeros, al borde de la locura y al borde del sinsentido.

Capítulo 21
"El interrogatorio"

Desde su detención, el domingo 1° de septiembre, Alejandra estuvo confinada en una celda sin ventanas, pero "acolchada". Tenía un lavatorio y un inodoro a su disposición, lo cual le daba un aspecto menos siniestro. Casi no probaba la comida que le ofrecían sus "anfitriones" y su sueño era interrumpido por las poderosas luces de la habitación que se encendían a horas que ella desconocía, pues los captores le habían quitado su reloj pulsera como medida primigenia. Su aislamiento se prolongó por espacio de tres días.

Le habían colocado un overol gris, que cubría su cuerpo. Cada tanto, escuchaba la voz de una mujer que le hablaba en checo. La mujer intentaba darle una especie de sopa para que se alimentara. Sus ojos estaban vendados, por lo que no podía verla. Alejandra le hablaba en castellano y en inglés y no recibía respuesta alguna. Alejandra había extraviado en algún punto, que más que punto era una nebulosa o zona gris, su sentido de la orientación en el tiempo. Le preguntaba a la mujer que la alimentaba acerca del lugar en donde estaba. Luego de ingerir esa sopa asquerosa, Alejandra se recostaba en el camastro que le había tocado. Sólo le quitaban las esposas, más no las vendas, para que pudiera emplear el retrete, pero no podía permanecer a solas en esos íntimos momentos. Alejandra se sentía sucia, no sólo su cuerpo, sino su alma.

"Alejandra, mi nombre es Alejandra, ¿cómo se llama?" – preguntaba cada vez que la anónima mujer ingresaba a su sucucho acolchado. Sólo recibía una ráfaga de silencios y a continuación le tocaban sus labios para que abriera la boca y tragara la sopa. Durante tres días, que a Alejandra le parecieron tres eternidades similares a purgatorios mal paridos, pues parecían finalizar y sin embargo, volvían a empezar una y otra vez, como condenas encadenadas, en esos tres largos días, la rutina se limitó a eso.

Al cuarto día, el jueves 5 de septiembre, entró abruptamente en escena la teniente Ivanna Rezník. Pertenecía al arma de infantería del ejército checoslovaco, pero siempre había odiado las reformas de Dubček, pues las consideraba una traición al socialismo y la puerta de entrada a la decadencia burguesa occidental. Ivanna R. era una ortodoxa y conservadora que había aplaudido la invasión del 21 de agosto y celebraba que el Pacto de Varsovia hubiera colocado todo en orden nuevamente. Odiaba el caos que había implicado ver a asambleas de estudiantes debatiendo en los claustros acerca de "libertades", ciudadanos incautos discutiendo en las esquinas sobre libertad económica o a esa radio infernal que atizaba a todos a ejercer "falsos derechos" que el socialismo ya brindaba sin necesidad de agitadores de occidente y renegados locales. Su aspecto era impecable, vestía su uniforme con una cierta soberbia, hablaba tres idiomas, entre ellos, el español y era ingeniera en telecomunicaciones. Era rubia, pero su cabello siempre se hallaba cortado de manera varonil, pese a poseer rasgos femeninos y muy atractivos. Su superior inmediato era el capitán Antonín Kladivo, pero era el coronel Damek Novak, quien le había ordenado llevarla a la sala de interrogatorios ese día a las ocho de la mañana.

La sala en cuestión, estaba a dos pisos de distancia de su cuarto acolchado. La teniente la llevaba esposada y vendada. En un momento, Alejandra se negó a subir los escalones y su guardiana la tomó del cuello y la empujó hacia una pared de la escalera. *"A mí no me des problemas, ¿entendido?"* – dijo ofuscada la militar. Acto seguido le pegó una bofetada y siguieron subiendo. Alejandra quiso hablar pero prefirió callar. No sabía dónde estaba, quién la golpeaba o qué le harían. Por fin llegaron al *"sitio de preguntas y respuestas"*. La sala de interrogatorios era un cuarto que estaba apenas iluminado. No tendría más de tres metros por dos. Paredes grises, garabatos con extraños nombres de ignotas víctimas. La teniente Ivanna R, le quitó las vendas de los ojos, la sentó bruscamente en una silla vulgar, como de cantina barata, vetusta, no sabía si por el paso de los años o por el paso de las personas que ya no serían, que ya habían partido, dejando sus fantasmas y permaneció en silencio. Tres hombres, dos de uniforme gris verdoso y uno de civil, la rodeaban. El de civil usaba lentes redondas y llevaba mostachos prominentes, de un metro ochenta de estatura y quizás de entre treinta y cinco a cuarenta años.

También había otra mujer y también vestía ese uniforme verdoso, oliváceo, como de aceituna. Aunque la luz era escasa, alcanzó a ver que era rubia. De unos treinta. Cabellos meticulosamente prolijos con un prolijo rodete, lo que le brindaba un aspecto más siniestro, más temible. Una pequeña ventana. Parecía desear que la luz exterior ingresara al cuartucho. Pero era una ilusión. Poco tiempo después descubriría el engaño. Era falsa. Sólo una pintura o dibujo mal hecho.

El de los mostachos le quitó las esposas a Alejandra. No vio las llagas de sus muñecas, pero las sentía. Luego Los tres tipos se retiraron. La mujer de uniforme verdoso permaneció inmutable. Alejandra le preguntó si hablaba castellano o inglés. Sólo sonrió. Apenas. O le pareció que sonrió, pues la poca luz, le permitía ver la mitad de su rostro. Y en ese rostro, una aparente sonrisa, de labios bien delineados. A los minutos regresó el de los mostachos y la teniente Ivanna R. La mujer que la custodiaba, desapareció de escena.

Había una mesa rectangular, de madera oscura u oscurecida. Sentía frío, un profundo frío. Ni siquiera se le ocurría mirar a esa gente a los ojos. El temor o terror, era encontrarse con el frío que manaban esos cuerpos rígidos, como desiertos de hielo y nieves polares. Y la tenían cautiva. Y el tiempo no contaba ni para atrás, ni para adelante. Los segundos simulaban no avanzar o directamente no avanzaban. Como si el cuartucho se hallara en una especie de limbo. Y el terror era cíclico, regalándole espasmos en el pecho. No sabía quiénes eran o qué iban a hacerle, sólo sospechaba… Dicen que ser torturado es algo espantoso. Pero más espantosa aún, es la espera ante una eventual tortura y uno comienza a preguntarse por sus límites o umbral de tolerancia hacia el dolor físico. ¿Emplearían corriente eléctrica? ¿Azotes? ¿Golpes? ¿Laceraciones? ¿Dejar que muera de frío, de hambre, de sed? Todos los tormentos iban a su mente. Aunque el frío persistía, su frente sudaba. Extraña amalgama. Horrible amalgama… La teniente la miraba de soslayo y sonreía.

Un tipo de traje de tweed, de color gris oscuro entró de modo imprevisto. Le habló al oído a la teniente. Éste se atenía a mirar hacia un horizonte inconcebible, en un cuartucho de tres por dos. Era una profesional en el arte de ignorar la condición humana, si es que la tan célebre condición humana existía, lo cual Alejandra comenzaba a dudar. El tipo de traje de tweed era el coronel Novak.

Al igual que su subalterna, detestaba las reformas de la "Primavera". Con veinte años menos, había participado activamente en la instauración del socialismo en 1948. De cabellos castaños, con algunas entradas, barba crecida, medianamente alto, mirada inexpresiva de cuarenta y tantos. Había ingresado a la policía secreta checoslovaca cuando apenas era un teniente de formidables y sólidos ideales. Aborrecía de alma a los que querían derribar el sistema que él defendía. Y Alejandra se encontraba en ese grupo. Eso creía él. Pero él se encargaría de someterla hasta hacerla confesar lo inconfesable, lo que había cometido y hasta lo que no había cometido. La teniente se colocó justo por detrás de Alejandra. El interrogatorio estaba por comenzar. Novak se presentó y empezó a interrogarla…

- ¿Nombre? – preguntó Novak.
- Alejandra García…
- Nombre completo – volvió a preguntar Novak.
- Alejandra Marianela García.
- Nacionalidad.
- Argentina. ¿Puedo decir algo? – preguntó Alejandra.

En ese instante la teniente la tomó del cuello haciendo palanca con su brazo derecho, ahorcándola, al tiempo que le decía, *"cuando el señor coronel pregunta, usted responde y no pregunta…"*. La soltó, cuando Novak vio que el rostro de Alejandra comenzaba a estar violáceo y le dio la orden de soltarla con una mirada. Éste continuó con el juego de preguntas y respuestas.

- ¿En qué habíamos quedado? Ah sí. ¿Edad? – preguntó Novak.
- Veintiocho – respondió Alejandra tosiendo.
- Profesión u ocupación.
- Reportera gráfica.
- ¿De qué medio?
- Del periódico "La Prensa" de Buenos Aires.
- ¿Por qué vino a la República Socialista de Checoslovaquia?
- A cubrir el proceso de reformas de Dubček.
- ¿En dónde se alojó?
- En un hotelito llamado "Marie".

- ¿Alguien más vino con usted?
- Sí. Alguien más. ¡Alguien que ustedes mataron a sangre fría! – exclamó Alejandra ya perdiendo su compostura –. ¡Esto es un atropello! ¡Soy una ciudadana de otro país! ¡¿Quiénes se creen que son al detenerme hijos de puta?!

Novak le indicó a su guardiana que le aplicara un correctivo. Ésta la arrojó al suelo y pisó la cara de Alejandra con su bota derecha. Alejandra se irguió e intentó agredir a la teniente, pero ésta le aplicó un golpe de puño tan fuerte en el diafragma, que la dobló como a un papel y Alejandra cayó de bruces nuevamente al suelo, retorciéndose y casi sin poder respirar. La militar la tomó de uno de los hombros del overol gris y la sentó como pudo en la silla vetusta. Alejandra se tomaba del estómago aún y dejó caer su cabeza sobre la mesa. La teniente la tomó de los cabellos y la sentó adecuadamente para continuar el interrogatorio. El coronel Novak, imperturbable, con sus dos brazos sobre la mesa y sus manos entrelazadas y haciendo jueguito con sus dedos pulgares, observaba a Alejandra. Ordenó que le colocaran una vez más las esposas para evitar ese tipo de incidentes.

- No es ningún atropello. Usted es *"nada"* ahora. Y nadie va a reclamar por usted, porque nadie reclama por "nada", se lo aseguro… - dijo Novak. O en todo caso es un "algo", pero que nos pertenece. No me agrada la violencia, pero si usted persiste en estas conductas, se le corregirá tantas veces como sea necesario hasta que se comporte con respeto y sumisión…
- No le debo ningún respeto ni sumisión, ni a usted ni a ninguno de sus matones asquerosos. Los vi en las manifestaciones. ¡Usted y ellos son todos una mierda! – replicó Alejandra con el poco aliento que le quedaba.
- Me parece que no ha entendido…

Acto seguido su guardiana, a una indicación con el dedo índice de su superior, dio vuelta la silla de Alejandra súbitamente y comenzó a abofetearla con la palma y el reverso de su mano hasta hacerle sangrar los labios. Novak le dio la voz de alto. *"¿Ahora ha entendido o no?"* – dijo Novak. Sólo halló silencio en respuesta, por parte de Alejandra. El coronel asintió con la cabeza en señal de proseguir el método de *"ablande"*. La teniente pateó la silla y Alejandra rodó hasta una de las paredes de la sala. Esta vez, la bota de la misma le oprimía el cuello. *"Responda si ha entendido o no"* – dijo Novak. Alejandra desde el piso confirmó que sí con un movimiento de cabeza, que apenas podía mover a causa de la presión que ejercía la bota de la joven militar. *"Súbala"* – remató Novak dirigiéndose a su subalterna. El de los mostachos no había hablado aún. Sólo se atuvo a pasarle a Novak una carpeta, que deslizó suavemente sobre la mesa.

- ¿Qué hacía en la Torre de Petřín? – preguntó Novak.
- Hacía mi trabajo. Fotografiar…
- Eso no es verdad. El camarada comisario político, me acaba de facilitar su legajo y puntualiza que usted fue a Petřín a sabotear material de telecomunicaciones de nuestros aliados y amigos.
- Nunca hice eso. Al contrario, me dispararon y quisieron matarme sus "aliados y amigos"… - respondió irónica Alejandra.
- ¿Qué hacía en la Torre de Petřín? No se lo pregunto más de buenas maneras…
- Si el tipo de los bigotes ya se lo dijo, ¿para qué me lo pregunta? – dijo Alejandra.
- Debo admitir que es usted muy audaz al responderme eso y con ese tono. La próxima vez que emplee ese tono sarcástico nos retiraremos y la dejaremos a solas con la teniente por unos diez minutos. Imagine cuán agradecida estaría ella. Y al tipo de los bigotes, como usted lo llama, a partir de ahora lo llamará señor comisario Levanov. ¿Ha comprendido?...
- Sí. He comprendido…
- Mucho mejor entonces. ¿Qué hacía en la Torre de Petřín? – volvió a preguntar Novak.
- Buscaba evidencia de la presencia soviética, preparando la invasión. ¿Está conforme con esa respuesta? – dijo Alejandra.
- Es buena la respuesta. Ha comenzado a dejar la mentira a un lado. Eso la favorecerá. Y ahora volverá a su celda. Y le digo

por último lo siguiente. Olvídese de su nombre. Usted ya no tiene nombre. A partir de ahora será "Z647". ¿Ha entendido?

Un silencio de por lo menos cinco o seis segundos se hizo en la sala. Novak comenzaba a impacientarse. El comisario Levanov lo miró como extrañado. Novak hizo un gesto como de desaprobación. Movió su cabeza hacia la izquierda y la teniente tomó a Alejandra de los cabellos una vez más. *"El señor coronel le ha hecho una pregunta y debe responder de inmediato"* – le dijo a Alejandra. Alejandra sentía temor por los golpes de su brutal guardiana, pero algo en su interior le impedía obedecer. Sabía que ese "algo" le traería problemas. *"No la golpee por ahora Rezník. Sólo llévela a darse una ducha 'especial', luego regrésela"* – dijo Novak. *"Comprendido mi coronel"* – dijo la teniente.

La teniente la tomó a Alejandra de la axila izquierda y la levantó de la silla. La esposó, pero no vendó sus ojos. Alejandra sintió sus llagas. Dolían como le dolía su ser. Bajaron las escaleras en silencio. No sabía en qué consistía esa ducha especial. Rezník se cuadró ante el paso de un tipo de civil que apenas la miró. Alejandra lo miró a los ojos al tipo. Tenía el rostro afilado y de mirada penetrante. Tan hundidos tenía los ojos que Alejandra creyó que eran dibujados. Que esos ojos no eran reales. Eran de un negro profundo. La delgadez de su rostro de reforzaba aún más su aspecto de calavera apenas barnizada de carne. La teniente al advertir esto, empujó a Alejandra hacia adelante con la palma de su mano derecha sobre la nuca. Alejandra se tornó hacia ella. Rezník instintivamente acarició su 7.65. *"No me des el motivo perfecto"* – dijo la teniente Ivanna R. Alejandra continuó caminando por delante a no más de medio metro dc su custodia.

Llegaron a una puerta doble de madera con vidrios empañados y traslúcidos. Entraron y la militar le habló a una mujer de civil que se hallaba acomodando unas toallas blancas. Le habló en checo. La mujer se retiró de inmediato. Otras dos mujeres, pero vestidas similar a Rezník ingresaron al recinto. Era la sala de duchas. Azulejos percudidos de un color como celeste verdoso, que llegarían hasta el metro y medio. Luego pintura descascarada blanca. O pretendía serlo. Todas las regaderas en línea a través de un caño medianamente oxidado. *"Desnúdate completamente"* – dijo la teniente. Alejandra se quitó la ropa. "De espaldas, contra la pared, brazos y piernas extendidos…" – agregó. De pronto sintió un fuerte chorro de agua fría sobre su cabeza, al punto de enviarla violentamente contra los azulejos y sin poder darse vuelta. Por fin cayó al suelo y su guardiana, quien sostenía una manguera, como de incendios, prosiguió con la *"ducha especial"*. *"Quizás de esta manera aprendas tu nuevo nombre, toma esto a modo de bautismo"* – dijo Rezník, mientras reía. Las otras dos mujeres militares reían y acompañaban la indignidad del acto. Alejandra se iba quedando sin fuerzas como para poder levantarse del piso de baldosas negras. El chorro no cesaba. Alejandra intentaba tapar su rostro pero sentía los latigazos del agua en sus manos. Estaba llorando, pero sus lágrimas eran disimuladas con el feroz chorro de agua "purificadora".

La manguera de incendios se detuvo. La carcelera le habló… *"Tu nuevo nombre, ¿Ya lo aprendiste, estúpida?"*. Alejandra casi exhausta por el brutal chorro de agua, no pudo pronunciar palabra. La teniente entendió que su prisionera persistía en su obstinación y cuando se disponía a abrir nuevamente el agua, Alejandra se tiró a sus pies sollozando. Rezník y las otras dos militares rieron. Alejandra deseaba que esta pesadilla terminara. Ella sentía que no era una cosa. Sentía que ellos aspiraban a hundirla en ese infierno gris sin sabor a nada y que ella formara parte de ese paisaje como de páramo mal pintado. Se sentía patética al pedir clemencia ante esas mujeres atroces. Una psicópata uniformada riéndose de su humanidad y dos más oficiando de clac. La psicópata volvió a preguntarle…

- Tu número… quiero que me lo digas – dijo la teniente.
- Z… - balbuceó Alejandra.
- Z, ¿qué?...
- 647. Z647 – agregó Alejandra apenas en un suspiro, aferrada a las botas de su guardiana, tiritando de frío y vergüenza de sí y con su epiglotis casi obstruida a causa de su angustia y la miseria que por ella misma sentía.
- Vas aprendiendo. Todos se doblegan. Ya también lo aprenderás. Ahora báñate. Me das asco.

Las otras dos la levantaron del suelo. Abrieron la ducha de agua caliente y le arrojaron un jabón a la cara. Ella lo recogió como pudo y comenzó a higienizarse. Al cabo de unos minutos, cerraron el agua, le dieron una toalla, Alejandra secó su cuerpo como pudo y se vistió rápidamente con el overol. Ivanna R. la llevó a empellones a la sala de interrogatorios, en donde se hallaban Novak y el de los mostachos. Jalada de los cabellos, la sentó nuevamente en la silla vetusta con aroma a negativas y delaciones. El coronel Novak respiró profundamente, se acomodó su cabellera y apoyó sus codos sobre la mesa en el lado opuesto en donde se encontraba sentada Alejandra. Y Novak le preguntó…

- ¿Ya entendió qué es?
- Sí, ya entendí – respondió Alejandra.
- ¿Y qué es? – preguntó nuevamente Novak.
- Soy una detenida política, llamada Z647. ¿Está bien? ¿Respondí bien?
- No. No respondió bien…
- Perdón. No se qué responder entonces…
- Usted no es una detenida política en primer término. Si lo fuera, sería *"alguien"* y le reitero que usted es un *"algo"*. Es una cosa que ahora pertenece al Estado. Repítalo.
- Soy… una…
- ¡Repítalo! – vociferó Novak, golpeando la mesa con inusitada fuerza, con la palma de su mano.
- Soy una cosa – comenzó diciendo Alejandra, mientras sus lágrimas se derramaban sin poder inmovilizarlas como en una pendiente enjabonada, como lluvias de dolor y repulsión, no por esos tipos, sino por ella, por su debilidad sin límites, una debilidad que ella no conocía . Que pertenece al Estado…
- ¿Ve Z647? No era tan difícil. Ahora la premiaré evitando que Rezník la golpee incansablemente y la enviaré a tres días de aislamiento absoluto para que reconsidere y aprehenda su nueva situación…
- ¿Mi coronel?... – alcanzó a decir Alejandra, al tiempo que con una seña de la mano derecha, Novak evitó que la teniente la golpeara por hablar sin permiso.
- Sí, 647… ¿me quiere decir algo?

- ¿Por qué me hacen esto? – preguntó Alejandra.
- Usted sabe muy bien por qué. Los tres días de aislamiento le van a venir muy bien… ¡Teniente! Llévesela. Ya me aburrió ésta.

La teniente Ivanna R. la esposó, le vendó los ojos y la devolvió a su celda acolchada. Una vez ahí, le quitó las esposas y le advirtió que no se quitara sus vendas. Que ella la golpearía hasta hartarse si lo hacía. Alejandra asintió con la cabeza. Sin embargo, la guardiana se las quitó. Le hizo ver su celda y le dijo… *"Está acolchada especialmente para que no tengas intenciones extrañas. Morirás cuando nosotros lo digamos, ni un minuto antes, ni un minuto después…"* – dijo Rezník, mientras apoyaba su 7.65 en la sien de Alejandra. *"Te estaré vigilando".* Y se fue. Y cerró la puerta con fastidio. Y ya no la vio por el resto de ese día…

Capítulo 22
"Segundo interrogatorio"

Los tres días de aislamiento decretados por el coronel Novak fueron una especie de purgatorio. Alejandra sólo anhelaba no escuchar la puerta de entrada de su calabozo, pues temía que fuera la teniente Ivanna R. Hacía tiempo que había perdido la noción de tiempo. Las noches podrían ser noches o días y los días, podrían ser días o noches. Como si alguien hubiera apagado la luz o la hubiera cegado adrede. Debía mantener sus ojos vendados. Le habían retirado las esposas. Casi como un privilegio. En esos tres largos días, Rezník la halló con las vendas bajas en dos oportunidades. De inmediato comenzó a pegarle cachiporrazos sobre su espalda, hasta hacerla pedir piedad, mientras abrazaba sus rodillas. Esto le provocaba especial placer a la joven teniente. Al tercer día, apareció un tipo vestido de guardapolvo blanco. Era uno de los doctores de *"San Bartolomé"*, Petr Hornak, un hombre de unos sesenta años, con el rostro algo cansino y disgustado. La revisó, la auscultó, le extrajo sangre.

- You´re the southamerican CIA agent, aren´t you? (Usted es la agente sudamericana de la CIA, ¿no es así?) – dijo el médico.
 - I´m not what you´re thinking, Doctor (No soy lo que usted está pensando doctor) – respondió Alejandra. What will they do to me? (¿Qué me van a hacer?). What day is today? What time is it now? (¿Qué día es hoy? ¿Qué hora es?)
- Maybe *"insuline therapy"*. But I don´t know exactly. (Tal vez terapia de insulina. Pero no lo se con exactitud). Cooperate with them, it will be better for you, miss (Coopere con ellos, sera mejor para usted, señorita). Maybe you´ll be sent to East Berlin. The CIA agents are sent to East Berlin in order to be interrogated and then, exchanged by KGB agents or something else (Los agentes de la CIA son enviados a Berlín Oriental con el fin de ser interrogados y a continuación, intercambiados por agentes de la KGB o alguna otra cosa). What day? I can´t tell you that, I´m sorry (¿Qué día? Lo siento, no puedo decirle eso).
- But I´m not a CIA agent Doctor! (¡Pero no soy una agente de la CIA doctor!) – replicó Alejandra.

- All right my dear. I´ll recommend to them, that you need more food and vitamins (Está bien, mi querida. Les recomendaré que necesitas más alimentos y vitaminas) – dijo Hornak.

- I only need to return to my country… (Sólo necesito regresar a mi país…) – contestó Alejandra.

- I don´t think so. You are part of this game now. It´s too late for you. The repentance is irrelevant in these cases, 647 (No lo creo. Ahora eres parte de este juego. Es demasiado tarde para ti. El arrepentimiento es irrelevante en estos casos, 647).

- Please doctor, call me Alejandra. My name´s Alejandra. Please, I beg you… (Por favor, doctor, llámeme Alejandra. Mi nombre es Alejandra. Por favor, se lo ruego…)

- I´m sorry my dear. I can´t do what you ask me. They´re listening to us now (Lo siento querida. No puedo hacer lo que me pides. Ellos nos están escuchando ahora). I leave you now. Try to survive. Think about it (La dejo ahora. Trata de sobrevivir. Piensa en ello) – dijo el doctor Hornak y se fue.

Ni bien se retiró el médico, ingresó a la celda la teniente Rezník. Alejandra se colocó de inmediato las vendas de los ojos. De una patada, cerró la puerta y se dirigió a su prisionera. *"¿Así que te sigues llamando como antes? ¿No te bastó la ducha? Muy bien, veremos entonces…"* – dijo Rezník. Extrajo la cachiporra de goma de entre sus vestimentas y comenzó a golpear a Alejandra primero en la espalda y luego en todo el cuerpo. Alejandra cayó al piso. La carcelera cesó de golpearla. Le ordenó que se levantara y Alejandra así lo hizo, pero apenas. Sintió cómo la cachiporra de la teniente se incrustaba en la boca de su estómago. Cayó pesadamente al suelo. Rezník le pisó la cabeza, como en otras oportunidades. *"Que sea la última vez que escucho ese nombre de puta que tenías, ¿entendiste?"* – le gritó. *"Sí. Sí, perdón, nunca más"* – dijo Alejandra mientras babeaba. La teniente cerró de manera sonora la puerta de la celda. Y Alejandra quedó a solas. A solas con ella. A solas y con esa disyuntiva que casi no la dejaba ni por un instante. Sobrevivir o dejarse morir. Sobrevivir así o provocar a sus carceleros para que la maten y así terminar con la pesadilla iniciada en el Puente de Carlos.

- Princesa. ¿Qué te han hecho?... – preguntó Edgardo.

- Amigo de mi alma. ¡Te extrañaba tanto! Quieren matarme. Lo se – contestó Alejandra.
- No creo princesa. Ya lo habrían hecho. En el mismo puente pudieron y no lo hicieron. Esta celda acolchada, ¿por qué crees que te alojaron en ella? – dijo Edgardo. Para que no puedas tener posibilidad alguna de suicidio.
- ¿Y vos?
- Yo estoy bien. No te preocupes por mí. Sólo hacele caso al médico. Tratá de sobrevivir. Algo pasará. Ya vas a ver... - dijo Edgardo con su típica sonrisa sencilla y franca a un tiempo.
- Te necesito tanto Edgar...
- Lo se princesa. Pero te tenés a vos. Y no sabés lo importante que es eso. Yo ya nada puedo hacer por mí. ¡Pero vos sí!
- Pero es muy difícil vivir con esa constante inquietud de no saber qué te van a hacer, cuándo aparecerá esa peste de Rezník a apalearme. Te juro Edgar que quisiera tenerla entre mis manos y...
- También lo se princesa. Y eso está bien. A lo que me refiero es a no matar, desde luego, sino a que mantengas tu alma en alto, pese a la humillación y la brutalidad. Como si fuera una bandera a la que ellos no podrán acceder nunca. Y ellos quieren acceder a esa bandera y quieren pisotearla y ensuciarla. Y eso no podrán hacerlo si te mantienes "mansa" como oveja y "astuta" como serpiente...
- Siempre tenés razón mi buen amigo. Dondequiera que estés. Te quiero mucho.
- Y yo a vos princesa. Ahora debo irme. Te veré luego, en algún momento.

La teniente Ivanna R. y el coronel Novak habían observado la escena a través de la mirilla de la celda. Vieron algo que no entendieron. Vieron a una joven hablar con alguien que ellos no podían ver. Se sonrieron. Creyeron que estaban doblegándola o enloqueciéndola o aniquilándola. Les daba lo mismo. Creyeron que estaban logrando sus metas. Creyeron que las mentes son de cobre maleable. Pero no siempre son de ese metal. Los tres días de asilamiento casi habían concluido. Alejandra había comenzado a aceptar el alimento que le ofrecían y unas píldoras multicolores, que eran en realidad las vitaminas que había prescripto el Dr. Hornak. Sus captores vieron esto como una claudicación más de su *"huésped"* extranjera y les complacía.

El lunes 9 de septiembre fue llevada a la sala de interrogatorios por segunda vez. Respondía a su nuevo nombre *"numérico"*, por lo que su guardiana no recurrió a la cachiporra o a golpes de puño o a sus acostumbradas bofetadas. Ingresó a la sala con la cabeza inclinada. No tenía intención de provocar a su brutal carcelera. En la sala estaban el coronel Novak, dos tipos rubios, de cabellos extremadamente cortos y prolijos, de civil y una mujer militar con el uniforme del Ejército Rojo. Rezník la sentó en la silla de los acusados y le quitó las esposas y las vendas de los ojos. Novak tamborileaba sus dedos. Alejandra fue levantando lentamente su cabeza y vio los rostros de sus interrogadores. Los dos tipos rubios tenían entre sus manos carpetas de color rojo. Novak tenía una similar de color negro. La mujer militar soviética, de unos cuarenta años, tenía varias condecoraciones en su pecho. Novak no pronunciaba palabra, aunque Alejandra sabía que sería él quien conduciría el nuevo interrogatorio. Novak extrajo unas fotografías de su carpeta y las deslizó con fuerza a lo largo de la mesa hasta donde se hallaba Alejandra. Alejandra las tomó y las miró. Eran tres fotos de ella, saliendo de la embajada norteamericana en Buenos Aires. Novak habló… *"¿Es usted o no quien sale de la embajada de los Estados Unidos en su país?"* – preguntó Novak. Alejandra tragó o intentó tragar saliva. Era ella. No recordaba los pormenores. Sólo asociaba el sentimiento de indignación de ese momento retratado y que ella sufría a la salida de la entrevista con Melendez. Jalándola de los cabellos, la teniente le dijo… *"conteste cuando el señor coronel pregunta"*.

- Sí. Soy yo – dijo Alejandra.
- ¿Conoce a la Dra. Helen Melendez? – preguntó Novak.
- Sí.
- ¿Trabaja para ella?
- No.
- ¡No me tome por idiota! – gritó Novak.
- Ya le dije que trabajo para el diario de Buenos Aires, *"La Prensa"* señor coronel… le ruego me crea… - dijo Alejandra

–, mientras veía a Edgardo asentir, parado en un rincón de la sala, casi en penumbras.

- ¿Por qué fue a la embajada de los Estados Unidos?
- Tenía que ir. Me envió mi jefe del periódico…
- ¿Fue a ver a Melendez o no?
- Sí.
- ¿Para qué?
- Ellos me ayudarían…
- ¿Ayudarla? ¿En qué? ¿Con qué? ¿Y a cambio de qué? Respóndame ya.
- Ayudarme. Eso es todo. Sólo ayudarme.

Con una simple mirada, Novak accionó el botón de violencia de Rezník, quien lo aguardaba ansiosa. Arrojó a Alejandra al suelo y la pateó en la zona abdominal. El dolor era insoportable y casi no respiraba. Le asestó varias patadas más, hasta que Novak levantó la mano para detener el suplicio, lo que de inmediato cesó. Transcurrieron un par de minutos semejantes a eones y Alejandra empezó a levantarse. Sin la intervención de su guardiana, se sentó nuevamente en la silla vetusta.

- Responda a lo que le pregunté… - dijo Novak.
- Melendez me ayudaría con el gobierno de mi país. Me acusaban de comunista y drogadicta y me prometió que movería sus influencias para limpiar mis antecedentes…
- ¿Usted comunista? No me haga reír. ¡Me quiere volver a tomar por idiota! Si realmente fuera comunista, no se habría convertido en una vulgar adicta burguesa insatisfecha. Eso es una contradicción. Miente una y otra vez. ¿Delinquió en su país? ¿Qué antecedentes?
- Participé en marchas de mi gremio y fui detenida por la policía de mi país. Y además… por consumir marihuana en la vía pública. Melendez prometió…
- ¡Basta! ¡No siga con esta charada! Sabemos todo sobre usted señorita "comunista" "adicta" – dijo Novak, mientras extraía un papel de su carpeta y lo arrojaba a las manos de Alejandra.

Alejandra lo leyó. Vio con claridad la trama que se había armado en su contra. Vio una copia del informe que el mayor Bermúdez le había dado a Pacheco el 23 de mayo en la SIDE, en la que ella se veía involucrada como agente de la CIA y que su trabajo en el diario "La Prensa" era sólo distracción de sus reales labores para la agencia norteamericana.

- Esto es falso señor coronel. Le suplico que me crea… - dijo Alejandra.
- No quiero escuchar más falacias de su parte 647 – dijo Novak. ¡Teniente! Hágalo pasar… - agregó.

La teniente Ivanna R. se encaminó hacia la puerta de entrada de la sala. Abrió y entró un viejo conocido de Alejandra. Cuando la vio, le sonrió cínicamente y se sentó en la silla que estaba vacía junto a la mujer de las condecoraciones. Novak lo saludó cortésmente y se limitó a hojear la carpeta que obraba en su poder. Alejandra lo miraba atónita. No podía creerle a sus ojos. Era él, en persona. De él había huido tantas veces. O quizás *"rehuido"*. Jamás le había agradado con su sempiterna cuasi risita. Era una especie de demonio o ángel caído que iba adonde ella iba o pensaba ir e incluso antes de que ella lo pensara o concibiera. Peor que su sombra. Y en ese momento estaba ahí, en esa mesa en la que acababa de ser acusada de espionaje, un delito mayor en la Europa del Este, penado con largos años de prisión, bajo duras condiciones de vida. Novak se dirigió al personaje recién incorporado a escena…

- ¿Conoce usted a la señorita? – preguntó Novak.
- La conozco perfectamente… - respondió el interpelado.
- ¿Cuál es su vínculo con ella?
- Debía contactarme en Praga. Ésa era una de las órdenes que debía cumplir, acorde a lo hablado en Buenos Aires con nuestra "jefa", Helen Melendez. Cuando me contactara debía entregarme material sobre las actividades soviéticas antes de la *"ocupación"*.
- ¿Y lo hizo?
- Al pie de la letra. Me contactó el jueves 15 de agosto, a las cuatro de la tarde… Me relató que el 26 de julio fue a la ciudad de Mladá Boleslav, robó documentación del Ejército

Rojo y estableció como cierto que el viejo edificio de la fábrica de automóviles Skoda sería el cuartel del mismo. Más aún. Fue más allá y denunció todo por Radio Praga. Yo estuve presente ese viernes 2 de agosto en el auditorio de la radio.

- ¿Mencionó lo de Petřín? – preguntó Novak.
- Sí. En Petřín buscaba pruebas contundentes sobre la actividad de los amigos de la URSS en Praga, para probar que estaban preparando una "invasión". Sabía acerca de las camionetas de telecomunicaciones rusas. La mujer del Ejército Rojo tenía el semblante enfurecido.

Alejandra seguía con la boca abierta. No tenía capacidad de reacción en ese momento. No podía creer lo estúpida que había sido al caer a un precipicio fraguado desde Buenos Aires. Y ante sus narices, Thomas Keenan volvía a reírse de ella. Mintiendo o amplificando y tergiversando los hechos. Con su habitual tono irónico, se dirigió a Alejandra y le dijo:

- ¿No le advertí Miss Henning que se fuera de Checoslovaquia? Pero claro… olvidé que es usted muy estúpida. Tan estúpida como para pretender detener lo inevitable desde un ridículo programa de radio. Si se viera cuán grotesca se ve ahora, Miss Henning… - dijo Keenan.
- ¡Inglés hijo de puta! ¡Inglés traidor! ¡Hijo de puta! ¡Hijo de putaaa!... – gritó Alejandra al tiempo que intentó tomarlo por el cuello a Keenan, lo que impidió la teniente Ivanna R. golpeándola en la cabeza con su cachiporra, quedando aferrada al brazo derecho del británico.
- La próxima vez que haga una escena como la de recién, será confinada a aislamiento absoluto por un mes. ¿Comprendido? – dijo muy serio Novak.

Alejandra apenas asintió con la cabeza, la cual sangraba y manchaba la frente de su bello rostro y ojos azules y apagados, tan apagados por tanta desazón y tanta cachiporra. El azul marino de sus ojos y el rojo de su sangre. Como si dos mares anhelaran tocarse. En un segundo casi mágico, vio que Edgardo desde las penumbras le manifestaba con señas que se mantuviera en calma…

- Agredir al amigo Keenan, es agredirnos. Desde hace tiempo trabaja para nosotros, por si no se dio cuenta, niña imbécil. Y no sólo lo hace por la paga. Lo investigamos previamente y había militado con vehemencia en el Partido Socialista de su país. Y ahora, a lo que nos interesa en verdad. Hemos escrito en su nombre una confesión de parte, en la que usted admite sus delitos y esto hará que su condena sea menor. Tal vez de entre 3 á 7 años de prisión. No acá en Checoslovaquia, sino en la URSS. Le reitero algo. Su país no tiene vínculos con el mío. Menos aún con la URSS luego del incidente del año pasado en el puerto de Buenos Aires.
- No voy a firmar nada… - dijo Alejandra.
- Lo hará o… será enviada a la prisión de la Stasi en Alemania del Este. A Hohenschönhausen. ¿Sabe lo que es la Stasi? – preguntó Novak.
- Sí. Lo se.
- No creo. Nuestros amigos germanos han ideado el sistema perfecto para demoler a las personas como usted. Cuando quiera reconocerse, ya no podrá hacerlo, porque no será usted. Pasará muchos meses en esa cárcel y por fin, hará cuanto se le ordene y… *"sin pensarlo"*. Será una autómata. ¿Por qué no se ahorra ese tiempo de tormentos y firma ya?
- No voy a firmar nada… - dijo Alejandra con lágrimas en los ojos.
- Ich will reden, Oberst (Quiero hablar, coronel) – dijo uno de los tipos rubios, sentado a uno de los lados de Alejandra.
- Natürlich, Lieutenant (Naturalmente, teniente) – respondió Novak.
- Fräulein (señorita) – dijo hablándole a Alejandra –, mi nombre es Joachim Zweig, soy teniente del Ejército Popular Nacional de la República Democrática de Alemania, al servicio de la Stasi. Vine a este interrogatorio para saber si era necesario que usted sea remitida a Berlín. Si usted firma ese documento, lo evitará…
- Ya dije que no voy a firmar nada. No tengo nada que confesar. Y les pido a todos que se vayan a la mismísima mierda – dijo Alejandra ya sin medir consecuencias.

- No la golpee, Rezník... déjela – dijo Novak. Le daremos cuarenta y ocho horas para reconsiderarlo. Sáquenla de mi vista... Rápido. No tolero su presencia.

Alejandra tenía la cabeza apoyada sobre sus muñecas, como recostada sobre la mesa de interrogatorios. Sus lágrimas habían mojado la madera. Su cabellera extendida y desplegada. Parecía dormida. Como si Morfeo la cobijara con sus alas seductoras. Ivanna R. borró de un plumazo la escena onírica, al tirar de los cabellos de Alejandra y arrastrarla hasta la puerta de la sala. Le ordenó ponerse de pie. La hizo mirar hacia la pared, la esposó y le vendó los ojos. A continuación la regresó a su celda. La esperaba *"alguien"*... Mientras la retiraban de la sala, de manera ignominiosa, Keenan bajaba la cabeza y sonreía.

- No firmes princesa – dijo Edgardo.
- No pensaba hacerlo Edgar... - agregó Alejandra.
- Es preferible lo incierto del mañana a un eterno presente de grises infinitos, amenizados con los golpes de esa gorila que te custodia...
- Supongo que sí... Gracias por ser mi ángel, Edgar...
- Lo único que se fue, fue mi cuerpo. No lo olvides...
- ¿No podrías decirme qué día es hoy y qué hora es? No soporto más no saberlo...
- No puedo. Para mí ya no hay tiempo, no hay días y horas. Mucho me gustaría complacerte princesa, pero no puedo, perdoname...

Y la figura de Edgardo se desvaneció. Y Alejandra se recostó y cubrió con esas cobijas azules que apestaban a DDT. Y un remolino de recuerdos la invadió sin que ella lo pidiera. Sintió temor, porque hasta la cara de Daniel se iba disipando de su memoria. La cara de su hermano Eduardo, de su hermana Lorena, de sus padres... Quizás a fuerza de cachiporrazos, humillaciones o arrastres por el piso, como si ella realmente fuera una cosa o bulto de carne amorfa, una media res o algo así. Recordó a su padre, Juan. *"Nunca claudiques ante las injusticias y los ultrajes"* – solía decirle a la adolescente que había sido. *"Qué sencillo es decir hermosas palabras que expresan ideas altruistas cuando no te patean en el estómago o te golpean la cabeza y te la sangran y sabes que esa sangre es muy valiosa, porque es sangre tuya que se vierte y se vierte por una idea, una idea que no evita el tormento, sino que lo potencia"* – razonaba casi entre sueños Alejandra. Y por fin se durmió. A medias… pero durmió.

Querido diario:
"Hace tanto que no te escribo. Y no te escribo porque no tengo papel ni lapicera para hacerlo, ni fecha ni tiempo, ni lugar, sólo pensarte o soñarte... Y quizás no te escribo porque cada día que pasa cuesta más reconocerme. Ellos intentan sustraer de mí, no sólo información, intentan sustraer de mí lo que en realidad me hace ser yo. Ya no soy Alejandra, diario mío. Soy ese número de mierda que ellos me dieron. Ellos dicen que soy una cosa. Que a nadie importó. Quizás sea verdad. Quizás en Buenos Aires nadie haya advertido mi ausencia. Quizás ya nadie me esté buscando o preguntando por mí. Quizás ya es tarde para mí. No estoy segura, pero lo intuyo".

Capítulo 23
"San Bartolomé"

Desde su último interrogatorio, la teniente Ivanna R. ya no la golpeaba a la hora que le venía en ganas. Más aún, a Alejandra le permitieron salir de su celda para limpiar la sala de duchas, en donde a ella le habían brindado el "baño especial". *"Lo quiero reluciente o te doy otra ducha... ¿entendiste puta?"* – le dijo despectivamente su carcelera. *"Sí, mi teniente"* – respondió Alejandra. Al cabo de media hora, la teniente Ivanna R. regresó al lugar y verificó la limpieza de la sala. Al comprobar que había higienizado tal y como ella se lo había ordenado no la apaleó. Le colocó sus vendas de los ojos, la esposó y la escoltó a su celda. Una vez ahí y tras liberar sus muñecas y sus ojos, Rezník se sentó en el camastro de Alejandra. A ésta le llamó la atención esa conducta.

A continuación, Rezník le apuntó a la mesita de la celda. Sobre ella había un pote de pomada para calzados. *"Ahora me vas a sacar las botas y me las vas a lustrar. Lo harás de tal modo que me sirvan de espejo para verme. ¡¿Entendiste?!"*. *"Sí mi teniente"* – contestó Alejandra. Alejandra descalzó a Ivanna R. y comenzó su labor arrodillada a un lado de la misma. En un determinado momento, Alejandra osó mirarla a los ojos a su guardiana. *"¿Qué miras? Sigue con lo que te ordené inmunda"* – dijo la teniente, al tiempo de golpear el rostro de Alejandra con la planta de su pie izquierdo, haciéndola tambalear y caer hacia atrás. Una vez consumado lo que le había ordenado Rezník, le colocó sus botas. Ésta se paró. Alejandra continuaba de rodillas, sentada en el suelo. Ivanna se acomodó su uniforme y dijo sonriendo, *"ahora... me vas a besar las botas..."*. Alejandra cerró sus ojos. Pero no cerró sus lágrimas. Cerró su alma ante una nueva humillación en vísperas. *"Mansa como oveja y astuta como serpiente, mi princesa..."* – recordando a Edgardo. *"¡Vamos puta! ¡¿Qué esperas?!"* – bramó la carcelera. Alejandra se inclinó y besó las botas de quien la odiaba desde lo más profundo de sus entrañas. Sin darse cuenta, las mojó con sus lágrimas. Cuando las vio mojadas por esas gotitas saladas, exclamó, *"¿Pero qué veo aquí? ¿Estás llorando? Ahora por haber ensuciado mis botas con tus estúpidas lagrimitas me vas a besar las suelas también..."*. Alejandra no podía reaccionar ante esa situación que la había desbordado. *"¡Vamos! ¡Ya!..."*. Pero Alejandra no pudo y Rezník perdió el control. La esposó de inmediato y le colocó una bolsa de polietileno en la cabeza. Alejandra estaba aprendiendo el significado de *"submarino seco"*. Alejandra se asfixiaba. Sus pulmones pugnaban por respirar y su boca abierta sólo chocaba contra una pared de celofán, que se introducía en ella en su desesperación. Cuando la teniente vio que Alejandra estaba casi exánime, le retiró la bolsa, riendo. Alejandra volvió lentamente en sí. Y cedió y le besó las suelas de sus botas... Y el demonio al que ella había burlado en otras ocasiones, ahora reía. Podía sentir sus carcajadas desde el mismo Averno que alojaba a millones de almas perdidas y que pedían clemencia por esa eternidad de tormentos y cuyas voces podía escuchar desde las entrañas de su carcelera. La teniente Ivanna R. estaba por retirarse y dejó caer un bolígrafo deliberadamente y dijo... *"¿Me lo alcanzas Alejandra...?"*. Ella permaneció como quieta y sin movimiento ni palabra alguna. Le temblaban los labios y miraba el suelo. *"647, alcánzamelo"* – dijo Rezník con voz más prepotente, Alejandra así lo hizo Rezník cerró la puerta de la celda con cierta satisfacción. Alejandra respiró profundamente por un rato... Ese día había concluido.

Al día siguiente, una voz despertó a Alejandra. Era un detenido de la celda de enfrente de ella. Jan le preguntó a Alejandra cómo se sentía. *"Ya no siento nada, duele menos así"* – contestó Alejandra. Jan se acomodó del otro lado del pasillo, sentándose en el suelo y encendiéndose un cigarrito a medio fumar o a medio apagar por uno de los guardias. *"Construiste cada barrote que te aprisiona"* – dijo Jan. *"Lo hicieron ellos"* – respondió Alejandra con un fastidio nada disimulado. *"No, fuiste tú... en ti está liberarte"* – agregó Jan.

Jan Kucera. Quizás tenía unos treinta y pico. Aunque parecía mayor. Siempre parecían mayores después de pasar un tiempo en *"El Monasterio de San Bartolomé"*. Y Jan no era la excepción. De cabellos rizados, con amplias entradas hacia los lados. Color castaño claro. Contextura pequeña y delgada, de barba casi inexistente. Usaba gafas redondas. Negras. Ennegrecido estaban las lentes. Huérfano de adolescente, el Estado checoslovaco se había hecho cargo de sus estudios y de su vida. Pronto comprobaría hasta qué punto el Estado era el dueño de ella. Jan había sido becado para estudiar antropología en la Universidad de La Habana en 1967, pero había caído en desgracia a su regreso, por apoyar abiertamente las reformas de Dubček. Jan había sido delatado por un miembro del KAN, cuyo nombre jamás sabría. Casi se hallaba habituado al Monasterio. Casi podía sentirlo como su segundo hogar. Se le permitía ver. Lo que no era un privilegio común.

El teniente coronel Miklos Marek lo había adoptado como su protegido. Le había otorgado una celda aislada con un mínimo de comodidades. Incluso un televisor que le llevaban a su jaula, cada domingo. Libros para su esparcimiento y la promesa de una pronta liberación. Pero los favores de Marek no eran gratis. Jan era sodomizado cada martes. Cada estricto martes, cuando Marek disponía de tiempo extra. Jan dejaba a un lado su dignidad y poco le importaba ya su sexualidad. Sus testículos habían sido casi freídos por la *"máquina eléctrica"* y no deseaba volver a ese infierno. Para el estado checoslovaco, Marek era un héroe de guerra, un joven oficial que combatió ferozmente a los nazis en el 45 y participó activamente de la revolución comunista, tres años después. Para el Estado, Marek era un perfecto socialista que había servido fielmente durante su implantación, y su vigencia. Era parte del pasado y del presente. Y el presente implicaba la *"normalización"* de su vieja Checoslovaquia, minada – según él por la influencia del capitalismo decadente, por comunistas traidores y estudiantes irreflexivos o estúpidos, llevados por una moda que llevaría al país a un callejón sin salida. Marek no difería en mucho del resto de oficiales y suboficiales que aborrecían a Dubček.

- ¿Cómo te llamas? – preguntó Jan.
- Alejandra... eso creo – respondió Alejandra.
- Ah... ya. Ya estás en esa etapa. Vas bien. En la medida en que te despojes de tu nombre, ellos irán disminuyendo el nivel de dureza de sus tormentos. ¿Sabías que el español es muy estudiado por acá?
- Sí, lo se – contestó Alejandra lacónicamente o casi sin ganas.
- Mi nombre es ZL-5688. Bueno... Jan, si quieres.
- Jan. Prefiero Jan.
- ¿Te protege alguien Alejandra?
- No entiendo.

- Digo, si eres la amante de algún oficial o funcionario.
- No…
- ¿No? – se rascó la cabeza Jan. Es extraño – agregó. ¿Te han violado? ¿O te llevaron a la "máquina eléctrica"?
- No.
- ¿Y por qué estás acá Alejandra?
- No lo se…
- ¿Eres espía o algo así? ¿Saboteadora? ¿Terrorista?... no se…
- Nada de lo que dijiste Jan. No se por qué me tienen acá… Sólo se que quiero volver a mi país.
- Aquí todo se sabe Alejandra. Eres de un país de Sudamérica, Argentina, ¿verdad?
- Sí.
- ¿Ahí gobierna el fascismo o no?
- No… No se. Qué se yo Jan o como te llames – dijo Alejandra con un dejo de fastidio y cansancio.

Entre ambas celdas había un pasillo. Por el pasillo desfilaban un par de guardias cada tantos minutos, que Alejandra no contaba. Solamente sabía que pasaban. Y miraban. Y vigilaban.

- ¿Te dejan hablar? – preguntó Jan.
- No.
- No te preocupes. Si escuchan o ven que lo haces conmigo, nada te harán. Tengo algunas prerrogativas – dijo Jan, apenas sonriendo.
- Qué bien. Qué bien por vos Jan.
- Estás confundida. Lo entiendo Alejandra.
- ¿Vos sabés qué me van a hacer?
- No. Pero lo imagino.
- ¿Me van a matar?
- No. No lo creo. Habitualmente a los extranjeros no los matan. Los canjean por gente de acá o de la Stasi o del KGB.
- Pero te acabo de decir que no tengo nada que ver con todo eso. Sólo soy una reportera gráfica de un periódico argentino. Eso era. Hasta no hace mucho. O hace mucho. Ya lo dudo, pero casi estoy segura de que lo era…
- Entonces estás en problemas Alejandra… - dijo Jan mirando el suelo sucio de su calabozo.

Pasaron los guardias de rigor. Ambos callaron. Las "prerrogativas" de Jan tenían sus límites. Uno de ellos le habló a Jan. No parecía muy conforme. Más aún, parecía ofuscado. Luego se retiró. Jan se dirigió nuevamente a Alejandra, *me dijo el guardia que te coloques la venda en los ojos. De lo contrario te darían una ducha fresca"*.

La *"ducha fresca"* consistía en entrar intempestivamente a la celda y con la manguera de fortísima potencia de agua, ya conocida por Alejandra, rociar con agua helada al detenido, hasta lograr voltearlo y hacer que permaneciese cuerpo a tierra y suplicando. A la hora menos pensada. De día o de noche. Sin motivos aparentes. O con ellos. Daba igual. La *"ducha"* siempre estaba presta para doblegar piernas erguidas. O almas erguidas. Si es que algún detenido o detenida tenía la osadía de poseer alma. Alejandra se colocó la venda mugrienta de nuevo en los ojos. Le molestaban. La conjuntivitis de los mismos la atormentaban tanto como los golpes de la teniente Ivanna R. El Dr. Hornak ya se los había tratado. Habían mejorado. Pero aún persistía la dolencia.

- No te los toques… los ojos. No lo hagas. Es peor.
- No. Ya se. Los mantengo lo más cerrados posibles. Y es mejor así. Quisiera cegarme y no ver nunca más a nadie…
- No hables así Alejandra. Serenate…
- ¿Y vos?... ¿Por qué podés hablar? ¿Sos buche o algo por estilo?
- ¿Qué es buche?
- Alcahuete, informante… ¿me entendés?
- Sí. Te entiendo. Acá les decimos "colaboracionistas". Y no, no soy eso Alejandra. Están matando mucha gente. Mucha más de lo que dicen los diarios o revistas. Cuidado – dijo Jan.
- ¿Y vos? ¿Por qué estás acá? Pero antes decime algo por favor. ¿Qué día es hoy?
- Miércoles 11 de septiembre… No tenías idea, ¿verdad?
- No.
- ¿Cuándo te detuvieron? – preguntó Jan.
- El domingo 1°… me vendió un hijo de puta en el que confié…
- Al igual que a mí…

- ¿Qué hora es?
- Cerca de las ocho de la noche. Ya casi viene la cena. Si tienes los ojos descubiertos, ponte la venda…
- Sí, ya lo hago.

Dos soldados de nombre Bosko y Cermak, repartían las raciones de comida. A Alejandra, le daban dos pastillas adicionales de vitaminas por orden del Dr. Hornak. Le era permitido bajarse las vendas de los ojos al comer. Uno de los dos soldados que distribuían los alimentos le dijo al otro que controlara la puerta de la celda de ella. Mientras Alejandra cenaba, Cermak comenzó a manosearle los pechos. Alejandra sentía deseos de clavar su tenedor en la mano de ese tipo. No lo hizo. El soldado apartó la mano de Alejandra del plato de comida. Alejandra permanecía inmóvil. El soldado pasó su lengua por la mejilla izquierda de ella. Alejandra sintió deseos de vomitar, pero sabía que sería golpeada en ese caso. Cerró sus ojos. Como en otras humillaciones. *"Velmi chutné zahraničuí..."* (Muy sabrosa la extranjera…) – dijo al otro que estaba en la puerta. *"Vezmeš si mě, děvko?"* (¿Quieres casarte conmigo, puta?) – agregó riendo, mientras bajaba su mano a la zona del pubis de Alejandra. En esos momentos apareció la teniente Ivanna R. Vio movimientos extraños pero los soldados muy rápidamente continuaron con su reparto de las viandas. La carcelera prosiguió su revista en las otras celdas femeninas. Alejandra intentó dormir, pero aún sentía asco por ese joven soldado que había abusado de ella y asco de sí. Sentía el olor de su saliva seca en su mejilla. Se levantó del camastro y apenas pudo llegar al inodoro y vomitó la cena. Tiritaba y se cubrió como pudo con la cobija…

Al día siguiente la aguardaban en la sala de interrogatorio. Rezník la sentó con su acostumbrada brutalidad en la silla que se le había asignado. Novak tenía un traje marrón esa mañana y parecía de muy mal humor…

- ¿Va a firmar o no? – preguntó más que contrariado.
- No – contestó de inmediato Alejandra.
- Muy bien. Como lo desee…

Novak se puso de pie. La miró con notoria irritación difícilmente disimulable. Golpeó la mesa con los nudillos de su mano. Esto alteró a Alejandra, quien se estremeció al verlo casi fuera de sus cabales. No tentó siquiera mirarlo. Esquivó la mirada hacia un costado. Hizo que la teniente abandonara la sala. Novak seguía en silencio. Extrajo su 7.65 y se dirigió directo a la Alejandra. Alejandra cerró sus ojos. *"Me tiene harto niña imbécil. Si le disparo ahora, le ahorraré los gastos al Estado de mi país y al de mis amigos"* – dijo Novak. Alejandra escuchó el movimiento de la corredera del arma de Novak. Seguía con sus ojos cerrados y lagrimeando y dijo, *"por favor señor coronel, si lo va a hacer, hágalo, pero por favor hágalo de una vez, no siga con esto, se lo imploro"*. Novak apuntó a una de las paredes de la sala y disparó. El estruendo fue atroz. Alejandra gritó. Sólo gritó y tapó sus oídos. Luego, el silencio. Un silencio con penetrante olor a pólvora, que lastimaba sin haber lastimado. Al cabo de algunos minutos, bajó sus manos y abrió sus ojos. Nadie había en la sala. Sólo ella y su orfandad.

Tal vez diez ó quince minutos después, Novak reingresó a la sala. Alejandra había fijado su vista en una mancha de humedad del zócalo. *"Alguien quiere hablar con usted 647..."* – dijo Novak y se fue. Al minuto, entró ese "alguien" y se sentó muy cerca de Alejandra.

- ¿Vos? ¿Qué hacés acá? – preguntó Alejandra. ¿Viniste a cobrar tu recompensa o a burlarte de mí, hijo de puta? – remató.
- Nada de eso Alejandra. Sólo quería decirte que lamento la muerte de tu amigo – dijo Radek Janda.
- Sos una porquería Radek. Un asco de persona. No sólo me traicionaste. Traicionaste todo lo hecho por meses en la radio, a tus compañeros y vaya a saber a quién más... ¿Lamentás la muerte de Edgardo? Sos una larva, una cucaracha. Andate Radek. ¿Te mandaron a convencerme de que firme ese papel de mierda? Que se lo metan en el culo. Y vos andá y disfrutá de tu inmunidad y dormí calentito por las noches. Si podés dormir, desde luego...
- Sí, puedo Alejandra. No me quedaba otra opción. Eres extranjera. Ni se bien por qué te involucraste con los checos.

¿Qué te creías? ¿Una cruzada de la libertad? Y en todo caso, no estaba planeado matar a tu amiguito. Sólo querían arrestarte a ti. Y en definitiva, tú causaste su muerte…

- Nunca me consideré una cruzada de nada, tarado. Vi todo ese dolor del pueblo en las calles. Vi muertos. Jóvenes que nunca serían padres o abuelos. Aplastados por estos tipos y sus asquerosos tanques y vos me venís con opciones. ¿A qué te referís?
- Me detuvo el Stb y me dijeron que si te entregaba, mi familia y yo no sufriríamos ninguna consecuencia por lo de la "Primavera".
- Mirá vos. Bueno. Presumo que morirás de viejo, cagándote y meándote encima a lo sumo. Te felicito Radek. Dejame en paz ahora.
- Alejandra, yo… no pude elegir. Sólo me dieron esa chance. Y la tomé… - dijo Radek.
- Andate a la mierda. Y deciles que la confesión no la firmaré jamás. Que me peguen el tiro a la nuca que tanto desea esa malnacida de Rezník.
- No te van a matar ahora Alejandra. Se que si no firmas te enviarán a Alemania en pocos días. Mañana quizás, no se.
- Salí de mi vista Radek. Traidor de mierda. Salí de una puta vez de mi vida… - dijo sollozando Alejandra.

Radek salió de la sala. Casi de inmediato ingresaron Novak, la teniente Ivanna R. y los dos alemanes que estaban en el último interrogatorio. Novak tomó el papel de la confesión y se lo dio a su subalterna. Ésta lo colocó delante de Alejandra, junto a una pluma fuente.

- Firme… - dijo Novak fríamente.
- No – contestó Alejandra.
- Firme… - volvió a decir Novak con más vehemencia.
- No. No lo voy a hacer…

Rezník empujó la cabeza de Alejandra contra la mesa, golpeando su frente con tal fuerza que reverberó en toda la sala, impresionando incluso a los dos alemanes presentes. *Pasado mañana parte a Alemania. No quiero verla más. Nuestros amigos, allá le hallarán alguna utilidad. Me agotó jovencita imbécil"* – dijo Novak. Éste y los alemanes dejaron prestos la sala. Su guardiana la condujo a su celda.

Esa noche, luego de la cena, la teniente Ivanna R. *"no"* cerró la puerta del calabozo de Alejandra. Ésta sospechó lo que se avecinaba y se mantuvo alerta. Bosko y Cermak, los dos soldados que servían la comida y que habían protagonizado el incidente anterior, irrumpieron a la medianoche en la celda. Alejandra se incorporó de un salto sobre su cama y retrocedió hasta la pared en donde estaba el lavatorio. Cuando iba a gritar, Bosko le tapó la boca justo a tiempo y le aplicó un fuerte golpe de su rodilla en el abdomen, doblándola como a un papel. Ya sin capacidad de respuesta, ambos soldados desnudaron y violaron a Alejandra repetidas veces. Rezník espió por la mirilla y vio el macabro espectáculo. Su satisfacción era plena. Mientras uno la sujetaba de los brazos, el otro la penetraba. Su boca estaba silenciada por un trapo sucio.

El viernes 13, *"milagrosamente"* la puerta de la celda estaba cerrada como debía esperarse. El Dr. Hornak halló a Alejandra aún inconsciente, desnuda y tirada en el suelo. De inmediato la llevaron a la enfermería, presumiendo una violación. Allí le dieron los primeros auxilios, aunque continuó inconsciente casi tres días. Al cuarto, el lunes 16, abrió sus ojos azules, sin saber dónde se hallaba. Hornak le sonrió, al igual que su enfermera, Mirka.

- Do you remember what happened, my girl? (¿Recuerdas lo que sucedió mi niña?) – le preguntó Hornak.
- Yes I do (Sí) – respondió Alejandra.
- You'll stay in my infirmary now. You have to recover from your wounds (Permanecerás en mi enfermería. Tienes que recuperarte de tus heridas) – dijo Hornak.
- Thank you doctor. You're a good person (Gracias doctor. Es usted una buena persona) – respondió Alejandra.
- My girl, I simply reject what those beasts do to female prisoners (Mi niña, simplemente rechazo lo que esas bestias les hacen a las prisioneras). Your case isn't the first one unfortunately... (Tu caso no es el primero desgraciadamente). And Novak won't do nothing. (Y Novak

nada hará). Meanwhile, I'll protect you as much as possible… (Mientras tanto, te protegeré tanto como me sea posible). Now, try to rest. Put stronger… (Ahora trata de descansar. Ponte fuerte).

- Doctor. I want to take a bath. I go on feeling dirty (Doctor. Quiero tomar un baño. Me sigo sintiendo sucia).
- Of course, my little girl. Use the infirmary´s one (Por supuesto, mi niña. Usa el de la enfermería).
- Thank you again (Gracias de nuevo) – dijo Alejandra mientras el Dr. Hornak acariciaba su cabello.

Alejandra estaba cubierta por una especie de manta de hilo blanco. Acudió al cuarto de baño. Éste disponía de una tina. La llenó de agua caliente. Luego se introdujo en ella. Se acostó y se durmió por unos minutos. Creía que cuando los abriera todo habría sido una simple alucinación, producto de una noche de alcohol y cannabis. Ésta era la razón por la cual no quería abrir sus ojos y verse en esa bañera. La realidad ya le había pasado su factura. Su alma estaba extenuada. Extenuada por los golpes y humillaciones de Ivanna Rezník, de los ojos impiadosos de Novak, de tipos que conocía continuamente y la observaban como a una rata de laboratorio. Extenuada por la ausencia de su amigo. Extenuada por haber sido ultrajada, sabiendo que nadie haría nada al respecto. Extenuada de fingir que era una cosa. Extenuada de sentirse extenuada. Sólo quería escapar. No sabía adónde. Sólo escapar. Y quizás ese escapar era un cerrar de ojos y sentir el agua cálida que abrazaba su cuerpo, como una caricia entre tanto golpe, bofetada y saña.

Y Alejandra iba marchitándose. Resquebrajándose. Sus captores le decían que no eran tan "bruscos", como sus colegas franceses lo habían sido en Argelia, que debía estar agradecida. Alejandra y su alma. Indómita y valerosa en tiempos idos. Las llamas eran ya pequeños destellos en su ánimo de recobrar su consciencia, la cual había perdido y la cual había encontrado, aunque maltrecha, como quien encuentra un billete olvidado en alguna prenda tan olvidada como él. Alejandra prácticamente se escondió dos días más en esa fría enfermería, hasta el miércoles 18.

Alejandra se aferró a ella, a la que veía como al "limes" romano, la frontera que la separaba de la barbarie germánica. Pero la barbarie por fin hizo su aparición el jueves 19. Su carcelera vino a buscarla. Alejandra vistió su overol gris y Rezník la esposó y vendó sus ojos. Al día siguiente, sería despachada a Berlín. El médico le advirtió a la teniente que no la golpeara. Ésta le contestó que su tarea era mantenerlos vivos y en condiciones de ser interrogados. Que él, era un civil y que ella no recibía órdenes de civiles. Sin embargo, Hornak habló con Novak en favor de Alejandra y esa última noche tendría una mujer suboficial del ejército polaco, vigilando su puerta para evitar que se repitiera lo del jueves anterior. Bosko y Cermak habían sido removidos y reenviados a otra repartición. Fin del incidente...

Y Alejandra durmió, ya sin necesidad de estar alerta. Pero la suciedad de su alma no se borraba con guardianas protectoras. Sólo le restaba soñar con salir de ese infierno, que llevaba el nombre de un santo. Salir de un círculo del infierno para ir a otro círculo. Eso era lo que le esperaba, quizás o quizás no...

Tercera parte

Berlín

Capítulo 1
"Hohenschönhausen"

En la mañana del viernes 20 de septiembre de 1968, llovía sin cesar en Praga. Parecía un día que lloraba a raudales. Como una sensiblería poco disimulada. Como un desgano de ocultar tanto desaguisado. La hora era incierta. Tal vez, las siete o tal vez las nueve de la mañana. Alejandra dormía o apenas dormía o figuraba dormir. Sentía frío. Como habitualmente sentía. Se abrigaba con la frazada mugrosa que le habían asignado. De pronto, los chirridos de la puerta de entrada de su celda le advirtieron la presencia inminente de alguien. Ese alguien podría ser uno de sus carceleros. De sus violadores. O bien podría ser la muerte. O bien podría ser un sueño de despertares y ya no habría más horror, dolor o frío. Pero no... Era la teniente Ivanna R.

Alejandra no deseaba abrir los ojos. No deseaba ver el eterno rostro de acero de la teniente Ivanna R. con esa pizca inconfundible de satisfacción por el deber cumplido. La celosa defensora de las verdades socialistas, la jaló de los cabellos y la arrojó al suelo de un solo envión. Se paró ante ella. Alejandra ni siquiera atinó a levantar su cabeza. Sólo alcanzó a ver las lustrosas botas negras de su carcelera. Una de esas lustrosas botas negras pisó la cabeza de Alejandra, como era costumbre y la obligó a permanecer quieta. La teniente Ivanna R. sonrió. Y le dijo...

- Es hora de partir...
- ¿Me va a matar? – preguntó Alejandra casi susurrando.
- No. Aún queda algo de vida en ese cuerpo que cree que es suyo – respondió irónicamente Ivanna R.
- ¿Adónde me llevan?
- Hohenschönhausen...
- ¿Cómo es ese lugar?
- Un lugar que te hará añorar volver a Checoslovaquia, puta estúpida... Vístete en un minuto o te daré un souvenir que no olvidarás por largo tiempo. Y adivina quién está a cargo de la seguridad de la "transferencia".

El souvenir en cuestión podría ser una golpiza a trompadas o a cachiporrazos o tal vez un "submarino seco". Alejandra ya había atravesado por distintos "souvenirs". Ivanna le señaló una especie de overol azul, muy amplio, con el inconfundible olor a desinfectante. En uno de los bolsillos superiores delanteros estaban bordadas las siglas "DDR". Se vistió tan rápido como sus fuerzas le permitieron. En la parte posterior, a la altura de los omóplatos, había una especie de inscripción en alemán.

- ¿Qué significa eso mi teniente? – en alusión a lo escrito en el overol.
- *Deutschen Demokratischen Republik"*, quiere decir que ya eres propiedad de la República Democrática de Alemania – respondió Ivanna R. mientras fumaba un cigarrillo. Ya les perteneces a ellos...
- Quiero hablar con el coronel Novak.

La mujer que la había humillado por largos días, bajó los párpados lentamente mientras dibujaba su acostumbrada sonrisa irónica.

- Z647... me parece que no entiendes. Ya es tarde para hablar con el camarada coronel. Nuestros amigos alemanes te están aguardando ansiosos. Quieren conocer a la sudamericana fascista, agente de la CIA que vino a husmear. Nunca habían tenido una *"entre sus manos"*.

Alejandra terminó de vestirse con ese extraño overol azul, que olía a desinfectante. Y se paró mirando al suelo. Como siempre se paraba ante la teniente Ivanna R. como siempre se paraban los detenidos. Les estaba prohibido mirar a los ojos de sus guardianes, si éstos no aprobaban primero esa conducta, caso contrario eran empleadas las cachiporras. *"Contra la pared"* – dijo Ivanna R. La cacheó de arriba abajo, como era de rigor. *"Mirando a la pared, las manos atrás"* – agregó. Acto seguido, le colocó un par de esposas. La jaló del hombro izquierdo y la condujo a empujones hacia la puerta de entrada de su celda. En un momento de desesperada pugna por decir algo y callarlo a un tiempo por el terror a las palizas frecuentes, Alejandra logró pronunciar cuatro palabras:

271

- Usted no es humana…
- Te equivocas, Z647. Soy humana. La que cree que es humana eres tú. Y tú dejaste de ser humana desde que estás acá por espionaje. Ni siquiera eres un animal, pues algunos animales tienen el beneplácito de nosotros, los humanos. Estás afuera de ese rango. En algún momento te van a liquidar. Como quien se quita mierda de perro de la suela de los zapatos. Ten paciencia.
- Usted no es humana…

Un tipo, de unos treinta y cinco a treinta y ocho años, con vestimenta militar, esperaba a Alejandra en el corredor de las celdas. Se trataba del capitán Konrad Fellner, quien trabajaba desde hacía un par de años en la Stasi de la República Democrática de Alemania. Hablaba con fluidez inglés, francés y español. Se especializaba en inteligencia y en la demolición mental de detenidos. No era partidario de la violencia física, pero era un ferviente creyente del socialismo y de que éste debía ser protegido de sus enemigos tradicionales, los fascistas e imperialistas del oeste. La teniente Ivanna Rerník colocó a Alejandra junto a una de las paredes del corredor. De un golpe de puño, hizo que bajara su cabeza. Fellner observaba la escena. Alejandra, algo aturdida por el puñetazo de su guardiana, alcanzó a ver a Fellner reprender a su carcelera, a lo que ésta respondió con un sonoro golpe de tacos en señal de sumisión *"Jawohl, Herr Hauptmann!"* (¡Si, Capitán!).

Fellner traía consigo una carpeta, que portaba bajo el brazo. A su vez la teniente, le ofreció unos formularios que éste debía firmar, lo cual Fellner cumplimentó debidamente. Mientras, Alejandra, pese a las advertencias anteriores, continuó viendo qué sucedía entre Ivanna R. y el militar desconocido. Observó que era un hombre alto y bien parecido, de cabellos castaños rubios y ojos claros. Su guardiana se cuadró haciendo resonar sus lustrosas botas negras, saludó cortésmente al capitán germano y se dirigió hacia Alejandra. Cuando pasó junto a ella, se detuvo unos instantes y le dijo al oído… *"Sin premura. El tiro a la nuca ya llegará…"* – tras lo cual, se alejó, sin culpa alguna y jamás la volvió a ver...

"Z647, de la vuelta" – dijo el capitán Fellner. A lo que Alejandra obedeció de inmediato. *"Z647, levante su cabeza y míreme"* – agregó Fellner. A lo que Alejandra también obedeció. Esa voz le pareció extraña: era suave y firme a la vez. Tampoco profería insultos o amenazas, a los que ya estaba acostumbrada provenientes de sus carceleros checos. Alejandra quiso respirar. Respirar un poco. No pedía demasiado. Sólo respirar. Y esa voz parecía darle una bocanada de aire, como agua al infortunado pez fuera del agua, que boquea y pugna por no morir, que lidia con la vida que se le escapa segundo a segundo. Esa voz no era brutal ni estentórea, sólo una apacible voz, que a esta altura bien podía tratarse de un ángel o bien de un demonio, lo que era lo mismo. Y Fellner dijo:

- Z647, era su número y código de detenida aquí. A partir de ahora será F-9651, pues la "F" describe su calidad de extranjera. A partir de ahora queda bajo la jurisdicción del *"Ministerium für Staatssicherheit"*, Ministerio Para la Seguridad del Estado de la República Democrática de Alemania.
- La Stasi…
- Exacto Fräulein. Pero antes de subirla a la camioneta que la conducirá a Berlín, tiene la posibilidad de ahorrarse muy malos momentos, firmando una confesión y alegando que…
- ¿Por qué habla tan bien mi idioma?
- Lo aprendí en La Habana. Gracias. ¿Va a firmar o no?
- No.
- Caramba. Los amigos del Stb checoslovaco y la KGB no lograron quebrarla del todo. Bueno, a no desesperar, yo me ocuparé. ¿Desea hacer alguna pregunta antes del inicio del viaje?
- ¿Por qué me envían a Berlín? ¿Qué es Hohenschönhausen?
- Es su futuro hogar. Y no debe preguntar por causas que ni yo conozco. Sólo se que usted debe salir discretamente de escena. Y si sigue pensando en su gobierno, no lo haga. Jamás enviaron una nota de protesta por su desaparición.
- Lo imaginaba… - contestó Alejandra.
- ¿Ah sí?… ¿y por qué? – preguntó Fellner.
- No nos llevamos bien el gobierno argentino y yo. No me caen bien los fascistas…

Fellner se rascó suavemente la cabeza. Se tocó la barbilla. Éste sería un caso difícil. Todo un desafío. Casi de la nada, aparecieron dos mujeres militares, con uniformes de la DDR. Eran la teniente primero Inga Leitner y la suboficial Agneta Baumann. Con un gesto de ojos, Fellner les ordenó que la condujeran hasta el transporte. Le colocaron una capucha del mismo color que el overol y la asieron de los brazos. Sin prisa, caminaron por los pasillos del Monasterio hasta la playa del parque automotor, en donde una Barkas B1000 de traslado de detenidos esperaba encendida. Tan pulcra que hasta parecía nueva. Y quizás lo era. De color gris – crema, sólo tenía una inscripción que rezaba *"transporte de substancias alimenticias"*. Alejandra no lo sabía, pero la substancia alimenticia era ella misma. Ella o, más bien su alma, que planeaban fagocitar en nombre de algún *"ismo"* inventado o real.

En la playa del parque automotor, Alejandra percibió el inconfundible aroma a garaje. Es un aroma especial. Más bien una rara mezcolanza de aromas. Aroma a neumáticos. Aroma a metal. Aroma a aceites indescifrables. Aroma a combustible. Aroma a grasa roja industrial. Aroma a tipos con mamelucos parecidos al de ella. Aroma a minutos que no avanzan, pues los autos, camionetas o camiones tampoco avanzan. Sólo se hallan estacionados. Y esperando, sólo esperando. Como esperaba la Barkas B1000, como fieles perros esperando a sus dueños. Alejandra escuchó un trueno. La lluvia arreciaba extramuros.

Leitner y Baumann ayudaron a Alejandra a subir a la camioneta, especialmente acondicionada para el traslado de detenidos. La sentaron en algo como una jaulita, en la cual, ningún movimiento podía ejecutar, salvo mover su cabeza y apenas. Alejandra no lo sabía, pero la Barkas B1000, disponía de cinco jaulitas similares, sólo que ella tenía el privilegio de viajar sola esta vez, gentileza de la República Democrática de Alemania. Alejandra oía hablar en alemán. Como voces salidas de una ópera de Wagner, como valquirias a punto de recibir a sus héroes en el Walhalla. Pero no. Sólo eran dos humanas, tan humanas como ella, pero en un rol muy diferente al que a ella le tocó en suerte.

Fellner completó los trámites de traslado y se encaminó hacia el parque automotor. Leitner y Baumann hablaban muy poco español. Alejandra se inquietaba minuto a minuto con ese silencio. Ya no hablaban entre ellas. Estaban a los costados de la puerta de entrada de la camioneta de traslado de detenidos o "substancias alimenticias". Imperturbables. Adentro de la misma, Alejandra pudo oler a caucho y se atrevió a preguntarles a sus nuevas guardias, *"¿Qué es ese olor a goma?"*. Leitner y Baumann no respondieron. No comprendieron la pregunta y tampoco estaban habilitadas para responderle. El interior del vehículo, era sofocante. Las paredes interiores estaban tapizadas de caucho para evitar que se escucharan los gritos de los detenidos y no existían las ventanillas. Fellner apareció por fin. Le entregó con cierta displicencia la carpeta oficial del legajo de Alejandra a Leitner. Todos subieron al transporte. La hora de marcharse había llegado. Fellner ordenó arrancar.

Alejandra sintió que el viaje comenzaba. La camioneta, con su olor a goma y su aire asfixiante de almas y cuerpos, era como una antesala del Averno. Como una profecía en la que ella era la protagonista y que su verdadera Pasión, aún no principiaba. ¿Cuándo vendrían los azotes? ¿Cuándo le sería colocada la corona de espinas? ¿Cuándo y quién se lavaría las manos y bajaría el pulgar para llevarla al suplicio final? Alejandra transpiraba. Emitía olor a miedo. El mismo olor que sienten los lobos antes del ataque sobre su presa. Un miedo frío, que sin embargo le causaba sudor en todo el cuerpo.

La Barkas B1000, cada tanto se bamboleaba. Alejandra, dentro de su capucha sonreía. Esos bamboleos le recordaban los movimientos peristálticos del aparato digestivo. Y en el estómago estaba ella. Ella era la comida. Y Alejandra continuaba sonriendo. Ya ni sabía por qué. Adelante viajaban el chofer, el soldado de primera clase Werner Spitz, el capitán Fellner y la teniente primero Leitner. Con Alejandra, AK-47 en mano, viajaba la suboficial Baumann. El trayecto entre Praga y Berlín Oriental era de unos 350 kilómetros, que se cubrían en unas cinco horas a velocidad de crucero.

En Dresde, el transporte detuvo su marcha. El joven oficial y sus dos subalternas almorzarían, mientras el soldado Spitz custodiaría a la detenida. Spitz se encendió un cigarrillo. En el interior, Alejandra hacía esfuerzo para poder respirar. El olor a caucho había penetrado hasta sus huesos. Su cuerpo estaba confinado, su mente o lo que ella alojaba, no…

- ¿Viste los trenes japoneses? – le dijo Alejandra a Daniel.
- No – respondió Daniel.
- Desde acá los podemos ver. Pasan cada tanto – agregó Alejandra mientras miraba el cielo límpido en las Barrancas de Belgrano.
- Dicen que son muy bonitos – agregó Daniel.
- "Bonitos"… me pregunto por qué siempre tenés que ser tan moderado para hablar. Son lindísimos, boludo.
- Y yo me pregunto por qué me atrae que seas tan procaz a veces…
- Soy la que soy… ¿me querés?
- Sí, te quiero. Por eso no quería que fueras a Praga. Sabía que algo malo sucedería…
- Lo que debía pasar, pasaría de todas maneras. No me jodas esta ensoñación. ¿Puede ser?
- Puede ser…
- ¿Vamos a comer pizza al *"Llao Llao"*? – preguntó Alejandra.
- Dale, cuando quieras.
- Pero antes…
- ¿Antes qué? – inquirió Daniel.
- Antes querría subirme al puente de hierro. Quiero ver pasar algunos trenes, como cuando era chica y me traía mi viejo. Y yo me quedaba extasiada viéndolos. Bien pelotuda quedaba. ¿Sabés qué pensaba en esos momentos? Que un buen día habría un tren sin fin. Un tren que se detendría por unos segundos y me llevaría a una especie de santuario o tierra prometida o qué se yo. Me gustaba también imaginar que sólo yo podía ver el techo algo oxidado de esos trenes. Los veía como cajitas grandes que siempre estaban de apuro. Que siempre tenían tarea para el hogar y que si no se apuraban no llegarían a hacerla y que la maestra se enojaría con ellos. Qué de pequeñeces, que parecen tan grandes pensamos y sentimos cuando somos chicos, ¿no Dani?... – dijo Alejandra, al

tiempo de escuchar a Fellner ordenar que se reanude el viaje. No entiendo. ¡Daniel!... ¡Daniel!...

Las Barrancas de Belgrano, ya no estaban. El aire límpido tampoco. Sólo ese olor insoportable de la goma contra su nariz. Y el gasoil que quemaba los kilómetros hacia Berlín. El destino de Alejandra empezaba a vislumbrarse, aunque por el momento fuera tan sólo un velo a medio correr. En Lübbenau Spreewald, *"la jaula rodante"* detuvo su viaje. Leitner acompañó a Alejandra al sanitario de una estación de servicio. Un viejito, de sombrero, miraba la escena de una mujer militar asistiendo a una detenida encapuchada, a lo que Leitner, al advertirlo, dijo *"Gefangener. Schauen Sie nicht her"* (prisionero. No mire acá). El viejito, inmediatamente fingió estar distraído y tomó una prudente distancia, como los sanos de los leprosos del Antiguo Testamento. Quizás Alejandra se había convertido en "eso" y ni ella lo sabía. Aunque podía intuirlo. Llevaba un estigma que se había apoderado de ella en un momento inesperado o indeterminado.

Por fin, alrededor de las cuatro de la tarde, la *"nave de los condenados"* arribó a Hohenschönhausen. Alejandra no había comido ni bebido. Sólo había creído ver a Daniel y a sus Barrancas de Belgrano de otro tiempo. Lejano. Demasiado lejano. Casi tan lejano como pueda sospecharse. Alejandra no pudo ver el exterior de Hohenschönhausen. Era mejor así. Al fin y al cabo, conocería sus entrañas de dolor sin límites. De aislamientos indescriptibles. Indescriptibles porque quienes sobrevivían a Hohenschönhausen no eran capaces de escoger palabras para narrar lo allí vivido. Y Alejandra acababa de arribar a "eso" indescriptible. Y "eso" le abría sus puertas. Un sitio de puertas, pero sin ventanas, pues las ventanas no eran necesarias. No para ella...

Diario de Alejandra, en su mente...

"Sólo se que aún existo. Me llevan. Me traen. Me trasladan. Me hacen preguntas. Responden por mí. Vuelven a formularlas. Me colocan capuchas. Me obligan a respirar caucho. Todo es tan onírico, que parece salido de no se qué mal sueño de Dalí indigestado. Sólo se que existo. Y por el momento, eso sólo me basta.

Qué poco me basta para seguir con ganas de seguir respirando. Algún día podré volver a escribirte con lápiz y papel. Pero hoy te hablo así, sin más..."

Alejandra García, en ningún lugar,
en ningún día, de ningún mes, de ningún año.

Capítulo 2
"Los días de Hohenschönhausen"

Los días y las noches en Hohenschönhausen no transcurrían. Las agujas de los relojes de la prisión sólo marcaban un tiempo muerto, marcaban una especie de presagio para cada prisionero. Los días y las noches en Hohenschönhausen no avanzaban, porque no existían. Sólo existía la realidad que los carceleros les deparaban a las víctimas. Carceleros que ni siquiera sabían acerca de esa realidad, pues esa realidad venía desde arriba, no ya de los cielos cristianos o no cristianos, sino de algún oscuro funcionario de turno, con aroma a almidón en su uniforme y pulcra lavanda para después de afeitar, provista por el Estado en su rostro gris, enclavado en ese Olimpo de papeles y sellos, de firmas y tinta y papel secante.

El oscuro funcionario anónimo escribía el libreto para cada detenido. Los carceleros simplemente lo representaban. Y en esos momentos, quizás por arte de magia, carceleros y martirizados eran uno, como amantes que se necesitaban mutuamente. Como marionetas que se movían al son de una danza que cada uno conocía, pero que desconocía su sentido. Sólo danzaban. La macabra danza de Hohenschönhausen.

Se dice que al dormir, los sueños nos permiten ser libres por un rato. Paradójicos, extraños, psicodélicos, agradables, terroríficos. Hohenschönhausen iba por ellos. No se permitían libertades, ni en vigilias ni en sueños. Las luces permanecían encendidas horas o días enteros y no dejaban lugar a sueños o a pesadillas, pues la permanente vigilia era la pesadilla. La permanente visión enrojecida de unos párpados que deseaban permanecer bajos, como persianas y no lo lograban…

La pesadilla de Alejandra serían esas luces en soledad. Soledad que los carceleros deseaban que ella asociara al más absoluto y completo desamparo. Técnicamente se lo llamaba, *"confinamiento solitario"*. Para Alejandra comenzaba otra etapa. Las viejas palizas a cachiporrazos en los pies de la teniente Rezník, mientras se encontraba arrodillada sobre una silla y que la dejaban en tal estado que no podía erguirse por un par de días, habían concluido. Un futuro incierto daba paso a la corta brutalidad de Praga.

Alejandra había arribado a Hohenschönhausen el 20 de septiembre. Se le asignó la celda 405. Le quitaron la capucha y las esposas y pudo ver en derredor. Se halló en un habitáculo mísero. Unos tres metros de largo por uno y medio de ancho. Tardó unos minutos antes de reacomodar sus ojos y acostumbrarse a la luz, tras lo cual distinguió mejor su entorno. La celda en cuestión, su nuevo hogar, estaba pintada de color beige hasta el metro de altura y desde ahí hasta el techo, de color crema claro. Sin embargo, esos colores también estaban pintados o mejor, tapizados de musgo y humedad, lo que otorgaba al ambiente un olor característico, sumado al penetrante aroma a desinfectantes que todo lo impregnaba.

La celda 405 disponía de una pequeña ventana conformada por diminutos vidrios, de no más de diez por cinco centímetros. Estaban percudidos por el tiempo. Desgastados. Se diría sucios. Nadie se había preocupado hasta ese momento de limpiarlos. No era imprescindible. *"Quizás está de adorno"*, – razonó Alejandra. Como de utilería. Con alguna lámpara que imitaba la claridad de un día que no existía. Alejandra le dio un segundo vistazo a la habitación de su *"nuevo hogar"*. En sus paredes, ocupantes anteriores habían escrito nombres y oraciones en alemán. Pudo comprobar una en francés. Y se sorprendió al ver una en español, *"La puta que los parió, bestias"*. Firmado: Osvaldo. Un Osvaldo desconocido, quizás un compatriota o algún latinoamericano perdido en esa maraña de burocracia y barbarie. Tan perdido como ella estaba perdida. Lo que más angustiaba a Alejandra, tal vez más que una inminente muerte, era precisar dónde y cuándo había comenzado a escribir su pesadilla. Daniel iba y venía como fogonazos de bengala en noche cerrada, aunque su pérdida era irreversible. Casi no podía recordar su rostro. Ella no sabía bien por qué, pero no podía. El calabozo tenía un camastro de madera sin colchón, levemente inclinado hacia lo que sería el apoyo de la cabeza. También vio un cilindro plateado, metálico que se coronaba con una tapa con asa. Era su baño. Lo entendió al instante. Miró hacia la puerta. Tenía dos aberturas. Una inferior, por donde habitualmente se pasaban los alimentos. Y una superior. Corrediza. Una mirilla, que casi siempre estaba abierta. Y desde esa mirilla le llegó una voz femenina que le decía vivamente, pero en alemán, que se desvistiera, *"Vollständig entkleiden!"* (¡Desnudarse completamente!). *"No comprendo..."* – respondió en voz baja Alejandra. La voz femenina insistía con su pedido en alemán que se quitara la ropa por completo. *"¡No entiendo, no entiendo, no entiendo, no entiendo...!"*... - dijo Alejandra casi al borde del sollozo.

La puerta de la celda 405 se abrió intempestivamente. No alcanzó siquiera a ver quién la tomaba de los cabellos y la arrojaba al suelo al tiempo de quitarle el overol azul. Cuando esta persona estaba a punto de patearle el estómago, otra voz, pero masculina, dio el alto, a esa violencia sin límites *"Ohne Gewalt"* (Sin violencia). Era el capitán Fellner, quien había frenado en el momento exacto a la suboficial Baumann. Con un gesto de su brazo, la suboficial se retiró raudamente. Dirigiéndose a Alejandra, *"Siéntese"* – dijo Fellner. Se sentó junto a ella. Le acarició la cabellera, buscando que Alejandra se tranquilizara. Le tomó el pulso y lo tenía acelerado. Alejandra se dirigió Fellner: *"Agua, se lo suplico, por favor..."*. Fellner dio vuelta la cabeza y gritó a la mirilla, *"¡Wasser!"*. Con premura apareció un soldado con una jarra y un vaso en sus manos. Fellner le sirvió agua a Alejandra. *"Beba despacio"* – dijo, mientras Alejandra saciaba su sed de horas interminables en la Barkas B1000. Alejandra bebió, como quien bebe la vida en un sorbo, como si la vida pudiera caber en un sorbo. Y hay quienes así lo creen.

- ¿Sabe dónde está? – preguntó Fellner.
- Berlín – respondió Alejandra con otra pregunta.
- Exacto. Berlín. Específicamente en la unidad de detención de Hohenschönhausen, dependiente del Ministerio Para la Seguridad del Estado.
- Estaba en Praga, en "San Bartolomé"…
- Sí, pero por razones que no le daré, pasó a nuestras manos.
- ¿No voy a salir viva de acá, verdad?
- Eso no depende de mí. En todo caso, depende más de usted Fräulein que de mí o de mis superiores. Ahora la conducirán al hospital del penal. Le harán los estudios de rigor. La vacunarán. La higienizarán. Mañana, pasado o dentro de

unos días tal vez y no es seguro tampoco, la trasladarán a otra dependencia, en donde se halla el general Erich Mielke.

- ¿Quién es Mielke?
- Es el titular de la Stasi. Usted ha tenido el raro privilegio de que el general deseara conocerla. Ahora, desvístase completamente, pues era "eso" lo que le ordenaba la suboficial. Buscaré para usted, guardias que sepan español o inglés y en lo posible, personal femenino. No se pueden obedecer órdenes si no se las puede interpretar. Termine de hidratarse. En unos minutos la suboficial Baumann la llevará adonde le expliqué.

Fellner se paró. Percibió a Alejandra en completo estado de indefensión. Algo como piedad surgió inesperadamente en su interior. No era frecuente en él. No estaba entrenado para ello. No obstante así sucedió. El rostro de Alejandra miraba el suelo, mientras sostenía el vaso de agua con ambas manos. Fellner levantó la barbilla de Alejandra e hizo que su mirada se posara en la de él. Ella sonrió levemente. Él cerró los ojos por un instante y los abrió, manifestándole que por el momento nada malo le ocurriría. Pero sólo por el momento. Nuevamente se dirigió a la mirilla: *"Krankenhaus"* (hospital).

Baumann ingresó a la celda 405, una vez que Fellner se retiró. Alejandra se desvistió, pero no quitó su bombacha. *"Vollständig entkleiden!"* (¡Desnudarse completamente!) – gritó una vez más Baumann, indicando la prenda que restaba. Alejandra se la quitó. Baumann señaló la puerta de la celda. Alejandra sentía frío. Demasiado. Y ese frío la acompañaría como una sombra indeseada. Como algo que se arrastra y no pueden ser cortados los hilos que unen al peso muerto que se arrastra. La acompañaría en sus días y en sus noches. Ella aún no lo sabía. Alejandra sentía ese piso de cemento como si fuera la cama de un santón indio. Como plagado de espinas que pinchaban sus pies. Pero en realidad era ese frío, que quería paralizarla hasta convertirla en una estatua de sal o de hielo o simplemente una estatua de nada.

Baumann y Alejandra caminaban por un largo pasillo. A simple vista se asemejaba a un pasillo de sótano. Salvo por las puertas de gris metalizado a los lados, pintadas al esmalte con las mirillas y las aberturas para la comida. El pasillo tenía una serie de cables entubados de color negro, que estaban amurados en la parte superior de las paredes. Probablemente de electricidad. Cada tres metros aproximadamente, un tubo fluorescente. Algunos titilaban, dando indicios de su próximo final. El titileo daba un aspecto más lúgubre aún, al lugar. Cada tanto se escuchaban gritos de origen indefinido. Alejandra quería tapar sus oídos. No quería escucharlos. Baumann al advertirlo, le propinó una cachetada, lo que la hizo trastabillar y caer. *"Sich aufrichten"* (¡Levantarse!) – gritó Baumann. Alejandra se paró como pudo y siguió caminando. El cemento del piso dolía. El frío era agudo. Alejandra quería llorar, pero no podía o temía llorar y de esa manera se rehusaba, pensando en el frío, más que en su vida. El tufo a humedad era insoportable. Por fin llegaron a una puerta de color celeste y un letrero que rezaba *"Duschen"* (duchas). Un soldado le dijo en buen español, que se colocara parada y contra los azulejos con los brazos y piernas extendidos. El soldado se apartó y Baumann, manguera en mano, comenzó a bañarla con agua helada, muy similar a la *"ducha especial"* de la teniente Ivanna Rezník. La potencia del agua hizo que Alejandra cayera de inmediato de bruces contra las baldosas de las duchas. Tragó agua involuntariamente. Tosió voluntariamente porque sintió que se ahogaba. Intentó refugiarse en un rincón, pero Baumann aumentó la potencia del agua. Al cabo de unos minutos, Alejandra estaba semiinconsciente. Como mareada. Su cuerpo ya no le dolía tanto. Y no le dolía porque lo sentía entumecido. De pronto fue levantada de los cabellos por Baumann. Le arrojó una toalla a la cara para que procediera a secarse. Alejandra obedeció de inmediato. *"Fast!"* (¡Rápido!) – increpó Baumann. Ésta no le quitó la toalla y Alejandra salió de las duchas rumbo al hospital, al menos tapando su pubis y cubriendo con su brazo izquierdo sus senos. Cada tanto Baumann le propinaba empellones que arrojaban a Alejandra hacia adelante. Algo de Ivanna R. se resistía a partir de su vida. *"Fast!"*, volvió a clamar Baumann. Un intrincado entramado de pasillos, deliberadamente iguales, conducían al hospital de Hohenschönhausen. No eran necesarios ni la capucha o los ojos vendados. Era el laberinto del Minotauro. Mientras Alejandra avanzaba a paso firme hacia su destino, sentía la premonición de que el monstruo minoico la asaltaría durante las noches. Como un destino inevitable. Como si la contingencia hubiera dado lugar a una perversa necesidad. Y justamente esa perversa necesidad la había llevado a Hohenschönhausen. Encontrar la salida del laberinto debía ser el resultado de una mente lúcida. Y Alejandra a veces perdía esa lucidez vital, no para escapar físicamente, sino al menos para no perder la poca o mucha cordura que le quedaba.

Por fin, llegaron a la puerta de entrada del hospital. Baumann le indicó que entrara. La sala inquietó a Alejandra. Era toda blanca, como ella esperaba que fuera. De azulejos blancos. Techo blanco. Algo descascarado. Como si lo descascarado predominara en Hohenschönhausen. Seis pares de tubos fluorescentes iluminaban la sala. Uno, como también era de esperarse, fallaba en la resistencia. Un ventilador de techo, también pintado de blanco. Una balanza de pesitas, blanca. Un armario metálico, con puertas de vidrio, que dejaban ver botellas y tubos extraños. Una estantería también metálica, que desentonaba, pues era de color pastel. Otro armario, pero de puertas compactas, que guardaría sus secretos para Alejandra. Un lavatorio con dos canillas algo desgastadas y rastros de óxido o sarro rodeándolas. Tuberías que iban por el techo y bajaban a la tierra o quizás en sentido contrario, como si se tratara del *"árbol de las habichuelas mágicas"*. Mesadas por doquier, con sus correspondientes puertas corredizas, algunas de las cuales estaban abiertas. Hasta que Alejandra advirtió un aparato eléctrico, del que partían cables…

Baumann se retiró. Había en la sala dos personas. Un hombre y una mujer. El hombre, de inmaculado guardapolvo blanco y la mujer con el inconfundible uniforme de enfermera. El hombre era el Dr. Oskar Millman, quien se presentó ante Alejandra. Seguidamente le presentó a la enfermera, Frau Erika Schreiber, quien apenas esbozó una sonrisa displicente. Millman se dirigió a Alejandra:

- El capitán Fellner ya nos entregó su legajo con anticipación. Sabemos por qué está usted acá. No obstante, lo que debemos averiguar es en qué condición psicofísica se encuentra desde lo de Praga. Para ello le haremos una serie de estudios y por último la vacunaremos. ¿Ha comprendido todo lo que se le ha explicado?

- Sí.
- Muy bien. Entonces empezaremos por los análisis ordinarios y las placas radiográficas.
- ¿Qué es ese aparato de allí? – dijo Alejandra señalando al de los cables que había observado.
- Es un generador eléctrico para terapias de electrochoques…
- ¿Por qué pregunta? – inquirió el Dr. Millman.
- Por nada. Discúlpeme.
- Perfecto. Colóquese este camisón. Recuéstese en la camilla.

La enfermera Schreiber procedió a extraerle sangre. Alejandra temblaba. No sabía bien si era a causa del frío o a causa del miedo. En todo caso, eso ya no importaba.

- Siento mucho frío…
- Usted está deshidratada y sin calorías. Luego de los exámenes, le será proporcionada una sopa caliente y un preparado proteico y vitamínico. Ya ve, no somos tan monstruosos. Ahora le aplicaremos una vacuna que la preservará de enfermedades gripales y de las vías respiratorias. La misma que aplicamos a nuestras fuerzas armadas. Relájese por favor – dijo el Dr. Millman.

Alejandra, pese a la aparente amabilidad del médico y de su enfermera, presentía que estaba parada sobre una ciénaga. Como un escenario de cartón pintado de una obra teatral de mala muerte, de un autor atormentado y atribulado por deudas impagas y a punto de suicidarse. *"Párese en la balanza"* – dijo el Dr. Millman. Luego de anotar sus medidas de peso y altura, agregó, *"recuéstese nuevamente sobre la camilla Fräulein, mi asistente le suministrará la vacuna que le mencioné"*. Schreiber se la aplicó y se dispuso a preparar el tubo de rayos X para la placa de tórax de Alejandra.

- ¿Cuándo saldré de este lugar? – preguntó Alejandra.
- Informarle eso no está a mi alcance, pero… pregúntese, cómo y cuándo salir de un lugar el cual ni siquiera existe. Hohenschönhausen no está en los mapas. Usted no está en los mapas Fräulein, yo no estoy en los mapas. Espero haya

comprendido. Ahora, vístase por favor. ¿Sufre de alguna enfermedad hereditaria o adquirida?

- No.
- ¿Ha tenido hijos?
- No.
- ¿Alguna observación o dato que desee aportar?
- Doctor... - dijo Alejandra.
- Dígame.
- Fui violada en Praga...

El doctor Millman se calzó mejor sus anteojos. La miró a Alejandra con cierta lástima, que ella percibió. Luego bajó su mirada y anotó algo en los formularios que correspondían a la detenida. Alejandra estaba sentada casi al lado de Millman. Éste, en un momento que no pudo reprimir, acarició el mentón de Alejandra. Al acariciarla, intentó menguar el dolor que aún sentía y que él sintió al comunicarle Alejandra lo sucedido en Praga. Millman prosiguió llenando formas y papeleríos. Luego llamó al soldado de turno para que le alcanzara la vestimenta.

El soldado que hablaba buen español, trajo las ropas de Alejandra, que consistían exclusivamente en ese overol azul amplio, que deformaba su figura adrede, un par de medias blancas y un par de zapatillas del mismo color. Alejandra lo miró con mayor detenimiento. No tendría más de veintidos o veintitrés años. Ella desconocía que su nombre era Albert König. Hijo de un ex oficial de la SS que se había quitado la vida poco antes de la ocupación de Berlín en 1945. Llevaba ese estigma cada día de su vida en la nueva Alemania de posguerra. Era un socialista manifiesto, un poco por culpa y un poco adoctrinado. Su sueño: estudiar ciencia política en la *"Universidad Rusa de la Amistad de los Pueblos"*, casarse, una familia feliz y muy alemana, un futuro funcionario de la Stasi.

Alejandra se vistió precipitadamente al ver aparecer a Baumann dentro de la sala del hospital. Ésta la espetó con su mirada. El tiempo del hospital había concluido. Era el momento de regresar a la celda 405, tal y como se guarda en su jaula al cobayo, luego de ser examinado, razonó Alejandra. Baumann la tomó del brazo con fuerza y el derrotero a la jaula dio comienzo. Como bajar a las entrañas del monstruo. Y el monstruo era Hohenschönhausen. Y el monstruo la devoraba una vez más.

Baumann cumplió su cometido. No sin antes ordenarle en un español más que deplorable, que permaneciera parada junto al camastro por tiempo indeterminado. Que ya se le avisaría cuándo poder acostarse en esa cama sin colchón, en esa cama sin sábanas, en esa cama sin cobijos, en esa cama sin alma. Que si no cumplía lo ordenado, un guardia entraría a apalearla hasta dejarla inconsciente o matarla.

Alejandra sólo atinó a mover la cabeza en señal de acatamiento. Baumann se retiró. Alejandra estaba detenida en un lugar que no existía, en un tiempo sin tiempo. Pero *"ellos"* aún desconocían que Alejandra aún podía recordar y ese recordar la mantenía cuerda, pese al lugar que no existía, pese a esos segundos que se asemejaban a segundos congelados entre dos segundos. Y Daniel, de la nada más profunda casi como el milagro de la primera flor de primavera, surgió para ella y sólo para ella…

- Dale Dani, apurate que viene el *"chancho"* – dijo Alejandra, en relación al guarda que se aproximaba al vagón donde se hallaban para picar los boletos de los pasajeros.
- No comprendo por qué teníamos que viajar como polizones Ale… me hubieras dejado sacar los boletos. Sabés que no me gustan estas cosas. Qué necesidad de andar escapando como dos vagabundos… - replicó Daniel.
- ¿Poli qué? Dejate de joder mi amor. ¿No te parece excitante? ¿No sentís la adrenalina?
- No. Siento vergüenza y que te comportás como una niña malcriada. Pero en fin. Vamos al siguiente vagón y nos bajamos en la próxima estación.
- Pelotudo.
- Infantil…
- Te quiero.
- Y yo a vos…

A Alejandra le temblaban las piernas a las tres horas de plantón. Cuando empezó a moverse, una voz masculina desde la mirilla, le gritó en español, *"¡No te muevas!"*. Alejandra prefirió hundirse en el pasado una vez más. El presente le gritaba y la amenazaba constantemente. El pasado, en cambio, le sonreía. Aún le sonreía. Y Alejandra lo buscaba, como el viajero perdido de un desierto cualquiera, busca un oasis… Una hora después, le sirvieron su primera comida. Era el preparado que le había comentado el Dr. Millman. Alejandra comió y nada más pensó por el resto de ese día.

"Querido diario: yo no puedo escribirte, pero al menos, vos podés escucharme. Y podés hacerlo porque aún no arribaron a esa parte de mi alma a la que no ensuciaron o escupieron o pisotearon. Tanta lástima he sentido por mí, que ya no tengo más para obsequiarme. La que me prodigó el médico que hoy me atendió, ni siquiera pude sentirla como propia o ajena. Sólo como algo que debo aceptar. ¿Y qué es lo que debo aceptar? Ya ni eso sé bien qué es. Sin embargo, algo nuevo ha aparecido, diario mío. Los ojos de ese joven capitán que me dio agua. No comprendo bien todavía. Quizás sea una especie de ilusión óptica, como un oasis. A Cristo le dieron vinagre cuando pidió agua. Según las viejas creencias, la muerte se aceleraba si le daban a beber a los crucificados. ¿Estoy condenada y no me doy cuenta? Qué pelotuda soy. Ya todo me da igual…"

Capítulo 3
"Fellner"

Durante las primeras semanas de Alejandra en Hohenschönhausen, Fellner aparecía con relativa frecuencia. Algo en su interior se estaba gestando y ni siquiera él podía desentrañar el misterio. No lograba aceptar que incluso él, un oficial del Ejército Popular al servicio de la Stasi, podía involucrarse con una detenida. Inconscientemente no lo aceptaba, por las consecuencias nefastas para su carrera, pero cuando lo meditaba, no lo descartaba, al recordar a Alejandra. Aún no podía olvidar el bello rostro de Alejandra, pese a las inclemencias de *"San Bartolomé"* y a los maltratos de Ivanna Rezník, en el momento de levantarlo suavemente para apreciarlo aquél primer día de su arribo. Sin embargo, Fellner era observado a su vez. Baumann no perdía ocasión de vigilar sus pasos y su relación con la detenida. Lo cual era informado oportunamente a los superiores del joven capitán.

Konrad Fellner había nacido en Leipzig, en julio de 1933. Casualmente el año de la entronización del Führer a Canciller del Reich. Hijo único de Hans Fellner, quien había recibido el escarnio y el acoso de las SA primeramente y luego de la Gestapo, por sus antecedentes socialdemócratas, en una época de violencia política de la República de Weimar. El mismo falleció en la prisión acusado de *"traición a la Patria Alemana"*, en 1938, luego de una terrible golpiza propinada por sus captores. Su delito real: ser opositor a un régimen brutal.

La madre de ese niño, Ilse Aussen, alcanzó a cruzar la frontera germano-suiza y se refugió en Ginebra durante los años de la gran conflagración mundial. Meses después de la rendición del Tercer Reich, en agosto de 1945, volvería a Lepizig, ya en zona de influencia soviética y pudo, merced a algunos favores, volver a ocupar su antigua vivienda, la cual se había salvado milagrosamente de los bombardeos aliados. Esos años de la reconstrucción no fueron sencillos. Ilse consiguió un empleo estatal en la nueva Alemania socialista como telefonista de la fábrica de la *"VEB Sachsenring Automobilwerke Zwickau"*, en la oficina comercial que ésta tenía en Leipzig. Su "protector", un funcionario del Partido Socialista

289

Unificado de Alemania. El partido tomó muy en cuenta el sacrificio de su difunto esposo a manos de los nazis e Ilse gozó de ciertos privilegios, como el célebre automóvil *"Trabant"*, al cual no todos podían acceder o la educación del joven Konrad, quien se inclinó por el Ejército.

Fellner era un persuadido socialista, quien arrastraba el odio visceral al fascismo, al cual acusaba de llevar a Alemania al desastre y a la ruina y había asesinado a su padre. Tampoco simpatizaba con los nuevos enemigos de su patria, los occidentales pronorteamericanos, a los que consideraba vulgares, consumistas, superficiales e individualistas decadentes. El Partido estaba satisfecho con este joven oficial, leal a las ideas del régimen y prometedor miembro de la cúpula militar en un futuro no tan distante. No obstante, su apacible y previsible vida socialista ejemplar cambió, cuando conoció a esa peculiar extranjera sudamericana acusada de "eso" el cual él odiaba, el ser fascista y presunta agente de la CIA norteamericana. En un principio Fellner sintió rechazo, dados los antecedentes que le habían brindado los servicios de inteligencia checoslovaco y soviético. Pero, una vez en Praga, al conocerla y sin notarlo, sus sentimientos comenzaron a virar, desde el fastidio a la curiosidad. El siguiente peldaño, lo subiría ya en Hohenschönhausen, al comprobar que la fascista temible, era en verdad un ser frágil, endeble y que despertaba en él inequívocos sentimientos de afecto y un amor incipiente que iba in crescendo casi de modo imperceptible...

Sabía perfectamente que Baumann la odiaba y sabía por ende que debía protegerla. Tampoco podía sobreactuar en estos menesteres, pues un paso en falso en un sistema continuo de vigilancia como era el de la Alemania socialista, podía resultarle muy caro. Pero Fellner, sabía al mismo tiempo que algo crecía en su alma, que no era de acero, como el había sostenido hasta ese momento y ya había entrado en conflicto con su formación, su educación socialista y sus principios verticales. Nada de eso podía explicar lo que ni él podía explicarse. Y Fellner se sentía atemorizado. Más allá del Estado que podía caerle encima. Lo atemorizaban sus sentimientos encontrados o desencontrados hacia la "detenida".

Si bien era Fellner quien estaba a cargo de ella, su jefe inmediato, el coronel Köhler era quien llevaba adelante los interminables interrogatorios. A veces Fellner estaba presente, a veces, no. Cuando estaba presente, trataba de morigerar el malestar y la antipatía que sentía su jefe hacia Alejandra.

- Nombre y apellido… - preguntó Köhler.
- Z9651… - contestó Alejandra.
- Su nombre y apellido reales… - agregó Köhler.
- Alejandra Marianela García.
- ¿Trabaja para la CIA verdad?
- No. No trabajo para la CIA, soy reportera gráfica de un diario de Buenos Aires.
- No es eso lo que figura en la carpeta enviada por los checoslovacos…
- Con todo respeto mi coronel, esas son mentiras… - respondió suavemente Alejandra.
- Empecemos de nuevo. Nombre y apellido…
- Alejandra Marianela García…

Los interrogatorios repetitivos se prolongaban horas. Alejandra desfallecía de sueño, pero los interrogatorios proseguían. Una noche, en uno de ellos, Alejandra se desvaneció, cayendo pesadamente de su silla. Fellner sintió algo muy especial esa noche. Köhler ni se inmutó y tampoco advirtió el sutil cambio de semblante de su joven oficial. Köhler le solicitó que la levantara. Alejandra no dormía desde hacía más de setenta y dos horas. Cuando la alzó y la llevó nuevamente al banquillo, se miraron a los ojos. Fueron apenas milésimas de segundo. Pero son esas milésimas de segundo que estallan como burbujas y estallan en cadena. En esos momentos, ni Alejandra ni Fellner lo sabían, pero se habían enamorado. En realidad, sus mentes no lo sabían o deseaban voluntariamente negarlo, pero sus almas lo sabían. ¿Y qué era lo que sabían? Sabían que no debían, pero sabían que no podían eludirlo eternamente. Este amor era como esa humilde planta que crece en la periferia de los desiertos más inhóspitos, esa tímida vida que asoma pese a la crudeza del ambiente que por todos los medios intenta persuadirla de que no vale la pena luchar, que es más fácil darse por vencido y morir y que, sin embargo, germina, contra todo pronóstico. Una detenida acusada de algo como espionaje y su guardián, con futuro promisorio en un páramo de emociones y sentimientos y que en lugar de arena o tierra estéril estaba conformado por ficheros, legajos, informes, memos y tormentos psicológicos inauditos.

Llegó marzo y con él la primavera. Pero para Alejandra, una primavera diferente a la del año anterior. Con el consentimiento de Köhler, Fellner llevaba a Alejandra a caminar en uno de los patios de Hohenschönhausen. En los primeros encuentros nada decían, sólo caminaban en círculo, desentumeciendo las piernas de Alejandra. Desde su oficina, Köhler podía divisarlos y luego regresaba a su sillón de burócrata sempiterno y continuaba con sus escritos que debían firmar, desde un inocente memo hasta la desaparición forzada de *"algún"* desviado. Pasadas dos semanas de *"sanos ejercicios"*, la detenida pidió la palabra.

- ¿Puedo hablar mi capitán?
- Sí, desde luego, adelante Z9651... - respondió Fellner intentando guardar la distancia que los preservaría a ambos.
- ¿Algún día saldré de acá?
- Posiblemente.
- ¿No me matarán?
- No. Seguramente, no. Dime algo...
- Sí, mi capitán.
- ¿Tienes a alguien en Buenos Aires que te espera?
- Yo tenía un novio o algo así. Es verdad.
- ¿Cómo se llama o llamaba? ¿Lo amabas?
- Sí. Lo amaba. Se llamaba Daniel...
- ¿Y ahora que sientes?
- Me siento muy confusa. Como si mi vida se hubiera partido en dos mitades y una de las dos mitades se hallara en penumbras y la otra fuera ésta. Y lo veo a usted mi capitán y...
- ¿Y qué? Dime...
- Nada. Mejor no sigo.
- No, no. Dime. ¿Qué te sucede?
- Veo sentimientos hermosos en esos ojos celestes, en este lugar lúgubre y oscuro y sin sentimientos. Eso es lo que veo.

Como si sus ojos me iluminaran en este lugar horrible y tenebroso y me hicieran ver otra realidad.
- No deberías hablar así.
- Pero *"mi capitán"* me preguntó qué me sucedía…
- Es verdad. Lo siento.

Siguieron caminando en círculos. Fellner se encendió un cigarrillo. Le ofreció uno a Alejandra. Sin querer a Fellner se le cayó al suelo. De inmediato Alejandra lo recogió y quedó arrodillada con el cigarrillo en la boca. Hacía tanto tiempo que no probaba uno. Fue en ese momento en que Köhler se asomó por la ventana y vio la escena. Le agradó. Le agradó ver la supuesta "sumisión" de Alejandra. Sonrió. Llamó a Baumann, quien se hallaba con él y le mostró la escena. Fellner advirtió la cortina corrida de Köhler y decidió arrojarle a Alejandra el encendedor. Ésta lo tomó del piso y se encendió su cigarrillo, manteniendo su cabeza baja. Köhler y Baumann se miraron de reojo y levantaron sus cejas en señal de aprobación.

A mediados de abril, Köhler se dirigió a Dresde por tres días, a secuestrar a tres disidentes, dos hombres y una mujer. Fellner quedó encargado de los interrogatorios a Alejandra. Baumann se la llevó a su oficina, en el tercer piso y se retiró. Comenzaron con el acostumbrado interrogatorio. A cada pregunta, Alejandra respondía lo habitual. Pero ésta vez, lo habitual dejaba paso a una muy tenue sonrisa, que no se dibujaba en sus labios, sino en su mirada hacia el joven capitán. Éste la veía sentada ahí, frente a él y veía lo bella que era, pese al maltrato y a las vejaciones sufridas en Praga. De pronto, sin que Fellner lo esperara, Alejandra tomó un papel de un block que había sobre el escritorio, una lapicera y escribió algo. Se lo entregó. El papel sólo decía dos palabras. *"Te amo"*. Fellner tragó saliva. Miró hacia la puerta de la oficina para corroborar que nadie viera su movimiento. Asió el papel y lo leyó. Lo dobló y lo guardó en el bolsillo superior delantero de su uniforme, casualmente justo al lado de su corazón. Le sonrió y acto seguido, llamó a Baumann y le ordenó llevar a Alejandra a su celda.

Capítulo 4
"Alejandra y Konrad"

Una mañana de principios de mayo de 1969, halló a Baumann a punto de aplicar a Alejandra una severa golpiza por no respetar los parámetros oficiales de posición de sueño, vale decir, la halló durmiendo en una postura diferente a lo que fijaba la normativa de Hohenschönhausen. *"Achtung!"* (¡Atención!) – vociferó Fellner. Baumann reaccionó de inmediato y se mantuvo en posición de firme al paso de su superior. *"Raus hier!"* (¡Fuera de aquí!). La suboficial miró con ojos encendidos a ambos. Baumann se retiró de inmediato solicitando las disculpas del caso a Fellner. Alejandra se encontraba acurrucada en un rincón de su sucucho, con los brazos protegiendo su rostro. Fellner la tomó de la mano y la llevó a su camastro y la sentó delicadamente. Y le dijo:

- Alejandra… - empezó su alocución Fellner.
- ¿Por qué me llama así? – preguntó Alejandra.
- Porque ése es tu nombre, ¿o no?
- Pero desde que me detuvieron en Praga, ya no me llamo así…
- A ver Alejandra. Cuando estemos delante de otros, me llamarás como hasta ahora, *"capitán o mi capitán"* y yo a ti, "Z9651". Cuando no, nos llamaremos por nuestros nombres. ¿Te parece?
- ¿No lo compromete eso?
- Mira pequeña, no te voy a mentir. Desde hace un tiempo y sin comprenderlo completamente, siento algo extraño hacia ti.
- ¿Puedo hablar mi capitán? – preguntó Alejandra.
- "Konrad", mi nombre es Konrad.
- Entonces debo confesarte que yo también siento algo especial hacia vos Konrad. La manera en que has tratado de preservarme de Baumann y de otros. La manera en que me mirás. Cuando entrás por esa puerta y veo que sos vos, mi corazón siente alivio. No sólo porque te veo como a un oasis que no me golpeará o abofeteará o que me arrojará al suelo con el chorro de agua de esa maldita manguera, sino como a alguien con una mirada extremadamente dulce que asoma

cuando me mira y quita su usual mirada adusta y de acero dedicada a los otros. Las miradas son muy importantes para mí.

Konrad se sonrió y le acarició los cabellos. Pero no percibió que la teniente Leitner lo estaba observando a través de la mirilla. Leitner no daba crédito a lo que había visto. Y sabía que debía informarlo al coordinador de Fellner, el coronel Köhler. En realidad, si ataba cabos, Fellner con el correr de las semanas, se había convertido en una especie de paraguas protector de la detenida. Un comportamiento nada recomendable para un oficial del Partido con una acusada de espionaje al servicio del imperialismo enemigo.

- Intentaré hablar con mi jefe inmediato, con Köhler. Veré si lo convenzo para que el Estado retire la acusación de espionaje. Más ahora, que por lo que se, están analizando enviarte a una *"psikhushka"* cerca de Moscú.
- ¿Qué es eso? ¿Es peor que Hohenschönhausen? – preguntó Alejandra.
- Me temo que sí. Una *"psikhushka"*, es un hospital neuropsiquiátrico, adonde envían a los disidentes en la URSS y se les diagnostica *"esquizofrenia lentamente progresiva"*… Ya imaginarás cómo terminan. Les aplican dosis masivas de insulina, electrochoques, lobotomías y actos bárbaros como esos.
- ¿Vas a permitir que me envíen a ese lugar?
- Haré lo que pueda Alejandra. No puedo prometerte nada aún. Por encima de mí, está Köhler.
- Konrad, prefiero que me pegues un tiro a la cabeza. Pero te juro que ya no aguanto más – dijo Alejandra a punto de romper en llanto.
- No te des por vencida Alejandra. No aún.

En aquellos momentos, entró intempestivamente Baumann a la celda. Le habló al oído a Fellner. Fellner se incorporó rápidamente y se cuadró, pues detrás de Baumann apareció el coronel Köhler. Köhler le hizo saber que trasladarían a Alejandra a otra celda. A una más confortable. De esas destinadas a detenidos poco peligrosos o con bajas probabilidades de fuga. De esos detenidos que, con el tiempo se convertían en soplones del Estado. Fellner y Köhler se retiraron. Baumann le gritó a Alejandra, *"Steh auf!"* (¡De pie!) y que la acompañara.

Alejandra tomó con premura sus ínfimas pertenencias y las trasladó a la nueva celda, siguiendo a Baumann. La celda en cuestión, tenía piso de madera lustrada, no cemento. Sus paredes de color gris y gris claro parecían recién pintadas. Un calefactor se hallaba ubicado debajo de la ventana, la cual era verdadera y daba a uno de los patios de Hohenschönhausen. Hasta podía ver dos o tres arbolitos, fieles testigos que hasta la naturaleza podía crecer en las condiciones más desfavorables. Una mesita rectangular de madera y fórmica para que pudiera escribir o leer o comer. Un banquito. La cama, la cual, si bien era pequeña, era suficiente para ella, pues tenía colchón. Un lavatorio y hasta un espejo. Un espejo en la cual mirarse. Y Alejandra se miró en el espejo. Luego de tanto tiempo. Creyó reconocerse. No había cambiado tanto. Se tocó las mejillas, los labios, la frente. Aún podía reconocerse. Aunque no estaba tan segura. Se miró las manos. Se miró a los ojos. Ya no eran los mismos ojos. La niebla iba creciendo en ellos, como una especie de cataratas seniles que iban cubriéndolos de dolor e incertidumbre.

Konrad Fellner podría haber borrado de su cabeza a Alejandra. Podría haber elegido seguir adelante con su brillante carrera de oficial de la Stasi. Pero no podía borrar de su mente la mirada de Alejandra, entre lánguida y ávida de vida enmarcada en el azul de sus ojos. Fellner se había enamorado de esa mirada. Sabía que Alejandra había tenido una vida anterior, pero en Praga, esa vida había sufrido un giro irreversible que la había arrojado a sus brazos. Y Fellner lo presintió desde aquella mañana lluviosa, cuando la conoció en la transferencia de jurisdicciones. El amor ignora o evita a la lógica. Y la lógica le hubiera dictado a Fellner ser el profesional que siempre había sido. Pero algo de Alejandra se incrustó en su pecho. Y cada vez que la evocaba, ese algo le aceleraba los latidos del corazón. Hubo noches incluso, que despertaba a altas horas y se descubría pronunciando su nombre. Como si los sueños tuvieran un nombre. Y ese nombre no era otro, que el de Alejandra.

Un día, Alejandra se encontraba aseando su celda. Estaba arrodillada fregando el piso de madera y desinfectándolo con creolina. Tan acostumbrada a ese espantoso olor que ya no reparaba en ello. Fellner por la mirilla se quedó observándola un buen rato. Parecía frágil, tan frágil como un cisne de cristal, de esos que adornan vitrinas. Un cisne cautivo, en un estanque hediondo que olía a dolor y miedo, porque en ese estanque los segundos se encontraban estancados, rodeados de un limo difícilmente descifrable. Fellner cerró la mirilla, aunque no cerró los ojos de su alma, que lo impulsaban hacia ella y entró a su habitación.

- ¿Quieres algún libro de la biblioteca de la prisión? – preguntó Fellner.
- Bueno – contestó Alejandra.
- Dime cuál… tenemos esencialmente bibliografía en alemán, pero también en otros idiomas, incluido el tuyo – dijo Fellner.
- Quisiera leer a Pablo Neruda.
- ¿Neruda? Excelente elección Alejandra. Ordenaré que un soldado te lo traiga. ¿Algún título en especial?
- *"Memorial de la Isla Negra"*…
- Ah. Eres realmente especial jovencita. Aguarda – dirigiéndose a uno de los guardias que recorrían el pasillo de celdas. - Soldat! – gritó Fellner y luego le especificó aquello que quería, lo que el soldado fue a cumplir de inmediato.

Luego le colocó las esposas y salieron al patio de costumbre a caminar en círculos. Ya en el patio, le quitó las esposas. Fellner se sentía realmente atraído por la joven latina que gustaba leer a Neruda. Ella le preguntó qué leía habitualmente…

- En mi oficio tengo poco tiempo para las lecturas. Pero a veces me hago de él y leo a Víctor Hugo y hasta llegué a leer a Solzhenitsyn…
- ¿A Solzhenitsyn? ¿Y qué leíste de él?
- ¿Por qué te parece extraño mi pequeña? Sí. Lo he leído, leí *"Un día en la vida de Iván Denísovich"*. Y no. No estoy de acuerdo en el maltrato a los disidentes del socialismo, si eso me ibas a preguntar…

- No. No iba a preguntarte eso.
- ¿Qué entonces? – preguntó ansioso Fellner.
- Nada. Me dejás que guarde la pregunta para otro momento, Konrad?
- Sí, por supuesto.
- ¿Leés en castellano?
- Sí.
- *"Cien años de soledad"* es la respuesta, llegó a Alemania hace un año el libro – contestó Fellner antes de que ella le preguntara, a lo que Alejandra se sonrió…
- ¿Cuánto hace que no sonreías?...
- Hace tanto que ya no lo recuerdo.
- Envidio a los poetas en este momento… - dijo Fellner.
- ¿Por qué Konrad?
- Porque mis manos sólo han sabido empuñar armas, manipular cuerpos, pero jamás podría escribirte y dedicarte un poema Alejandra.
- Lo hacés. Lo hacés cada vez que evitás que esa bruja malnacida descargue su furia en mi contra. Tu voz es un poema en sí.
- ¿Conoces la historia de Eloísa y Abelardo?... – preguntó Fellner.
- Sí.
- Espero que no terminemos de esa forma. No quiero negarte.
- No quiero que me niegues…

Rato después, para evitar suspicacias, Fellner la regresó a su celda. Tiempo más adelante, fue comisionado para realizar un seminario en Moscú sobre *"contrainteligencia"* y pasaría más de tres semanas alejado de Hohenschönhausen. Luego le fue ordenado investigar sobre el paradero de varios ex miembros del KAN, de Bratislava (Eslovaquia), lo que le insumió cerca de dos meses más. A su regreso, en diciembre, aún continuaba a cargo de la detenida imputada de espionaje, aunque el oficial a cargo interino, era el mayor Helmut Weiss. Ni bien arribó a la penitenciaría se presentó ante su superior, el coronel Max Köhler. Éste le mostró su gran preocupación y los posibles daños a su carrera dentro de la Stasi si de alguna manera mostraba algún interés que no fuera meramente profesional entre la sudamericana y él. Que ya había recibido un informe confidencial, del cual no revelaría su origen y en el que se lo acusaba de "confraternizar" con la acusada. Köhler se mostró amigable con Fellner e hizo caso omiso del mismo, aunque en su interior algún grado de verdad escondía el informe. Más aún, Köhler le sugirió que si él deseaba, podía tener algún acercamiento físico o sexual con la reclusa, pero que ello no podía ir más allá. Fellner dio a entender que no era su intención violar detenidas, sólo llegar a la verdad. Köhler le dio unas palmaditas en la espalda y lo despidió para que se constituyera en sus actividades normales en Hohenschönhausen.

Leitner había sido transferida a la ciudad de Rostock, para colaborar con la industria naval militar. Pero quedaba Baumann. Cuando acudió a ver a Alejandra, halló a Baumann propinándole una golpiza por no contestar a tiempo las preguntas del oficial interino Helmut Weiss. De inmediato Fellner gritó como era su costumbre, *"Ohne Gewalt!"* (Sin violencia) *"Raus hier!"* (¡Fuera de aquí!). Baumann se cuadró y se retiró mirando a Alejandra, prometiéndole con la vista que ya llegaría su turno de proseguir el *"tratamiento"*. Alejandra se paró como pudo y se mantuvo lo más derecha que pudo. Fellner la tomó de la mano, que sintió algo áspera, a causa de las constantes limpiezas del pasillo de detenidos con substancias alcalinas al emplearlas sin guantes protectores. La sentó en la cama y ambos se miraron a los ojos…

- Desde que te fuiste Leitner y Baumann aprovecharon cuanto momento les vino a mano para castigarme por las cosas más nimias… - dijo Alejandra.
- Imaginé que eso pasaría Alejandra – sostuvo Fellner. Ten en cuenta mi pequeña, que acá se castigan esas cosas que llamas nimias.
- Además Köhler autorizó a ese repugnante de Weiss a que me manoseara si lo quería… Dos veces a la semana me llevaban a interrogatorio. Siempre la misma rutina. Hubo días en que no me dejaban dormir. Llegué a estar casi tres días sin poder hacerlo porque ellos no me dejaban, despertándome continuamente e interrogándome incluso en la celda, con Baumann abofeteándome – dijo Alejandra casi entre sollozos.

- Sí. Así es el "tratamiento" lamentablemente... ¿Y Weiss? ¿Hizo algo más que manosearte mi amor? – preguntó Fellner sin medir sus palabras.
- Me llamaste *"mi amor"*... ¿es verdad? ¿Me amas? Porque ésa era la pregunta que quería hacerte en el patio aquél día – preguntó Alejandra.
- Sí. Así es... No puedo no amarte. Y no creo equivocarme si te digo que me enamoré de ti, sin saberlo en cuanto te ví en Praga. Hemos sostenido conversaciones que me convencieron no sólo de tu falsa imputación, sino de lo bello que es tu espíritu.
- Y yo a vos Konrad. Te amo con todo mi ser o lo que han dejado de él. Se que no debo. Que tenés una carrera que cumplir en este país, pero...
- Pero nada. Hablaré con el coronel Köhler. Le diré que deseas *"colaborar"* con el Estado a partir de ahora.
- Pero yo no...
- Mi amor, si no lo haces, es casi seguro que te enviarán a un neuropsiquiátrico como ya te expliqué. Y no saldrás nunca más de ahí. Y yo nada podré hacer. Simula que deseas colaborar. Es lo único que te pido...
- Está bien. Sólo se que te amo Konrad...

Fellner dirigió sus ojos hacia la maldita mirilla. No había nadie. Y Fellner la besó. La besó y sintió que una parte de la vida de Alejandra había cedido el lugar a esta parte de su vida. Y que ya no volvería hacia atrás. Fellner no había dejado de creer en el socialismo, pero sabía al mismo tiempo que su futuro con Alejandra sólo se limitaría a ser su carcelero y no por mucho tiempo, pues eran rotados para evitar este tipo de situaciones. Y Fellner se decidió en ese beso. Decidió que desertaría a Occidente. Abandonaría un mundo perfectamente diseñado para él y construiría un castillo de cristal para ambos, pero del otro lado del muro. Debía ser cauteloso, pues había ojos posados en ellos. Y esos ojos no eran de cristal, sino de acero templado como espada de Toledo y tan filosos como sus hojas. Y nada ni nadie debía lastimar a esa sudamericana acusada de espionaje en Praga y que el destino puso ante él, para que él jugara sus cartas a todo o nada.

"Diario mío: se que no debo pensar siquiera que existís. Porque no existís, sos el producto de mi mente. Eso debo considerar. Me han dejado lápiz y papel para escribir, pero no te escribiré, sólo te hablaré y esta conversación quedará entre vos y yo. Quiero que me digas si hay destinos escritos o es sólo el juego travieso de un dios – niño que hace travesuras por las noches y se dedica a mover sus piezas a su antojo o capricho. Y lo que desconoce este dios – niño, es que esas piezas son seres humanos, que desean cortar esos hilos de marionetas y desean vivir sus vidas como humanos que son. En Praga dejé mi vida y dejé a un bello ser humano, que quizás, el dios – niño decidió eliminar. Aún recuerdo su mirada antes de que el dios – niño cortara sus hilos. Y ahora sin dar explicación alguna, el dios – niño me acerca otra pieza, una bella pieza de ojos celestes que dice amarme y que yo siento por él lo mismo. Temo tanto que ese dios – niño decida acabar la historia de forma absurda. Porque si lo pienso más de una vez, desde hace un año hasta hoy, todo me parece absurdo. Salvo la mirada de Konrad. Salvo sus ojos, que se reflejan en los míos. Diario mío. Te confieso que lo amo…"

Capítulo 5
"El escape"

Para junio de 1969, la situación de Alejandra no había variado demasiado. Sus carceleros no confiaban en ella y al mismo tiempo no estaban seguros de que fuera una espía. Al menos no se comportaba como tal. La CIA no la reclamaba, el gobierno argentino mucho menos y el periódico la había olvidado. Estaba en una especie de limbo peligroso, del cual podía salir dañada o muerta. Alejandra se había convertido en un verdadero enigma para la Stasi. Köhler no quería siquiera escuchar hablar de ella. Cada dos por tres citaba a Fellner a su despacho en el cuarto piso del edificio central de Hohenschönhausen para que dé su reporte sobre la detenida. Fellner escribía informes en los cuales dejaba entrever la buena predisposición de Alejandra para colaborar con las autoridades. Sin embargo, esto no bastó para evitar que el martes 3 llegara a sus manos un télex en el que el comisario político Konstantin Smirnov del *"Comité para la Seguridad del Estado"* de la Unión Soviética o KGB, con su oficina en el primer piso de Lubianka, Moscú, cuartel general de esa agencia y prisión para disidentes políticos, solicitara la remisión perentoria de Alejandra a la misma.

Fellner sintió un horroroso vacío en su estómago. Sabía que si Alejandra era enviada a Lubianka, jamás regresaría o terminaría sus días en algún campo de Siberia o peor aún, en una *"Psikhushka"* u hospital psiquiátrico lobotomizada como él le había prevenido en su momento. Fue hasta el despacho de Köhler y le solicitó las explicaciones del caso. Éste se encontraba almorzando y lo invitó a que se sumara a su refrigerio. Fellner aceptó para no despertar ningún recelo por parte de su jefe. Köhler le aclaró que si la KGB la requería, no había nada más que discutir, que sería enviada a Lubianka a la brevedad. Fellner le propuso a su superior que le permitiera un último interrogatorio antes de la partida y éste aceptó sin desconfianza alguna. El mismo se llevaría a cabo el viernes de la semana siguiente, viernes 13. Fellner mientras intentaba masticar y mostrarse satisfecho ante Köhler, planeaba la fuga que los llevaría a Alejandra y a él *"al otro lado"*.

Fellner caminaba por las calles interiores de Hohenschönhausen y saludaba con aparente naturalidad a sus subalternos. Ese día vestía su uniforme militar. Los soldados del Ejército Nacional Popular le hacían la venia y él se las retribuía. Una colega, de nombre Carla Meller, teniente de la Naval asignada a la Stasi, lo entretuvo un buen rato en el patio central de la penitenciaría. Fellner no veía la hora de comunicarle a Alejandra las malas nuevas y las posibilidades de fuga para ambos. Se despidió de Meller con aparente tranquilidad. Se dirigió al sector de detenidos extranjeros en donde se hallaba Alejandra. Baumann estaba dentro de la celda de Alejandra. La tenía mirando a la pared, con las manos entrelazadas en la nuca. Cuando llegó Fellner y vio la escena, Baumann se cuadró e hizo resonar los tacos de sus botas, éste le ordenó de manera cortante que se retirara de la habitación, como en tantas otras oportunidades, a lo que Baumann respondió, *"Jawohl, Herr Hauptmann"* (Sí, mi Capitán). Una vez evacuada la celda por Baumann, Fellner le susurró al oído a Alejandra que mantuviera la posición en la que estaba para no despertar sospechas. Más aún, "casualmente", pasaba su superior, Kohler y miró por la mirilla del calabozo. Y lo que vio le agradó. Vio a Fellner zamarrear a Alejandra de los cabellos y arrojarla sobre la cama. Köhler siguió su revista de detenidos. Fellner, ya sin ojos en la mirilla que estuvieran escudriñando, llevó a Alejandra hasta el espejo del lavatorio y la besó suavemente en el cuello. Alejandra se dio vuelta y lo besó, arriesgándose a la mirada de Baumann. Pero eso no sucedió por fortuna para ambos. Fellner la sentó en la cama y él gesticulaba como "retándola", pero en realidad estaban dialogando…

- Te solicitaron de Lubianka, un tal Smirnov, un comisario político del KGB… - dijo Fellner.
- ¿Qué es Lubianka? – preguntó ingenuamente Alejandra.
- El exacto lugar adonde no te gustaría ir mi amor. Debo sacarte de Berlín Oriental cuanto antes. Pero logré que Köhler me escuchara y me permitió hacerte un último interrogatorio.
- No te entiendo bien…
- Que vamos a representar una excelente escena dramática ante Köhler en la sala de interrogatorio para despejar cualquier duda. Seré cruel contigo y tú te arrastrarás y harás tu parte…

- Comprendo mi amor. Pero no me respondiste. ¿Qué es Lubianka?
- Lubianka es la prisión del KGB en Moscú. Habitualmente los detenidos parten desde ahí hacia dos sitios. O bien a un hospital neuropsiquiátrico o bien a Siberia. Y desde Lubianka este tipo está ordenando tu comparecencia.
- ¿Tendremos tiempo de escapar mi vida?...
- Yo creo que sí… pero debemos ser cuidadosos y prolijos en nuestros movimientos. Ni un paso en falso o tú terminarás congelada en Siberia o lobotomizada y yo fusilado por traición. Aún no puedo creer lo que me pasa y estoy tramando. Sólo se que te amo Alejandra.
- Y yo a vos mi capitán…

El miércoles 11, Fellner ingresó a la celda de Alejandra, quien se encontraba comiendo el potaje que le habían servido. Fellner sabía que Baumann estaba observando. Le hizo un guiño a su amada y le arrojó el plato de comida a la pared de un manotazo. Luego vociferó, *"¡Ya nos veremos pasado mañana! ¡Me tiene harto con su testarudez! ¡Confiese de una vez y colabore con el Estado, mujer estúpida!"*. Alejandra cayó a los pies de Fellner entre llantos y súplicas y abrazando sus rodillas. Baumann, que observaba la escena se sintió satisfecha, pero al mismo tiempo intranquila. Estaba convencida de que Fellner sentía algo por Alejandra, aunque no tenía pruebas contundentes. Esta escena la convenció a medias. Baumann se retiró de la puerta de la celda de Alejandra. Cuando Fellner comprobó que ya no estaba, se puso en cuclillas a la altura de Alejandra que estaba en el suelo y la besó tiernamente. Luego se paró de inmediato y se retiró. *"Te amo con toda mi alma y lo que vamos a hacer en esa sala poco importa. Sólo importa que vivas…"* – remató el joven oficial.

El viernes por la mañana, Fellner se encontraba sentado en la sala de interrogatorios, revisando el expediente de Alejandra. Köhler y Baumann llegaron pocos minutos después. Ésta lo miraba de reojo a Fellner para adivinar cualquier gesto sospechoso o de duda. Pero no lo halló. Fellner, al ver entrar a su jefe, se paró y se cuadró. Köhler le hizo señas de que se sentara y que siguiera con lo que estaba haciendo. Ellos se ubicaron por detrás del vidrio polarizado que permitía presenciar la escena sin ser percibidos. Unos minutos después arribó Alejandra esposada y acompañada por otra suboficial. Fellner le ordenó que le sacara las esposas y que la sentara en la silla de la cabecera de frente a él. Fellner no quitaba su vista de la frondosa carpeta que describía los datos y antecedentes de Alejandra. Fellner se encendió un cigarrillo. La silla de él era giratoria y comenzó a juguetear con sus movimientos, como un y ida vuelta de ideas que se le cruzaban en la cabeza. Por fin, se levantó de la silla y se aproximó a Alejandra con un papel en mano. Lo depositó ante ella.

- Firme aquí… - dijo Fellner.
- No voy a hacerlo mi capitán… - respondió Alejandra.
- ¿Aún tiene el descaro de manifestar que no trabaja para la CIA? – exclamó Fellner simulando indignación.
- No voy a firmar este papel. Es una acusación falsa…

Fellner la levantó de la silla, asida del cuello y la llevó contra una de las paredes de la sala.

- Estoy realmente harto de usted. Está perjudicando mi foja de servicios, ¿y sabe qué más? Si no lo hace será enviada a Lubianka el lunes que viene…
- No se de qué me habla – respondió Alejandra.
- Lubianka. Moscú. Ya no tendré que soportarla más. Fui demasiado condescendiente con usted, estúpida. Más de lo debido. ¡Firme de una vez!...
- No.

Fellner le propinó una bofetada con el reverso de su mano derecha, cayendo Alejandra al suelo. Así permaneció sentada y con la boca sangrando. Köhler y Baumann mientras tanto observaban lo que tanto querían observar desde hacía tiempo. A continuación, Fellner la llevó de los cabellos a la silla nuevamente. Él sólo quería abrazarla y colmarla de caricias y besos amorosos, pero debían atravesar el Purgatorio para alcanzar el cielo. Y Fellner aborrecía ese Purgatorio. Cada grito y maltrato a su amada era como un puñal en su alma que quizás no desenterraría jamás de ella, como una vieja herida de guerra. Guerra contra *"ellos"*, guerra contra su pasado.

Guerra contra su presente. *"Limpie su sangre..."* – dijo Fellner arrojándole un pañuelo a Alejandra. Alejandra se secó la sangre que manaba de sus labios como pudo. *"El Estado alemán ha estado alimentándola y ofreciéndole un techo por más de ocho meses. ¿Qué recibió de usted? ¡Nada! Me agotó la paciencia F-9651. Que Lubianka se ocupe de usted..."* – concluyó diciendo Fellner dando claros signos de fastidio. Dirigiéndose a la suboficial que la trajo... *"¡Reber!..."* y la suboficial la tomó de los brazos y la retiró de la sala.

La suboficial Reber la llevó esposada y del brazo derecho a su celda. Fellner se sentó en su silla giratoria. A los pocos segundos entraron Köhler y Baumann a la sala. Su jefe compartió su opinión sobre que él hizo lo que más pudo por la detenida. Pero ya quedaba en manos de Lubianka. Lo dejaba a cargo de la transferencia. Baumann seguía observándolo. Casi no daba crédito a lo que había visto pocos minutos antes. Pero mantuvo un discreto silencio.

El sábado 14, no hubo mayores novedades. Baumann salió de franco a las siete de la tarde de ese día y regresaría a la misma hora el lunes 16, fecha prevista para el envío de Alejandra a Lubianka. En su lugar estaría de guardia la cabo primero Alberta Wolff, quien a la sazón, hablaba un poco de español. El lunes, Fellner arribó a eso de las seis de la tarde con su uniforme militar a Hohenschönhausen. Wolff acompañaba a Alejandra parada como una estatua junto a ella, que se hallaba recostada en la posición que indicaban las normas de Hohenschönhausen. Fellner portaba una especie de maletín negro de buen tamaño. Le ordenó a Wolff que desocupara el calabozo, lo que ésta cumplió de inmediato. Una vez a solas y cerrando la mirilla que sólo los oficiales podían cerrar, abrazó a su amada y le acarició los labios que él había lastimado.

- Perdón mi amor... no tengo palabras para pedirte que me perdones... - dijo Fellner.
- Amor de mi vida. No te preocupes. Se que esos golpes y bofetadas fueron para que seamos libres y felices y salir de este infierno.
- Mira Alejandra. Te traje vestimenta femenina de civil. Te vestirás lo más rápido posible. Te esposaré para no despertar

sospechas. *"Oficialmente"* te llevo a las oficinas del general Erich Mielke, el titular de la Stasi ¿Recuerdas? Saldremos de la prisión con mi auto hacia *"Checkpoint Charlie"*. Pero todo esto debemos hacerlo ya y sin titubeos y jamás mostrando temor o dudas. Baumann regresará en menos de una hora a sus funciones de su franco de veinticuatro horas. No se por qué, pero no la he visto muy convencida de nuestra actuación del otro día.

- Así lo haré. Ya me cambio. Te amo… - le dijo Alejandra.
- Y yo a ti. No se por qué extraña razón tu destino giró hacia mí, pero se que no puedo vivir sin tu presencia Alejandra. Quiero curar tus heridas por todo lo que me resta de vida.

Y Fellner la besó apasionadamente. Lo que no sabían ni Alejandra ni él, era que Köhler iba en esos delicados momentos en dirección a la celda de Alejandra para cerciorarse de que la transferencia a Lubianka se llevara normalmente. Cuando Köhler vio la mirilla cerrada, prefirió no abrir la puerta. Pensó, erróneamente, que Fellner quizás estaba ultrajando a la detenida como *"regalo de despedida de la prisión"*. Sonrió complacido y se alejó por un rato. Alejandra ya vestida de civil, se miraba en el espejo y se maquillaba. Tenía una blusa blanca, polleras negras, medias color carne y zapatos al tono con las polleras. Se calzó el sobretodo y siguió frente al espejo. Luego de tiempo inmemorial se veía como una mujer y ni creía en esa mujer que veía en el espejo. Se dio vuelta y tomó del cuello a Fellner y lo besó. Le dedicó una mirada indescriptible. Fellner lo sintió y le dijo, *"vamos mi amor…"*. La esposó. Abrió la mirilla. No vio a nadie merodeando. Caminaron con naturalidad hacia las escaleras de salida. Fellner la llevaba del brazo como marcaba la normativa vigente. Dos soldados lo saludaron a la usanza militar, lo que Fellner devolvió. Ya en el patio nuevamente lo interceptó su colega Carla Meller. Ésta quiso saber quién era la joven detenida. Fellner dijo con voz irónica que el camarada Mielke quería *"conocerla"* a solas y la trasladaba a su oficina, a lo que Meller levantó sus cejas y asintió con su cabeza.

Después de atravesar ese interminable patio central, llegaron hasta el *"Trabant"* de Fellner. El auto era del color predominante en todos los que rodaban por la Alemania del Este, un crema difuso. Era pequeño, no tenía un motor de gran potencia, pero para lo que ellos requerían era suficiente. Ya dentro del auto, le quitó las esposas y se las colocó por delante. Querían besarse, pero era muy arriesgado y no querían arruinar la evasión. Debían ir directo a *"Friedrichstraße"*, al puesto "Charlie", a la frontera. En la puerta de Hohenschönhausen un soldado de guardia revisó los papeles fraguados por Fellner. No sospechó. No tenía por qué. Estaban sellados y firmados por Köhler y decían que la detenida debía comparecer ante el general Mielke. El soldado le hizo la venia al capitán y levantó la barrera. Ya en el exterior como a diez cuadras de la prisión, Fellner la besó. Ella resplandeció como desde hacía mucho tiempo no le sucedía. Estaban a unas tres cuadras de "Charlie". Fellner detuvo el auto. *"Es ahora mi vida"* – dijo Fellner. *"Es ahora mi bello capitán"* – contestó Alejandra.

En Hohenschönhausen acababa de retornar Baumann de su franco y lo primero que hizo fue acudir a la celda de la extranjera fascista. Al hallarla vacía, buscó de inmediato a Köhler, a quien encontró presenciando una tortura a un pobre infeliz que había tratado de saltar el Muro. Le informó de la sospechosa ausencia de Alejandra. Köhler se alarmó y mucho. Fueron ambos a la celda. Revisaron todo y sólo hallaron el overol azul y las escasas pertenencias de Alejandra debajo de la cama. Se miraron inexpresivos. Comprendieron en ese instante el plan de Fellner y la acusada. El coronel le ordenó a Baumann que reuniera de inmediato un *"grupo de tareas"* armado y listo para salir hacia *"Friedrichstraße"*. Adivinaron por donde querían evadirse, por el sitio más común de todos.

Fellner se introdujo en un callejón y ahí cambió sus vestimentas militares por las civiles y le quitó las esposas a su amada Alejandra. Salieron con el "Trabant" ya preparados, con documentos falsificados rumbo al puesto de frontera, que Fellner había conseguido gracias a una de las tantas organizaciones que ayudaban en la evasión de germanos orientales y que un detenido le había confesado hacia tiempo existía y confeccionaba. Los miembros de la organización en un principio creyeron que se trataba de una de las muchas tretas de la Stasi, pero luego, corroboraron con sus pares de Praga, que una detenida latinoamericana había sido remitida a Hohenschönhausen y que su guardia era él y él quería "cruzarse". La principal responsable de la organización, de nombre Erika Herbst, lo llevó en su momento a una habitación similar a las salas de interrogatorios de la prisión y lo miró cara a cara. Luego del encuentro, comenzaron a trabajar en el pasaporte de ella. Herbst había visto sinceridad y desesperación en ese oficial que deseaba fugarse…

Había dos automóviles antes que ellos para pasar *"al otro lado"*. Köhler y Baumann avanzaban raudos con un automóvil y un camión militar con diez soldados hacia el mismo destino. Cuando les tocó el turno a ellos, el guardia fronterizo miro detenidamente los papeles de *"ella"*. Se los quedó y fue a la garita a consultar con su superior. Su superior se avino al auto de la pareja. Fellner, aunque de civil se presentó como capitán. El teniente lo saludó de rigor y le preguntó para qué iban a Berlín Occidental. Fellner le explicó que su "esposa uruguaya", tenía un pariente en la embajada de su país y que hacía tiempo no lo veía, que regresarían a la mañana siguiente. El teniente no sospechó en primera instancia. Fellner miraba a los soldados norteamericanos que hablaban afablemente a escasos metros de ellos y hasta fumaban un poco displicentes. En esos instantes y a toda velocidad arribaron Köhler y Baumann. Los diez soldados se bajaron prestos con las AK-47 en mano.

Alejandra y Fellner se miraron y sonrieron. Sonrieron sus labios. Pero en realidad estaban sonriendo sus almas. *"Hacelo mi amor…"* – dijo Alejandra. El teniente del puesto de guardia no comprendía bien aún qué sucedía. Fue en busca de Köhler quien desde lejos le hacía gestos, señalándole al auto de Fellner. Éste aceleró, rompió la barrera de madera pintada en rojo y blanco. El teniente se dio vuelta y disparó junto a los soldados de Köhler. El "Trabant" estaba cruzando la línea, cuando un disparo impactó en uno de los neumáticos. Fellner perdió el control del vehículo y volcó de costado, arrastrándose varios metros y colisionando contra una columna. Pero era una columna de un edificio de Berlín Occidental. Los soldados norteamericanos fueron a ver a sus ocupantes para auxiliarlos. Köhler y Baumann miraban la escena parados justo en la línea demarcatoria. Cuatro soldados norteamericanos les apuntaban a ellos y otros tantos, protegían a los fugados. Köhler respiró profundamente y bajó su arma y le indicó a Baumann que hiciera otro tanto, bajando su brazo...

Alejandra y Fellner eran libres... Esta vez, Eloísa y Abelardo no habían naufragado esta vez...

Cuarta parte

Noelia

Capítulo 1
"Noelia"

Buenos Aires, marzo de 2010...

Noelia acababa de despertarse. O en realidad no acababa de soñar. Y el sueño quedó trunco. De esos sueños que intentan finalizar y no lo logran porque suena el teléfono o el timbre de casa o simplemente porque el mismo sueño se encarga de quitarse la vida y envía al soñador a la vigilia más real a su alcance. Y la vigilia de Noelia recién daba comienzo. Se sentó en su cama. Juan Martín, su esposo, estaba por partir a Salta a un congreso de tres días. La vio seria y con la mirada posada en un horizonte sin línea de horizonte. Y entonces se decidió y le habló... *"¿Te sucede algo mi amor?"*. Noelia seguía sin responder a estímulo alguno, ni visual ni auditivo. Sólo y apenas se tocaba su cuello y lo sentía ajeno, como si esa garganta fuera de otra mujer y esa garganta quisiera hablar y hablar sin cesar. Como si esa mujer no fuera era ella sino, otra. Mariano no terminaba de vestirse aún y se sentó junto a ella en la cama. Ya algo preocupado, chasqueó sus dedos justo frente a sus ojos, pero Noelia lo ignoraba como si él no estuviera. Cuando la tomó de los hombros, Noelia reaccionó...

- ¿Qué sucede mi amor...? – preguntó Juan Martín.
- Alejandra está viva... - respondió Noelia.
- Mi amor, no empieces con eso de nuevo. No te conduce a ningún lado...
- Está viva, lo se.
- Noe, te creo. Pero ahora debo irme, sino, perderé el avión. A mi regreso hablamos si querés. Te amo. Beso...

Su marido salió a los diez minutos de la casa y Noelia todavía permanecía en la cama. Se levantó y miró a través de la cortina de su ventana. Era un día gris. En exceso gris. Una densa niebla cubría la calle y Noelia retrocedió dos pasos. Lo que veía por la ventana era casi una metáfora de su viaje hacia a Alejandra. Demasiados interrogantes. Demasiadas dudas. Demasiados grises. Sólo un presentimiento, al cual ella se aferraba, sólo que un presentimiento

312

tiene los pies de barro cenagoso. Bajó las escaleras a prepararse un café. Quizás con él, lograría la plena vigilia que tanto necesitaba.

Un año antes…

Un día cualquiera de agosto del año anterior, Noelia había hallado en su altillo una caja de zapatos sellada. No le agradaba subir a él, pues detestaba la tierra acumulada por todos los rincones y el aroma a olvido que en los altillos impera. Sin embargo, esa tarde subió en busca de una antigua plancha a carbón de su abuela, para enviarla a restaurar y colocarla de adorno en su living. Nada hacía pensar que en lugar de esa vieja plancha a carbón oxidada por el tiempo, el tiempo en persona le devolvería a alguien de nombre Alejandra. Dejó a un lado la idea de la plancha y bajó con la caja de zapatos. Le quitó los sellos a la misteriosa caja de zapatos y descubrió que se trataba de un depósito de antiguas fotografías familiares. Sobres de diversos colores, de madera o blancos desteñidos poblaban la caja. Dentro de cada uno se alojaban las más diversas imágenes. Noelia reconoció de inmediato a sus abuelos, Juan Bautista y a Amelia. Vio a su padre cuando era un niño, vestido de marinerito, mientras lo paseaban por las Barrancas de Belgrano. Al abuelo Juan, mientras posaba con un grupo de brigadistas republicanos en la guerra civil española, el casamiento en Londres con Amelia. Un cumpleaños de su tía Lorena, con el clásico bonete gris de fotografía en blanco y negro, aunque rosado pues estaba coloreada, soplando catorce velitas, según pudo confirmar, mediante una lupa…

Pero de pronto surgió otra foto, en la que se veía a una bella jovencita de quince años, vestida para su fiesta, acompañada por sus abuelos y por su padre y su tía. Más fotografías de aquella fiesta mágica la mostraban a esa jovencita bailando con su abuelo Juan el tradicional vals. Otra, más en foco y con suma nitidez, pese a los años de la imagen, se veía el bello rostro de la quinceañera. Noelia ignoraba quién sería. Cuando estaba por cerrar la caja, una especie de voz le susurró al oído, *"preguntale a tu padre… preguntale por mí…"*.

Noelia dejó caer la caja de zapatos de las viejas fotos de familia, aunque no supo bien si la dejó caer o si ella misma la arrojó al suelo.

Respiraba agitada y comenzaron a sudar sus manos y luego se tornaron heladas. De inmediato recogió el contenido esparcido por la alfombra del living y nuevamente esa imagen de esa jovencita de quince años con su padre, abuelos y parientes quedó cara a cara con Noelia. Más aún, junto a ésta, otra en la que aparecía su padre sólo con ella, posando en Avenida de Mayo, en las escalinatas de la majestuosa puerta del periódico *"La Prensa"*. La tomó y la dio vuelta. Decía la fecha como era habitual y la fecha era jueves 10 de septiembre de 1964 y la dedicatoria rezaba, *"Para mi hermanito menor Eduardo, con amor, Alejandra..."*.

Llamó por teléfono a su padre. Eran como las dos de la tarde. Le pidió verlo a la brevedad. Su papá se preocupó. Le preguntó si algo malo había sucedido. Noelia le contestó que no. Que sólo tenía necesidad de verlo y preguntarle algo. Eduardo le propuso reunirse a su hija en el café *"Gaudí"* junto a la catedral de San Isidro y a ella le pareció bien. Que en media hora podía estar ahí. Y ahí estuvo. Al ser un día soleado y no tan frío, como en semanas anteriores, Noelia prefirió esperar a su padre afuera, en una de las mesas de madera y sombrillas azules, pues deseaba encenderse un pucho. A los diez minutos apareció su papá y éste la saludó con la dulzura que lo caracterizaba y esa preferencia secreta que por ella tenía y que ella conocía pero callaba. Pidió un capuccino lo más italiano posible y frunció el ceño un poco, al ver a su hija fumando como murciélago y bebiendo un coñac a esa hora de la tarde. Luego de un par de banalidades variopintas y de alguna que otra queja sobre su abuela Amelia, Noelia y Eduardo guardaron un minuto de silencio, admirando la catedral, que se veía más hermosa que otras veces, quizás por el día, quizás por la luz de esa hora o vaya a saber por qué. Y por fin, Noelia extrajo de su morral tejido al crochet, la foto de 1964 y se la entregó a su padre, para que éste la apreciara más en detalle. Eduardo se calzó las gafas y la vio. Su semblante cambió radicalmente. De afable y optimista, como lo vio Noelia al arribar a *"Gaudí"*, viró a una mirada más dura y más distante. Luego de examinarla y leer la dedicatoria, se la devolvió...

- ¿Quién es esa chica que dice ser tu hermana y se llama *"Alejandra"*? ¿Y qué hacían ahí en donde se los ve muy felices en el centro de la capital? – preguntó Noelia.

- Esa chica no es nadie Noelia... - respondió taciturno su padre.
- Eso no es verdad... - agregó Noelia con cierto tono de desafío.
- Ya te dije. No es nadie. Y ya no quiero hablar sobre ese asunto.
- Yo sí.
- Pues yo no. Me voy a casa hija. Pago al mozo y me voy...
- No seas cobarde.
- No me faltes el respeto Noelia.
- El respeto no se regala, se gana. Y ahora "por favor", decime quién es "Alejandra".

Eduardo comenzó a mirar hacia todos lados. Como alguien acorralado que se sentía perseguido o aquejado de algún tipo de paranoia. Se recostó sobre el respaldo de plástico flexible de su silla y de repente Noelia pudo ver lágrimas que salían de los ojos de su padre. Pudo ver cómo caían lentamente, dejando un surco por entre las arrugas de su rostro. Se levantó presurosa de su silla y se sentó junto a él. Lo abrazó. Y al abrazarlo, sintió la extraña sensación de un hueco en la vida de él, de algo inacabado, de una infinitud tejida de interrogantes, de una angustia recluida por años y esa misma angustia había tomado conciencia de sí y sabía que algún día sería liberada, como el genio de la lámpara. Ese día había llegado y lo que jamás habría imaginado era que su hija quitaría el cerrojo y traería a Alejandra al presente, a lo cotidiano, al mundo real, como si Alejandra se hubiera convertido con los años en una especie de idea o de concepto y de buenas a primeras, cobraba entidad, se corporizaba ante él para recordarle que había alguien a quien recordar.

- ¿Estás bien, papá? – preguntó Noelia.
- Sí. Sí, no te preocupes Noe. Ya pasó, ya pasó... - contestó su padre.
- No pasó papá. En realidad, sólo empezó. ¿No es verdad?
- Puede ser...
- ¿Me vas a contar quién fue esa tal "Alejandra"?...
- Sí. Te contaré sobre esa tal Alejandra...
- ¿Querés beber algo fuerte?

- No. Gracias. Pedite algo para vos si querés.

Noelia vio al mozo parado, casi como distraído pero muy atento en realidad. Le solicitó un escocés con hielo. A los minutos le fue servido y Noelia bebió el primer sorbo. Y escuchó lo que su padre tenía que decirle...

- La cuestión es que... no éramos dos hermanos, sino tres. Tu tía Lorena, que como sabés, falleció en México y mi otra hermanita, Alejandra, la mayor – comenzó diciendo su padre con voz entrecortada.
- ¿Qué le sucedió?
- Desapareció, sin dejar rastros.
- ¿La *"desaparecieron"* los militares de acá en el 76?
- No. Supongo que fueron militares, pero no de acá. Ella era reportera gráfica del diario *"La Prensa"*. Y el diario la envió a Praga a cubrir los acontecimientos de Checoslovaquia de 1968... habitualmente cubría conflictos bélicos o políticos espesos.
- "La Primavera" – agregó Noelia.
- Así es. "La Primavera". La foto que me mostraste y que encontraste, nos la tomaron el mismo año en que Alejandra había ingresado a "La Prensa". Era muy buena fotógrafa. Te lo aseguro.
- ¿Y por qué nunca nadie me habló de ella?
- El único que la conoció, pero que la recuerda muy vagamente es tu hermano Ignacio. Él tenía apenas seis años cuando ella desapareció. A tu hermana Leticia decidimos no decirle nada tampoco. ¿Para qué en definitiva?
- Porque existió. O existe.
- No lo se. Eso no lo se y no creo que esté con vida.
- Pero no estás absolutamente seguro.
- No.
- ¿Por qué callaron? ¿Hicieron una especie de pacto de silencio? – preguntó Noelia.
- Puede ser... Luego de que ella cesara su comunicación con Buenos Aires, después de ese 21 de agosto de la invasión, nos preocupamos desde luego y mucho. Yo, incluso, fui a ver a... esperá que recuerde, ¡ah sí! Pacheco, ése era su nombre,

el de su jefe en "La Prensa". El tipo me dijo que el compañero de ella, un tal Edgardo, que había viajado con ella a Praga, había hablado, que querían volver cuanto antes, pero que las fronteras estaban cerradas.

- ¿Y entonces?
- Entonces… se perdió todo rastro. Con tus abuelos, fuimos al diario primero y nada. Luego hasta nos dieron una audiencia en Cancillería. Pero era inútil. Argentina en la época de Onganía no tenía vínculos con Checoslovaquia y menos con la URSS. La embajada norteamericana nos dijo que nada podían hacer. Que Checoslovaquia era un tema del bloque opuesto.
- Vi otras fotos de ella y un muchacho. ¿Era su novio o algún pariente?
- No. Era Daniel. Su novio. Bueno. Más o menos. Se querían. Eso es todo. Eso me decía ella.
- ¿Y cómo era ella?
- Era bella por fuera y por dentro. Pero era transgresora y endemoniadamente rebelde. En realidad, todos los jóvenes de esa época eran así, aunque yo no tanto. Y la mayoría estaban movilizados políticamente. Ese año 1968 fue fundamental… pero ella, casi como que disfrutaba el desafiar a cuanto tipo no debía desafiar. Así era tu tía, mi hermana perdida… Alejandra era muy tierna y sensible, pero por fuera parecía de acero en sus convicciones. Tan es así, que incluso parecía *"temeraria"*, imprudente frente al peligro. Eso nos convenció a todos en la familia, que Alejandra dejó su cuerpo y su alma en aquel país que ya no existe más. Y decidimos sepultarla a nuestro modo. No hablar nunca más de ella. Como si el no hablar nunca más de ella le ofreciera una especie de inmunidad para con la muerte. Como si en el fondo todos aquellos que la conocimos hubiéramos hecho un pacto de no hablar jamás sobre el asunto.
- No lo entiendo papá. Nunca estuvieron seguros de su fallecimiento.
- ¿Y si no fue así, por qué no trató de comunicarse con nosotros en todos estos años? en mi caso, siento más culpa aún respecto a ella.
- ¿Por qué?

- Porque el día que debía acompañarla a Ezeiza en su vuelo a Europa, no estuve ahí para saludarla, para tocarla, para abrazarla y decirle cuánto la quería, pero a la cara. En cambio, me conformé llamándola al aeropuerto, pensando que era sólo una comisión más del diario. Nunca pensé en lo peor. Eso no me lo perdono Noelia.
- ¿Y cuando cae la URSS y el socialismo en Europa? ¿No intentaron averiguar por ella? – preguntó Noelia.
- Lo hicimos. Pero era todo muy reciente en los noventa. Nos dijeron en las legaciones que los archivos se hallaban en condición de *"confidenciales"* y que aún no podían sacarlos a la luz. Insistimos varias veces y la negativa siempre fue la misma. Y un buen día, dejamos de insistir. Tu madre estaba al tanto de todo, pero era yo quien se ocupaba del asunto. Pero todo fue en vano.
- Ya han transcurrido casi veinte años desde el colapso del socialismo. ¿Y ahora? ¿No te interesa saber si se la puede rastrear?
- Ya no tengo la fuerza de antes hijita. Creo que en el interior de mi alma, le reservé un lugarcito a Alejandra y que ese lugarcito ya nadie lo puede tocar. Pero ese lugarcito es como una eternidad encapsulada. Y prefiero que siga así – dijo con los ojos cargados de lágrimas su padre.
- Yo me ocuparé papá.
- No puedo impedírtelo. Lamento que te hayas enterado por azar sobre Alejandra. Naciste dos años después de su desaparición. Vas a buscar a una persona que le fue secuestrado su presente en ese pasado tan remoto. ¿Vale la pena?...
- Lo vale papá. Y ahora quiero que me digas algo…
- ¿Qué Noelia?
- ¿Por qué los domingos comprás dos diarios? El de siempre y *"La Prensa"*. Y la hojeás y hojeás y mirás sus fotografías y…
- Porque… – dijo el padre interrumpiéndola –, cada vez que abro *"La Prensa"* y veo las fotos, creo ver en los créditos, el nombre de ella. No me quites eso hija. Nadie la amaba más que yo. Al igual que Daniel y todos en la familia, le rogué casi hasta el hartazgo que no viajara. Que las cosas iban a

terminar mal. Muy mal. Pero ignoró todo consejo. Alejandra era así. Se mofaba de las reglas, desafiaba autoridades de traje y corbata o de uniforme. Y un buen día de julio del 68 partió. Hacia su destino.

- Entonces, no creés que falleció.
- Te repito que no lo se. Quizás un buen día, me llame desde Ezeiza para que la pase a buscar, diciéndome que ha regresado. Quizás es lo que todos anhelamos.
- ¿Y si no lo hace nunca?
- Seguiré teniéndola en mi corazón. Como hasta ahora. Vos la descubriste por casualidad y todavía no me dijiste cómo, aunque lo intuyo. Lo que no podés descubrir es el velo que la tapa y la cobija en el pasado. El pasado es glotón a veces. Se fagocita a la gente y no te da tiempo para reaccionar y darte cuenta que ya nunca los volverás a ver.
- La voy a encontrar… - dijo Noelia.
- Estás en tu derecho, hija. Nadie te lo impide. Y yo, menos aún. Sólo puedo decirte que Alejandra vivió y vivió de manera vertiginosa. Esos veintiocho años que estuvo con nosotros fueron una especie de torbellino para la familia. Tu abuelo Juan, estaba muy orgulloso de ella, pero más de una vez, en soledad ambos, me confesó que él sentía algo de culpa. Que había sido él quien la había formado así. Y yo lo serené, diciéndole que ella aprendió a volar con él, pero que las alas eran de ella y ella decidió qué rumbo tomar.
- Te quiero mucho papá…
- Y yo a vos hija. ¿Sabés qué? A veces me parece verla a ella cuando nos visitás sorpresivamente en casa. El parecido es notable.
- Pero yo no soy ella, papá.
- No. Es verdad. No lo sos. Ella jamás hubiera aceptado la vida burguesa que vos llevás. Llevaba a una condenada trotamundos en su alma. Te parecés físicamente a ella. Tus transgresiones ya sabés que no me gustan. A diferencia de las de ella, son autodestructivas. Pero bueno… en algún sitio estará mi hermana perdida. Y ahora contame vos. ¿Cómo la hallaste?...

Y Noelia le contó a su padre lo que deseaba saber. Mientras hablaban, ya más distendidos, Noelia razonaba en torno a Alejandra. Sabía que Alejandra se encontraba en algún sitio. Viva o muerta. Su cuerpo con vida o sin ella. Nadie desaparece sin más. Al menos eso creía Noelia. Hay quienes se especializan en evaporar personas. Otros evaporan recuerdos. Sin embargo, el recuerdo de Alejandra estaba vivo y ahora cobraba nuevos bríos al ser descubierta por esa sobrina que jamás conoció. La sentía. Sabía que había existido. Hay quienes anhelan olvidar. Otros por el contrario, anhelan recordar. Algunos desean ser olvidados. Otros desean ser recordados. Noelia intuía que Alejandra y su nombre estaban en el fondo de algún archivo. Dónde... no tenía la menor idea. Quién lo custodiaba... tampoco. Quizás la bruma del tiempo o el tiempo mismo. Casi deslizándose, Alejandra iba convirtiéndose en una especie de Eurídice y ella, cual Orfeo, tratando de rescatarla de un infierno desconocido. Una tierra sin carteles o letreros que indicaran algún norte.

- ¿Qué te pasó Juan? – preguntó Noelia al ver a su esposo regresar algo contrariado a su casa.
- Por la niebla, los vuelos no salen hasta la tarde. Se reprogramó el mío para las quince – respondió Juan Martín. Me voy a mi escritorio. Estaré en la computadora.
- Sí, claro.
- ¿Y el nene?
- Lo iba a llevar al colegio Antonia, pero le dije que no vaya.
- Sí. Mejor así. Te veo luego mi amor. La calle parece Londres, está terrible.

Noelia se sentó en el desayunador. Antonia Beatriz Morales, de nacionalidad paraguaya, sesenta y dos años, vivía con la familia Llerena desde hacía quince. Había conocido a la joven Noelia desde los tiempos en que era una *"caminadora"* de la calle Corrientes, una noctámbula que a veces debía sostener y llevar hasta su cama en completo estado de ebriedad o drogada. Constantemente le había recriminado sus adicciones y excesos. Era casi como una segunda madre para Noelia. Casi se diría que lo era a veces. Su verdadera madre, Antonella, siempre andaba ocupada en ágapes y convites de las más diversas especies. Y hasta convenciones en el *"Club de damas católicas de San Isidro"*. Noelia sentía un sincero afecto por su madre, pero aborrecía su frivolidad enmascarada en membresías de agrupaciones de beneficencia, aunque ella misma se había convertido en una burguesa irredimible. Antonia había enviudado sin hijos en Asunción y vino a probar a suerte a Buenos Aires y los Llerena, recién casados, la aceptaron en su seno. Juan Martín se sentía más que seguro con Antonia en su casa y así apaciguar hasta cierto grado a su esposa y colaborar con su hijito y él, en los momentos en que Noelia se hallaba *"indispuesta"* por su obstinación a ser una pelotuda insatisfecha.

- La nota preocupada señora… - dijo Antonia.
- No se. ¿Se me nota? – preguntó Noelia.
- Sí.
- ¿No querés acompañarme a tomar un té?
- Estoy ocupada señora. Tengo que comprar varias cosas en el supermercado.
- Primero, te dije hasta el cansancio que no me llames señora. Segundo, las compras pueden esperar…
- Está bien… Noelia. Beberé con usted.
- No me trates de "usted"…

Noelia dejó su té y la abrazó. Antonia no sabía qué decir. Si bien en realidad Noelia era muy expresiva y no contenía sus sentimientos con facilidad y a ella le había prodigado todo tipo de manifestaciones de afecto y cariño, ésta vez la sentía desconsolada, como si algo casi imposible deseara emprender y supiera de antemano que no lo lograría. Algo como un lugar sin tiempo ni espacio, sin posibilidad de existir, una utopía…

Capítulo 2
"Alejandra y Noelia"

"Me veo bajando escaleras. En realidad parecen un espiral que conduce al infinito. Y decir infinito es casi pronunciar un abismo, pues los abismos se nutren de él, porque es inconcebible un abismo con un fin o fondo o vaya saber qué. Y continúo bajándolas, sin que nada ni nadie pueda detenerme. Y el espiral parece balbucear un nombre. Se que el nombre es el de 'ella'.

Algunas veces me doy cuenta. Pero no siempre. Quizás porque estoy demasiado ocupada en tareas que me demandan. En personas que me demandan. Y no me doy cuenta. No me doy cuenta de mi constante ensueño. Vivo dormida. O lo que es peor, casi dormida. Y peor aún es darme cuenta de ello. Como si un muerto dentro del féretro, supiera que está muerto y no acaba de aceptarlo. Y cree que está vivo. Porque piensa o cree que piensa. Porque siente o cree que siente. Porque ve o cree que ve. Y no vive, no piensa, no siente y tampoco ve..." – escribía Noelia arriba del colectivo.

Pasadas las dos de la tarde, Noelia viajaba en el 95. Ya le había pedido al conductor que le permitiese bajar en los *"Siete Puentes"*. El conductor se negó dos veces. Luego del club Independiente, se levantó de su asiento muy resuelta y se dirigió al chofer por tercera vez. Ya el colectivo daba la curva para atravesar raudo *"Los Siete Puentes"*.

- Me bajo acá – dijo Noelia con voz decidida.
- No puede bajarse acá señora, ya se lo dije y le advertí que es peligroso – respondió el chofer de pelo engominado y camisa celeste desabrochada hasta el abdomen.
- Me bajo acá – mostrándole un envase de gas pimienta. – ¿Querés que te arroje esto y el bondi pierde el control y nos hacemos percha todos?

El pasaje miraba atónito la escena. Nadie atinó a nada y menos a contradecir a una mujer fuera de sí y menos aún a alguien apuntando con gas pimienta en mano a quien conduce un transporte público. De inmediato el tipo clavó los frenos en esos fascinantes y añejos adoquines de los *"Siete Puentes"*.

- Bajate si tanto lo querés, ¡trastornada! – murmuró el chofer de pelo engominado y camisa celeste desabrochada hasta el abdomen.
- Morite… - alcanzó a decir Noelia.

El colectivo arrancó rápidamente rumbo al Shopping. Los *"Siete Puentes"*. Sitio de una belleza inusual. Paso ineludible por años para atravesar a Gerli. Sobrevuela metros de vías muy serenas, con vagones tan serenos, tan quietos, que hasta los envuelve un aire de paz incomparable. Pastos crecidos y descuidados por doquier. Óxido y orín predominante. Ese mismo aire de óxido que se respiraba arriba, en los *"Siete Puentes"*. Y Noelia aparentemente varada en medio de esa nada con aroma a abandono, porque así debe ser el aroma a nada. Con aroma a desierto de humanidad. Sólo pastos crecidos en derredor de los *"Siete Puentes"* y vías. Tan oxidadas como ciertas vidas. A Noelia la distrajo un tren carguero que se disponía a hacer maniobras de enganche. Los *"Siete Puentes"* eran en realidad seiscientos metros de una trampa para desprevenidos. Ya nadie se atrevía a cruzarlo de a pie. Cerca, muy cerca estaba el barrio *"4 de noviembre"*. Tan cerca de esta mole de hierro ocre y adoquines, tan prolijamente colocados, tan bello e irreal.

Las sendas peatonales a ambos costados de los puentes, eran en realidad una mera formalidad. Salvo los autos y transportes que iban y venían, *"Los Siete Puentes"* eran un páramo. Y Noelia, sin más, comenzó a caminar lentamente. Como contando cada paso. Como si en cada paso se fuera una millonésima parte de su vida. O no tanto. Tres figuras se divisaban a lo lejos. El calor era agobiante. Noelia sudaba. Una gota de sudor se deslizó por entre sus mejillas, como una burda imitación de una lágrima, que ella no derramó. Las tres figuras ya eran más visibles. Eran tres jóvenes con el torso desnudo, bermudas y gorritas. Noelia se apoyó en la baranda del puente de uno de *"Los Siete Puentes"*. De inmediato retiró sus brazos. Ardían. Como ardía esa puta tarde. Los tres jóvenes de cabezas semirrapadas ya estaban sobre Noelia. Uno de ellos se dirigió a ella:

- Pero mirá quién vino a vernos, la cheta drogona – dijo, mientras reía y hacía reír a sus dos acompañantes.
- Puma… - llegó a decir Noelia.
- ¿Cuánto querés esta vez mamita?
- Puma, dame cinco papeles…
- "POR FAVOR", ya te dije que no me gustan las boluditas atrevidas.
- Por favor Puma…
- Así está mejor. ¡Mono! Dame cinco pepas, de las buenas, de esas que ya sabés. – *"El Mono"*, su lugarteniente sacó cinco papelitos y se los entregó al Puma. De inmediato el Puma se los dio a Noelia en mano. – Acá tenés mami. De prima. Cara. ¿Venís dulce, no?
- Sí, Puma, sí. Acá tenés lo tuyo. ¿Podrían acompañarme hasta el final del puente?
- ¿Encima querés *"seguridad"* mamita? Te va a costar un poco más…
- Está bien. No hay problema.
- Tu macho paga todo, ahora recuerdo y ni siquiera lo sabe el muy forro. Eso sí, no aceptamos tarjetas – dijo el Puma riéndose de nuevo. Vamo…

El Puma, el Mono y el tercero la acompañaron hasta el Shopping. *"Cuidate cuando me llamás al celular mamita, no se te escapen boludeces, tamo?* – dijo a modo de despedida el Puma. *"Sí Puma, no te preocupes"*. *"Drogona puta…"* – dijo entre dientes el Puma.

Noelia llegó al shopping. Cuando intentó divisar hacia dónde se dirigían los tres personajes que le habían proporcionado la cocaína, ya se habían esfumado. Eran las reglas del juego. Y ella lo aceptaba. Entró al Shopping. Se respiraba aire fresco. Noelia sintió algo de calma. Pero sólo algo. Al Puma y al Mono los había conocido en la Leonera de Tribunales cuando era secretaria de Juzgado. Habían caído por narcotráfico en su juzgado. Pero Noelia ya era adicta desde antes. El Puma y el Mono sólo fueron el vehículo para llevarla de nuevo a su infierno personal. Los había ubicado primero en la 1 11 14 de Flores. Pero por *"problemas"* internos debieron dejarla apresuradamente. Sus primos eran del barrio *"4 de noviembre"*, junto al Alto Avellaneda. Y les dieron cobijo. Y Noelia cada tanto, en sus recaídas, acudía a ellos. Al tercero no lo reconocía. Tal vez uno de los primos del Puma. De apodo "Cholo" o algo así.

Noelia fue a uno de los sanitarios del Shopping. Hizo una breve escala en uno de los compartimentos. Y nuevamente aspiró. Y nuevamente viajó. Y nuevamente regresó de un viaje que ya conocía de memoria. Como una rutina. Luego, se dirigió a uno de los restaurantes a los lados del *"patio de comidas"*. Noelia no podía evitar dejar volar su imaginación. Y su mente ardía como una brasa del mismo infierno, como un fuego que no se apaga, que no llega a consumir al condenado, sino que lo atormenta instante tras instante. *"Patio de comidas"* le dicen, - razonaba Noelia. Y apenas parece un comedero de animales de corral. Y yo un animal más, que es alimentado con comidas de composición inenarrable y bebidas con aguas fluoradas. De la nada surgió la moza:

- Si, ¿le traigo la carta? – preguntó la moza de cara apenas sonriente y desganada.
- ¿Por qué me contestó que sí a priori, si no lo pregunté nada que obligara a dar un respuesta afirmativa o negativa y luego me ofreció el menú?
- Es sólo una forma de hablar. ¿Desea la carta? – prosiguió la moza de cara apenas sonriente y desganada.
- No. Tráigame un escocés.
- ¿Qué marca?
- Un Chivas…
- Debo aclararle que su precio es alto por el tema de la importación y…
- Solamente tráigamelo… ahora.
- ¿Solo, con hiclo o con soda?
- Con hielo y doble.
- Ya.

La moza de cara apenas sonriente y desganada se esfumó. Cuando tenía dieciséis y "Oscar Padim", su compañero de secundario, le dio a probar por primera vez la blanca, le advirtió, *"nada de alcohol con esto, Noe, nada"*. Pero Noelia siempre hizo y deshizo lo que se le cantó. Tánatos o Eros. Tánatos. Noelia miró a su mochila. En ella estaba la *"frula"*.

Una mujer de unos veinti tantos, que no llegaba a los treinta, se sentó a la mesa de Noelia. Era una mujer de cabellos negros lacios, como llovidos o mal lavados. De complexión delgada. Su rostro revelaba facciones bellas, pero endurecidas. O más bien endurecidas a la fuerza, como defensas varias de violencias viejas. Ojos azules. Sin maquillaje. Llevaba una blusa bordó. Minifalda negra de poplin. Y le habló. Y le dijo...

- Soy la que tanto buscás Noelia.
- No comprendo. ¿Quién sos? ¿Por qué te sentaste acá?– dijo Noelia.
- Soy Alejandra...

Noelia habitualmente siempre tenía algo que decir sobre lo que fuere. Incluso cuando debía mantener silencio no lo guardaba. Pero esta vez, quedó estupefacta. Sus miradas no bajaban. Noelia la escudriñaba con sorpresa y algo de temor, sin saber la causa de ese temor. Alejandra, no. No lo necesitaba. No necesitaba saber quién era su sobrina.

- Tenés 40, ¿verdad?
- Sí. Pero vos no estás acá. No es posible... - replicó Noelia.
- Naciste dos años después de que yo me fuera.
- Sí.
- Eduardo siempre quiso una nena me a acuerdo. Siempre. También me acuerdo de tu hermano, de Ignacio. "Nacho" lo llamaba. Era tan cariñoso a sus seis añitos.
- No estás acá, sentada frente a mí. Esto no es verdad. Esto no está sucediendo.
- ¿Otra vez caíste? – preguntó Alejandra.
- No se de qué hablás...
- Sí lo sabés, no te hagas la boluda. Y limpiate esos restos de merca de tu nariz.
- Sí, ok, otra vez caí, ¿y? ¿Qué pasa? – respondió Noelia.
- ¿Por qué? ¿Qué es lo que te falta? Lo tenés todo. ¿Por qué seguís agrediéndote?
- No lo se... porque quizás crea que lo que tengo es agua entre las manos. Humo. Nada.

- Yo no tuve nada de lo que vos tenés.
- Eso también lo se.
- Y no se puede reparar. Me hicieron una zancadilla. Y me di un porrazo. Y no volví a levantarme más.
- Y no. No se puede. Pero viviste a full, como nadie que yo haya conocido.
- Eso no es verdad. Es una tonta idealización tuya. No viví a full. No digas pelotudeces. Sólo fui a un lugar equivocado, en un momento equivocado rodeada de gente de mierda. Y además lo sabía. Y además nada hice para detener los hechos. Y eso es lo que no me puedo perdonar. Yo sola metí la cabeza dentro de la boca del cocodrilo.

La moza de cara apenas sonriente y desganada volvió a la mesa de Noelia. Traía el whisky pedido. Se retiró con premura al ver que Noelia hablaba sola y gesticulaba.

- Cree y está convencida de que estás loca… - dijo Alejandra.
- ¿Quién?
- La moza de la cara apenas sonriente y desganada. Y hablará con su jefe y le dirá que se sentó una chiflada que habla sola y quizás hasta llamen a la policía o por qué no a un hospital.
- Quizás es verdad. Quizás estoy loca.
- No. Lo que encontrarían los polis o los médicos, sería un cuerpo saturado de merca y un alma saturada de vacío. Un vacío que lo querés llenar buscándome, en lugar de vivir tu vida.
- Sos una hija de puta…
- Vos también.

Alejandra se encendió un pucho. Y miró a su alrededor. Sonrió. Volvió a mirar. La gente iba y venía. Parecían muy apurados. Alejandra no tenía apuro. Tenía todo el tiempo del mundo. Como el viajero en el tiempo de H.G. Wells había afirmado despuntando el siglo XX.

- No me uses de espejo Noelia. No es justo para vos, ni es justo para mí. Yo no soy el espejo de nadie.

328

Noelia estaba agitada. Sentía taquicardia. Sabía que la cocaína siempre le causaba ese efecto. Pero le daban ganas de hablar. Y reírse. Pero también llorar. Y hacer cosas. Nuevas cosas. Viejas cosas. Y no podía percibir que en ese momento la cosa era ella misma. Alejandra la observaba. No movía un músculo de su cara. Tan sólo la observaba.

Noelia comenzó a reírse. No podía detenerse. Ella alcanzaba a ver muy fugazmente que debía detenerse, pero no podía. El supervisor de la caja del bar, la había estado escudriñando desde hacía rato. Un tipo bajito, casi pelado, de ojos claros y penetrantes. Camisa blanca, de mangas cortas, corbata azul sin estampado, lisa como su calva, con un simpático bolsillo en el costado izquierdo, que hacía las veces de porta bolígrafos. Una identificación acrílica con su nombre y apellido. De nombre Juan Luis. De apellido, Albornoz. Pelirrojo o lo había sido. Alguna vez. A Juan Luis Albornoz ya lo había hartado el comportamiento de Noelia…

- ¡Jimena!... vení – dijo Albornoz, dirigiéndose a la moza que le había tocado la mesa de Noelia.
- Sí señor Albornoz – respondió Jimena, la moza de la cara apenas sonriente y desganada, de apellido Santacapita.
- Andá donde esa loca de mierda está – señalando a Noelia - y decile que no abone el trago, pero que se retire del local. Me está atemorizando a la clientela la muy boluda. Si se pone densa amenazala con la policía. Andá…

Juan Luis, de apellido Albornoz, entendía que una persona que hablaba sola y se reía sin motivos sustentables, necesariamente debía sobresaltar a los otros parroquianos. Y él, se había ganado con mucho esfuerzo ese puesto de mandamás circunstancial del bar, como para permitir escándalos en su horario de trabajo. Jimena hizo una mueca de desidia, puso los ojos en blanco y emprendió el derrotero hacia la mesa de la *"loca de mierda"*, estigmatizada por Albornoz. *"Pelotudo, no me pagan por echar locas a la calle"* – pensaba Jimena mientras caminaba hacia Noelia. Jimena arribó a la mesa de Noelia.

- Señorita… - dijo Jimena casi susurrando a Noelia.

- ¿Qué pasa? – respondió Noelia de mal modo.
- Señorita, me temo que va a tener que retirarse del local. Está molestando a los otros parroquianos.
- Parro ¿qué? ¿Pero por qué no te vas a la puta que te parió? – respondió Noelia

De inmediato Jimena, la que hasta ese momento había sostenido su humor con sabor a nada y su imperturbable cara apenas sonriente y desganada, abrió sus ojos de par en par y dio media vuelta en busca de su jefe. Albornoz había visto y oído la escena. Le hizo un gesto a un guardia de seguridad del Shopping para que interviniera. De inmediato aparecieron dos más. Como predadores a punto de saltar sobre su presa. Hablaban algo ininteligible a través de sus handies. Los tres tipos se *"constituyeron"* en la mesa de la presa. O la mesa de Noelia. Noelia sudaba y sentía escalofríos. Ya no reía. Un sollozo podía percibirse entrecortado por la risa que la abandonaba definitivamente. De pronto todo empezó a nublarse ante los ojos de Noelia. Algo escuchaba o creía escuchar. Y hasta imaginó o creyó imaginar a Bill Evans a su lado, tocando *"Emily"* para ella. Sólo para ella. ¿Y por qué no sólo para ella? Noelia veía la figura borrosa de Alejandra. Y en un determinado momento que ella no pudo precisar, ya no la vio más. Sólo un vago recuerdo de su presencia. Su imposible e ilógica presencia. Como un pasado que se negaba a desaparecer. Como un pasado que se negaba a negarse. Y la cabeza de playa, era en realidad la cabeza de Noelia. Una cabeza que de a ratos lo concebía y de a ratos lo perdía. Ese pasado, impregnado con la fragancia de Alejandra, una fragancia de archivos polvorientos, de celdas húmedas, de fotografías a medio revelar…

Los paramédicos abrieron los celestes ojos de Noelia. Notaron sus pupilas dilatadas de inmediato. Noelia se había desmayado sobre un plato de maníes y papas fritas que la moza Jimena había traído, junto con su whisky. Posteriormente cayó al suelo, golpeando fuertemente su cráneo y provocando un corte del que manó abundante sangre. La gente del patio de comidas observó la escena. Algunos miraron por una simple cuestión de morbosa curiosidad. Otros, los más, miraron con lástima. La censura del control social al *"monstruo"*, que se desvía del patrón normal, no se hizo esperar. Rostros de desaprobación y ensayos de sermones luteranos o metodistas de padres a hijos, tampoco. *"Es una loca, borracha o drogada, qué asco..."* – dijo una señora *"decente"*, al tiempo que engullía un bifecito a caballo con papas noisette...

La ambulancia se alejaba rumbo al Hospital Fiorito. Casi por un instante Noelia llegó a despertar. O tal vez deliraba. O tal vez soñaba. O tal vez la realidad la asaltaba en espasmos y esos espasmos tenían forma. Y la forma no era otra que Alejandra, a quien veía sentada junto a los paramédicos que sostenían la mascarilla de oxígeno. Y entonces y tal vez y sólo tal vez, Alejandra alcanzó a escuchar:

- Nico, pasame los documentos de esta mujer – dijo el tipo más grande, que parecía el jefe.
- Acá están. "García, Guadalupe Noelia". Domiciliada en Vicente López. Casada. Grupo sanguíneo B positivo.
- Sacale sangre para rutina Nico. Etiquetá el análisis como *"urgente"*, aunque ya se lo que van a dar por resultado.
- ¿Cocainómana?
- Más vale. Está dada vuelta como una media y encima se da con un whiskacho la muy hija de puta...
- Ricardo, le encontré cuatro *"papelitos"* más en el bolsillo trasero de la pollera. ¿Qué hacemos? Yo los encontré antes que la Bonaerense.
- Mejor. Dámelos. Me los quedo yo. Si la cana se durmió, que se jodan.
- Ricardo, podemos tener problemas – dijo Nicolás, de jóvenes 23 años, practicante de enfermería del Fiorito.
- Dejate de romper las bolas y dámelos. Y vos, calladito. Cerrá el orto. ¿Tamo?
- Sí claro, estamos...

Noelia no escuchó la breve conversación de los tipos de la ambulancia. En cambio, comenzó balbucear algo que los tipos no comprendieron.

- No-soy-tu-espejo... no lo olvides – dijo Alejandra.
- Lo sos en cierto sentido – respondió Noelia.

- ¿En qué sentido? Yo no arruiné mi vida gratuitamente, ni la de mis seres queridos, como la arruinás vos cada vez que tu marido tiene que ir en tu auxilio para desintoxicarte y que tu hijito vea a una madre de mierda que anda con muchas ganas de suicidarse.
- Es mentira. Fuiste a un lugar en el que cabía la posibilidad de que te hicieran la boleta y te importó tres carajos y fuiste igual.
- No sabés nada. No sabés por qué fui. Dejalo así por el momento. Descansá. Dormí un rato sobrina.

Alejandra le acarició la cabeza a Noelia. Y la miró a los ojos. Las miradas de ambas estaban como suspendidas en el tiempo. Como sobrenadando en una especie de esencia primordial, del cual algo emergería. Pero no sería éste el momento para que ese "algo" emergiera. Y ambas lo sabían. Y Noelia cerró los ojos y durmió. Al menos por un rato se daría una tregua. Y durmió profundamente, como desde hacía tiempo no lo hacía. Y durmió su cuerpo. Y durmió su alma.

Capítulo 3
"Noelia y Daniel"

Octubre de 2009...

Casi las tres de la tarde en Barrancas de Belgrano. Noelia esperaba el colectivo 15 para dirigirse a Palermo. Su destino: Soler y Scalabrini Ortiz. Habían transcurrido unos diez minutos y la gente comenzaba a impacientarse. Las Barrancas, algo descuidadas, no perdían ese "aire", que a Noelia le parecía inconfundible. Un aire a historias no tan viejas y no tan remotas. No tan olvidadas, con presentes demasiado presentes. Algo de ese presente que todo lo impregnaba con una especie de nube de colores y sabores exóticos, ya no tan exóticos. Algo de decadencia de épocas idas sin vueltas, con paseos de gente "decente", de niños con trajes de marineritos, niñas con bucles rubios y muñecas de miradas perdidas y bucles tan rubios como sus pequeñas dueñas, señoras de hogares sólidos de infidelidades en penumbras y culturalmente aceptadas, señores circunspectos que parloteaban sobre la bendición del derrocamiento del "peludo" y la restauración de un orden que ya había firmado su certificado de defunción en 1916. Noelia había crecido en ese barrio, aunque ahora se sentía ajena a él. Esa extraña sensación de no ser parte algo y por motivos inexplicables pretender volver a ser parte, aunque sin desearlo.

Noelia se entretenía observando a unos tipos que practicaban tai chi. La mayoría de ellos no eran orientales, salvo el instructor. Vestían de gimnasia. Sus colores tendían al salmón, como no podía ser de otra manera. En medio de una selva de cemento, ruido estentóreo y un poco de pasto que alguien olvidó arrancar, se trasladaban a la China milenaria. Pero la China milenaria estaba más cerca de lo que en realidad parecía. Un policía gordo hacía circular a los colectivos mientras parloteaba con el guarda ferroviario de mameluco de un azul lejano, perdido en otra década y alguna que otra salpicadura de lavandina. Los autos atravesaban las vías con algo poco menos que confianza. El tren estaba detenido. Alguien había tentado suicidarse, pero no le habían salido bien los planes y tendría que pensar su salida de este mundo por otros medios. "¿Tanto fervor sentía por la muerte que decidió ir a su encuentro? ¿Para qué? ¿Para acabar con tanta agonía de dudas y escasas certezas, salvo la muerte misma?" – meditaba Noelia, mientras veía llegar a la ambulancia del SAME, la de color blanca y no azul como la *"morguera"*. Un tipo de bigotes prominentes, en la parada del 15 refunfuñaba y maldecía. Se dirigió a Noelia, quien era la más próxima a él.

- ¿A vos te parece piba? Mirá todo lo que provoca un pelotudo hijo de puta por querer matarse. ¿Por qué no lo hace a las tres de la mañana y no jode a nadie, no?
- Porque a las tres de la mañana no hay trenes. El tren que te saca del infierno y te envía a otro infierno pasa durante el día…

El tipo de los bigotes prominentes miró a Noelia de arriba a abajo. Y se dio vuelta contrariado, por no haber sido apoyado en su moción de quejas, acerca de un pobre infeliz y su elección postrera, especialmente acerca de la hora de dicha elección: Noelia, ni bien le dio la espalda, cabeceó mirando al cielo, costándole un infinito trabajo el entender a personas así. Como si el infinito de la bóveda celeste no poseyera respuestas o, al menos las respuestas que ella buscaba.

Un peruano vendía alegremente discos compactos y películas. Estaba sentado sobre un cajón de manzanas mientras comía ceviche. El aroma del pescado llegaba hasta las narices de Noelia. Dos taxistas hablaban animadamente en la parada de autos. Una mujer de mediana edad engullía un pancho de medianas proporciones al tiempo de caminar presurosa hacia a algún destino que conminaba su inmediata presencia.

Por fin, el guardabarrera, un gordo en un mameluco, que hacía décadas que no frecuentaba el lavarropas, agitó una banderita a cuadros, como las empleadas en las carreras de autos, aunque ésta había sido prestada por un local chino de regalos y baratijas y los automóviles y colectivos arrancaron y cruzaron las vías. Aún había mucha gente arremolinada, que pugnaba por ver el cuerpo arrollado del suicida, pero momentos después sólo vieron a la ambulancia que partía rumbo al "Pirovano". Apareció el colectivo 15 y noelia subió. Viajó mal, como usualmente se viaja a esa hora. El chofer venía retrasado por varias "barreras". Viajó apretujada, como si la contuvieran en un puño cerrado, casi asfixiándola. Lo que todavía no imaginaba o al menos prefería ignorar era el momento en el que conocería a Daniel Pavone, el novio que Alejandra dejó en Buenos Aires en 1968, para nunca más verlo. Por las fotos que había visto junto a ella, era un tipo bien parecido. Más parecido a ese tanguero compuesto de nostalgias de ese algo nunca sucedido y el resentimiento de lo que en realidad no fue.

A Noelia no le había costado un esfuerzo especial ubicar a Daniel. Simplemente llamó al servicio de informaciones de guía y le comunicaron que tres individuos respondían a ese nombre y apellido. Uno era un comerciante, vendedor de estampillas de la calle Maipú, el cual la invitó seriamente a *"darse una vuelta"* por su local. Otro era un chino que había *"castellanizado"* su nombre y hasta hablaba sin acento. Y el tercero era "él". No se presentó por teléfono. Prefirió aguardar. El teléfono de Daniel coincidía con el de su negocio de ropas deportivas. La atendió una chica de voz displicente y cansina y le informó que el horario de atención era corrido de diez á veinte.

Bajó del colectivo en Palermo. Había poca gente deambulando por la calle. *"Cada uno con su cruz"* – razonó Noelia –, *"yo con la mía"*. Donde descendió había un quiosco de golosinas. Golosinas para niños y golosinas para adultos. Varios de ellos, se hallaban sentados a una mesa improvisada, con sombrilla desflecada de una empresa de gaseosas que prometía felicidad instantánea si la bebías. Reían afablemente. Dos de ellos fumaban como murciélagos y los otros, una cerveza barata y "picaban" unos maníes. Los gestos eran groseros y las risas estentóreas. Noelia ignoró los gestos, pero reparó sobremanera en esas risas espontáneas, no fingidas, no estudiadas, como si se tratara de un libreto cómico sobrecargado de clichés. *"Envidiables"* – pensó Noelia.

Justo a metros del quiosco, se hallaba el negocio de ropa deportiva de Daniel. Era algo vetusto, como si la suerte lo hubiera abandonado a la vera de un camino lleno de tubos fluorescentes con la resistencia rota. Tenía dos vidrieras y la entrada por medio. Pantalones de frisa, zapatillas y pelotas de los más diversos deportes, se ofrecían generosos a la vista del ocasional visitante. Aunque era de día, las vidrieras tenían los tubos mencionados encendidos. Uno de ellos parpadeaba. Tenía la resistencia rota.

Noelia se distrajo por un instante, al observar un par de polillas muertas que yacían en el piso de unas de las vidrieras. Al maniquí sonriente, vestido con atuendos de vivos colores y su pose estática de movimiento falso, poco podían importarle los cuerpos inermes de esos bichos molestos, que corroen telas, libros o cuerpos. Decidió entrar al negocio. Tenía las manos frías y sudorosas. Siempre había odiado sus manos frías y sudorosas porque siempre la delataban ante los demás, como acusándola de una debilidad que ella no deseaba mostrar.

En el interior, había una joven de unos veinticinco años, alta, de tez blanca, con pecas, cabellos rubios y lacios y vestida necesariamente a la usanza deportiva. Tenía un cierto acento a *"qué me importa atenderte bien, me da igual"*. Noelia buscó a Daniel. Éste se encontraba revisando unos papeles detrás del mostrador. Se lo veía muy ocupado. O al menos eso parecía. Muy ocupado con su presente y en esos momentos Noelia iba por él, para regresarlo a su pasado. Los pasados tienen caminos inescrutables para alcanzarnos. A veces emplean a seres inimaginables para ello.

Noelia se detuvo ante Daniel. Éste la advirtió y corrió a un lado los papeles que tan absorto lo tenían. Daniel tenía setenta o más años. Su cabellera no lo había abandonado, sólo que una tintura "blanca" la había invadido y ya no la abandonaría más. Una remera azul con el logo del local hacía de uniforme. Noelia lo miró fijo y él le sonrió prejuzgándola un potencial cliente. Sus ojos trasuntaban aroma a cansancio, que iba más allá de un hueso con poco cartílago o piernas que pesaban más que hace veinte ó treinta años. Era una especie de cansancio por vagar por tierras hostiles o poco hospitalarias. Un cansancio de todo, que día a día lo empujaba hacia la nada – conjeturó Noelia.

- ¿Sí? ¿Puedo ayudarte en algo? ¿Buscás algo en especial? – preguntó Daniel con su mejor tono y predisposición.
- Sí, me podés ayudar – respondió Noelia.
- Para eso estoy – agregó Daniel, aún animado.

336

- A "vos", te buscaba Daniel…

Daniel borró de un lampazo su sonrisa casi de publicidad de dentífrico. En principio, creyó ver en ella a un inspectora impositiva o bien del Gobierno de la Ciudad, con ánimo de *"coimearlo"*, como un sitio común, que él había transitado infinitas veces…

- ¿Cuánto? – preguntó Daniel –, mire que tengo todo en regla, pero igual, si no le es molesto, puedo ofrecerle una atención, - agregó Daniel, no tuteándola ya.
- No Daniel, no tenés todo en regla. Y tuteame tranquilo que no soy quien creés que soy. No vengo por tu "casita de deportes", vengo por vos…
- ¿Quién sos? ¿O qué sos? ¿Sos yuta?... – preguntó Daniel.
- No. Soy Noelia García, sobrina de tu novia Alejandra.
- ¿Qué Alejandra?
- Ésta Alejandra… - dijo Noelia, mostrándole una fotografía de 1968.

Daniel hizo como una mueca de desconcierto. Hacía largo tiempo que había sepultado el recuerdo de Alejandra y ahora esta mujer venía con su tarjeta de presentación y su fotito a quitar el polvo y las telarañas de algo ya concluido. Daniel miró a Noelia. Luego se dirigió Yanina, su empleada, sin dejar de mirar a Noelia, *"¡Yani!, quedás a cargo. Debo salir por un rato…"*. Yanina, con su gesto cansino le dijo que se fuera tranquilo. *"¿Aceptarías un café?"* – preguntó Daniel. *"Dos, si querés"* – respondió Noelia. Salieron del local en dirección a un cafetucho a la vuelta de la esquina. Las mesas del bar ni manteles de papel tenían, apenas una fórmica desgastada acostumbrada a solitarios y a historias poco creíbles o tan reales que parecían increíbles. *"¿Qué tomás?"* – preguntó Daniel. *"Un cortado…"* - respondió Noelia. El mozo anunció el pedido a la barra, como si se tratara de un pregón del Rey de España.

- Vamos al grano. ¿Por qué me viniste a buscar? – preguntó Daniel.
- Por algún lado debo empezar. Descubrí a Alejandra casi por casualidad, entre unas fotos viejas. Hablé con mi viejo y él me contó como pudo lo sucedido con ella… - dijo Noelia.

- ¿Empezar qué?
- Empezar a buscarla. Empezar a encontrarla. No se…
- ¿Por qué?
- Porque es una vida que se perdió. Y alguien tiene que hacerlo. Se perdió en Praga. Pero nadie se evapora así como así.
- ¿Conocés la historia de ella?
- La se por mi padre.
- Mirá. Jamás voy a olvidar el día que partió. Fue un sábado. Un 20 de julio de aquel año 68. Y jamás la volví a ver.
- ¿Y no te preocupaste más?
- Carajo si lo hice. Si hasta fui a Cancillería. Pero ni bola me dieron. Es más, los milicos de esa época no anduvieron con muchas vueltas. Me dijeron que si no me dejaba de joder me iban a hacer la boleta. Me sacaron a empellones del Palacio San Martín.
- Comprendo…
- Durante mucho tiempo anduve de acá para allá. Pero nada. Yo la quise mucho a Alejandra. Pero bueno, la vida continúa.
- Sí claro. La vida continúa. ¿Y vos?
- ¿Yo? Nada. Yo estudiaba educación física. ¿Te dije que era conserje en un telo?
- No.
- Bueno. Eso era. Y con eso me pagaba mis estudios. Y un día me recibí y empecé a dar clases en una escuela técnica de Capital. Conocí a una chica, Paula. Era la secretaria del colegio. Y noviamos. Y me casé. En el 86 dejé la docencia y mi viejo y un primo me tiraron unos mangos y me puse el local que viste. Con Paula tuvimos un hijo, Norberto, que ahora es guarparques en Lago Puelo. Hace tres años enviudé. El cáncer es una mierda, ¿sabés?
- Sí. Lo se.
- En Buenos Aires estoy más solo que un perro. Mi hijo viene una o dos veces por año. Pero así está bien. Acepto lo que me tocó. Pero en fin. La cuestión es que… no deseo volver a hablar de Alejandra. No te ofendas o lo tomes como algo personal. Pero ya no vuelvas por el negocio. Yo no se si Alejandra vive o no. Sólo se que nuestras vidas se separaron

ese 20 de julio. Y no quiero que nadie me lo recuerde. ¿Puede ser? – preguntó Daniel.

- Puede ser. Y disculpame si te incomodé… - dijo Noelia.
- No es eso. Sólo que quisiera tener para siempre su imagen subiendo por la escalera mecánica de Ezeiza y que el tiempo quede así.
- Está bien. Te entiendo. Me despido. Y te pido disculpas nuevamente.

Noelia salió del bar de mala muerte de Palermo. Caminó por Scalabrini hasta Avenida Santa Fe. Dobló hacia la izquierda. Llegó al Jardín Botánico. Se sentó en uno de los bancos y respiró profundamente. Un gato la miraba, sin que ella lo notara. Una anciana, sacó de su bolso, un platito descartable y colocó comida y varios felinos más se arremolinaron en torno a ella. Alejandra observaba la escena. Y se echó hacia atrás y miró la copa de los árboles infinitos. Eucaliptos y plátanos que parecían tocar el cielo como campanarios góticos. Se prendió un pucho. Y se dejó estar por un rato más largo que corto…

Capítulo 4
"El viaje de Noelia"

Abril de 2010.

Noelia se levantó a eso de las 9 de la mañana y de inmediato llamó a la embajada de la República Checa tal y como se lo había prometido a Juan Martín su marido y a su padre, Eduardo. Llamó una y otra vez y siempre colisionaba con la musiquita de espera. Finalmente logró su cometido...

- "Embajada", habla Anezka Moravec, ¿buenos días en qué puedo servirle?– dijo la voz.
- Buenos días, mi nombre es Guadalupe García. Necesitaría hablar con alguien de Relaciones Públicas... - dijo Noelia.
- ¿Por qué asunto es? - preguntó la voz.
- Un asunto particular de hace unos años...
- Muy bien, enseguida le transfiero al sector... muchas gracias – dijo la voz mientras hacía la transferencia.
- Buenos días, habla Janik Kovak, ¿puedo ayudarla? – dijo el de Relaciones Públicas.
- Espero que sí... Hace años, que mi familia ha intentado ubicar a una ciudadana argentina desaparecida en Praga en agosto de 1968 sin éxito alguno...
- Comprendo. Continúe por favor...
- Tengo entendido, que hace muy poco tiempo, desclasificaron los viejos archivos del Stb checoslovaco, quizás mi tía, la persona desaparecida, tenga algún antecedente ahí – dijo Noelia.
- Mire señorita García, es un tema delicado y bastante complejo, teniendo en cuenta esa fecha. Deberá presentarse acá y hablar con mi jefe, el señor Janos Lanik, director de Relaciones Públicas – dijo Kovak.
- ¿No podría facilitarme una cita con él?
- Desde luego. Él atiende los lunes y los jueves, entre las 15 y las 18. ¿Le apunto una entrevista?
- Sí, por favor...
- Muy bien. ¿Puede ser este próximo jueves a las 16:30?
- Sí, gracias.

- Muy bien. La esperamos a esa hora. Muchas gracias por comunicarse con nosotros.

Noelia no podía creer que había conseguido dar un paso hacia Alejandra. Una muy pequeña luz de esperanza de un camino que comenzaba a disipar esa niebla de tiempos y olvidos. Noelia acudió a la cita en la embajada checa puntualmente ese jueves. Lanik la esperaba y fue recibida en su despacho.

- Encantado de conocerla, señora García. Dígame en qué puedo ayudarla… - comenzó diciendo el funcionario.
- Buenas tardes señor Lanik. El placer es mío. Mire… vine porque tengo un asunto pendiente con su país… - dijo Noelia.
- ¿Qué asunto? Cuénteme…

Noelia le narró la desaparición de Alejandra durante los sucesos de la "Primavera". Que ni el periódico "La Prensa" ni el gobierno de Juan Carlos Onganía habían movido un dedo por saber su paradero. Le contó que se había enterado mediante un amigo cercano que la República Checa había desclasificado y puesto al servicio del público general los archivos secretos de la Policía Política, "Stb", de aquella época. Que tenía la confianza de poder hallar el nombre de su tía entre los detenidos de agosto de aquél año. Lanik se echó hacia atrás en su sillón reclinable y levantó sus cejas. Luego se inclinó hacia adelante y apoyó sus brazos sobre el enorme escritorio. Comenzó a tamborilear los dedos de su mano derecha. Era evidente su desconcierto. Finalmente le dijo a Noelia…

- Bien. Hay un procedimiento a seguir. Primeramente verificaremos con "La Prensa" si su tía revistaba en él, en 1968 y si fue enviada a Praga, junto a ¿cómo me dijo que se llamaba su acompañante?
- Loeb, Edgardo Loeb…
- Eso es. Luego enviaremos una solicitud a nuestro Ministerio del Interior desde acá, que es el organismo que controla los archivos que salieron a la luz de la dictadura comunista. Se de buena fuente que no fueron destruidos y que se han conservado con los años, sólo que guardados bajo diez llaves

hasta hace pocos meses. La intención, como usted imaginará, es que luego de la *"Revolución de Terciopelo"* de 1989 que acabó con la dictadura no hubiera signos de venganza, sino de reconciliación… ¿me va siguiendo? – preguntó Lanik.

- Lo voy siguiendo señor Lanik y no busco venganza o reparación alguna. Sólo busco información – respondió Noelia.
- Perfecto. En caso positivo, es decir, en caso de que el nombre de su tía, "Alejandra García", figure en algún expediente o archivo, le informaríamos a la brevedad…
- ¿Y qué tan breve sería esa brevedad?
- No lo se con exactitud. Pueden ser semanas o meses. Sólo se debe tener un poquito más de paciencia. Lo que usted puede hacer ya mismo es dejarme los datos completos de la "desaparecida", lo que cual ayudaría y mucho y luego el procedimiento se encargaría de seguir los pasos hasta dar con ella. ¿Está usted de acuerdo?
- ¿Tengo opciones?
- En realidad, sí. Viajar directamente a Praga y hablar con los burócratas del Ministerio.
- Prefiero esperar un poco más… - dijo Noelia.
- Muy bien. Llene estos formularios y tenga fe señora García…

Noelia hizo lo convenido y se retiró de la embajada de la calle Junín. Algo le decía que iba por buen camino, pese a las trabas del papelerío. No obstante, ya tenía preparado el viaje a Praga en caso de aparecer las novedades a las que se refirió Lanik. Un Chevrolet casi la atropella en la esquina pues iba muy distraída. Recién ahí despertó de su sopor. Cuando, se lo comunicó a Eduardo, su padre, éste se mantuvo distante. No deseaba ilusionarse nuevamente. Su esposo, sabía de las indagaciones de Noelia y no estaba en desacuerdo en que ella deseara saber el destino de esa parienta a la que tanto admiraba. Sabía que para ella era una especie de paradigma. Como una luz de faro.

Dos meses después, Noelia se disponía a salir de su casa y sonó el teléfono. Estaba sola y aunque decidió no atenderlo, pues llegaría tarde a la terapia de desintoxicación de drogas, arrojó las llaves sobre el mueble de recepción y levantó el tubo para contestar la llamada. Era Janos Lanik. Era la llamada que por tanto tiempo había esperado…

- ¿Señora García? – preguntó del otro lado Lanik.
- Sí. Soy yo. ¿Quién habla? – preguntó Noelia.
- Janos Lanik. ¿Me recuerda? De la embajada checa…
- ¡Ah sí! Sí lo recuerdo señor Lanik. ¿Tiene alguna novedad respecto a mi tía Alejandra?
- Sí. El Ministerio del Interior nos envió por fax el legajo de ella.
- Por favor, se lo ruego señor Lanik. ¿Qué le sucedió? – preguntó ya angustiada Noelia.
- En realidad no lo sabemos…
- ¡¿Cómo que no lo saben?! – preguntó ya en voz más exasperada Noelia.
- Cálmese Sra. García. No lo sabemos porque estuvo muy poco tiempo detenida en la vieja Checoslovaquia. La detuvo el Stb, el domingo 1° de septiembre de 1968 y la condujeron a lo que se llamaba el "Monasterio" de la calle de San Bartolomé, un centro de detenidos políticos – dijo Lanik, mientras leía de reojo el legajo de Alejandra. Figura que fue una detenida bastante díscola, acusada de espionaje…
- ¡Espionaje! No me lo dice en serio, ¿verdad? – preguntó Noelia.
- Muy en serio. Y en esas épocas, al espionaje se lo tomaba muy en serio. Permaneció en San Bartolomé hasta el viernes 20 de aquél mes. Luego salió de la órbita del antiguo Stb y por orden de Moscú, la remitieron a Berlín oriental… - siguió diciendo Lanik.
- Exactamente ¿adónde? – preguntó con lágrimas en los ojos Noelia.
- Lamento decirle que quedó bajo jurisdicción de la Stasi alemana. Ellos tenían una prisión tristemente célebre llamada *"Hohenschönhausen"*. Hoy en día, es el Museo de la Memoria de la Alemania unificada. Ahí, los perseguidos y la gente damnificada por la dictadura, pueden consultar libremente sus expedientes y los nombres de sus carceleros. Lo único bueno del Stb, es que registraba absolutamente

todo. En la transferencia de jurisdicciones del día 20, se señala que un tal capitán Konrad Fellner de la República Democrática de Alemania se hizo cargo de ella, que estaba hasta ese momento en manos del coronel Damek Novak del Stb. El nuevo número de detenida que le asignaron los alemanes fue el "F-9651". Creo que este dato es fundamental para rastrearla, pero en Alemania, nuestro país perdió la pista a partir de la fecha que le indiqué, pues nunca regresó a Checoslovaquia. Le sugeriría, Sra. García que se dirija a la legación de ellos.

- Así lo haré señor Lanik. Usted no sabe cuánto me alegra este llamado. Se lo agradezco de todo corazón… - dijo Noelia.
- Al contrario. La dictadura de nuestro país provocó tragedias como la de su tía. A checos, eslovacos o extranjeros. Y los tanques de agosto del 68, lo único que hicieron fue catapultar estas miserias. Le pido perdón en nombre del pueblo checo Sra. García…
- Le agradezco sus palabras y su llamada. Hablaré con los alemanes. Nuevamente gracias señor…
- A usted por su comprensión. Quedo a su disposición…

Noelia se sentó en el sofá del living. Se encendió un cigarrillo. Miró el papel en donde había escrito el número de detenida de Alejandra. Un número. Parecía poca cosa. Pero era el comienzo del fin del misterio. Al rato arribó Juan Martín…

- Noe, ¿te pasa algo?... ¿Tomaste algo?– preguntó su esposo al verla como atónita.
- No. No tomé nada. ¿Merca decís? No, no es eso Juan.
- ¿Y entonces, qué es?
- Creo que encontré la punta del ovillo para encontrar a Alejandra…
- ¿Tu tía? ¿Y cómo lo lograste?
- Los checos abrieron la *"Caja de Pandora"*.
- No entiendo… - dijo Juan Martín.
- Al igual que en Alemania primero, ahora los checos desclasificaron los expedientes de su dictadura, incluidos los sucesos del 68.

- ¡Ah! ¡Pero es una excelente noticia! ¿Y ahora? ¿Qué vas a hacer?...
- Consultaré con los alemanes. La enviaron a la antigua Alemania del Este.
- Y vos ¿crees que…? – preguntó tímidamente su marido.
- ¿Que está muerta?... Yo no creo nada Juan Martín. Sólo creo que en algún sitio está. Dirás que es un pensamiento mágico. Pero es lo que mi íntima convicción me dicta.
- OK. Y qué vas a hacer.
- Hablar a la embajada de Alemania. Los checos me dieron su número de detenida cuando la enviaron a Hohenschönhausen.
- ¿Hohenschön… qué?
- Era la prisión de la policía secreta de la Alemania comunista en Berlín.
- ¿Tu papá sabe sobre todo esto de lo que me estás contando? – preguntó Juan Martín.
- Sí. Fue al primero que se lo conté. Me pidió que no siguiera. Que sufrió mucho en su momento y que no desea reeditar ese sufrimiento por su hermana desaparecida. Pero te juro mi amor que voy a llegar hasta el hueso…
- Te creo. ¿Y qué pasa si debés viajar hacia allá?
- Voy. Y no te preocupes por el dinero. Vengo ahorrando desde años. Pero así tenga que ir, iré.
- Yo te apoyo Noe. Lo sabés muy bien. Lo que decidas hacer, ahí estaré.
- Lo se… lo se mi vida.

Noelia se presentó en la embajada de Alemania, pero le informaron que para obtener datos sobre ex detenidos en Hohenschönhausen, debía acudir al Museo de la Memoria en Berlín. Noelia no se desanimó. Tenía su pasaporte al día. Una semana más tarde obtuvo su ticket de vuelo de Lufthansa rumbo a Berlín, con escala en Frankfurt. Algo le decía que debía ir a esa ciudad. Que Alejandra estaba viva y que debía verla al menos una vez cara a cara. Juan Martín, al igual que Daniel cuarenta y dos años antes a Alejandra, llevaba a Noelia a Ezeiza. El panorama por las ventanillas era parecido y diferente. Ya no había dictaduras en Argentina o Alemania, ni siquiera existía Checoslovaquia ya. Pero las personas seguían siendo personas. Con sus anhelos y desilusiones. Con sus alegrías y desazones. Con sus noblezas y mezquindades. Y Noelia iba camino a eso que la hacía humana a ella y humanizaba al resto.

Noelia y Juan Martín se dieron un largo beso. El momento de partir había llegado. Mariano le había reservado una plaza en un hotel de Berlín. El *"Alexander"*, en el distrito de Charlottenburg. Curiosa coincidencia. Un hotel tres estrellas, modesto y limpio. Noelia no iba como turista. Tampoco a trabajar como su tía. Sólo iba en busca del pasado, para que se convirtiera en presente. El avión de Noelia partió a las ocho de la noche del 4 de mayo. Llegó al Aeropuerto Internacional de Berlín *"Otto Lilienthal"*, pasada la una de la tarde del día siguiente, miércoles 5 de mayo de 2010. Un taxista trilingüe la llevó hasta el *"Alexander"*. El conserje del hotel, hablaba español y francés.

- Tengo una reserva a nombre de Guadalupe Noelia García... - dijo Noelia con su mejor sonrisa.
- Ah. Sí. Acá está inscripta. Mi nombre es Heiner Lenz y estoy para ayudarla en lo que necesite. El botones ya le lleva sus cosas a la habitación. Es la 509. El desayuno es a las siete de la mañana hasta las once. No servimos almuerzo, como usted sabe y la cena es de ocho a diez de la noche, con un menú fijo cada día. Además...
- Está bien. Estoy de acuerdo en todo Heiner, no se preocupe. Necesito saber cómo llegar a Hohenschönhausen, eso es todo.
- ¿La Prisión de la Stasi? Hoy miércoles hay tours guiados, pero no se si llegará a tiempo...
- No quiero ir a los tours. Quiero consultar los archivos del Museo de la Memoria.
- Ah, ya. Comprendo – dijo Lenz con cierto aire de agotamiento. El archivo, tengo entendido atiende todos los días, salvo los domingos, desde las siete de la mañana hasta las siete de la tarde...
- Gracias Heiner. Eso era lo que quería escuchar – dijo Noelia.

Noelia subió a su habitación. Era por demás acogedora. Pequeña, pero para ella le bastaba. Una cama de plaza y media, con grandes almohadones rojos. Una decoración minimalista que se resumía en una lámpara y dos ínfimas mesitas de luz de madera, también pintadas de rojo. Pesadas cortinas beige, sin ornatos ni boatos. Era lo que justamente necesitaba. Juan Martín le había adivinado sus pensamientos una vez más. El cuarto de baño disponía de una tina, la que ella llenó y se sumergió para frenar la sed de saber sobre Alejandra. Ese baño caliente la sedaría por un rato. En la habitación había una heladerita con viandas y vino blanco alemán, de los de botellas azuladas. Mientras se observaba los pies espumosos que emergían del vapor que manaba el agua, Noelia bebía ese vino dulce del pico de la botella. Sentía a Alejandra muy cerca. Como si ya la viera, como si ya la tocara, como esos creyentes que se sienten aliviados al tocar las imágenes. Y quizás la imagen de Alejandra estaba a la vuelta de la esquina. Esa noche Noelia bajó al comedor del hotel, cenó salmón con ensalada y se acostó. Aún persistía el cansancio del viaje. Antes de dormir, llamó a Juan Martín. Habló por espacio de diez minutos. Lo tranquilizó, diciéndole que todo marchaba bien.

En la mañana del jueves, salió del hotel en dirección a Hohenschönhausen. Cuando bajó del taxi, quedó impresionada. Era un sitio enorme. Como inconmensurable. Un perfecto y disciplinado campo de concentración, muy alemán, muy ordenado. Parecía desierto. Ese día no había tours. Recién el sábado los habría. Un guardia de seguridad se hallaba apostado en la puerta. Al verle la banderita española abotonada junto a la francesa y a la inglesa, supo que podría hablarle sin dificultades.

- Buenos días… - dijo Noelia.
- Buenos días, señora, ¿puedo ayudarla? – preguntó el guardia.
- Sí. Puede ayudarme… necesito pasar al archivo y consultar por una *"desaparecida"*.
- No hay inconveniente. Pase por acá, firma unos formularios, le entrego otros a cambio e ingresa. El salón de lectura de archivos y microfilms se encuentra a unos ciento cincuenta metros adelante. Dobla a la derecha otros cincuenta metros y ahí la atenderán muy amablemente. La puerta reza *"Archiv"*, es imposible perderse.
- Muchas gracias. ¿Dónde firmo? – preguntó Noelia.

Noelia, a medida que caminaba por esa calle asfaltada, sentía más estremecimiento. Como seguramente lo habrían sentido quienes por ella caminaron detenidos. "¿Habría caminado por acá Alejandra?" – meditaba Noelia. En el "Archivo" de consultas, había empleados que iban y venían con carritos con carpetas y expedientes para personas que ahí estaban esperando por ellos. El salón era de unos quince metros por diez, con escritorios acompañados de lámparas fluorescentes. Noelia se aproximó a uno de las mesas en donde estaba quien parecía ser el jefe de los empleados que llevaban los legajos.

- Hola buenos días señor – dijo Noelia.
- Buenos días. Dígame... - dijo el tipo.
- Estoy buscando los antecedentes de una parienta mía, que al parecer terminó acá en esta prisión. Era extranjera. De Argentina.
- ¿Puede darme su nombre y parentesco con usted y quién estaba a cargo de ella o el código del mismo? – preguntó el hombre.
- Sí, por supuesto. Era mi tía. Su nombre es Alejandra Marianela García. Se su número de detenida y quién la custodiaba.
- Démelos entonces por favor señora.
- El número era F-9651 y quien la tenía a cargo era un tal capitán Konrad Fellner del Ejército Popular.
- Perfecto. Eso facilitará las cosas. ¿En qué año y mes llegó a Hohenschönhausen?
- Creo que en septiembre u octubre de 1968... - dijo Noelia. La trajeron desde Praga.
- Muy bien. Tome asiento en cualquiera de los escritorios vacíos. Un archivista buscará el legajo y carpetas de detención y se lo alcanzará. Muchas gracias...

Noelia hizo un gesto de agradecimiento y se sentó en unos de los escritorios tal y como había sugerido el hombre. Transcurridos unos veinte minutos, apareció un empleado con un carrito, carpetas y papeles. Luego de pasar bajo el tamiz de su jefe, se dirigió hacia donde se encontraba Noelia. *"Fráulein, le traigo el legajo y carpetas de García, Alejandra Marianela Z-9651. Con su permiso, la dejo a solas para que los revise tranquilamente"* – dijo el empleado. *"Muchas gracias"* – respondió Noelia.

Noelia comenzó a leer la historia de Alejandra, desde el 20 de septiembre de 1968. Las penosas condiciones en que llegó ese día lluvioso. Las semanas pasaban a medida que Noelia hojeaba las carpetas. Pudo ver los acosos de Baumann y Leitner y cómo su oficial a cargo, Fellner indefectiblemente la salvaba de alguna que otra canallada. Pudo leer ciertos extraños reportes del comportamiento del oficial a cargo, denunciado a sus superiores por *"involucrarse con la detenida"*. Noelia estuvo más de cuatro horas leyendo sin cesar los memorándum e informes sobre Alejandra y sus negativas a declararse culpable de espionaje. Pasado el mediodía, un empleado del archivo le sirvió un café, al ver que Noelia no se levantaba siquiera para ir al sanitario. Hasta que llegó a la fecha del lunes 16 de junio de 1969. Ahí concluyeron los reportes, informes, memos, exámenes y documentación. En ese momento se encaminó hacia el hombre de la mesa que parecía jefe de los otros. Era de contextura mediana, usaba gafas y tenía una calva incipiente.

- Perdón, ¿su nombre? – preguntó Noelia.
- Egon Fuchs… - respondió el hombre.
- Egon, tengo una gran duda.
- ¿Sí? ¿Cuál? – preguntó Egon.
- Hace más de cuatro horas que estoy leyendo los informes sobre mi tía y sus carceleros, pero de pronto todo se cortó en una determinada fecha, el lunes 16 de junio de 1969. ¿Qué pudo haber pasado?
- Si es así como usted dice, su tía se escapó. Aunque me inclinaría a pensar que su oficial a cargo desertó a Occidente y la ayudó a evadirse. Nadie escapaba sin más de este lugar. Déme un poco de tiempo y enviaré a alguien a buscar en la sección *"desertores"*.
- Gracias nuevamente…

A la media hora, apareció otro empleado con una carpeta roja con la letra "F" en la solapa. Se la entregó a la Noelia. Noelia buscó al guardián de Alejandra. Y lo halló. Según el informe *"el asqueroso traidor, fascista, Konrad Fellner ha desertado en el día de hoy, lunes de 16 de junio de 1969, a través del paso fronterizo conocido como Checkpoint Charlie, junto a una espía de la CIA de América del Sur, de nombre García, Alejandra M. y socorrido de inmediato por los efectivos de los Estados Unidos al otro lado de la línea demarcatoria, pese a los disparos de nuestros valerosos y fieles soldados. Fellner ha deshonrado el uniforme del Ejército Nacional Popular de la República Democrática de Alemania. Bórrense sus méritos, sus condecoraciones y menciones y archívese"*. Firmado: Camarada Walter Ernst Paul Ulbricht, Presidente del Consejo de Estado, Secretario General del Partido Socialista Unificado de Alemania, DDR. Todo empezaba a encajar. Por fin el rompecabezas tenía sentido. Noelia se dirigió una vez más a Egon Fuchs.

- Lamento ser tan molesta… - dijo Noelia.
- Al contrario. Estamos para eso. Dígame señora… - dijo Egon.
- Si su oficial a cargo desertó con ella por el Checkpoint Charlie, ¿cómo puedo ubicarlo si es que aún vive? – preguntó Noelia.
- A los desertores del Este, los recibía el Ministerio Federal de la Defensa. Tendrá que ir ahí para continuar su investigación señora.
- ¿Y eso dónde queda? – preguntó Noelia.
- En *"Hardthöhe"*, en Bonn. En la vieja capital de la República Federal de Alemania. Pero, aguarde. Puede ir al *"Bendlerblock"*, que es un cuerpo de edificios históricos del Ejército Alemán y sirve como edificio secundario del Ministerio de Defensa, aquí en Berlín. Hay algunas oficinas funcionando. Intente ahí primero.
- Así lo haré. Muchas, muchas gracias estimado Egon.
- Por nada, señora.

Capítulo 5
"El encuentro"

Noelia salió muy agotada de Hohenschönhausen. Aunque pudo distinguir cierto aroma a creolina que aún manaba de sus viejas celdas, hoy en desuso. Apenas probó la cena y se acostó temprano. Y temprano se despertó el viernes 7. Una vez ingerido un café con croissants se despidió de Heiner Lenz, el conserje, que muy gentilmente le buscó un taxi. Éste la llevó hasta *"Bendlerblock"*. El conjunto de edificios databa de la Primera Guerra Mundial. Era impactante el verlos tan sólidos y tan solitarios. Atravesada la guardia de prevención, un soldado la acompañó hasta una oficina perdida en ese laberinto de historias tan perdidas como la oficina. La puerta de la misma ofrecía una especie de cartelito que decía, *"Exiles von der DDR"* (Exiliados de la República Democrática de Alemania). La atendió un teniente coronel…

- Mi nombre es Niklaus Weigand, ¿qué anda buscando señora? – preguntó el militar.
- A un capitán del Ejército Nacional Popular que desertó el 16 de febrero de 1969 a Berlín Occidental – respondió Noelia.
- ¿Y por qué lo busca señora?
- Porque era el oficial a cargo de mi tía en Hohenschönhausen y escaparon juntos aparentemente por el puesto Charlie.
- Ah caramba… bueno. Déme el nombre de este muchacho y el de su tía por favor. Los buscaré en la base de datos – dijo el teniente coronel mientras encendía el monitor de su computadora.
- Fellner, Konrad y García, Alejandra Marianela – respondió ansiosa Noelia.

Esos segundos parecieron años para Noelia. El teniente coronel escribía en el teclado y aguardaba la respuesta del sistema. Y el sistema se tomaba su tiempo. Tanto como los más de cuarenta años que habían transcurrido del hecho. Pero el sistema respondió y Weigand sonrió satisfecho y dijo:

- Acá está: Fellner, Konrad, *"Sobre deserción del Ejército Nacional Popular lunes 16/06/69"*. Se le reconoció el grado de capitán en el Ejército Federal y ascendió hasta el grado de coronel, pasando a retiro en 1981. Casado con Alejandra Marianela García, de nacionalidad argentina, alemana naturalizada en 1972. Tuvieron dos hijos, Emily, en 1972 y Maximilian, en 1975. ¿Necesita algo más?

- Sí. ¿Dónde viven? Es decir, ¿viven ambos? – preguntó Noelia.
- Eso no puedo saberlo. Él seguro, ella no se, pues no es militar. Si me da su pasaporte o documentos, podría darle la dirección y teléfono. Eso siempre está actualizado para activos y retirados cada año.
- Por favor… - dijo Noelia.

Noelia se despidió del teniente coronel y pidió ser escoltada hasta la salida a causa del laberinto que implicaba *"Bendlerblock"*. A Noelia le temblaba el pulso. En su mano tenía el papelito con la dirección y teléfono de su tía. Y de su esposo. El misterio casi estaba develado. Era el mediodía del viernes. Próximo a los edificios militares encontró un teléfono público. Y se decidió y llamó…

- Ja? – dijo una voz del otro lado.
- ¿Coronel Fellner? – preguntó Noelia. Se que habla mi idioma…
- ¿Quién habla? – preguntó Fellner.
- Usted no me conoce. Mi nombre es Guadalupe Noelia García. Soy sobrina de su esposa Alejandra. Vine a Alemania desde Buenos Aires por ella. Luego de pasar por Hohenschönhausen, en *"Bendlerblock"*, me facilitaron su teléfono. Se que desertó a Occidente, junto a ella el 16 junio de 1969. Mi familia no sabe nada de ella, desde hace 42 años. La única que insistió con Alejandra fui yo. Y al fin la encontré…
- Me ha sorprendido. Realmente lo hizo señorita – dijo Fellner. Si usted es quien dice ser, debo verla antes a solas para explicarle algunos detalles sobre Alejandra. ¿Está usted de acuerdo Fräulein?
- Sí. ¿Dónde y cuándo lo veré coronel?
- ¿Le parece en el Café *"Einstein"*, mañana a las tres de la tarde? Es en Kurfürstenstraße 58 – preguntó Fellner.

- Me parece. Ahí estaré… - contestó Noelia.

Noelia apenas pudo dormir aquella noche en el *"Alexander"*. Daba vueltas y vueltas. Abrazaba la almohada y la almohada parecía sentir su estrujamiento y su ansiedad. Se levantó de la cama, se arregló, se vistió y bajó a hablar con el conserje nocturno, de nombre Fred Hemprich. Le preguntó si a esa hora, las once de la noche, había algún café abierto. Le contestó que varios, pero que él recomendaba el *"Five Elephant"*, en Reichenberger Strasse 101, porque cerraba a eso de las cuatro de la mañana y además por su incomparable torta de queso. Fred le pidió un taxi por teléfono y a los quince minutos estaba en el café. Solicitó un capuccino con abundante canela, pero aunque declinó la "cheese cake", la camarera se la ofreció como atención de la casa. Había varios clientes. Dos parejas de enamorados de unos veintipico, una mujer que se advertía esperaba la llegada de alguien y un hombre solitario que escribía en un cuaderno, mientras bebía algo, un coñac tal vez. El tipo tendría unos cincuenta, de cabellos entrecanos y un leve mechón que caía sobre su frente y el cual llevaba con hidalguía, como resabio de tiempos más jóvenes. Noelia imaginó que sería escritor o algo así. Apenas probó la torta de queso. Su garganta estaba cerrada y no era por la torta. Para abrirla pidió un escocés con hielo. A ese escocés le siguieron tres más. A las cinco menos cuarto, el dueño del local le informó que debía cerrar. Notó que Noelia estaba algo ebria. Que si ella lo deseaba podía pedirle un taxi desde ahí. Que no era conveniente caminar sola a esas horas de la noche. Noelia rechazó el ofrecimiento. Salió del bar tambaleándose. Dos tipos comenzaron a seguirla sin que ella lo notara. Se alejaron por una callejuela lateral cuando vieron a una patrulla policial. La misma advirtió a Noelia y paró su marcha. Uno de los policías le preguntó…

- Frau. May we help you? How do you feel? (Señora. ¿Podemos ayudarla? ¿Cómo se siente?).
- No te entiendo Hans, ¿no ves que no entiendo boludo?… - dijo Noelia balbuceando. El otro la tomó en el aire cuando ya estaba cayendo al suelo…
- Hablamos espaniol senora. ¿Dónde se aloja? – pregunto el policía.
- Alex… Alex…

- ¿Hotel Alexander? – insistió el policía.
- Sí. Ése mis – mo… - agregó Noelia y se durmió.

Al otro día, despertó a eso de la una de la tarde en su cama. Los policías la habían depositado en su habitación en presencia del conserje, Fred Hemprich. Cuando despertó, además del dolor de cabeza, que la atormentaba, vio la hora y comenzó a desesperarse. De un salto llegó al cuarto de baño, se duchó y se maquilló como pudo. También como pudo se vistió y bajó rauda al salón de estar del "*Alexander*". Pidió un café negro en la barra del bar del hotel, para terminar de despertarse. En menos de dos horas conocería a Fellner. Eso la inquietaba, la alteraba, la descompensaba. A las tres y cuarto llegó al bar "*Einstein*". Atravesó sus puertas en la entrada. El bar se hallaba dentro de un edificio Era un coqueto bar tapizado de maderas diversas. Sus pisos, sus paredes. La barra de tragos. Los colores predominantes eran pastel y era por demás agradable. El sitio bien podría ser renacentista, barroco o psicodélico. Pero eso a Noelia le importaba un comino. Sus manos sudaban y estaban heladas. Pidió una copa de vino. Un tipo se le acercó a la mesa y le dijo.

- You´re a tourist, aren´t you? (Usted es una turista, ¿no es así?) – dijo el tipo.
- Hablo español… - dijo Noelia simulando no entender.
- Ah, ¡yo también! Soy de Guatemala, mi nombre es…
- Su nombre es "nadie". ¿Por qué no se aleja de mí y me deja de joder? Espero a alguien, ¿sí? – dijo Noelia con su mejor sonrisa.
- Discúlpeme… Se lo ruego – dijo el tipo.
- Disculpado. Ahora, hágase humo…

Sin que ella lo advirtiera, un hombre mayor de más de setenta años la estaba observando, desde hacía rato. Había llegado unos veinte minutos antes de las tres de la tarde. Se hallaba sentado junto a una de las ventanas que daban a la calle. No era calvo, por el contrario, había mantenido su cabellera, sólo que un persistente temporal de nieve se había posado sobre ella. Llevaba un saco de hilo azul Prusia, camisa blanca, pantalones grises y zapatos negros de cordones, perfectamente lustrados. Decidió ir hasta la mesa de Noelia, a la que veía algo preocupada. Noelia acariciaba los bordes de la copa de vino. El hombre mayor se paró junto a ella. Ella al notar la presencia de un hombre, creyó que era el pegajoso guatemalteco y dijo, *"ya le dije que me dejes de…"* – no terminó la frase, pues levantó la vista y lo vio. Adivinó al segundo de quién se trataba. El hombre mayor de cabellera cana, le sonrió.

- ¿Que me deje de qué, Guadalupe? – preguntó el hombre.
- ¿Fellner, verdad? – respondió preguntando Noelia.
- Konrad, llámame Konrad, Guadalupe – dijo Fellner tomándola de la mano y besándola.
- Konrad… Y todos me llaman por mi segundo nombre.
- Perfecto y era Noelia, ¿no es así?… Tienes las manos frías y sudorosas, como *"ella"* cuando algo la alteraba – agregó Fellner. El parecido físico es asombroso. Cuando te ví entrar por esa puerta quedé maravillado. Y además, pude observar la escena de ese individuo que se acercó a tu mesa. Tienes su mismo espíritu.

Fellner se sentó a la mesa de Noelia. Fellner, pese a los años, había reservado una ancianidad atractiva. Sus profundos ojos azules, su mirada franca, sus rasgos faciales agraciados y adornados por esas arrugas traviesas que demostraban que vivió una larga vida y en su caso, plena. Llamó al mozo. Le preguntó a Noelia si quería ordenar algo. Ésta declinó cortésmente. Él pidió un vodka. Noelia ya no toleraba no preguntar…

- Konrad…
- Dime Noelia…
- "Ella"… ¿vive?
- Sí. Ella vive conmigo desde hace más de cuarenta años, desde lo de nuestro escape. Nos casamos en 1970.
- Y tuvieron dos hijos…
- Según parece mis colegas del Ejército te informaron bien. Sí. Tenemos dos hijos. Emily tiene treinta y ocho y vive en Hamburgo con un diseñador gráfico. Ahora la tenemos de visita en casa. Maximilian, el menor, tiene 35 y vive en Los Ángeles, Estados Unidos. Un par de veces al año se da una vuelta por su Alemania natal.
- ¿Y tú?

- Casada con un hijo de catorce. Mi esposo se llama Juan Martín y mi pequeño, Emiliano Nicolás. Es un buen hombre. Me apoyó en todo para poder ubicar a Alejandra. Al igual que mi padre Eduardo. Él sigue sosteniendo que su hermana no murió en Checoslovaquia.
- Tu padre siempre tuvo razón. Ella no murió en Checoslovaquia. Vivió para tener otra vida.
- No entiendo… - dijo Alejandra.
- Te lo explicaré brevemente Noelia. Cuando escapamos con el Trabant por el puesto fronterizo…
- ¿Qué es el "Trabant"?
- Trabant era el automóvil de la Alemania del Este. Decía que cuando escapamos por el Checkpoint Charlie, los guardias orientales nos dispararon para evitar la fuga. Uno de los disparos dio en uno de los neumáticos, haciendo que pierda el equilibrio y el control del volante. El auto volcó y chocamos contra una columna de un edificio, pero ya del lado occidental. Éramos libres. Pero Alejandra…
- ¿Qué Konrad? No me la hagas larga…
- Alejandra había sufrido un serio traumatismo de cráneo en el vuelco. Estuvo en coma más de seis meses. Cuando despertó, los médicos me informaron que el accidente le había afectado principalmente el lóbulo temporal. En pocas palabras. Su memoria personal y autobiográfica se había afectado gravemente. Que no sabían si algún día podría recuperarla o si ese día jamás llegaría. En el hospital permaneció seis meses más en terapia. Yo iba todos los días. Y ella, empezó a reconocer mi rostro y fue recuperando una pequeña parte de esa memoria y en esa memoria estaba yo. Y día a día, a medida que se fortalecía su cuerpo, se fortalecían nuestros lazos.
- ¿Y entonces? – preguntó Noelia.
- Entonces… sólo ha recuperado pequeños destellos de esa memoria. Pero cuando le sucede, cuando está por recordar lo de 1968, "algo" le impide avanzar. Yo se qué es ese "algo". Cuando los checoslovacos me la "entregaron" en septiembre de 1968, los informes hablaban de una salvaje violación por parte de dos soldados que servían la comida en la cárcel y

que la envió a la enfermería pocos días antes de mi arribo, para llevarla a Alemania Oriental.

- Un momento Konrad. ¿Nunca se te ocurrió que una familia sufrió horrores al darla por muerta en Checoslovaquia? ¿Nunca se te ocurrió comunicarte de alguna manera con Buenos Aires?
- Noelia. Se que no fue lo mejor para tu familia. ¿Sus padres, tus abuelos, viven?
- No. Mi abuelo falleció en 1975 y mi abuela hace ocho años. Murieron creyendo que Alejandra volvería algún día a su país... Decime qué tengo que hacer o pensar para no aborrecerte Konrad...
- Se que no tengo disculpas. Se que no puedo justificarme Noelia. Simplemente fui egoísta. Amé y amo a tu tía Alejandra, creo, que desde que la conocí en Praga. La amo como desde ese primer día de septiembre de 1968. Y si ella no quiso recordar, entonces ese pasado quedó sepultado para siempre en Praga. Y si ese pasado algún día retorna, espero estar junto a ella para acompañarla.
- Pero ella tenía una vida antes de ir a Praga...
- Pero ella tuvo otra vida luego en Alemania. Y ha sido inmensamente feliz acá. No te das una idea cuán feliz ha sido Alejandra, mi esposa. Ahora todo queda en tus manos...
- ¿Pero Alejandra sabe quién es o no?
- Lo sabe. Pero desde 1968 hacia atrás no recuerda o no desea recordar nada... Te propongo algo. Ven a cenar esta noche. Va estar Emily además. Que en definitiva es tu prima. A veces, Noelia, las cosas son como son. Y el pasado no puede alterarse. Su línea de vida se alteró por causas ajenas a ella. Pero por extrañas circunstancias concatenadas la convirtieron en la Alejandra que tú conocerás esta noche. Le diré que una parienta lejana de ella vino a Alemania a hacer turismo y que pudo ubicarla. Luego tú, decidirás qué hacer...
- Está bien. ¿A qué hora?
- ¿A las nueve? Te dejo esta tarjeta. Ahí esta nuestra dirección Noelia.

Fellner se levantó de la mesa de Noelia. Abonó la cuenta. Tomó la mano derecha de ella, la besó y se retiró. Noelia se quedó sola con su copa de vino blanco. Mojó sus labios. Le avisó al camarero que llevaba su copa a una de las mesas del jardín del bar. Se encendió un cigarrillo. Repentinamente una pajarito de panza anaranjada y lomo turquesa, con plumas blancas y negras en la cabeza se posó en la mesa de Noelia. Casualmente el comensal anterior se había olvidado un resto de galletita sobre la misma. Noelia hizo una mueca de simpatía y le deslizó la galletita al simpático animalito, que no era otro que un *"trepador"*, una avecilla muy común en los jardines alemanes. Y así, como salida de la nada, Noelia decidió qué hacer esa noche...

Los "Fellner", vivían no muy lejos del hotel "Alexander". El viaje en taxi, fue corto y hasta acelerado según la impresión de Noelia. Fobias internas hacían que su corazón latiera demasiado rápido. En el trayecto tomó una pastilla de Clonazepam. Una sola, pues deseaba estar muy atenta. Los Fellner tenían una agradable casita de ladrillos a la vista y chimenea. Tejas francesas negras y dos lucarnas al frente. Noelia se paró en el felpudo de entrada. Y tocó el timbre. La recibió Konrad. La saludó muy cortésmente. A continuación le presentó a Emily, que se hallaba viendo televisión en el living. Alejandra estaba arriba terminando de arreglarse. Konrad le acercó una copa de vino y otra para su hija. Finalmente Alejandra bajó las escaleras. Era una mujer radiante de setenta años. Con el cabello rubio – cano, sus ojos azules perennes, toda vestida de negro para la ocasión y un collar de perlas que le daba varias veces la vuelta a su delgado cuello. Noelia estaba estupefacta. Vio que Alejandra le hablaba pero ella sólo veía el movimiento de sus labios. Hasta que en un momento escuchó que Alejandra le preguntaba si se sentía bien a lo que Noelia le respondió que sí. De pronto Noelia la abrazó fuertemente y en ese abrazo sintió la vida entera de Alejandra. Sus alegrías y sus desdichas, su pasado y su presente, su vida en Buenos Aires, su vida en Alemania. Sintió su vida, que era sólo una vida que latía en ese abrazo. Alejandra al principio se sorprendió con la actitud de su *"parienta lejana"*. Lo miró a Konrad y sonrió. Konrad asintió con una tierna mirada. Esa misma mirada que le dispensaba desde hacía más de cuarenta años. Y Alejandra se dejó llevar y la abrazó también como a una hija. Y en ese momento sintió algo muy extraño en ese abrazo infinito. Como si esa mujer que se decía su parienta y a la que abrazaba como a una hija, fuera ella misma. Como si algo se hubiera recuperado esa noche, en ese momento, en ese abrazo, no de cuerpos, sino de almas…

Epílogo

Alejandra en primavera

Sábado 8 de mayo de 2010. Noelia se dirigió temprano a la Estación Central de trenes de Berlín. Se la llama de la *"Reconciliación"*, pues fue construida en el lugar en donde se hallaba el oprobioso "Muro". Sacó pasaje a Praga, en el tren *"Vindobona"* de las 8:46, en clase "turista". Compartió sus cinco horas de viaje con tres personas más, pues los asientos se enfrentaban entre sí. Ella, al igual que Alejandra apoyó su cabeza sobre la ventanilla del mismo. Era un tren de alta velocidad, silencioso, con poco movimiento de tren, como si no lo fuera. Los paisajes, bellos en sí, surgían, se corporizaban un instante y se esfumaban. A Noelia no le importaba. Estaba algo aletargada, luego de la noche anterior y su cena con Alejandra. En realidad, no sabía si estaba aletargada o aturdida o confundida. No sabía luego de la cena, para qué había hurgado el pasado si el pasado le devolvía a una persona tan diferente a la que ella había imaginado.

Noelia, se sonrió, aunque mantenía su cabeza apoyada sobre el vidrio de la ventanilla, pese al cartelito en alemán que prohibía hacer eso. La pareja de ancianos que tenía ante sí, la observaban con extrañeza. Le indicaron el cartelito y le daban a entender que no debía apoyar su cabeza sobre el vidrio. Noelia los miró con cierta mirada de abatimiento y los ancianos no insistieron. Se bajaron en Dresde. La mujer que se sentaba a su lado bajó en *"Bad Schandau"*, ya en la República Checa. Noelia quedó sola. El guarda le pidió su ticket. Noelia se lo entregó y éste prosiguió su trabajo con otro pasajero. Una joven de unos treinta años, de profundos ojos azules como ella, se sentó en el asiento que habían ocupado los ancianos, enfrentado a ella. Vestía una blusa multicolor, pañuelo de seda blanco al cuello, minifaldas de jean azules y botas de caña alta negras. Tenía el flequillo al bies y era definitivamente muy atractiva. Noelia le prestó un poco de atención, pues evocaba cierto aire "vintage", como de otro tiempo.

- ¿Por qué estás triste? – preguntó la joven a Noelia.
- ¿Perdón…? – respondió Noelia a la joven.
- Lo que escuchaste. Que por qué estás triste Noelia… ¿No era lo que esperabas en tu mente? Sabés quién soy, ¿verdad?

- Sí. Así eras. Así te ví en las fotos con papá.
- Noelia… así fui alguna vez. Y fui muy ingenua también. Y fui muy rebelde. Y fui muy temeraria y fui… muy joven. Y fui muy infortunada también. Pero nada es para siempre. Esa joven sesentista que ves, ya no existe. Sólo existe en tu cabecita, sobrina mía. Sólo te ruego que me dejes ir o al menos que me dejes en esas viejas fotos de familia. Si alguna vez regresara mi memoria, te aseguro que iría a abrazar a mi hermano. Sólo se que amo a Konrad y a mis dos hijos. Juan Martín te ama profundamente. Tu pequeño también. No te agredas más con tus adicciones, ni te distraigas más en mí o en cualquier otro ser. Tenés seres que te esperan ansiosos. ¿Vas a Praga para ver y sentir por dónde estuve? Está bien. Que sea la despedida de un pasado que no ha sido el tuyo Noelia, sino, el mío. Te lo dije en Buenos Aires. No soy tu espejo. Somos parecidas por fuera, nada más. Al fin y al cabo, sos la hija de mi hermanito menor, al que quise y quiero mucho y que sin embargo, me cuesta recordar. Se que lo quise, pero no recuerdo su rostro. Ésa es mi maldición. La Alejandra que ves, es la que te esforzás por ver. La Alejandra de la cena es una mujer que vivió una vida hermosa en compañía de un hombre hermoso, que le dio dos hermosos hijos. Pero que jamás regresó a Praga. Ella y yo no sabemos por qué no lo hizo. Y te agrego algo más, Noelia. No queremos saberlo. Insisto, andá a Praga y despedite por mí. Es una ciudad que cautiva. Es una ciudad que hechiza. Pero, es una ciudad a la que no deseo volver nunca más. Esta es la última vez que aparezco así Noelia. Esa señora de cabellera rubia – cano, es la Alejandra real. La que quizás un día tome un vuelo de Lufthansa y vaya a Buenos Aires para besar en la mejilla a tu padre y decirle cuánto lo quiere.
- La una y veinticinco. Casi llegamos a Praga… - dijo Noelia.
- "Vos" casi estás llegando a Praga sobrina. Yo me fui hace muchos años de ella. Ella me lastimó y no deseo que me lastime de nuevo. Es una de las más bellas ciudades del mundo. Disfrutala Noelia. La mía es una historia antigua. Te toca a vos caminarla ahora. Pero no tengas miedo. A vos no te va a lastimar – dijo Alejandra, mientras se desvanecía su figura, con una sonrisa entre los labios.

- ¡Alejandra!... Alejandra… - exclamó primero Noelia y luego casi susurró.

Praga ardía de turistas en un día de primavera. En una primavera especial, pues esa era la primavera de Noelia. Y Noelia recorrió el Puente de Carlos. Y lo vio a Nepomuceno y a Juan el Bautista y a La Piedad y a San Bernardo y a tantos más y algo le dijo al oído que Alejandra los había visto antes que ella. Apoyó ambos brazos sobre el pretil del puente. Miró el Moldava. Siempre con andar cansino y vanidoso. Como esperando que alguien lo admire. Mimos y artistas de la más diversa índole pululaban en el puente. No sabían de tanques ni de armas automáticas. Sólo vivían sus vidas y dejaban vivir a otras vidas. Así, sin más.

Noelia se alejó de "Carlos" y fue hasta el "Legii", el puente de las Legiones. Al igual que Alejandra cuarenta y dos años antes, pudo apreciar la majestuosidad del Teatro Nacional. Al igual que Alejandra, se detuvo a mitad del puente. Se apoyó sobre él. Miró hacia a la izquierda, hacia lo alto. Pudo ver la Torre de Petryn. Y hasta creyó ver a una joven mujer correr colina abajo, como huyendo. Pero nadie corría a esa hora. Salvo un tipo con auriculares en los oídos y una remera sudada para bajar de peso. Pese a los agradables veinticinco grados, un hombre pasó a su lado vestido de impecable traje de tweed. Consigo llevaba una inmutable sonrisa, como un emblema propio. De unos cuarenta años y soberbio "Rolex" que no gustaba ocultar. Casi como por casualidad alcanzó a decirle a Noelia…

- Your eyes remember me someone else. Anyway don´t take me seriously" (Sus ojos me recuerdan a alguien más. De todos modos, no me tome en serio) – dijo el hombre de tweed.
- Fuck off… (váyase a la mierda…) – contestó Noelia.
- Exactly the answer that I was waiting for. Thank you… (Exactamente la respuesta que estaba esperando. Gracias…) – respondió el misterioso hombre, de apellido Keenan.

Cuando Noelia iba a responderle, el hombre de tweed ya no estaba. Quizás nunca había estado. Noelia introdujo sus manos en los bolsillos de su jean. Miró hacia su derecha. Y lo vio. Vio el "Slavia". Y se dirigió hacia el café. A su ingreso, la chocó un borracho de color verdoso con un fuerte aroma a absintio. Se sentó en una mesa desde la cual podía divisar a "Carlos".

- Justo en esta mesa nos gustaba sentarnos y bebernos un capuccino y mirar los puentes… - dijo un tipo que se le coló y se invitó solo a su mesa a Noelia.
- Disculpame. Estoy sola y quiero estar sola. ¿Te podés retirar? – dijo Noelia entre sorprendida y fastidiada.
- No me puedo retirar, porque en realidad no estoy aquí. Y no… no estas sola, aunque eso te parezca – dijo el tipo.
- Waiter! (¡mozo!). Tell this gent, that he has to get out of my table (Dígale a este señor que se vaya de mi mesa).
- Which one, Mrs? (¿Cuál, señora?) – preguntó el mozo desconcertado.
- The one in front of me, waiter! (¡El que está en frente de mí, camarero!) – exclamó Noelia.
- Excuse me madam, but nobody´s there, in front of you I mean. I´m so sorry (Perdone señora, pero no hay nadie frente a usted, quiero decir. Lo siento mucho) – dijo el mozo, retirándose cortésmente.
- Debo estar enloqueciendo… - dijo Noelia.
- No. No es así. Soy Edgardo…
- ¿Edgardo? ¿El que vino con ella a Praga?
- Sí.
- Pensé que… pero vos sos joven y… no entiendo. No. La verdad es que no entiendo – dijo Noelia.
- Los días aquellos fueron hermosos, es verdad. Casi épicos, algo así como una gesta, pero peligrosos, muy peligrosos. Alejandra necesitaba de mí. Y yo estuve ahí para protegerla. Hasta donde pude. Hasta donde me dejaron. Luego ella corrió por su cuenta. Pero sobrevivió, como pudiste apreciar. ¿Puedo decirte algo Noelia? – preguntó Edgardo.
- Sí, decime…
- Dejá que 1968 se reconcilie consigo a su debido momento, como una amnistía. Alejandra, es feliz. Es lo único que importa. ¿Ibas a pedir un coñac?
- Sí. ¿Cómo lo sabés?

- Lo se. Eso es todo. Adiós Noelia, aunque yo era ateo en ese entonces… – dijo Edgardo sonriente.

Noelia bajó unos segundos la cabeza, tratando de ordenar sus ideas, al tiempo de apoyarla sobre sus brazos, que a su vez estaban apoyados con los codos sobre la mesa. Cuando se dirigió a Edgardo, éste ya se había ido. Pidió su coñac. Lo bebió, mientras miraba a "Carlos". Los colores inundaban Praga. Ya no era gris, como en otros tiempos. Ya no se vivía en blanco y negro. Ya no había soldados por las calles. Sólo ejércitos de turistas, con teléfonos móviles, bluetooth en las orejas y cámaras digitales. Con latinoamericanos con ojos de asombro o japoneses sonrientes tomando una impronta de San Wenceslao. Con tiendas de recuerdos, con hoteles de lujo y de los otros. Los jóvenes apenas recordaban la barbarie de 1968 a través de la escuela o de sus padres, los más viejos, cerraban sus ojos cada 21 de agosto. Noelia llamó al camarero y le pagó su coñac. Salió más animada. Deseaba alejarse del torrente de personas que iban y venían por las calles aledañas a "Carlos". Retomó el "Legii" y subió hasta el bosque que rodeaba a la Torre de Petryn. ¿Cómo detener el paso del tiempo si esto es imposible? Y es imposible porque el tiempo no desea ser detenido por nada ni por nadie.

Noelia quiso detenerlo por un rato, obstinada en Alejandra y sólo había hallado a una admirable mujer que había "sobrevivido". Sobrevivido a costa de su memoria. A costa de olvidos necesarios para fallecer y resucitar sin pesadillas. Inmoló su pasado para poder vivir, respirar y tener una vida cualquiera, que le hubieran negado de buena gana. Noelia se sentó en un banco de madera del bosque de Petryn. Y miró la torre. Y miró a los niños que jugaban rondas. Y vio a su pequeño que la extrañaba en Buenos Aires. Y se levantó del banco de madera y tomó el primer tren a Berlín. Praga estaría siempre aguardándola. Pero cuando se incorporó, se juramentó que jamás volvería a ella. La búsqueda había finalizado.

No había tumba adonde llevar flores. Sólo una mujer que no deseaba ser hallada, aunque Noelia la hubiera hallado. En el viaje de regreso a Berlín llamó a Juan Martín desde su celular y le dijo… "Vuelvo". En ocasiones, una sola palabra basta. Y ésta era esa ocasión. En

Berlín, ni siquiera tentó llamar a los Fellner. Le hubiera sonado descortés y hasta impertinente.

El lunes 10, voló a Buenos Aires. En Ezeiza estaban ansiosos por su regreso, Juan Martín, Emiliano y Eduardo. Se abrazaron los cuatro. Y Noelia les dijo que tenía mucho para contarles. Tanto que seguramente no le alcanzaría una vida y parte de la siguiente para hacerlo. Su padre la miró a los ojos, con los ojos húmedos y Noelia hizo una mueca como una sonrisa entrecortada. Y su padre supo en ese instante que su hermana vivía. Noelia se arrimó a su oído y le dijo, *"es muy feliz y un día va a volver, papá..."*.

Cuatro meses después, un sábado por la noche cualquiera, Noelia se aprestaba a cenar con su familia y sus padres, quienes habían ido a visitarla, cuando el teléfono sonó. No pensaba atenderlo, pues ya habían comenzado algo retrasados. *"¡Antonia! ¿¡Podés atender!?"*, – dijo Noelia. Antonia se hallaba en living sirviendo los platos y colaborando con Noelia. Ésta cambió de opinión y dejó a un lado las viandas y fue a la biblioteca a atender ese fastidioso llamado... *"Hola..."* - dijo Noelia con la voz notablemente malhumorada. *"Hola Noelia. Soy Alejandra..."* – le contestaron muy dulcemente. Noelia permaneció en silencio por varios segundos. No sabía qué decir o cómo reaccionar...

- Hola... - dijo Noelia, ya con un tono de voz más aplacado.
- Se que no esperabas este llamado, soy Alejandra, Noelia. Konrad me dio el número de ustedes. Luego de la cena aquella, algo no me cerraba en tu persona. Konrad, como siempre, trató de preservarme, pero finalmente me contó todo. Y la memoria vino a mí, como una cascada incontenible.
- ¿Y entonces?...
- Entonces... Viajamos a Argentina, confirmé algunos datos de la guía telefónica de Buenos Aires y acá estamos, con Konrad a mi lado, en la puerta de tu casa.
- ¿¡En la puerta de mi casa!? – preguntó azorada Noelia. ¿Por qué no tocaron el timbre?...

- Preferíamos ser más discretos. Quizás no estaban o quizás tenían alguna reunión importante. No queríamos importunarlos… – respondió Alejandra.

A Noelia se le cayó el tubo del teléfono. A continuación se dirigió rauda a la puerta de su casa. Sus padres, su hijo y su esposo le preguntaron qué sucedía, pero ella no respondió. Sólo acudió a la puerta de su casa. Y la abrió y ahí estaban. Alejandra y Konrad. Ambos sonrientes, pero con una sonrisa de inmensurable paz interior. Alejandra los abrazó y besó a ambos y los hizo pasar. Cuando ingresaron a la casa, todos observaron a esa pareja de más de setenta años, que aún conservaba la belleza de años idos. Pero Eduardo la reconoció de inmediato y rompió en llanto. El resto aún no advertían quiénes eran… Alejandra se desprendió de Konrad, quien se paró junto a la mesita de recepción y fue hasta donde estaba Eduardo. Lo besó en la mejilla y apoyó su cabeza en su hombro…

- Te he devuelto el beso que me enviaste por teléfono aquel día, para que lleve en el viaje hermanito… En el 68 salí de mí, anduve perdida y volví a mí. Y aquí estoy. Me recuperaste. Me recuperé.
- No tengo palabras Alejandra… - dijo Eduardo.
- Son innecesarias. Yo en cambio, tengo una vida entera para narrarte. ¿Me dejás? – preguntó Alejandra.

Y esa noche no fue una noche cualquiera. Fue una de esas noches de puertas que se cerraban y de puertas que se abrían. Una noche de recuerdos. Una noche de alegrías y de tristezas. Una noche de identidades recobradas. Una noche inesperada… Tres años después, cuando Konrad llamó por teléfono a Buenos Aires, comunicando el fallecimiento de Alejandra a causa de su enfisema, Noelia supo que había hecho lo correcto. Que su búsqueda había dado sus frutos. Que una vida se había restaurado, aunque ahora se había apagado. Que aquella noche inesperada de septiembre, no había sido en vano.

Una noche tan inesperada como Alejandra en Buenos Aires…

Tan inesperada, como Alejandra en primavera…

- Fin de Alejandra en primavera -

Mayo de 2014.-